ハヤカワ・ミステリ文庫
〈HM②-52〉

九尾の猫
〔新訳版〕

エラリイ・クイーン
越前敏弥訳

早川書房
7623

CAT OF MANY TAILS

by

Ellery Queen

Translated by
Toshiya Echizen
Published 2015 in Japan by
HAYAKAWA PUBLISHING, INC.
This book is published in Japan by
arrangement with
The Frederic Dannay Literary Property Trust
and The Manfred B. Lee Family Literary Property Trust
c/o JABBERWOCKY LITERARY AGENCY, INC.
through THE ENGLISH AGENCY (JAPAN) LTD.

九尾の猫

〔新訳版〕

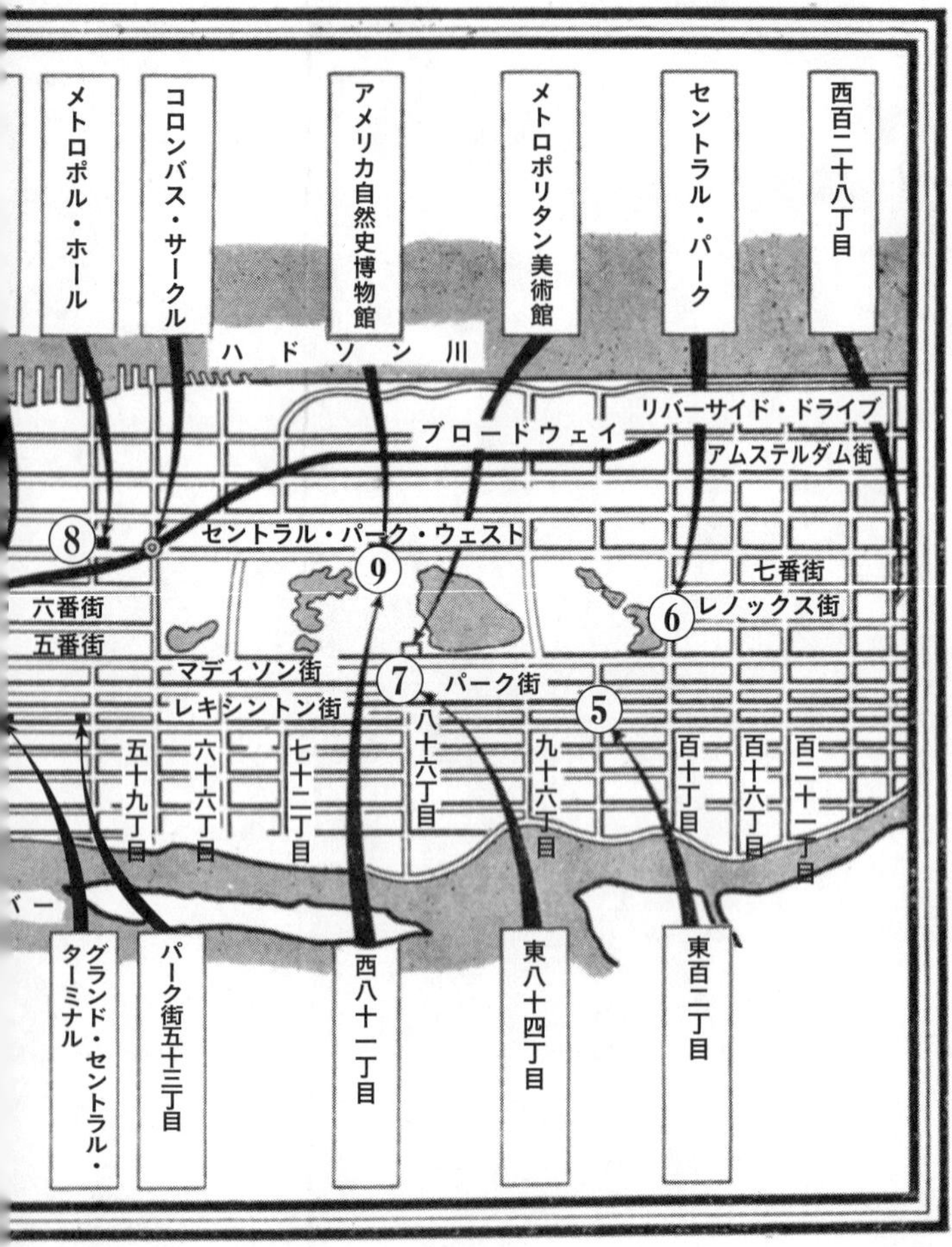
西百二十八丁目
セントラル・パーク
メトロポリタン美術館
アメリカ自然史博物館
コロンバス・サークル
メトロポル・ホール
ハドソン川
リバーサイド・ドライブ
ブロードウェイ
アムステルダム街
セントラル・パーク・ウェスト
七番街
レノックス街
六番街
五番街
マディソン街
パーク街
レキシントン街
8
9
6
7
5
五十九丁目
六十六丁目
七十二丁目
八十六丁目
九十六丁目
百十丁目
百十六丁目
百二十一丁目
東百二丁目
東八十四丁目
西八十一丁目
パーク街五十三丁目
グランド・セントラル・ターミナル

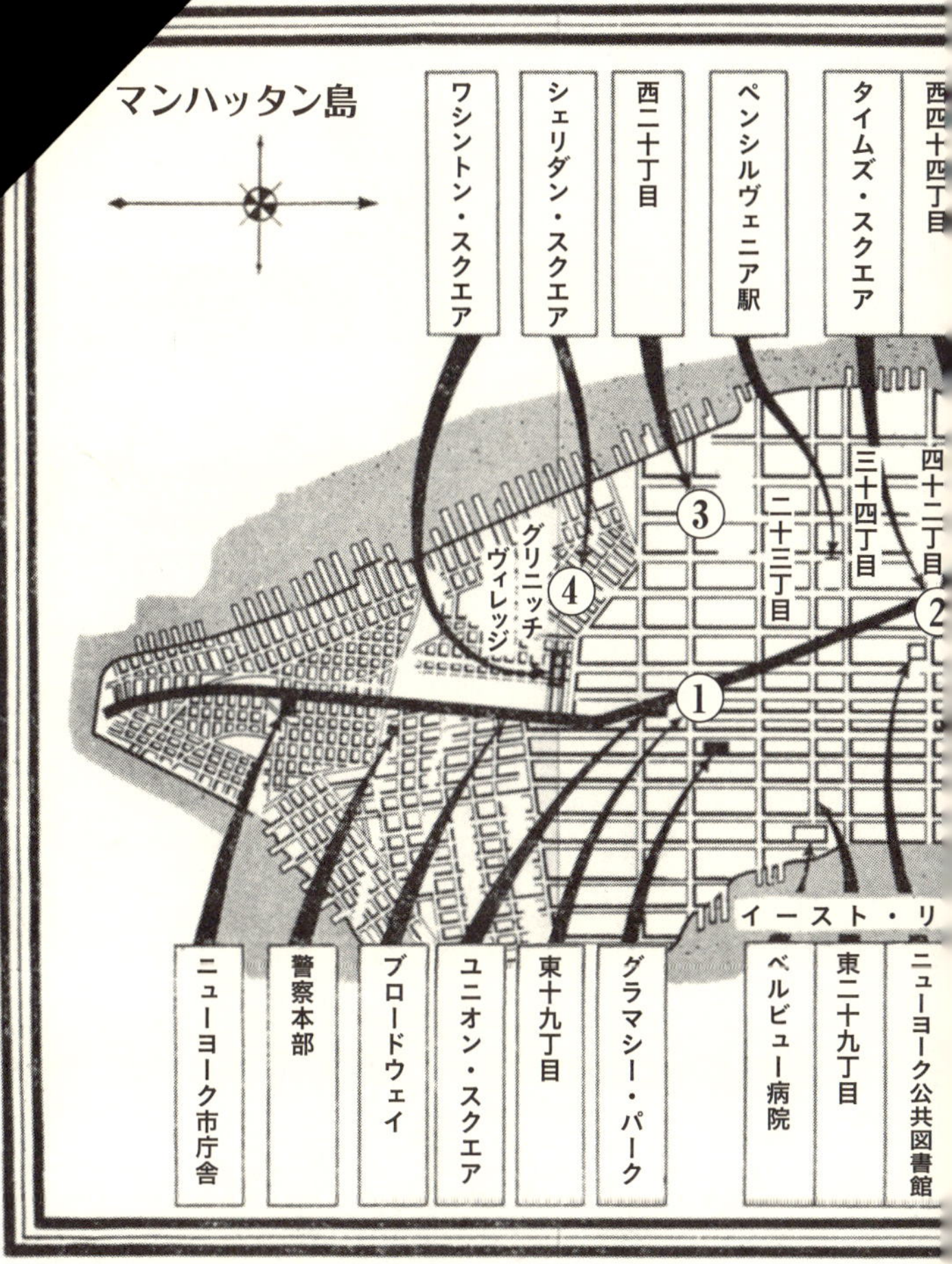
マンハッタン島
ワシントン・スクエア
シェリダン・スクエア
西二十丁目
ペンシルヴェニア駅
タイムズ・スクエア
西四十四丁目
三十四丁目
四十二丁目
二十三丁目
グリニッチ・ヴィレッジ
1
2
3
4
イースト・リ
ニューヨーク市庁舎
警察本部
ブロードウェイ
ユニオン・スクエア
東十九丁目
グラマシー・パーク
ベルビュー病院
東二十九丁目
ニューヨーク公共図書館

登場人物

アーチボルド・ダドリー・アバネシー…………第一の被害者

ヴァイオレット・スミス…………第二の被害者

ライアン・オライリー…………第三の被害者

モニカ・マッケル…………第四の被害者

シモーヌ・フィリップス…………第五の被害者

ビアトリス・ウィルキンズ…………第六の被害者

レノーア・リチャードソン…………第七の被害者

ステラ・ペトルッキ…………第八の被害者

ドナルド・カッツ…………第九の被害者

マリリン・ソームズ…………速記タイピスト

セレスト・フィリップス…………シモーヌの妹

ジェイムズ・ガイマー・マッケル…………モニカの弟

エドワード・カザリス博士…………精神科医

カザリス夫人…………エドワードの妻

ベーラ・セリグマン…………精神分析学者

トマス・ヴェリー…………部長刑事

リチャード・クイーン…………警視。エラリイの父

エラリイ・クイーン…………作家

1

アーチボルド・ダドリー・アバネシー絞殺事件は、ニューヨーク市を舞台にした九幕の悲劇の第一場だった。

それはとんでもない事態を招いた。

三百平方マイルの地域に住む七百五十万の人々が、いっせいに正気を失ったのである。騒ぎの中心はマンハッタンで、〝ゴッサム〟という異名を持つが、これは最悪の事態のさなかに《ニューヨーク・タイムズ》紙が指摘したとおり、その昔、愚者ばかりが住んでいたというイングランドの村の名に由来する。とはいえ、愉快なあてこすりとは言いきれなかった。現実には、滑稽なところなどまったくなかったからだ。恐慌の発作は〈猫〉そのものよりはるかに多くの惨事をもたらし、おびただしい数の負傷者が出た。また、市のそこかしこで大人のやみくもな怯えが子供たちにまで感染したが、その心的外傷がどの程度かは、精神科医が次世代の神経症を調査するまでわからないだろう。

後日、科学者が集まり、せまい範囲で意見の一致が見られたが、そこでいくつかの告発がおこなわれた。ひとつは新聞に対する非難だ。たしかに、ニューヨークの各紙は事の成り行きへの責任を逃れられない。〝われわれは一般市民に対し、事件の一部始終を、ありのままに、それがつづくかぎり伝えなくてはならない〟と語ったのは《ニューヨーク・エクストラ》紙の編集者で、その抗弁はもっともらしく聞こえるが、〈猫〉の行動を報じるにあたって、なぜ陰惨きわまりない部分まで一般市民に伝え、風刺漫画の喪章と派手な死亡記事の刺繍で飾り立てねばならなかったかは説明されていない。むろん、そのような手のこんだやり方をするのは販売部数を伸ばすのが目的だ——その目的がみごとに達成されたことを、ある新聞の販売部長はひそかに認めてこう言った。〝われわれは市民をしっかり恐怖へ陥れたよ〟と。

ラジオも同罪だと責められた。精神錯乱、非行、引きこもり、強迫観念《イデ・フィクス》、性的早熟、爪噛み、悪夢、夜尿症、破廉恥行為など、アメリカの青少年がかかえる数々の反社会的な病弊の第一原因として、ミステリや犯罪ドラマのラジオ番組を槍玉にあげる屁理屈愛好家に対しては、なるほどごもっともと調子を合わせておきながら、ラジオは〈猫〉の蛮行を事細かに効果音つきで放送することはよしとした……作り事ではないただの事実だから、生々しくても問題はないと言わんばかりに。最新の恐ろしい絞殺事件を伝えた一回五分間のニュースのほうが、全放送網のすべてのミステリ番組を立てつづけに放送するよりも聴取者の神経を破壊した、とのちに糾弾の声があがったが、その指摘はまちがっていない。だが、そのころにはすでに害毒が撒かれていた。

さらに踏みこんだ意見もあった。〈猫〉の犯行には普遍的な恐怖の弦を搔き鳴らす要素がいくつかある、というものだ。ひとつ目の要素はその手口である。呼吸することは生きることであり、その断絶は死であるから、絞殺という殺害手段はもっとも根源的な恐怖をまちがいなく引き起こしたという。もうひとつの要素は犠牲者が無作為に選ばれたことで、これは〝気まぐれな選択〟と呼ばれた。その説によると、人がもっとも平静に死と向き合えるのは、何か目的があってそのために死ぬ覚悟ができているときである。ところが〈猫〉はでたらめに犠牲者を選んだ。そのため、人は人間以下の立場へ落とされ、個人の死の重みと威厳は一匹の蟻が踏みつぶされる程度のものでしかなくなった。こうした死は防ぎようがなく、特に心の防御は不可能だ。どこにも隠れようがないから、大混乱に陥る。さらに三つ目の要素があり、それは正体がまったくわからないことだという。犯人が理由なき凶行に及ぶのを目撃した者は、ひとりもいなかった。年齢、性別、身長、体重、肌の色、習慣、話し方、出自につながる手がかりはまったくなく、人かどうかすら怪しまれた。あらゆる情報を集めたうえで、犯人は猫であっても――あるいは悪魔であっても――おかしくない。何ひとつはっきりしないまま、沸き立った想像力が暴走した。その結果、ある超越的存在が現実となった。

　そして、哲学者たちは世界観を持ち出し、窓を開いて時勢の壮大なパノラマを示した。世界的観点《ヴェルトアンシャオウング》！　と彼らは声高に言う。この古い地球では地軸が揺らぎ、圧力に逆らおうとして、ひずんだ断層に亀裂が走っている。世界的規模のふたつの争いを生き抜いた世代は、何百万もの痛めつけられた者、飢えた者、拷問された者、殺された者を葬ってきた。世界平和という餌につられて時代の血の海を渡るうちに、気づけばナショナリズムという皮肉な釣り針にかかっていた。原子爆弾という不可思議なキノコの下で身をすくめ、理解できず、理解したいとも思わなかった。けっして訪れぬ最終戦争《ハルマゲドン》の策を外交戦略の専門家が練るのを、なす術もなく見守った。あちらこちらへ引きずりまわされ、懇願され、勧められ、疑われ、おだてられ、責められ、追いこまれ、追い出され、煽られ、捨てられた。平安も休息も得られずに、毎日毎夜毎時間、そのつど相反する圧力をかけられる——神経の世界大戦における真の犠牲者……。こうした世代の人間が未知の小さな物音にも悲鳴をあげて逃げだすのは当然だ、と哲学者は言う。鈍感で無責任な世界、脅されたら脅し返す世界では、精神の錯乱が生じても驚くにはあたらない、と。被害に遭ったのはニューヨーク市だが、世界のどこで起こっても、その地の人々は抗えなかったであろう。理解すべきは、住民は大混乱に屈したのではなく、それを歓迎したということだ。足もとで地面が揺れて裂けるような惑星では、不安ゆえに正気を保つのはむずかしい。空想こそが避難所であり、救いだった。

だが最後に、ニューヨークに住む二十歳のふつうの法学生がおおかたの人々にもわかることばで述べた。「ちょうど前世紀の政治家ダニエル・ウェブスターの話を読んでたんですよ」学生は言う。「ジョーゼフ・ホワイトという老人が殺害された事件の裁判で、ウェブスターはみごとなストライクを投げたんです。〝ひとつひとつの殺人が見逃されれば、ひとりひとりの命が安全とは言えなくなる〟って。いまのばかげた世の中を見たらなんと言うでしょうね。〈猫〉と呼ばれる化け物が右《ライト》へ左《レフト》へとつぎつぎ人間を吹っ飛ばして、だれも一塁までたどり着けないんですから。〈猫〉がこの街の人たちをしっかり《ライト》絞め殺していくのはどんな間抜けが見てもわかります。しまいにはエベッツ・フィールドの左翼《レフト》席をいっぱいにするだけのお客すら残《レフト》っていなくなりますよ。こんな話、つまんないですか？それにしてもドローチャー監督（一九四八年にブルックリン・ドジャースからニューヨーク・ジャイアンツへ移籍）はどうしたんですかね」

このジェラルド・エリス・コロドニーという法学生の意見は、ハースト系新聞の記者の街頭インタビューに答えたものだった。これは《ニューヨーカー》と《サタデー・レヴュー・オブ・リテラチャー》と《リーダーズ・ダイジェスト》に転載され、〈ＭＧＭニュース〉はコロドニー氏を招いてカメラの前でもう一度話をさせた。それを聞いたニューヨークっ子たちはうなずき、まさにそのとおりだと言った。

2

八月二十五日にも、ニューヨーク特有のうだるような熱帯夜が訪れた。書斎にいるエラリイは、ショートパンツ一枚の恰好で執筆に励んでいた。しかし、キーを叩く指がしきりに滑るので、ついに卓上の明かりを消して窓辺へ足を運んだ。

街は暗く静かで、夜の重さに押しつぶされていた。東のほうでは、何千人もの人々がセントラル・パークへさまよいこんで、湿った草に横たわろうとしているのだろう。北東ではハーレム、ブロンクス、リトル・イタリー、ヨークヴィルで、南東ではロワー・イーストサイド、川向こうのクイーンズとブルックリン、南ではチェルシー、グリニッチ・ヴィレッジ、チャイナタウンで――安アパートメントがあるところならどこでも――非常階段は雛だらけの巣と化し、部屋はもぬけの殻で、通りは気怠げな者たちでいっぱいだろう。沿道の緑地はさながら虫の踏み分け道だ。車は橋の上に集まり――ブルックリン橋、マンハッタン橋、ウィリアムズバーグ橋、クイーンズボロー橋、ジョージ・ワシントン橋、トライボロー橋――そこで微風を探している。コニー・アイランド、ブライトン、マンハッタン・ビーチ、ロッカウェイ、ジョーンズ・ビーチの砂浜には、いらいらと海に救いを求める何百万人もの眠れぬ人々が散らばっている。遊覧船は忙しそうにハドソン川を行き来し、フェリーボートは太り過ぎた老婦人のように体を揺すりながらウィーホーケンやスタテン島へ向かっている。

稲妻が夜空を裂き、エンパイア・ステート・ビルの尖塔をあらわにした。とてつもなく大がかりな写真撮影で、街の大きさのカメラがフラッシュを焚いて夜を写している。少し南へ目を移せば、明るい泡が浮いている。だが、それは蜃気楼だった。その下でタイムズ・スクエアが汗だくになっている。ラジオシティー・ミュージック・ホール、ロキシー、キャピトル、ストランド、パラマウント、ステートなどの劇場やホテル――どこであれ、涼める場所なら人は集まる。

地下鉄に涼を求める者もいる。連結した車両の貫通ドアをあけたままにすると、走行中にトンネル内の空気が強く吹き抜ける。ひどいものだが、風にはちがいない。とっておきは先頭車両の運転室横の正面ドア付近だ。そこがいちばん混む場所だが、みなほっとしたように動きを止め、揺れに身をまかせている。

ワシントン・スクエア、五番街、五十七丁目通り、アッパー・ブロードウェイ、リバーサイド・ドライブ、セントラル・パーク・ウェスト通り、百十丁目通り、レキシントン街、マディソン街で、バスは数人の客を乗せるがおおぜいの場合はことわり、あちらこちらへ、北へ南へ、東へ西へ、自分の尻尾を追って走りまわり、まるで……

エラリイはしかたなく机へもどり、煙草に火をつけた。

どこからはじめても、結局同じ場所へもどる、と思った。

あの〈猫〉が気になっていた。

両手を首にまわして体を傾ける。くまなくにじむ汗で指が滑るが、なんとか力をこめて全体を引きしめようと思った。思考には滑り止めを。意志には新しい裏打ちを。

〈猫〉。

エラリイは背をまるめて煙草を吸った。

大いなる誘惑。

ライツヴィルのヴァン・ホーン事件（前作『十日間の不思議』で扱われた事件）で、エラリイは驚くべき裏切りを体験した。いつの間にか、自分自身の論理に欺かれていた。使い慣れた剣が手もとで突然向きを変え、犯人へ向けられていたはずの刃《やいば》が無実の人間を貫いた。だから、エラリイは剣をしまってタイプライターを取り出した。クイーン警視に言わせれば、象牙の塔にこもったのである。

不幸なことにこの小塔では、日々物騒な連中と渡り合う老騎士と寝食をともにしなくてはならない。ニューヨーク市警のリチャード・クイーン警視は、傷ついた王者の父親でもあり、あまりにも近しく危険な存在だった。

「事件のことは聞きたくない」エラリイは言った。「ほうっておいてください」

「どうした」警視がからかう。「その気になるのがこわいのか」

「きっぱり手を切ったんです。もう興味はありません」

しかし、それは〈猫〉がアーチボルド・ダドリー・アバネシーを絞殺する前の話だ。

エラリイはアバネシー事件に目を向けまいとつとめた。そして、しばらくのあいだはそれに成功した。けれども、朝刊の紙面から、小さな丸顔の小さなまるい目がいやと言うほど見つめてくる。

そしてついに、最新情報に身を委ねた。

おもしろい。おもしろい事件だった。

これ以上味気ない顔は見たことがなかった。卑劣さもやさしさもなく、ずる賢さも愚かさもない。謎めいた顔でもない。なんでもないまるい顔、四十四歳の胎児の顔だった。自然がおこなった未開発の実験だ。

そう、たしかに興味深い殺人だった。

そうこうするうちに、第二の絞殺事件が起こった。

そして、第三の事件。

そして……

アパートメントの入口で、何かが激しくこすれるような音がした。

「お父さん？」

エラリイはあわてて立ちあがり、向こうずねを打った。足を引きずりながら居間へ急ぐ。

「おう」クィーン警視はすでに上着とネクタイをとり、靴を脱いでいるところだった。

「涼しそうな恰好だな」

警視の顔色が悪い。

「きょうは大変でしたか」暑さのことではない。この老人は砂漠の金鉱掘りと同じで、どんな気候にもへこたれない。

「何か冷たいものはあるか、エラリイ」

「レモネードがあります。たっぷりと」

警視は重い足どりで台所へ行った。冷蔵庫をあけ閉めする音が聞こえる。「とりあえず、おめでとうと言ってくれ」

「おめでとうって、何に？」

「きょう申し渡されたことに対してだ」警視は霜のついたグラスを持って現われた。「曲がりなりにも――曲がりなりにもだが――職務を全うしてきたが、こんな怪しげな辞令は前代未聞だ」頭をのけぞらせて飲む。喉もとがあらわになり、肌の色がいっそうくすんで見えた。

「くびですか」

「もっと悪い」

「じゃあ、昇進」

「実は」警視は腰をおろした。「〈猫〉を追いかける犬のボスになった」

「〈猫〉って？」

「知ってるだろう、〈猫〉だ」

　エラリイは書斎の脇柱にもたれた。

「警察委員長に呼ばれた」警視は両手でグラスを包んだ。「前から検討していた策があるという。〈猫〉特別捜査班を結成する。統括者はわたしだ。つまり、犬のボスだよ」

「犬になったわけですね」エラリイは笑った。

「おまえにとっては笑い種《ぐさ》かもしれないが」警視は言った。「わたしは自由がほしいんだ。それもたっぷり」グラスの中身を飲みほす。「エラリイ、きょうはもう少しで委員長に面と向かって言ってやるところだったよ。ディック・クイーン警視は老いぼれすぎて、そんなことは手に余る。市警にひたすらわが身を捧げてきたんだから、もっと楽をさせてもらえるはずだ、とな」

「でも、引き受けた」

「ああ、引き受けた」警視は言った。「しかもあろうことか、〝光栄です、委員長〟とまで言った。だが、あとになって」心配そうな声になる。「委員長の腹に一物あるような気がして、ますます気が進まなくなった。いまからでも遅くはない」

「やめるって言うんですか」

「まあ、口先だけだ。とにかく、息子のおまえに知らん顔はさせないからな」

「そんな」エラリイは居間の窓へ歩み寄った。「だって、ぼくには関係ありませんよ」ニューヨークの街に向かって文句を言う。「中途半端に手を出したことがあるだけです。幸運は長くつづきました。でも、使ってるさいころがいんちきだとわかってからは――」

「言いたいことはわかる。そうとも。だからこんどは真剣勝負だ」

エラリイは振り向いた。「ずいぶん大げさですね」

「エラリイ、これは緊急事態だ」

「やめてください」

「いいか」警視は言った。「これは緊急事態なんだ」

「殺人が数件。たしかに難事件です。でも、別に目新しいことじゃない。迷宮入りの殺人事件の割合はどれくらいだったか。お父さんの気持ちがわかりません。ぼくにはやめるだけの理由がありました。引き受けてへまをやらかし、そのせいでひとりの、いや、ふたりの人間の死を招いたんですから。でもお父さんは本職の警察官ですよ。これは任務です。もし失敗しても、責任は委員長がとります。それに、一連の絞殺事件が解決されなくても――」

「賢明なるわが息子よ」警視は空のグラスを両手でもてあそんだ。「一連の絞殺事件が解決されなければ、しかも早々に片がつかなければ、この街で何かが湧き起こる」

「湧き起こる？　ニューヨークで？　どういうことです」

「いまのところ、そこまでは行っていない。前兆だけだ。本部への問い合わせ件数を見ればわかる。どうなっている、どうすればいい、なんとかしてくれ、とさまざまだ。人騒がせな通報は特に夜に多い。当直の連中は神経をとがらせている。全体にわたって、必要以上に緊張しているきらいがある。つまり……」警視はグラスを持った手を泳がせた……。

「一般市民の関心が非常に強い。強すぎる。ふつうではない」

「それは単に、調子に乗った漫画家が――」

「単にだと？　だれのせいなんて戯言《たわごと》はどうでもいい。何かが起ころうとしているんだよ、エラリイ。この夏ブロードウェイで、あのくだらない殺人笑劇〈猫〉が唯一大あたりしたのはなぜだ。この五年にニューヨークで上演されたなかでも最低の、ネズミ並みにくさい駄作だと街じゅうの批評家が扱《こ》きおろしているのに、興行が成り立っているのはあれだけだぞ。ウォルター・ウィンチェルが書いた最新コラムの題は、〈人惨事《カタストロフ》〉ではなく、〈キャットアストロフ〉だ。愉快になれないという理由で、ミルトン・バールはコメディーで猫のネタをやめた。ペットショップでは、一か月で子猫が一匹も売れなかったらしい。〈猫〉を目撃したという人間がリヴァーデイル、カナーシー、グリーンポイント、イースト・ブロンクス、パーク・ロウ、パーク街、パーク・プラザにいる。街のあちこちで、紐で絞め殺された野良猫を見かけるようになった。フォーサイス通り。ピトキン街。レノックス街。二番街。十番街。ブルックナー大通り――」

「子供のしわざですよ」

「ああ、その場で何人か捕まえてはみた。だが、これはひとつの症状だよ、エラリイ。なんらかの症状であり、そのせいでわたしは気が滅入っている。それはいさぎよく認めよう」

「きょうは何か食べましたか」

「五つの殺人事件で、世界一の大都市が震えているんだぞ！　なぜだ。これをどう説明する」

エラリイはだまっていた。

「まあいい」皮肉たっぷりに警視は言った。「素人探偵の立場を危うくすることもなかろう」

けれども、エラリイは考えにふけっていただけだった。「なんだか」と切り出す。「なんだか、奇妙な感じなんですよ。ニューヨークでは、一日に五十人が小児麻痺にやられてもどうということはないけれど、アジア型コレラが二例発症して適切な条件がそろえば、大混乱になりかねない。一連の絞殺事件には何か異質なものがあります。だれもが無関心ではいられないんですよ。アバネシーみたいな男がやられるなら、だれだってやられるわけだから」そこで口を閉ざす。警視は息子をじっと見ていた。

「事件についてずいぶん知っているようだな」

「たまたま新聞で読んだだけです」

「もっと知りたいか。微に入り細を穿ち」

「そりゃあ……」

「すわるんだ」

「お父さん――」

「すわれ」

エラリイはすわった。なんと言っても、相手は自分の父親だ。

「これまでに殺人が五件」警視は言った。「現場はすべてマンハッタン。すべて絞殺だ。どれも同種類の紐が使われた」

「タッサーシルクの紐でしたね。インド産の絹かな」

「ほう、そこまで知っているのか」

「出どころがまったくわからないと新聞にありました」

「新聞のとおりだよ。じょうぶで粗い絹で――それはたしかだ――もとはインドの密林で作られていた。手がかりはそれだけだ」

「え？」

「もう一度言うぞ。ほかに手がかりはいっさいなし。ひとつもだ。ないんだよ、エラリイ。指紋なし。目撃者なし。容疑者なし。動機なし。取っかかりが何ひとつない。犯人は風のように来ては去り、ふたつのものだけを残していく。死体と紐だ。第一の犠牲者は——」

「アバネシーです。アーチボルド・ダドリー・アバネシー。四十四歳。住まいはグラマシー・パーク付近の東十九丁目にある三部屋のアパートメント。独身。数年前に病身の母親が亡くなってひとりになった。父親は牧師で、一九二二年に死亡。アバネシーは一度も働いたことがない。母親の世話が終わって、あとは自分の面倒を見るだけの暮らしだった。戦争中は兵役を免除されていた。自分で料理や家事をこなした。これといった趣味はない。人間関係のもつれもなし。何もない。無味無臭で影の薄い人間。アバネシーのもっと正確な死亡時刻はわかったんですか」

「検死医のプラウティによると、絞殺されたのは六月三日の夜十二時ごろと見てまちがいないらしい。アバネシーは犯人を知っていた可能性が高い。全体の状況から見て、どうも会う約束をしていたようだ。親族は対象からはずした。散りぢりになって行方がわからず、犯行に及んだとは考えられない。友人は？　アバネシーには友人などいない。ひとりもだ。根っからの一匹狼だった」

「あるいは、羊か」

「わたしの知るかぎり、警察はどんな小さなことも見逃していない」警視は不機嫌な声で言った。「建物の管理人を調べた。酔っぱらいの守衛もだ。アパートメントの住人にも、ひとりひとりあたった。不動産屋にまで」

「たしかアバネシーの生計は信託財産から――」

「ずいぶん前から銀行に管理をまかせている。弁護士はいない。仕事はしていない――母親の死後、いったいどうやって時間をつぶしていたのかは、神のみぞ知る、だ。知ったことか。植物みたいに、ただじっとしていたんだろうな」

「出入りの商人は？」

「全部調べた」

「床屋も？」

「犯人が凝った刺繍入りの椅子の背後から襲ったからか？」警視はにこりともせずに言った。「ひげは自分で剃っていた。月にいっぺん、ユニオン・スクエアのはずれにある店へ散髪に出かけた。二十年以上かよっていたが、店の者は名前すら知らなかったな。それでも、三人の理髪師を調べた。空振りだったよ」

「アバネシーの生活に女の影がなかったというのはたしかですか」

「まちがいない」

「同性愛者だったという証拠はない。ちびで太っちょの、玉ねぎのような男だったんだよ。ノーヒット、ノーラン、ノーエラーだ」

「男の影も?」

「エラーはありますよ。少なくともひとつはね」クイーン警視がはっとしたが、すぐに口を引き結ぶ。エラリイはすわったまま少し姿勢を変えた。「どんな人間も、その人物像が示すようなまったく無色透明な存在でいることはできません。不可能ですよ。殺されたということこそがその証拠です。影が薄くとも、なんらかの生活があった。何かをした。五人ともそうです。ヴァイオレット・スミスについては?」

「ヴァイオレット・スミス」警視はそう言って目を閉じた。「〈猫〉による人気者リストの二番手だ。絞殺されたのはアバネシー事件のちょうど十九日後——日付は六月二十二日、時刻は午後六時から深夜十二時のあいだだ。未婚。四十二歳。西四十四丁目の、下がピザ店になっている薄汚いアパートメントの最上階にあるふた間の部屋で、ひとり住まいだった。入口はビルの通用口で、エレベーターはなし。階下のピザ店のほかに、借家人がもう三人いる。本人はそこに六年間住んでいた。その前は七十三丁目通りとウェスト・エンド街の角。その前はグリニッチ・ヴィレッジのチェリー通りで、生まれたのもそこだ。

ヴァイオレット・スミスは」警視は目を閉じたまままつづけた。「どこをどう見ても、アーチー・アバネシーとは正反対だった。アバネシーが隠遁者だったのに対し、ヴァイオレットはタイムズ・スクエア界隈の連中とひとり残らず知り合いだった。アバネシーがうぶな世間知らずだったのに対し、ヴァイオレットは雌狼そのものだった。アバネシーが生涯のほとんどを母親に守られて過ごしたのに対し、ヴァイオレットは金を払って受けるたぐいの保護しか知らなかった。アバネシーは悪徳と無縁で、ヴァイオレットは美徳と無縁だった。ヴァイオレットはアルコールとマリファナの依存症で、もっと強い麻薬に手を出しはじめたところだった。アバネシーは一生のうち一ペニーも稼がなかったが、ヴァイオレットは荒っぽい手で暮らしを立てていた」

「六番街でもうろついてたんだろうな」エラリイが言った。

「それはちがう。外ではけっして客をとらなかった。仕事は電話で受けて、しじゅうお呼びがかかっていたようだ。

アバネシーのときは手がかりがなかったが」警視は抑揚のない声でつづけた。「ヴァイオレットのときは大ありだった。あの手の女がやられると、ふつう調べるのは周旋人や女友達や客や麻薬の売人、それに背後にかならずいる悪党――この線を追えば答が出る。まあ、それが通常の手順だ。ヴァイオレットには九回の逮捕歴があって、いくらかおつとめもしていた。フランク・ポンポやらその他の有象無象とつながっていたよ。ただ、それ以上はわからなかった」

「それはほんとうに――」

「〈猫〉のしわざかって？　実のところ、はじめは確信がなかった。使われたのが例の紐でなければ――」

「同じインド産の絹ですか」

「色はちがう。薄赤い、サーモンピンクのような色だった。しかし材質はあのタッサーシルク、そう、アバネシーの事件と同じだ。ただし、アバネシーのときは青い紐だった。第三の事件が起こり、第四、第五とつづくうちに、共通する手口が明らかになり、ヴァイオレット・スミス事件もこの連続殺人のひとつと断定するに至った。掘れば掘るほどたしかになったわけだ。見かけも雰囲気も同じだ。殺人者が来ては去り、ブラインドには影すら映らない」

「それでも――」

だが警視は首を横に振った。「裏の情報網を使ってじゅうぶんに調べた。もしヴァイオレットを始末する話があったら、少しはこちらにも伝わるはずだ。しかし、たれこみ屋は何も知らなかった。口を割らなかったわけじゃない。ただ知らないんだ。

ヴァイオレットはなんの面倒も起こしていなかった。これが見せしめを狙った制裁などでないことは明らかだ。生活のためにいかがわしい商売をしていたが、がたがた言わずに仕事をこなす程度の賢さはあった。金を巻きあげられるのはこうした商売には付き物だとわきまえていた。仲間からは慕われて、頼りになる古株だった」

「四十過ぎで」エラリイが言った。「身を削る商売をしていたのか。まさかとは思うけれど――」

「自殺か。ありえないな」

エラリイは鼻の頭を掻いた。「先へ進んでください」

「ヴァイオレットは死後三十六時間以上経って発見された。六月二十四日の朝、前日からずっと電話をかけていた女友達が階段をのぼり、ドアは閉まっていたが施錠されていなかったので中へはいると――」

「アバネシーは安楽椅子にすわって死んでいたんでしたね」エラリイは言った。「ヴァイオレット・スミスは正確にはどうなっていたんですか」

「居間と寝室があって、居間の壁に簡易台所がついている。遺体があったのは、その二間をつなぐドアのあたりの床だ」

「どっち向きに？」エラリイはすかさず訊いた。

「ああ、そうだな、しかしなんとも言えない。しっかりと体をまるめていたんだ。どんなふうに倒れたのかはわからない」

「どちら側から襲われたんですか」

「アバネシーと同じ、背後からだ。そして紐は結んであった」

「ああ、やっぱりそうか」

「なんだと？」

「アバネシーのときも紐は結ばれていました。それが気になってて」

「なぜだ」警視は背筋を正した。

「まあ……これにて完了ってことか」

「どういう意味だ」

「仕上げの飾りですよ。でも、そんなものが必要かな。相手が死ぬまでは手を離したりしないものでしょう？　そのあとでなぜ結ぶのか。絞殺のさなかに紐を結ぶのは、現実にはかなりむずかしいはずです。だとしたら、殺したあとで結んだことになります」

警視は大きく目を見開いていた。

「ていねいに包装した小包にリボンで蝶結びをするようなものですよ。余分な――芸術的とでも呼ぶべき――ひと手間。きちんとした、満足のいく形。満足のいく……なんと言えばいいのか。完遂への情熱。総仕上げ。そう、まさしく締めくくりです」

「いったいおまえは何を言ってるんだ」

「よくわからないんですよ」エラリイは暗い声で言った。「そう言えば――押し入られた痕跡は？」

「ないな。被害者は犯人が来るのを待っていたというのがおおかたの意見だ。アバネシーのときもそうだった」

「客を装ったんでしょうか」

「そうかもな。それならただ部屋にはいりさえすればいい。寝室を使った形跡はなく、被害者は化粧着の下にはスリップとパンティーをつけていた。証言によると、家にいるときはたいがいネグリジェ姿だったらしい。だが、犯人がだれであってもおかしくはないぞ、エラリイ。よく知っている相手でも、あまりよく知らない相手でも、あるいはまったく知らない相手でもいい。別にむずかしいことではないからな」警視は言った。「ミス・スミスと知り合いになるのは」

「ほかの住人は――」

「物音を聞いた者はいない。ピザ店の従業員はヴァイオレットが住んでいることすら知らなかった。ニューヨークとはそういう街だ」

「穿鑿《せんさく》するな、他人事に首を突っこむな」

「上の階でご婦人が死にかけていてもな」

警視は立ちあがり、いらいらと窓辺へ向かった。しかしすぐに引き返し、苦い顔で腰かけた。「つまり、われわれはスミス事件でも何も得られなかったわけだ。それから――」

「質問。アバネシーとヴァイオレット・スミスとのあいだに、なんらかのつながりは見つかったんですか。ほんの少しでも」

「いや」

「では、つぎへ」

「第三の事件、起こりけり」警視はおごそかな低い声で言った。「ライアン・オライリー、四十歳の靴屋の店員。チェルシーのアパートメントに妻と子供四人とともに住んでいた。日付は七月十八日、スミス殺害事件から二十六日後だ。

オライリー殺しはな」警視は言った。「あまりにもひどい……気の滅入る事件だった。身を粉にして働く男で、よき夫、子煩悩な父親でもあり、なんとか暮らしを立てていくために懸命にがんばっていた。家族を食べさせるために仕事をふたつ掛け持ちしていた。昼はロワー・ブロードウェイにある靴店でずっと働き、それから川向こうのブルックリンにある、フルトン通りとフラットブッシュ街の角の店で夜勤をした。あんな不運に遭わなければ、なんとかやっていけただろうに。二年前に子供のひとりが小児麻痺にかかった。もうひとりは肺炎になった。そのあと、かみさんがブドウジャムを瓶詰めにしようとして熱いパラフィン油を浴び、その火傷を治すために皮膚科の専門医に一年間治療代を払いつづけた。さらに加えて、別の子供が車に轢き逃げされて犯人が捕まらず、子供は三か月入院した。オライリーは自分の千ドルの保険を担保に目いっぱい金を借りた。かみさんは慎ましい婚約指輪を質に入れた。三九年式シボレーを持っていたが、オライリーはそれも売って入院費用にあてた。

たまに一杯やるのが楽しみだったのに、それもやめた。ビールさえもだ。以前はヘビースモーカーだったが、一日十本に減らした。昼はかみさんのこしらえた弁当を食べ、夜は家に帰るまで、たいてい夜半過ぎまで何も口にしなかった。ここ一年はひどく虫歯が痛んだが、そんなばかなことをしている暇はないと言って歯医者に行かなかった。しかし、かみさんが言うには、眠れずに寝返りばかり打っていたそうだ。

窓から熱気が流れこむ。クイーン警視はまるめたハンカチで顔をぬぐった。

「オライリーは土曜の夜に浮名を流すたぐいのアイルランド男ではなかった。痩せて貧相な小男で、分厚い眉毛のせいで、死んでからも何かを心配しているように見えた。自分は腕力のない腰抜けだと、よくかみさんに言っていたようだが、かみさんは亭主を並はずれて根性のある男だと思っていた。ほんとうにそうだったんだろう。ヘルズ・キッチンで生まれ、人生は戦いの連続だった。子供時代は飲んだくれの父親と街のごろつきに囲まれ、その後は貧乏と病気にまとわりつかれた。父親がしじゅう母親を殴っていたことを覚えていて、自分の妻子に対して、その埋め合わせをしようとした。家族こそが全人生だった。

クラシック音楽が大好きだった。楽譜を読めず、習ったこともないのに、オペラや交響曲の一節を口ずさみ、夏にセントラル・パークで開かれる無料の日曜コンサートにはできるかぎり出かけた。子供がラジオを聴いていると、かならずクラシック音楽の局にチャンネルを替えさせ、〈ザ・シャドウ（当時人気があったミステリドラマ）〉よりベートーベンのほうがずっとためになるとよく言っていた。男の子のひとりにはバイオリンの才能があったが、結局レッスンをやめさせるしかなかった。かみさんから聞いたところでは、その日オライリーは夜通し赤ん坊のように泣いていたそうだ。

そういう男だった」まるまった足の爪先をながめながらクイーン警視は言った。「絞殺死体は七月十九日の早朝、ビルの守衛に発見された。入口のホールを掃除しているとき、守衛は階段裏の陰に服の山があるのに気づいた。それがオライリーの亡骸だった。

プラウティによると、死亡推定時刻は十八日から十九日にかけての深夜、十二時から一時のあいだだそうだ。きっとブルックリンでの夜勤から帰ってきたところだったんだろう。店に確認したら、案の定、仕事があがってまっすぐ帰宅した場合の時間と一致した。建物にはいって、階段へ向かう途中で襲われたにちがいない。側頭部に大きなこぶがあって――」

「殴られたのか、それとも倒れてぶつけたのか」エラリイが訊いた。

「なんとも言えない。おそらく殴られたんだろうな。入口のドアをはいったあたりから階段下の発見場所まで引きずられたらしく、大理石の床にゴム底のかかとの擦れた跡があった。争った形跡はなく、物音を聞いた者もいない」警視が鼻を強くつまんだので、しばし先端が白っぽくなった。「オライリーのかみさんは亭主を待ってひと晩じゅう起きていたが、子供たちだけで留守番させるのはさすがにできなかった。ちょうど警察に電話をしようとしたとき――子供が夜中に病気になったらどうすると亭主に言われて、電話だけは売り払わなかったらしい――守衛に呼ばれた警官が来て、悪い知らせを伝えた。

アバネシー殺害事件からずっと、かみさんはこわくて神経をとがらせていたそうだ。こう言っていたよ。〝ライアンはずいぶん遅い時間にブルックリンから帰ってこなくちゃいけなくてね。夜勤はやめてくれってあたしは前々から言ったのに、そのあとで西四十四丁目で女の人も絞め殺されて、あたしは心配で気が変になりそうでしたよ。でも、ライアンは笑い飛ばすだけでした。だれもおれなんか殺さない、殺したってしょうがないからって〟」

エラリイはむき出しの膝に両肘を突き、両手でこっそり顔を隠した。

警視は言った。「さっきより暑くなったようだぞ」エラリイが何やらぶつぶつ言う。「こんなことがあってはならない」警視は忌々しげにつづけた。ワイシャツと下着を脱ぎ、椅子の背に叩きつける。「かみさんと子供四人が残されるなんて。保険金の残りは葬式代で消えてしまった。牧師がいろいろ骨を折っていると思うが、なにぶん貧しい教会区だ。オライリーの遺族は現在ニューヨーク市の生活保護を受けている」

「じゃあ、いまごろ子供たちは〈ザ・シャドウ〉を聴いてるでしょう。もしラジオを手放さずにいれば」エラリイは首を揉んだ。「手がかりなし」

「手がかりなしだ」

「紐は？」

「同じ絹の紐で、青いものだ」

「後ろで結んであったんですね」

「ああ」

「筋の通った手口だな」エラリイはつぶやいた。「でも理由はなんだろう」

「オライリーのかみさんにそう言ってやれ」

エラリイはだまっていた。しかし、しばらくしてこう言った。「例の漫画家が事件に目をつけたのはそのころでしたね。〈猫〉が初登場したときのことを覚えてますよ。《エクストラ》の紙面から飛び出してきたけれど……たいした絵じゃなかったし、いまだってそうです。漫画時代の偉大な怪物ってやつかな。あの漫画家は悪魔崇拝部門でピュリッツァー賞をもらうべきです。あきれるほど線が省略され、描かれていない部分を想像力が補うようにしてある。あれなら、読者のベッドにもぐりこんでくること請け合いですよ。〝猫の尻尾は何本？〟という、あのキャプション。くっきりとした三本の尾があがって、先がまるまっている。ふさふさした本物の尻尾ではなく、どちらかと言うと紐に近い。先端は輪縄のようで、首を絞めるのにちょうどいい……首は描かれていませんけどね。一番目の紐に1、二番目の紐に2、三番目に3と書いてあって、アバネシーとかスミスとかオライリーじゃない。漫画家の戦略は正しい。〈猫〉にとって大事なのは数量です。すべての人間を平等にするのは数ですからね。建国の父祖たちやエイブ・リンカーンもただの人間と変わらない。〈猫〉は人間性というものをあまねく平らにならす。爪が鎌の形をしているのは偶然じゃない」

「ご立派な話だが、重要なのは八月九日の翌日に〈猫〉がまた紙面に現われたことだ」警視が言った。「四本目の尻尾をつけて」

「それも覚えてます」エラリイはうなずいた。

「モニカ・マッケル。八月九日。オライリー殺害から二十二日後だった」

「社交界の永遠の新星。三十七歳でますますおさかんだった」

「パーク街と五十三丁目通りの角にある〈カフェ・ソサエティー〉の常連だ。テーブルを跳び越えかねない女で、爆撃嬢の異名をとった」

「作家のルーシャス・ビーブのもっと上品な表現によれば、〝無鉄砲モニカ〟」

「そうとも言う」警視は言った。「マッケルのばか娘としても名を馳せている。マッケルとは石油で巨万の富を築いたモニカの父親だが、モニカは儲けの出なかった唯一の試掘井戸《ワイルドキャット》だと当の父親から言われたことがある。それでいて、自慢の娘だったらしい。たしかにワイルドだったよ――子供のころからジンの瓶をかかえ、禁酒法時代にその名が知れ渡った。酔ったときの得意技は、カウンターでバーテンダーを出し抜いて腕前を披露することだった。酔っていてもしらふでも、マティーニを作らせたらニューヨーク一だったそうだ。ビルの最上階のペントハウスで生まれて、地下鉄で死んだ。どん底まで落ちたわけだ。

モニカはぜったいに結婚しなかった。ずっとそばにいても我慢できる独身男の知り合いは、レイボウィッツという馬しかいない、と本人が言っていたことがある。そして、その馬と結婚しなかった唯一の理由は、トイレのしつけができそうもないからということだった。婚約なら十回以上したが、最後の最後にいつも逃げだした。父親は怒鳴り、心配性の母親はひどく取り乱したが、どうにもならなかった。両親はモニカの最新の婚約には大いに期待していた――そのハンガリーの伯爵とこんどこそ結婚しそうに見えたからだが――そこで〈猫〉が邪魔をした」

「地下鉄でね」エラリイが言った。

「ああ。なぜそんな場所へ行ったのか。それはこういうわけだ。モニカ・マッケルはニューヨークの地下鉄網の熱烈な支持者だった。機会があればかならず地下鉄に乗った。女が庶民感覚を理解するのはここしかない、とコラムニストのエルザ・マックスウェルに言ったらしい。同伴の男を、とりわけ燕尾服を着ているときに地下鉄へ引き連れていくのが好きだった。

おかしなものだよ」警視は言った。「命を落としたのがその地下鉄だったとはな。その晩モニカはスヌーキーや――例の伯爵のことだが――友人たちといっしょにナイトクラブめぐりをしていた。しまいにグリニッチ・ヴィレッジの怪しげな店にまで行き、朝の三時四十五分ごろにはバーを仕切るのにも飽きてきたので、その日はお開きにした。仲間はタクシーに乗りはじめたが、モニカがひとり息巻いて、アメリカ流がいいとほんとうに思うなら地下鉄で帰るべきだと言って譲らなかった。ほかの連中に向かって嚙みついたのに、ハンガリー人の伯爵がかっとなって――しかもウォッカのコーラ割りをしこたま飲んだあとだったから――百姓どものにおいを嗅ぎたければ国にとどまっていたとか、地面の下へ行くのもどんな意味で下へ行くのもまっぴらだとか、そんなことを言い放った。そんなに地下鉄に乗りたければ勝手に乗って帰ればいい、とな。だから、モニカはそうした。

だから、そうしたんだ」そう言って、警視は唇を湿らせた。「そして、午前六時少し過ぎに、シェリダン・スクエア駅のプラットホーム端のベンチに横たわっているのを発見された。見つけたのは保線作業員だ。呼ばれた警官はひと目見て青くなった。首にサーモンピンクの絹の紐が巻きつけられていたからだ」

警視は立ちあがって台所へ行き、レモネードの水差しを持ってもどった。ふたりでだまって飲んだあと、水差しを冷蔵庫へしまった。

警視がもどると、エラリイは眉間に皺を寄せて言った。「たいした時間は――」

「いや」警視は言った。「死後二時間ばかり経っていた。だから、襲われたのは午前四時かそれより少しあとだ。ナイトクラブを出てシェリダン・スクエア駅まで歩き、おそらく電車が来るのを何分か待っていたころだったと思う――朝のあの時間にはあまり走っていないからな。だがセボー伯爵は、五時半まではたしかに仲間といっしょだった。帰宅途中にマディソン街と四十八丁目通りの角にある終夜営業のハンバーガー店にみんなで立ち寄ったんだ。殺害推定時刻のかなりあとまで、一分刻みでアリバイがある。だいいち、なんのために殺すんだ。父親のマッケルは、ふたりの運命の糸が結ばれれば——おっと、この言い方はまずいな——そのときには莫大な財産がセボーのものになると約束していた。大事な金蔓《かねづる》の首に手をかけるくらいなら、セボーは自分の首を絞めていただろう。あのハンガリー人は犯人じゃない。

モニカ・マッケル事件では」警視は首を横に振りながら言った。「シェリダン・スクエア駅の入口までは足どりを追うことができた。夜勤のタクシー運転手が、ナイトクラブから駅までの途中でモニカを見つけて、脇へ停めたという。モニカは徒歩で、連れはいなかった。けれどもモニカは笑いながら運転手に〝お門ちがいよ。わたしは働く貧しい女で、家へ帰るのに電車賃の十セントしか持ってないんだから〟と言い、金色のメッシュのハンドバッグを開いてみせた。中にあったのは口紅、コンパクト、十セント玉ひとつだけだった。モニカが颯爽と通りを去っていき、ダイアモンドの腕輪が街灯の下できらめいた。横目でちらりと見る様子は映画スターのようだった、と運転手は言った。実のところ、モニカが着ていたのはインドのサリーに似た、金糸を織りこんだドレスで、その上に白いミンクの上着をはおっていた。

また、駅の近くに車を停めていたもうひとりのタクシー運転手が、モニカがスクエアから来て駅の階段をおりていくのを見ている。やはり徒歩で、連れはいなかった。

その時間には小銭交換所に人はいない。おそらくモニカは回転式改札口に手持ちの十セントを入れ、プラットホームの端のベンチまで歩いていったのだろう。そして数分後には死んでいた。

宝石もバッグも上着も、そのままだった。

プラットホームでだれかといっしょにいたという証拠は見つかっていない。二番目のタクシー運転手は、モニカが駅の階段をおりていった直後に客をひとり拾ったが、あたりにいたのはその男だけだったらしい。〈猫〉はプラットホームで待ち伏せしていたのかもしれない。ふたりの運転手に見られないように建物の出入口に身をひそめ、通りでモニカを尾行していたのかもしれない。あるいは、アップタウンから地下鉄に乗ってシェリダン・スクエア駅でおり、そこでモニカを見かけたのかもしれない。なんとも言いようがないんだ。抵抗したとしても、その痕跡は残っていない。悲鳴をあげたとしても、聞いた者はいない。そして、それがモニカ・マッケルの末路だった――ニューヨークで生まれ、ニューヨークで死んだ。最上階のペントハウスから地下鉄まで。どん底まで落ちた」

しばらくして、エラリイが口を開いた。「ああいう女は三文小説まがいの揉め事にいろいろと巻きこまれているものです。醜聞を山ほど耳に……」

「いまやわたしは」警視は深く息をついた。「モニカの謎にかけては世界一の権威だ。教えてやろう。たとえば本人の左乳房の下に火傷の跡があるが、それは熱いストーブにぶつけたからじゃない。一九四六年二月に失踪し、父親がニューヨーク市警とFBIを焚きつけて無駄な捜索をさせたが、そのとき本人がどこでだれといっしょにいたかもわたしは知っている。新聞では当時いろいろ騒がれたが、弟のジミーとはなんの関係もなかった――何しろ弟は除隊したばかりで、市民生活に復帰することで精いっぱいだったからな。暗黒街の帝王レッグス・ダイアモンドの署名入りの写真がなぜモニカの手に渡り、いまも寝室の壁に掛かっているのか、それも知っている。おまえが考えそうな理由とはちがうぞ。金鉱成金のハリー・オークス卿が殺害された年に、事件が起こったナッソーからモニカがなぜ去ったのか、また、だれがそうさせたのかも知っている。〝赤狩り〟のJ・パーネル・トーマス議員でさえ突き止められなかったことも知っている――モニカは一九三八年から四一年まで正規の共産党員であり、やめてから反ユダヤ主義の政治団体〈クリスチャン・フロント〉で四か月活動したが、その後そこも飛び出して、ラル・ディヤーナ・ジャクソンというハリウッドの導師のもとでヨガの呼吸法を学んだ。

このとおり、爆撃嬢だか無鉄砲だかのモニカについて、わたしは知りうるかぎりのことをすべて知っているんだ」警視は言う。「なぜ〈猫〉に殺される羽目になったかを除けばな……。だがこれだけは言えるぞ、エラリイ。もし、地下鉄のプラットホームで〈猫〉が近寄ってきて〝失礼ですが、ミス・マッケル、わたしは〈猫〉でして、いまからあなたを絞め殺します〟と言ったら、おそらくモニカはすわる場所を詰めてこう言ったんじゃないかな。〝まあ、ぞくぞくする。腰をおろして、くわしく聞かせてちょうだい〟」

エラリイが勢いよく立ちあがった。走者が準備運動をするように、居間をせわしなく歩きまわる。背中から汗が流れ落ちるのを警視は見守った。

「いまのところここで行き止まりだ」警視は言った。

「まったく何も？」

「進まないんだ。思うに」警視は苛立たしげに言った。「マッケル老が十万ドルの懸賞金をかけたのは責められないが、その成果と言えば、別の角度で新聞に大きく採りあげられ、われわれが一万人の頭のおかしな連中からめでたい与太話の集中砲火を浴びたことぐらいだ。マッケルが高い報酬で雇った高慢ちきな探偵どもも役に立たなかった」

「新しいネズミのほうはどうですか」

「五番目か」警視は指の関節を鳴らし、不愉快な数をかぞえた。「シモーヌ・フィリップス、三十五歳、東百二丁目の給湯設備のない部屋に妹と住んでいた」渋い顔で言う。「このネズミは自分でチーズを漁ることさえできなかった。子供のときから背骨に障碍があり、下半身が麻痺していたんだ。人生の大半をベッドで過ごした。楽な獲物と言えるだろうな」

「そうですね」エラリイはレモンをひと切れなめて顔をしかめた。「なんだか卑怯だな。

やったのが〈猫〉だとしても」

「先週の金曜日の夜のことだ。八月十九日。モニカ・マッケル事件の十日後だ。妹のセレストがシモーヌの身のまわりを整えてラジオをつけてやり、それから近所へ映画を観にいった。九時ごろだ」

「そんな遅くに？」

「呼び物の作品だけが目当てだったんだ。セレストが言うには、シモーヌは留守番をいやがるが、自分も週に一度くらい出ないことには――」

「なるほど、毎週ですか」

「そうだ。妹はいつも金曜の夜に外出した。それが唯一の気晴らしだったという。シモーヌはひとりでは何もできず、セレストだけが頼りだった。ともあれ、セレストは十一時を少しまわったころに帰宅した。すると、体の不自由な姉が絞め殺されていたんだ。サーモンピンクの絹の紐が首に巻きつけられていた」

「歩けない女がだれかを迎え入れたとは考えにくいな。何か押し入った形跡は――」

「シモーヌを置いて出かけるとき、セレストはアパートメントのドアにけっして鍵をかけなかった。シモーヌがガス漏れや火事をひどく恐れていたからだ。妹がいないときに、ベッドで動けず逃げられなくなるのを心配していたらしい。鍵をかけないでおけば気分が落ち着いた。同じ理由で、電話も引いてあった。支払う余裕はとうていなさそうだがね」

「この前の金曜ですか。今夜と同じくらい暑かったな」エラリィは一考した。「あのへんの連中はみんな入口の階段にたむろしたり、窓から顔を出したりしていたはずです。だれも何も見なかったと？」

「九時から十一時までのあいだに正面入口から建物にはいったよそ者はいない、という証言が多くあるから、〈猫〉は裏からはいったにちがいない。裏口は中庭へ通じていて、中庭へはほかの建物の裏口や両脇の道など、いくつもの経路から侵入できる。つまり出入り自由だ。フィリップス姉妹の部屋は裏側の一階にある。廊下は暗く、二十五ワットの電球で照らされているだけだ。犯人はそこへ苦もなくはいって出ていった。しかし、われわれはその一帯へ何度も行って建物のなかも外も調べつくしたが、何も出てこなかった」

「悲鳴もなかったんですね」

「叫んだとしても、だれも気に留めなかった。暑い夜の集合住宅地区がどんなものか知っているだろう――子供たちが深夜まで通りにいて、叫び声がそこらじゅうであがる。だが、被害者は声を出さなかったような気がするな。あそこまで恐怖が浮かんだ人間の顔は見たことがない。極度の麻痺状態だったんだろう。形ばかりの抵抗すらできなかった。口をあけて目を大きく見開き、ただすわっているばかりだったとしても不思議はない。そのあいだに〈猫〉は紐を出して被害者の首に結び、きつく引き絞った。たしかに、これほどたやすい仕事はないな」

警視は立ちあがった。「シモーヌの上半身はひどく肉づきがよかった。つついたら向こう側まで突き抜けそうな感じの太り方だ。骨も筋肉もないかのようだった」

「筋肉《ムスクルス》」レモンをしゃぶりながらエラリイは言った。「ラテン語で小さなネズミの意味もある。筋肉が縮まって、猫の餌食になったわけだ。ちょっとした退化ですね」

「まあ、二十五年以上あのベッドにいたんだからな」警視はゆっくり窓辺へ向かった。

「まったくきょうは暑いな」

「シモーヌ、セレスト」

「どうした」警視は言った。

「ふたりの名前ですよ。ずいぶんフランス風だ。母親に詩心があったんでしょうか。そうじゃなきゃ、なぜ〝フィリップス〟なのか」

「父親がフランス人だった。もとの姓はフィリップだったが、渡米したときに英語風に変えたんだ」

「母親もフランス人ですか」

「だと思うが、ふたりが結婚したのはニューヨークだ。フィリップスは貿易商で、第一次世界大戦中にひと財産築いた。一九二九年の株式大暴落ですべてを失って自分の頭を撃ち抜き、フィリップス夫人は一文なしで残されたんだよ」

「体の不自由な子供といっしょにですか。苦労したんだな」

「家で縫い子の仕事をして、しのいだそうだ。しっかり生きてきた、とセレストは言っている——それどころか、ダウンタウンのニューヨーク大学にまで入学できたんだが、その年にフィリップス夫人が胸膜肺炎で死んだ。五年前のことだ」

「さらなる苦難に襲われたわけだな、セレストは」

「ピーチパフェのような暮らしは望めなかっただろう。シモーヌにはしじゅう付き添いが必要だったからな。セレストは大学をやめるしかなかった」

「どうやって生計を立ててるんですか」

「母親が仕事をもらっていた婦人服の店でモデルをしている。平日の午後と、土曜の一日じゅうだ。すらりとした体つきで、黒っぽい髪のなかなかきれいな娘だよ。ほかの店のほうがずっと稼げるけれど、そこだと家から近いし、シモーヌをあまり長くひとりにしておけないから、と本人が言っていた。セレストがシモーヌにいいように使われている印象を受けたので、近隣住民にたしかめてみた。すると、シモーヌはセレストに絶えず小言を言っていたことがわかった。愚痴や不平を漏らしては、まわりから聖女だと思われている妹をくたくたに疲れさせていたらしい。セレストが打ちのめされたように見えたのは、たぶんそのせいだろう。会ったとき、ずいぶん口が重かった」

「聞きたいんですが」エラリイは言った。「先週の金曜の夜、聖女のごとき若い娘はひとりで映画を観にいったんですか」

「そうだ」

「いつもひとりで？」

警視は驚いたようだった。「知らないな」

「調べて損はないでしょう」エラリイは体を深く前に倒し、敷物の皺を伸ばした。「男友達はいないのかどうか」

「いないと思う。男と出会う機会はあまりなかったんじゃないか」

「セレストは何歳ですか」

「二十三だ」

「成熟した若い女――で、その紐もタッサーシルク？」

「そうだ」

敷物の皺が直った。

「で、話はそれで全部ですか」

「いや、まだまだあるぞ。特に、アバネシーとヴァイオレット・スミスとモニカ・マッケルについては」

「というと？」

「おまえになら喜んで資料を見せてやろう」

エラリイはだまっていた。

「じっくり読みたいか」父は尋ねた。

「五人の被害者のつながりが見つかっていません」

「少しもな」

「見ず知らずの者同士だと」

「わかっているかぎりでは、そうだ」

「共通の友人や知人や親類はいなかったんですか」

「いまのところ見つかっていない」

「信仰を通してのつながりはどうでしょう」エラリイは唐突に訊いた。

「アバネシーは聖公会の会員だ。それどころか、父親が死ぬ前に聖職をめざして勉強していた時期もあったという。だが、母親の看病が忙しくなって、やめてしまった。母親の死後に教会へ行ったという話は聞かない。

ヴァイオレット・スミスの家はルター派だ。われわれの知るかぎり、本人はまったく教会へは行っていない。家族に追い出されてから長い年月が経つ。

モニカ・マッケルは——マッケル家の全員は——長老派だ。マッケル夫妻は教会の活動に非常に熱心で、モニカも——ちょっと驚いたんだが——信仰心が篤かった。

ライアン・オライリーは熱烈なカトリック信者だった。

シモーヌ・フィリップスの両親はどちらもフランスのプロテスタントだったが、シモーヌ自身はクリスチャン・サイエンスに関心があった」

「好ききらい、習慣、趣味……」

警視は窓辺から振り返った。「なんだって？」

「共通の分母を探してるんです。被害者は種々雑多な人間の集まりだ。でも、そこにはきっと共通した特性、経験、役目が……」

「どう見ても、哀れな雑種犬同士につながりはなさそうだが」

「お父さんの知るかぎりではね」

警視は笑い声をあげた。「エラリイ、このメリーゴーラウンドにはじめから乗っていた者として言わせてもらうが、この連続殺人ではナチスの遺体焼却場と同じ程度の道理しか通らないんだ。

一連の犯行には時間的な規則性もなければ、それとわかる連続性もない。事件から事件までの間隔は十九日、二十六日、二十二日、十日だ。犯行時刻がいつも夜だというのは認めるが、そもそも猫は夜歩くものだろう？

被害者がいた場所は市内全域に渡っている。グラマシー・パーク付近の東十九丁目。ブロードウェイと六番街にはさまれた西四十四丁目。九番街に近い西二十丁目。つぎはパーク街と五十三丁目の角だが、この場合、実際にはグリニッチ・ヴィレッジのシェリダン・スクエアの地下に被害者はいた。そして東百二丁目。

経済状態はどうだろう。上流、中流、貧困層。社会的な立場はどうか。これはおまえが見つけてくれ。アバネシーにも、ヴァイオレット・スミスにも、ライアン・オライリーにも、モニカ・マッケルにも、シモーヌ・フィリップスにもあてはまるパターンをな。

動機は？　金銭欲ではない。怨恨でもない。そんな人間らしい動機ではない。性的な犯行とか、背後に性衝動が隠れていたとか、そんなことを示すものはまるでない。エラリイ、これは殺しのための殺しなんだ。〈猫〉の標的は人類だ。二本足であればだれでもいい。わたしに言わせれば、まさにこれがニューヨーク流の料理だよ。そして、われわれが蓋をしっかり閉めないと、この殺人事件は噴きこぼれる」

「それでも」エラリイは言った。「無差別に見境なく人間狩りをする血に飢えた獣にしては、〈猫〉はある価値観をしっかり持っているとしか言いようがありません」

「価値観？」

「そう、時間のかけ方です。森暮らしの思想家ソローが小川の流れをとらえて釣りをしたように、〈猫〉は流れる時間をうまく使いました。ひとり住まいのアパートメントでアバネシーを捕まえるには、部屋の出入りを人に見聞きされる危険を冒さなくてはいけない。アバネシーは早寝でしたからね。そのうえ、アバネシーのもとへめったに客は来なかったから、ふつうの時間に訪ねれば隣近所の目を引きかねない。そこで〈猫〉はどうするか。アバネシーをうまくまるめこんで、建物の住民が寝静まった時分に会う約束をするんです。

そのためには、融通のきかない独身男に長年の習慣を変えさせるというかなりの芸当が必要でした。言い換えれば、〈猫〉は時間を敵にまわしたときの障碍を考えて、時間を味方につけるほうを選んだわけです。

　ヴァイオレット・スミスの場合、前もって約束したにせよ、本人の営業時間を慎重に調べたにせよ、この多忙なご婦人が部屋にひとりでいる時間帯を〈猫〉が選んだことは否定できません。

　オライリーは？　ブルックリンの夜勤から帰宅したときがもっとも無防備でした。そして〈猫〉が階下のホールで待ち伏せしていたんです。いい時機を選んだと思いませんか」

　警視は口をはさまずに耳を傾けている。

「モニカ・マッケルは？　じっとしていられないタイプの女にちがいない。そして、そういう女は――しかも、ああいう育ちなら――群れのなかに隠れるものです。いつも人目にさらされていますからね。地下鉄に憧れるのは偶然じゃない。モニカの場合はすんなりとはいかなかったはずです。それでも、絶好の場所と時間にひとりでいるモニカを〈猫〉は捕まえた。まさにその瞬間を見つけるために、幾晩尾行したことでしょうか。

　そして、体の不自由なシモーヌ。いったん近づけば仕事はたやすい。でも、見られずに侵入するにはどうすればいいか。人がおおぜいいるアパートメントで、しかも夏です。セレストが仕事で出かけているときでも、日中は無理だ。でも夜はいつも妹がいっしょにいる。いつも？　いや、そうでもない。毎週金曜の夜に、邪魔者のセレストは映画を観にいく。そして、シモーヌが絞殺されたのは？　金曜の夜だった」

「それで終わりか」

「はい」

クイーン警視の反応は鈍かった。「なかなか筋が通っている」と言う。「説得力もある。だが、おまえの話は〈猫〉がはじめから殺す相手を選んでいたという前提に立っている。〈猫〉にそんなつもりはなかったという前提に立ったとしたらどうだ？――ちなみにその前提は、被害者同士につながりがまったく見られないという事実に支えられている。

だとしたら、ある夜〈猫〉はたまたま西四十四丁目をぶらついていて、手ごろな建物をなんとなく物色し、屋上から逃げるのに好都合だから最上階の部屋を選んだ。ナイロンストッキングかフランス製の香水のセールスマンを――ドアをあけさせるためならなんだっていいが――装い、それがある人間の運のつきで、ある人間とはたまたまヴァイオレット
・スミスという名の娼婦だった。
七月十八日の夜、ふたたびその気になった〈猫〉はなんとなくチェルシー地区へ足を向けた。もうじき夜の十二時で、狩りには絶好の時間だ。くたびれた様子の小男を追ってビルの入口のホールへはいり、それがオライリーという勤勉なアイルランド人の最期となった。ひょっとしたら被害者は、ブロンクスの女とデートして午前二時ごろ帰宅したウィリ

アム・ミラーという運送店の事務員になっていたかもしれない。その男がのぼった階段の裏には、オライリーのまだあたたかい死体が横たわっていた。

八月九日の早朝、〈猫〉はヴィレッジ界隈をうろついていた。そこで、連れのいない女がひとりで歩いているのに目をつけた。地下鉄のシェリダン・スクエア駅まであとをつけ、それがニューヨーク社交界の花の最期となった。モニカ・マッケルは十二気筒エンジン搭載の高級車に乗っていれば助かったんだ。

また、八月十九日の夜、別の首を絞めたくなった〈猫〉は、百二丁目に姿を現わし、大好きな暗い中庭にはいってこっそり歩きまわるうち、一階の窓の向こうに太った若い女がひとりでベッドにいるのに気づいた。それがシモーヌ・フィリップスの最期となった。

さあ、そうでなければどうだったというのか、なんでも聞かせてもらおう」

「アバネシーは？

アバネシーが残ってますよ」エラリイが言った。「アバネシーはとらえどころのない人間でした。考えに入れないのも無理はない。でも、たしかにあの絹の紐で首を絞められて死んだんです。それに、だれかと会う約束をしていたって、お父さん自身は言ったのでは？」

「全体の状況から見て、会う約束があったのかもしれないと言ったんだ。しかし、わかるものか。何か事情があっていつもより遅くまで起きていたのかもしれない。ラジオ番組を聴くためかもしれないし、安楽椅子で眠ってしまったのかもしれない。〈猫〉はふらりと建物にはいってアバネシーの部屋のドアの下から明かりが漏れているのを見て、ノックし——」

「アバネシーは相手を中へ入れたと?」

「ドアの錠をはずすだけのことだ」

「アバネシーみたいな男が? 夜の十二時に?」

「あるいは、ドアのスプリング錠の点検を忘れたのかもしれない。そこへ〈猫〉がはいってきて、出ていくときに解除したんだろう」

「じゃあ、どうして叫び声をあげなかったんですか。走って逃げてもいい。すわっている椅子の後ろに〈猫〉が行くのを許したのはなぜですか」

「もしかしたら——シモーヌ・フィリップスと同じように——すくんで動けなかったのかもしれないな」

「なるほど」エラリイは言った。「そうかもしれません」

「わかっている」警視は力なく言った。「アバネシーの件は説明がつかない。まったくだめだ」肩をすくめる。「おまえがまちがっているとは言わないよ、エラリイ。だがな、われわれが何と向き合っているかはわかるだろう。そして、このろくでもない事件はまるごと、わたしの肩にかかっている。それだけでもうんざりするよ。だが、まだ〈猫〉は仕事を終えたわけじゃない。事件はまた起こり、さらにまたひとつ起こり、〈猫〉が捕まるか、動きすぎて息絶えるまでつづくんだ。どうやって防げばいい？　ニューヨークみたいな街から殺人を一掃できるほど、合衆国の警官の数は多くない。〈猫〉の活動範囲がマンハッタンだけですむかどうかはわからないし、ほかの地区でもそう思われている。ブロンクスでも、ブルックリンでも、クイーンズでも、リッチモンドでも、一般市民はまったく同じ受け止め方をしている。ロングアイランドやウェストチェスターやコネチカットやニュージャージーなど、通勤圏全域でも同じだ。ときどき、悪い夢を見ている気がするよ。エラリイ――」

エラリイが何か言いかけた。

「話が終わるまで何も言うな。おまえはヴァン・ホーン事件でしくじり、そのせいでふたりの人間を死なせてしまったと思っている。おまえが立ちなおれるように、わたしはこれでもいろいろ気をつかってきた。とはいえ、良心の痛みをことばで取り除いてやることはだれにもできまい……。今後何があろうとどんな事件にも首を突っこまない、と誓いながらおまえが穴のなかへ這い進むのを、わたしはだまって見ているしかなかった。

だがな、エラリイ」警視は言った。「これは特別な事態だ。この事件は手強い。事件そのものだけでなく――それだけでもじゅうぶんに手強いが――周囲への影響も手強いんだ。殺人事件をいくつか片づければすむ話ではないんだよ、エラリイ。これは戦いだ――全市崩壊を防ぐためのな。そうあきれた顔をするな。いまにそうなるんだから。もう時間の問題だ。具合の悪い場所で殺人が一件でも起こったら……。今回の件でわたしから栄誉を奪いたがる者など、市警本部にはひとりもいない。この老いぼれのことを全員が気の毒に思っている。ひとつ教えてやろうか」警視は八十七丁目を見おろして窓枠に手をかけた。「さっきも言ったが、警察委員長がわたしを〈猫〉特別捜査班の長に据えたのには考えがあるらしい。委員長はおまえを変人だと思っているが、いつになったらおまえが元気になって、天から授かった突飛な才能を発揮しにもどってくるのかとしつこく訊いてくる。まあ、思うに、だからこそあえてわたしを任命したんだろう」

「なんのために？」

「おまえを事件に引きずりこむためにさ」

「冗談でしょう！」

父は息子を見た。

「だって、そんなことをするはずがない」エラリイの顔が曇った。「まさかお父さんに。それは最大の侮辱じゃありませんか」

「この連続絞殺事件を食い止めるためだ。これしきのことはなんでもない。とにかく、どうだっていいじゃないか。おまえはスーパーマンではない。だれも奇跡を期待してはいないんだ。おまえだって侮辱されたようなものだ。人は差し迫ればなんだってする。委員長みたいな石頭でもな」

「ありがとう」エラリイはぼそりと言った。「心に染みます。ほんとうに」

「冗談は抜きにして言おう。おまえをいちばん必要とするときに逃げられたら、わたしにはひどくこたえるよ。どうだエラリイ、やってくれないか」

「まったく」息子が言う。「老獪きわまりない父親だな」

警視はにやりと笑った。

「もちろん、これほど重大な事件で力になれるなら、ぼくは……。だけどだめですよ、お父さん。不安でたまらない。やりたいのにやりたくない気分です。ひと晩考えさせてください。いまのままでは、お父さんの役にもほかのだれの役にも立てません」

「いいとも」警視は歯切れよく言った。「やれやれ、わたしとしたことが、一席ぶつとはな。政治家はどんなふうにやるんだろうな。レモネードをもっと飲まないか。ジンを少し入れると口あたりがよくなる」

「ぼくの場合は少しじゃ足りません」

「動議に賛成する」

だが、どちらも本気で言ったわけではなかった。

警視はうなりながら台所の椅子に腰をおろし、考えた。エラリイにはありきたりの心理学では歯が立たない。〈猫〉もエラリイも、ひとつの痛みから生じるふたつの疼きに感じられる。

椅子を傾け、タイル貼りの壁に背を預けた。

ひどい暑さだ……。

目をあけると、ニューヨーク市警の警察委員長が見おろしていた。

「ディック、ディック」委員長が言っている。「起きてくれ」

エラリイが台所の戸口にいて、まだショートパンツ姿だった。

委員長は帽子をかぶらず、ギャバジンの上着の脇の下が濡れている。

クイーン警視は目をしばたたかせた。

「わたしからきみに直接知らせると署には言っておいた」

「知らせるって何をですか、委員長」

「〈猫〉がもう一本尻尾を増やした」

「いつですか」警視は唇を湿らせた。

「今夜だ。十時半から十二時のあいだ」

「場所は?」警視はふたりのあいだをすり抜けて居間へ突き進み、靴をつかんだ。

「セントラル・パーク。百十丁目の入口からそう遠くない場所で。岩の後ろの茂みのなかだ」

「被害者はだれですか」

「ビアトリス・ウィルキンズ、三十二歳、独身。ひとりで老齢の父親の面倒を見ていた。公園へ散歩に連れ出した父親をベンチに残して、水を探しにいった。娘がいつまでももどってこないので、ついに父親が公園の警備員を呼んだ。警備員は数百フィート離れた場所で絞殺死体を発見した。凶器はサーモンピンクの絹の紐だ。財布には手をつけられていない。後頭部を殴られ、茂みまで引きずられた跡があった。おそらく、気を失っているあいだにそこで絞殺されたんだろう。外見に強姦の形跡はない」

「だめだよ、お父さん」エラリイが言った。「それは汗で濡れてる。これが新しいワイシャツと下着だ」

「茂み、公園」警視は口早に言った。「はじめてだな。いや、そうでもないか。地面の足跡は？」

「いまのところ見つかっていない。だがディック」委員長が言う。「付け加えることがある」

警視は委員長に目を向けた。シャツのボタンがなかなかはまらず、エラリイがはめてやった。

「ビアトリス・ウィルキンズは西百二十八丁目に住んでいた」

「西」警視はうわの空で言い、エラリイが差し出した上着に片腕を突っこんだ。エラリイの目は委員長に注がれていた。

「レノックス街の近くだ」

「ハ、ハ、ハーレムですか?」

委員長は首の汗を拭いた。「こんどはただではすまないかもしれないぞ、ディック。もしだれかがかっとなったら」

クイーン警視はドアへと走った。顔がひどく青ざめている。「今夜は徹夜になる。エラリイ、おまえはもう寝ろ」

だが、エラリイは話しはじめていた。「だれかがかっとなったら、どうなるかもしれないんですか、委員長」

「ニューヨークをヒロシマより高く吹き飛ばすボタンが押されるってことだ」

「行きましょう、委員長」警視が玄関広間でもどかしげに言った。

「待ってください」エラリイは委員長へていねいに目を合わせ、委員長も同じく視線を返した。「三分もらえれば、ぼくもいっしょに行きますよ」

3

八月二十六日の朝に新聞に掲載された〈猫〉の六番目の尻尾は、以前のものとは微妙にちがっていた。いままでの五本は細い線で輪郭を描いて、内側は白いまま残してあったが、こんどの尻尾はしっかりと塗りつぶされている。こうしてニューヨーク市は、〈猫〉が肌の色の境界線を越えたことを知らされた。ひとつの黒い喉が強烈に絞められることで、すでに輪縄のなかにある七百万人の白い首に、さらに五十万人の首が加わることになった。

クイーン警視がハーレムでビアトリス・ウィルキンズ殺しの対処に没頭しているころ、異例のことながら、ニューヨーク市長が警察委員長はじめほかの幹部の同席のもとで、夜明けの記者会見を市庁舎で開いた。

「みなさん、われわれはこう確信しています」市長は言った。「ビアトリス・ウィルキンズ殺害に人種上の作為はまったくありません。われわれが何より避けねばならないのは、一九三五年のいわゆる〞暗黒の三月中旬〟をもたらした、ある種の緊張状態の再来であります。当時、些細な出来事や誤った噂のせいで三人が命を落とし、三十数人が銃弾を受けて入院し、二百人以上が重軽傷で手当てを受けました。もちろん物的損害も甚大で、その額は二百万ドル以上にのぼりました」

「市長、わたしが受けた印象では」ハーレムの新聞記者が言った。「当時のラ・ガーディア市長が究明のために設けた、両人種からなる調査委員会の報告にもあるとおり、暴動の原因は〝根深い人種差別と豊かさのなかの貧困への憤り〟だったようですね」

「もちろん」市長はすかさず答えた。「社会的経済的な原因はつねに潜在します。実を言うと、われわれはそのことで少々心配しています。ニューヨークはこの世のあらゆる人種、国籍、宗教の坩堝《るつぼ》です。ニューヨーク市民の十五人にひとりは黒色人種です。十人に三人はユダヤ人です。ニューヨーク市にはジェノヴァより多くのイタリア人がいます。ブレーメンより多くのドイツ人、ダブリンより多くのアイルランド人がいます。ほかにもポーランド人、ギリシャ人、ロシア人、スペイン人、トルコ人、ポルトガル人、中国人、スカンジナビア人、フィリピン人、ペルシャ人——あらゆる人々がいます。だからこそ、地球上でもっとも偉大な都市になったのです。しかし、それは火山の蓋をつねに押さえておかねばならないということでもあります。東西冷戦がもたらす緊張も助けにはなりませんでした。一連の絞殺事件は全市を不安に陥れました。われわれは治安紊乱《びんらん》を誘発する愚にもつかない行為を、いかなる形であれ望んでいません。もちろん、最後に言ったことはここだけにとどめてください。

みなさん、われわれがとるべきもっとも賢明な道は、これらの殺人事件を、そう、通常の事件として扱うことです。騒ぎ立てたりせずに。いささか珍しい事件で、なかなかきびしい状況ではありますが、われわれには世界一優秀な犯罪捜査機関があり、日夜捜査に励んでいますから、すぐにでも解決するでしょう」

「ビアトリス・ウィルキンズは」警察委員長が言った。「〈猫〉により絞殺された。ウィルキンズは黒人だ。ほかの五人の被害者はすべて白人だった。諸君が大いに書き立てる点だ」

「委員長、うちはこんな切り口で書くかもしれませんよ」ハーレムの新聞記者が言った。「〈猫〉は公民権運動の熱烈な支持者だとね」

この発言に歓声があがり、会見を切りあげてもよい雰囲気になったため、最新の殺人が新しい〈猫〉捜査班の責任者を苦境に追いこんでいることを、市長は公表せずにすんだ。

ハーレムの中核にある分署の一室で、捜査班はビアトリス・ウィルキンズに関する報告を検討していた。セントラル・パークの現場検証では成果がなかった。岩の後ろの地面は石ころだらけで、たとえ〈猫〉が足跡を残していたとしても、若い女の遺体が発見された直後の混乱で掻き消されていた。岩の周辺の草や土や小道をつぶさに調べたが、見つかったのはヘアピンが二本だけで、どちらも被害者の髪にあったものとわかった。爪の隙間から採取した物質を分析したところ、はじめは凝固した血液か血のついた組織と思われたが、大部分は赤い口紅であることが判明した。黒人女性が好んでつける色で、被害者の唇に塗られていたものと完全に一致した。〈猫〉が頭部を殴るのに使った凶器は跡形もなく、傷を見てもどんな凶器かの手がかりにはならない。きわめてあいまいな〝鈍器〟ということばでしか言い表わしようがなかった。

遺体発見直後に警察がその地域一帯に張った捜査網には、人種、年齢、性別を問わず、非常に多くの市民がかかった。みな一様に暑さに苦しみ、興奮し、怯え、やましいところがありそうだったが、エラリイの鼻がこれだと嗅ぎあてた相手はひとりもいなかった。ふるいにかけるのにひと晩じゅうかかった。警官たちの耳の奥にてんやわんやの大騒ぎがこびりつくころ、警察は怪しい人間をわずかふたりに絞った。白人と黒人がひとりずつだ。白人は失業中のジャズのトランペット奏者で、歳は二十七、草に寝そべってマリファナ煙草を吸っているところを見つかった。黒人のほうは中年の痩せた小男で、レノックス街の賭け屋の使い走りをしていて、数当て賭博の札をひそかに売っている現場を押さえられた。どちらも丸裸にされて徹底的に調べられたが、収穫はなかった。黒人の刑事たちが、犯行時間帯の一時間前からしばらくあとまでの容疑者のアリバイについて証言を集めてきたので、この賭け屋の手下は解放された。〝暗黒の中旬〟が記憶にあったため、だれもがほっとした様子だった。白人の音楽家は本部へ連行され、さらに調べられた。しかし、見こみはなさそうだとクイーン警視は指摘した。もしこの男が〈猫〉なら、六月の三日と二十二日、七月十八日、八月の九日と十九日にはニューヨークにいたはずだ。ところがトランペット奏者は、五月にニューヨークを出てつい五日前にもどったところだと言い張った。そのあいだ、世界周遊の豪華客船で仕事をしていたという。その船のことや、船長、パーサー、船上オーケストラのほかのメンバーのことを説明し、さらに何人かの女の乗客についてもこまごまと語った。

そこで捜査班は反対側から攻めることにし、被害者のほうを秤《はかり》にかけてみた。すると、正直者のがんばり屋というほうへ、針は悲しくなるほど傾いた。

ビアトリス・ウィルキンズは黒人社会では責任ある立場の人間だった。アビシニアン・バプテスト教会の信徒で、そこの多くのグループで活動していた。ハーレムで生まれ育ち、ハワード大学で学んだビアトリスは、児童福祉機関で働き、ハーレムの恵まれない子供への援助や非行少年の更生にもっぱら携わっていた。《黒人教育ジャーナル》に論文を、《ファイロン》には詩を寄稿していた。ときには《アムステルダム・スター・ニューズ》や、《ピッツバーグ・クーリエ》や、アトランタの《デイリー・ワールド》に本人の署名入りの論説が載ることもあった。

ビアトリス・ウィルキンズの交友関係には非の打ちどころがなかった。友人は黒人の教育者やソーシャルワーカーや作家や、そのほか知的な職業の人々だ。仕事の担当区域はブラック・ボヘミアやサン・ファン・ヒルで、麻薬の売人や売春の斡旋人、〝マーケット・プレイス〟の街娼たちと接触することが多かった。プエルトリコ人、黒人のイスラム教徒、フランス系アフリカ人、肌の黒いユダヤ人、浅黒いメキシコ人とキューバ人、中国系と日系の黒人。しかし、人々のなかに友として、癒やしを与える者としてはいっていったので、憎まれたり煙たがられたりすることはなかった。ハーレムの警察署では、静かだが毅然として非行少年を擁護することで知られていた。

「闘士でしたよ」分署の警部がクイーン警視に言った。「でも激情に駆られるところは少しもありませんでした。白人でも黒人でも、ハーレムであの人を尊敬しなかった者をわたしは知りませんね」

一九四二年、ビアトリスはローレンス・ケイトンという黒人の若い内科医と婚約した。ケイトン医師は陸軍にはいってイタリアで戦死した。婚約者の死が女としての人生を封じこめたのか、その後ほかの男と交際したという話は聞かれなかった。

警視は黒人の警部補をそばへ呼んだ。警部補はうなずき、被害者の父親がエラリイに付き添われてすわるベンチへ近寄った。

「娘さんを手にかけた人間に心あたりはありませんか」

老人は何やらつぶやいた。

「え？」

「こう言ったんですよ」エラリイが言った。「自分の名前はフレデリック・ウィルキンズで、父親はジョージア州で奴隷だった、と」

「ええ、はい、わかりました。で、娘さんはどんな男と付き合ってたんでしょうか。白人かな」

老人の体がこわばった。何かと格闘しているのがわかる。ついに褐色の顔を蛇のように後ろに引き、そして一発唾を飛ばした。

黒人の警部補はかがみこみ、靴についた老人の唾をぬぐった。

「どうも侮辱されたと思ったようです。ふたつの点で」

「大事なことなんだ」そう言って警視はベンチへ近づいた。

「わたしにまかせたほうがいいですよ、警視」警部補は言った。「かんかんに怒っている目だ」もう一度老人の前で身をかがめた。「さあ、いいですか。娘さんは百万人にひとりの女性だった。娘さんの仇を討ちたいでしょう」

老人はまたつぶやいた。

「どうやら」エラリイが言った。「神に委ねるとかなんとか言っていますよ」

「ハーレムではそうはいきません」警部補は言った。「さあ、よく聞いてくださいよ。われわれが知りたいのは、娘さんのビアトリスはだれか白人を知っていたか、ということだけなんです」

　老人は答えなかった。

「このあたりの白い野郎がからんでるんですよ」黒人の警部補はそう言ってばつが悪そうな顔をした。「ねえ、それはだれなんですか。どんな男でしたか。ビアトリスは白人を叱りつけたことがありましたか」

　老人はふたたび褐色の顔を引いた。

「その液体はとっておいたほうがいいですよ」警部補はうんざりした声で言った。「さあ、ひとつの質問にひとつの答がほしいんです。ビアトリスは電話を持っていましたね。しつこく連絡してきた白人がいましたか」

　しなびた唇が動いて苦悶の笑みになる。「娘が白人と付き合うだと。わたしがこの手で娘を殺す」そう言うと、老人はベンチの隅に縮こまった。

「まさか」

　だが、警視はかぶりを振って言った。「どう見ても八十歳にはなっているだろう。それに手を見ろ。関節炎にすっかりやられている。病気の子猫も絞め殺せまい」

　エラリイが立ちあがった。「これ以上ここにいてもしかたがない。二、三時間寝ておかないと。お父さんもそうするといいです」

「おまえは帰れ、エラリイ。わたしは暇があったら上階の簡易ベッドで寝よう。今夜はどこにいるんだ」

「本部ですよ」エラリイは言った。「ファイルを読みます」

八月二十七日の朝も、〈猫〉は《ニューヨーク・エクストラ》の論説のページに居すわって、恐怖を煽る商売にいそしんでいた。しかし、商売がますます繁盛するということはあるもので、《エクストラ》の販売部長はその日のうちにボーナスをもらい、その理由は翌二十八日の朝に明らかになった。風刺漫画めいた言い方をすれば、その号で〈猫〉は第一面への引っ越しを果たし、長期賃貸契約を結んだ。転居が功を奏し、午前の半ばには街じゅうの新聞売り場に一部も見あたらなくなった。

そして、引っ越しを祝うかのように、〈猫〉は新しい尻尾を振った。うまいやり方だった。その漫画はひと目で——説明文なしで——新たな恐怖を植えつけた。番号のついた六本の尻尾があり、さらに特大サイズの七番目が、かすれた線ではあるが堂々と描かれている。読者は新聞をつかみ、見出しから見出しへとむなしく目を泳がせる。不思議に思ってまた漫画を見る。すると、輪縄のように見えていた七番の大きな尻尾は、実は疑問符の形だったと気づかされるのである。

市当局では、その疑問符が正確にはどんな疑問を表わしているかについて、鋭い意見の対立があった。《エクストラ》の編集長は二十八日の午後に市長と電話で興味深いやりとりをしたとき、その疑問は〈猫〉が七番目の犠牲者を要求するかどうかというものに決まっているではないか、と驚きをこめて言い放った。論理的かつ倫理的な観点に立っても、公共サービスの面から考えても、これはたしかな事実から生まれた報道価値のある疑問だ、と。それに対して、市長はくどくどと反論した。自分にとっても、漫画を見て市庁舎や警察本部の電話交換手をいまも煩わせる多くのニューヨーク市民にとっても、その疑問とやらは〈猫〉の七番目の犠牲者はだれかという無神経かつ残酷なものに思える、と。それに、あの不埒で乱暴な描き方ではとても公共のサービスとは言えず、それどころか、公共の利益より汚い駆け引きを優先させる反政府系新聞を髣髴《ほうふつ》させるではないか、と。編集長は、市長のほうこそ汚れた洗濯物の大荷物を引きずっているのがわからないのか、とやり返す。「その中傷はどういう意味だ」と市長が叫ぶ。編集長が答える。自分はニューヨーク市警の警官たちには賞賛を惜しまないが、市長が任命した現警察委員長が、凶悪犯の逮捕は言うまでもなく、凡フライをキャッチする程度の仕事もできない老いぼれ消防馬だということは、実情を知る者ならだれもが認めるところだ。市長が少しでも公共の利益を考えるなら、なぜ警察のトップに切れ者を置かないのか。そうすれば、ニューヨーク市民は安心して眠れるかもしれないのに、と。さらに、これをあすの社説に載せるとまでほのめかした――「公共の利益ですよ、市長、おわかりですね」と言って《エクストラ》の編集長は電話を切り、販売報告書を受けとって顔を輝かせた。

だが、喜ぶのはまだ早かった。

怒りがおさまらぬまま襟もとの緑のカーネーションのにおいを嗅ぐ市長に、警察委員長が言った。「ジャック、わたしをやめさせたいなら――」

「あんな新聞のことは気にするな、バーニー」

「読者は多い。あすの社説が出る前に裏をかいてやるのはどうだろう」

「きみをくびにしてか？　そんなことをしたら最悪だ」市長は思いなおして付け加えた。「しなくても最悪だが」

「まったくだ」委員長は葉巻に火をつけた。「今回の事態についてじっくり考えたんだ。ジャック、この危機にニューヨークが必要としているのは英雄だ。モーゼだよ。市民の心をとらえ、そして――」

「そして気をそらす、かね」

「いや……」

「言いたまえ、バーニー。何を考えている」

「つまり、ある男をかつぎだせば……まあ、市長特選の猫捕り男みたいな者を」

「ゴッサムの笛吹き男か」市長はつぶやいた。「いや、あの場合はネズミだったな。この街にもネズミは山ほどいるが」

「警察とは無関係。臨時の指名。ある種の相談役。そして、《エクストラ》が社説を引っこめようにも手遅れという頃合を狙って公表する」

「バーニー、もしかしてきみは」市長は声を低くして言った。「怒りや批判を一身に浴びる身代わりを作れと言っているのか。そのあいだにきみや警察が難を逃れて日々の業務にもどれるように」

「まあ、たしかに」葉巻をじっくり見つめながら、委員長は言った。「警察の幹部以下全員が、成果より新聞の見出しのほうを気にして――」

「もしも、その男がきみを出し抜いて〈猫〉を捕まえたらどうする」市長は尋ねた。

委員長は笑った。

市長はいささか唐突に言った。「バーニー、だれのことを考えている」

「実に魅力のある男だよ、ジャック。生まれも育ちもニューヨークで、政治的な思惑は持っていない。犯罪捜査の手腕では国じゅうに知られているが、一般市民だ。はねつけはしないさ。熱したジャガイモを前もって父親の膝に落としておいたから」

市長は回転椅子の背をゆっくりと垂直にもどした。

委員長はうなずいた。

市長は専用回線の電話に手を伸ばした。「バーニー、いつもより冴えているじゃないか。ああ、バーディーか、エラリイ・クイーンにつないでくれ」

「身に余る光栄です、市長」エラリイは言った。「しかしぼくにはそんな資格が――」

「市長直属の特別捜査官として、きみ以上の人材は考えられないのだよ。もっと早く気づくべきだった。ざっくばらんに言おう、クイーンくん――」

「はい」とエラリイ。

「ときどきこうした事件が起こるものだ」警察委員長へ片目を向けながら、市長は言った。「手がかりのまったくない異様な事件がね。そうなると、どんなに優秀な警官でも歯が立たない。この〈猫〉事件を究明するには特別の才能が必要だが、きみは過去にその輝かしい才能を披露している。新しい型破りな方法で」

「お褒めにあずかって恐縮しますよ、市長。しかし、こうしたことは警察本部で不満の種になりませんか」

「約束できると思うよ、クイーンくん」市長殿は淡々と言った。「市警は全面的に協力する」

「そうですか」エラリイは言った。「おそらく父が――」

「わたしがこの件で相談したのは委員長ひとりだ。引き受けてくれるかね」

「ほんの少し考える時間をいただけないでしょうか」

「この部屋で返事が来るのを待っているよ」

エラリイは受話器をもどした。

「市長の特別捜査官か」内線で聞いていた警視が言った。「あの連中、だいぶ気を揉んでるな」

「気を揉んでるのは〈猫〉に対してじゃないでしょう」エラリイは笑った。「手をふれられないほど事件が熱くなってきたから、火傷してでも熱に耐えてくれる身代わりの人間を、だれかが探してるんです」

「委員長が……」

「やはり委員長が陰で動いてたんですね」

警視は顔をしかめた。「市長はちがうぞ、エラリイ。政治屋だが、正直者でもある。この策に乗ったとしても、いまおまえに言った理由で乗ったんだ。受けたらどうかな」

エラリイはだまっていた。

「そうすれば、正式にまかされることになって……」

「きびしくもなります」

「おまえが恐れているのは」警視はゆっくりと言った。「責任を負うことか」

「まあ、途中で投げ出すわけにはいきませんからね」

「おまえに意見する気はないが、それはわたしだって同じじゃないか。それにエラリイ、表に出ることとは別の意味で重要だぞ」

「というと？」

「おまえが引き受けたとわかっただけで〈猫〉は恐れをなすかもしれない。そう考えたことはないか」

「ありません」

「名前を出すだけでも――」

「無理ですよ。そううまくはいかない」

「おまえは自分の評判を見くびっている」

「お父さんはわれらが子猫を見くびっています。たぶん」エラリイは言った。「〈猫〉は何もこわがらない気がしますね」

何か厄介なことを知っているらしい声の調子に、警視ははっとした。「いまちょっと思ったんだが、おまえ、まさか……」だがそれから、ゆっくりと言った。「エラリイ、何か見つけたな」

ふたりのあいだには、殺人事件の遺物が横たわっていた。全身を正面や側面から丹念に撮った被害者の写真。さまざまな角度から撮った犯行現場の全体写真、室内、外、クローズアップで撮ったもの。方角を正確に示し、一定の縮尺で描かれた見取り図。採取した指紋のファイル。報告書や記録や業務担当表の山。時間、場所、名前、住所、所見、疑問、答、供述、技術的な知識、それらを記した詳細な捜査資料。そして離れたテーブルには、争点事実《リース・ジェスティ》、すなわち原物が置かれていた。

この種々雑多な機密扱いの物件のなかに、はっきりとした手がかりはなかった。

前より鋭い口調で警視は言った。「見つけたんだな」

エラリイは言った。「ええ、たぶん」

警視は口を開いて何か言いかけた。

「それ以上訊かないでください、お父さん。あることを見つけたけれど、そこからどうなるかは……」エラリイの顔が曇った。「これに四十八時間費やしました。でも、もう一度調べたいんです」

クイーン警視は電話をかけた。「市長につないでもらいたい。エラリイ・クイーンからだと言ってくれ」

十二週間ぶりに心が安らいだような声だった。


そのニュースはニューヨークの街で大きなどよめきとともに迎えられ、警察委員長も胸をなでおろした。騒ぎの大部分は歓喜の叫びだった。市長への手紙は五倍に増え、市庁舎の交換台は殺到する電話を捌きされなかった。評論家もコラムニストも支持を表明した。二十四時間以内に警察への誤報が半減し、路地裏の猫が絞め殺されることもほとんどなくなった。一部の報道関係者はあざ笑ったが、その声は弱く、全部集めても拍手喝采に掻き消された。《ニューヨーク・エクストラ》は攻撃的な社説を掲載したが、エラリイ任命の報と重なったために注目されず、翌号で〝世界一の警察の士気を弱めている〟と市長を扱きおろしたものの、市長はつぎのように宣言して非難をかわした。

「クイーン氏の任命は」市長の声明文にこうある。「けっして正規の機関たる警察当局と衝突したり、その力をそいだりするものではなく、また、断じて当局の自信喪失を示すものでもない。ニューヨーク市警の殺人事件検挙数を見れば自明のことである。しかし、この一連の殺人事件におけるきわめて特異な性質を考慮し、難事件を扱う専門家の協力を得るほうが得策と判断したしだいである。任命は警察委員長本人の提案によるものであり、クイーン氏は委員長と緊密な連携をとりながら捜査にあたることになる」

その日の夜、市長は放送で同じ声明を繰り返した。

市庁舎での宣誓就任式のあと、市長とエラリイ・クイーンがカメラにおさまり、そのあとエラリイ・クイーンと警察委員長が、警察委員長と市長が、市長と警察委員長とエラリイ・クイーンが、という具合に延々とフラッシュが焚かれ、ようやくエラリイは用意した声明文を読みあげた。

「およそ三か月間、〈猫〉はおもにマンハッタンに出没していました。そのあいだに六人を殺害しています。この六件の殺人事件に関する捜査資料の重さは、ぼくが引き受けた責任の重さでもあります。しかし、すべきことが山のようにあるとはいえ、こうしたことにじゅうぶんな心得がありますから、事件が解決して犯人が逮捕されることを、いまの時点で約束しても差し支えないと思っています。もちろん、つぎの事件が起こる前に犯人を逮捕できるかどうかはわかりません。ただ、たとえ今夜〈猫〉による新たな犠牲者が出たとしても、このニューヨークでは、三か月間で〈猫〉に殺害された人の数よりも、一日の自動車事故による死亡者数のほうが多いんです。どうかみなさん、この事実を忘れないようお願いします」

声明を読み終えるなり、《エクストラ》の記者から、〝未発表情報〟がまだあるのではないかという質問が飛んだ。「〝こうしたことにじゅうぶんな心得がありますから、事件が解決して犯人が逮捕されることを、いまの時点で約束しても差し支えないと思っています〟とおっしゃるからには、何か有力な手がかりをお持ちなんですか」

エラリイは笑みをかすかに浮かべて言った。「いま申しあげたとおりです」

それからの数日間、エラリイの態度は不可解だった。何かを見つけた者らしい行動をとらなかった。そもそも、まったく行動しなかった。クイーン家のアパートメントにこもって、世間の目にふれないように過ごした。世間の耳について言えば、警視が使う本部との直通電話をニューヨーク市との唯一の接点として残し、ほかは受話器を台からはずした。玄関のドアにはつねに鍵をかけてあった。

これは委員長の思惑とはちがったので、クイーン警視はぶつぶつと不平を聞かされる羽目に陥った。しかし、警視は報告が届けばそれを息子の前に置きつづけるだけで、意見も質問もしなかった。報告のひとつに、ビアトリス・ウィルキンズ事件で勾留中だった、マリファナを吸うトランペット奏者の件があった。供述の裏づけがとれたので、その男は釈放されたという。エラリイはその報告書にろくに目もくれなかった。椅子にもたれて立てつづけに煙草を吸いながら、書斎の天井の月面地図をじっとながめていた。その天井は、クイーン家としたたかな家主とのあいだで、叙事詩のごとき懸案事項となっている。だが、エラリイが剝げた塗料の問題について考えているのではないことを、警視は知っていた。

それでも、八月三十一日の晩、エラリイはまた報告書に目を通していた。クイーン警視が働きづめで収穫のない一日を終えて執務室を出ようとしたそのとき、専用回線が鳴ったので受話器をとると、息子の声が聞こえた。

「あの紐の報告書を読み返していて——」

「そうか、エラリイ」

「〈猫〉の利き手を知る方法がないかと考えていたんです」

「心あたりがあると?」

「だいぶ前ですが、ヨーロッパでベルギー人のゴッドフロイなどが編み出した方法があります」

「縄を見るのか」

「そうです。表面の繊維は、引っ張るとき、あるいは摩擦を起こす力が加わるとき、その運動と逆向きに毛羽立ちます」

「ああ、たしかにそうだ。いくつかの首吊り事件で、自殺か他殺かをその方法で見きわめたことがある。それがどうした」

「〈猫〉は絹の紐を被害者の後ろからかけています。引いて絞めようとすれば、紐の両端が交差することになります。つまり、理論的に言えば、紐が交わるうなじで摩擦点が生じるんです。

オライリーとヴァイオレット・スミスの二件で首の写真を見ると、絞殺のさなかに——結び目を作る前に——紐の両端は交差した状態でふれ合っていたことがわかります」

「なるほど」

「そうです。〈猫〉は両手で紐の端を持ち、それぞれ逆方向へ引っ張りました。でも、両手が利き手でもないかぎり、左右同じ力で引くことはない。一方の手はつかむのが得意で、もう一方の手は——利き手のほうだが——引っ張るのが得意なんですよ。言い換えれば、〈猫〉が右利きなら、左手でつかんだほうに摩擦点があり、右手でつかんだほうにこすれた跡があるはずです。左利きならその逆ですね。タッサーシルクの繊維はきめが粗い。調べればわかるかもしれません」

「それもひとつの考えだな」警視はつぶやいた。

「わかったら電話をください、お父さん」

「どれだけかかるかわからないぞ。鑑識課は働きづめでへとへとだし、もう遅い時間だ。

起きて待っていないほうがいいな。わかるまでわたしがここにいよう」

　警視は数か所に電話をかけ、結果がわかったらすぐに知らせてくれと伝えた。そして、数週間前から執務室に持ちこんである長椅子で体を伸ばし、ほんの二、三分休もうと目を閉じた。

　目をあけると、九月一日の太陽がほこりまみれの窓から輝く斑点となって光を注いでいた。

　ひとつの電話が鳴っている。

　警視は机のほうへよろめきながら進んだ。

「どうしたんですか」エラリイが尋ねた。

「ゆうべ、ほんの少し眠ろうと横になり、気づいたらこの電話が鳴っていた」

「もう少しで通報するところでしたよ。紐の件はどうなりましたか」

「まだ……。待てよ、机に報告書がある。まったく、なぜだれも起こさないんだ」一瞬ののち、警視は言った。「確定できなかった」

「そうか」

「報告書によると、オライリーとヴァイオレットは襲われたときに激しく体を動かしたので、〈猫〉は右で引いたり左で引いたり、左右交互に力を変えたらしい。シーソーのようにな。オライリーは驚いて抵抗しただけかもしれない。いずれにせよ、はっきりとわかる摩擦点はなかった。絹の紐にわずかに見られた摩擦の跡は、左右均等についていた」「しかたがないな」しかしそう言ったあと、エラリイの口調ががらりと変わった。「お父さん、いますぐ帰ってきてください」

「帰れだと？　一日がはじまったばかりだぞ」

「さあ、早く」

警視は受話器を落とし、走りだした。

「どうした」階段を駆けあがってきたクイーン警視が息をはずませて尋ねた。

「これを読んでください。けさ届いた郵便です」

警視は革張りの肘掛け椅子にゆっくりと腰をおろした。ひとつの封筒には、《ニューヨーク・エクストラ》の文字が派手に印刷され、宛名がタイプライターで打ってある。もうひとつは小さくて薄赤い、何やら秘密めいた封筒で、宛名は手書きだ。

《エクストラ》の封筒から出てきたのは、黄色い一枚のメモ用紙だった。

親愛なるE・Qへ——何をしたんですか。電話を引っこ抜いたんですか？　それとも、〈猫〉を探してベチュアナランド（現在のボツワナ共和国）にでも行ってるんですか？　二日間で六回お宅を訪ねましたが、だれもいらっしゃらないようでした。

お会いしなくてはなりません。

ジェイムズ・ガイマー・マッケル

追伸　この業界ではぼくは〝ジミー・レギット〟で通ってます。〝走れ《レギット》〟ってわけです。《エクストラ》に電話してください。

J・G・M

「モニカ・マッケルの弟だ！」
「もうひとつも読んでください」
二番目の手紙の便箋は封筒とそろいのものだった。不慣れな上品さを感じさせ、懸命に何かの効果を狙っているようでもある。急いで書いたらしく、字が少し乱れている。

親愛なるクイーンさま
〈猫〉事件の特別捜査官になられたとラジオで聞き、それ以来ずっとご連絡をさしあげたく電話をしていました。

お会いすることはできないでしょうか。サインをいただくためではありません。
どうかお願いします。
心をこめて
セレスト・フィリップス

「シモーヌ・フィリップスの妹だ」警視は二通の手紙を小卓にそっと置いた。「会うのか」

「会いますよ。セレスト・フィリップスへは自宅に電話し、マッケルのほうは新聞社を通して連絡がつきました。ふたりともずいぶん若いようです。マッケルがレギットの名で〈猫〉の事件について書いた記事をいくつか読んだことがあるけれど、まさか個人的に関係があるとは思いませんでしたね。レギットとマッケルが同一人物だとお父さんは知ってたんですか」

「いや」警視は知らなかったことを恥じるかのように言った。「もちろん会ったことはあるが、パーク街のマッケル家でだ。取材記者だというのは、いまの立場にまさにうってつけだな。ふたりは用件を言ったのか」

「セレスト・フィリップスは、会って直接話したいそうです。マッケルには、あの屑新聞にインタビュー記事を載せるためだったら耳をつかんで叩き出すぞと言ってやりましたが、本人は個人的な話だと言っています」

「同じ日の朝にふたりそろってか」警視はつぶやいた。「どちらかがもう一方の名前を口にしたか」

「いや」

「いつ来るんだ」

「手引書の鉄則を破りました。ふたりいっしょに会います。十一時に」

「あと五分しかない！　シャワーを浴びて、ひげを剃って着替えなくては」警視は寝室へ急ぎ、振り向いてまた言った。「引き止めるんだぞ。必要とあらば力ずくでも」


警視がさっぱりとした姿になって顔を出すと、息子がライターを礼儀正しく差し出して、女のあでやかな唇がくわえる煙草に火をつけているところだった。煙草には手袋をはめた二本の細い指が添えられている。女は髪型から靴の先まで流行のファッションで身を固めているものの、まだ年若く、粋なニューヨークの女をめざしているのだろうが、いささか無理があった。午後も遅い時間の五番街で、警視はこのような娘がひとりですまし顔をしているのを何度か見たことがある。若く健やかな原石が、粋ながら古さびた緑青をまとっているわけだ。けれども、この女は上流階級の人間とはまったくちがって、倦怠のかけらもない。《セブンティーン》を卒業して《ヴォーグ》を読みはじめたばかりで、しかも実に美しい。

警視の頭は混乱した。これはセレスト・フィリップスだ。しかし、いったい何があったのだろう。

「ようこそ、ミス・フィリップス」警視は握手をかわした。セレストの手はすばやく控えめに動いた。自分に会うのが予想外だったんだな、と警視は思った。エラリイが言わなかったのだろう。「すっかり見ちがえてしまった」二週間も経っていないのに、信じられない。「どうぞ腰かけて」

セレストが後ろを向いた隙に、その向こうにいるエラリイを警視はすばやく見たが、息子はいぶかしげな顔をしていた。警視はシモーヌ・フィリップスの妹についてエラリイにした説明を思い出し、肩をすくめてみせた。百二丁目のあの薄汚れたアパートメントに、このしゃれたぴかぴかの娘がいる場面はとうてい想像できない。そうは言っても、まだそのアパートメントに住んでいるはずで、だからこそエラリイがそこに連絡したわけだ。服のせいだ、と警視は結論をくだした。きょうのために、モデルをつとめている婦人服店から借りたのだろう。あとは化粧だ。家に帰ってきれいな服を返し、顔を洗えば、以前見たとおりのシンデレラにもどるはずだ。しかし、ほんとうにそうだろうか。あまり確信が持てなかった。黒いつぶらな目の下は、以前のくすんだ紫色から明るい淡い色に変わっていて、これはタオルでぬぐいとれるものではない。では、かつて顔にあった何層かが……姉ともに葬られたのだろうか。

どうも親指が疼く……（『マクベス』の魔女の台詞）。

「わたしにかまうことはありませんよ」警視は微笑んで言った。

「たったいま、クイーンさんにあのアパートメントがいまもどんなにひどいかって話してたんです」セレストの指はそれ自体が生きているかのように、ハンドバッグの留め金を何度もはめたりはずしたりしていた。

「引っ越すつもりかね」警視に一瞥され、指は急に動きを止めた。

「新しい部屋を見つけたらすぐにでも」

「そうだな、新しい人生をはじめるといい」警視はうなずいた。「たいがいの人間はそうするものだ。こういう場合は」それからまた言った。「あのベッドは処分したのかな」

「あら、いいえ。わたし、あのベッドに寝てるんです」間髪を入れずにセレストは答えた。「自分では長年簡易ベッドを使ってました。シモーヌのベッドはとても寝心地がよくって。姉もそれを望んでると思います。それに……わたし、姉を恐れてはいませんし」

「なるほど」エラリイは言った。「なかなか健全な考え方だ。お父さん、いまようやく、ミス・フィリップスにご用件を尋ねるところだったんです」

「お役に立ちたいと思ったんです、クイーンさん」けさのセレストは声まで《ヴォーグ》を気どっている。とても注意深く。

「役に立ちたい？　どんなふうにですか」

「わかりません。そんなことはぜんぜん……」《ヴォーグ》風の笑みで困惑を隠す。「自分でもわからないんです。何かをせずにはいられない気分になることがあるものでしょう？　理由もわからずに」

「なぜここへ来たんですか、ミス・フィリップス」

セレストは椅子の上で体をよじった。しかしそのあと、いきなり身を乗り出し、もはや雑誌から抜け出した姿ではない、むき出しの若い女の姿を見せつけた。「姉がかわいそうでたまらなくて。姉にはいろいろな意味で欠点がありました。あんなに長くベッドに縛りつけられていたら、だれだってそうなります。まったく何もできないんですから。わたしは自分に障碍がないのを恨めしくも思っていました。いつも罪悪感をかかえていました」

どう説明したらいいのかしら」声が大きくなる。「シモーヌは生きたかった。そう、生きることに貪欲だった。なんでも知りたがったんです。通りを行き交う人たちの服装や、曇りの日の空模様や、清掃作業員たちがいることや、中庭に洗濯物が何列も干してあることを、わたしが全部話してやらなきゃいけなくて。朝から晩までラジオはつけっぱなしでした。映画スターや社交界の人たちのことを何もかも知っていなくては気がすまなかったんです。だれが結婚するとか、離婚するとか、だれに赤ちゃんが生まれるとか。たまにわたしがデートすると、相手の男性が何をどんなふうに言ったか、仕事は何か、どんなことばで口説いたか、甘ったるい悪趣味なデートはどんな感じだったかを、語り聞かせなくちゃいけませんでした。

それでいて、姉はわたしを憎んでいました。妬んでいました。仕事から帰ると、わたしは家にはいる前にお化粧を落としたものです。姉の前ではぜったいに……できるかぎり、脱いだり着たりしなかった。姉が目の前で着替えろと言ったときは別ですけどね。姉は妬むのを楽しんでいたみたいで、そうやって気晴らしをしていたんです。

それから、姉は声をあげて泣くこともありました。そんなとき、わたしをすごく愛しているんだってわかったものです。

姉がまちがっていたわけじゃありません」

「障碍を負っていたのは不当なことです。罰を受けるいわれはないから、姉はあきらめないと決めて生きていました。生きることをわたしよりずっと強く望んでいたんです。ずっと強く。

セレスト・フィリップスは力をこめて言った。

姉を殺すなんて――最低です。

だから、姉を殺した犯人を捕まえるお手伝いをしたいんです。わたしには事件のことがよくわからないし、自分たちの身に――いや、姉の身に現実に起こったなんて、いまだに信じられないけれど……犯人を罰する側にどうしても加わりたい。何もせずに突っ立ってるなんてできません。わたしはこわがりじゃないし、子猫みたいな女でもないし、ばかでもない。手伝わせてください、クイーンさん。鞄持ちでも、使い走りでも、タイプ打ちでも、電話番でも、なんでもします。言われたとおりに。わたしにできるとあなたが思うことなら、なんでも」

セレストは白い鹿革の手袋に目を落とし、怒りに目をしばたたかせた。

クイーン父子はセレストをじっと見ていた。

「すみません、ほんとうに申しわけない」声が聞こえた。「でも、いくらベルを鳴らしても――」

セレストが軽く跳びあがって窓へ走った。肩から反対側の腰にかけて、斜めに裂けたように皺が走り、戸口にいる若い男がその姿に見とれている。服が脱げ落ちるのを半ば期待しているかのようだった。

男がもう一度言った。「なんとお詫びをしたらいいか」セレストの背中から目を離さずに言う。「でも、ぼくも同じように姉を失ったんですよ。また出なおします」

セレストは「まあ！」と言って、すばやく振り向いた。

部屋の端と端で、ふたりは見つめ合った。

エラリイが言った。「こちらはミス・フィリップス、そして――こちらはたぶん――ミスター・マッケルだろうな」

「全能の神が人間に愛想を尽かして全滅させたあとのニューヨークがどんな様子か、見たことがあるかい？――つまり、日曜の朝のウォール街を」十分後、ジミー・マッケルがセレスト・フィリップスにそう話しかけていた。ジミーにしてみれば、全能の神はすでにクイーン父子を消滅させていた。「湾にはいってくるクイーン・エリザベス号を見たことは？　ヨンカーズのフェリーから見る六月のハドソン川中流は？　セントラル・パーク・サウスのペントハウスから北のセントラル・パークをながめたことは？　ベーグルを食べたことは？　ハルヴァ（ごまや蜂蜜などから作るトルコ起源の菓子）などは？　鶏油と黒大根を入れたチョップト・レバーは？　シシケバブは？　アンチョビ・ピザは？」

「ない」セレストはつんとして答えた。

「そんなばかな」ジミーはぶざまに腕を振った。若きエイブ・リンカーンのようだ、とエラリイは思った。どこまでも熱心で、野暮ながら憎めない。形は悪いがユーモラスな口、声ほどあけっぴろげではない目。茶色のスーツはずいぶんくたびれている。歳は二十五か六だろう。「それでもニューヨークの住人と言えるのかい、セレスト」

セレストは体をこわばらせた。「マッケルさま、それはわたしがずっと貧しい暮らしをしてきたことと関係があるかもしれませんわ」フランスの中流階級の礼儀作法を受け継いでいる、とエラリイは思った。

「きみは聖人さながらのぼくの父と、逆の意味で似ている」ジェイムズ・ガイマー・マッケルは言った。「父もベーグルをぜったいに食べないんだ。きみは反ユダヤ主義者?」

「何主義者でもないけど」セレストは息を荒くして言った。

「父の親友の何人かは反ユダヤ主義者なんだ」若いマッケルは言う。「ねえ、セレスト、ぼくたちが友達になるなら、きみには知っていてもらいたいんだが、ぼくと父は――」

「ありがたいお話だこと」セレストは冷ややかに言った。「それがわたしの姉のことどういう――」

「ぼくの姉もだよ」

セレストは顔を赤らめた。「ごめんなさい」

ジミー・マッケルはキリギリスのような脚を組んだ。「ぼくは記者の給料で暮らしてるが、別にそうしたいわけじゃない。そうしなきゃ父の石油事業に引っ張りこまれるからだ。油漬けになるのはごめんだ。たとえぼくが――ポルトガルのサーディンでもね」

セレストは怪しむと同時におもしろがってもいるようだった。

「マッケルくん」警視が声をかけた。「きみはご家族といっしょにあのパーク街の美術館に住んでいるんだったな」

「あら」セレストは笑みを浮かべた。「賄い料はおいくら?」

「週十八ドル」ジミーは言った。「ちょうど執事の葉巻代ぐらいだ。払った金のもとがとれてるかはわからないけどね。絹の寝床とホット・ウィスキー・トディーはいつでもあるけれど、その代わり長談義に付き合わなきゃいけない。階級の区別がどうのとか、どこの修理工場にもひとりは共産党員がいるとか、ドイツをどう再建するかとか、この国に必要なのはホワイトハウスに大物実業家を送りこむことだとか、息子を鉄鋼業界と縁組させるとか、昔から大好きな口癖の、くたばれ労働組合とか。それを我慢しているただひとつの理由は、母に泣かれるのにどうも弱いからなんだ。それにモニカがあんなことになって……」

「それで？」エラリイが言った。

ジミー・マッケルはあたりを見まわした。「え？　そうか、ここに何をしにきたのか忘れてたようですね。女の子を見るといつも夢中になってしまう。軍隊じゃピンナップ写真のマッケルと言われたものでした」

「お姉さんのことを聞かせて」急にセレストがスカートを前のほうへ引っ張りながら言った。

「モニカかい」ジミーはポケットから、干しスモモのように皺だらけの煙草と、大きめのマッチを取り出した。セレストがひそかに見守る前で、煙草に火をつけて煙に片目をすがめ、体を前に折り曲げて両肘を膝に突いてから、大きすぎる手でマッチの燃えさしを振った。ジェイムズ・スチュアートかグレゴリー・ペックね、とセレストは思った。それに——そう——ほんの少しだけ、口もとがレイモンド・マッセイに似ている。若いけれど分別があり、大人なのに少年みたい。顔は十人並みだけど、愛らしい。たぶんニューヨークじゅうの女をなびかせただろう。「いい姉だったよ。世間で言われてたことは全部ほんとうだけど、みんな、ほんとうの姿を知らないんだ。父と母がいちばんわかってなかった。本人がいけないいんだけどね。内心ではものすごく惨めな気持ちでいるのに、見栄を張ってそれを隠し、対戦車用の障碍物よりも防御が固かったよ。意地悪で残酷になることもあって、近ごろはどんどんひどくなっていた」

ジミーはマッチを灰皿へ投げ入れた。「父がしじゅう甘やかしてだめにしたんだ。権力とは何かを教え、自分が他人へ対していだく軽蔑の念を娘にも植えつけた。父のぼくへの接し方は、いつだってそれとはちがっていて、ぼくは最初からきびしくしつけられた。父とはうまくいかなくて大変だったよ。ぼくがまだ半ズボンを穿いてたころ、モニカはもう大人でね。ぼくをかばって父ととことんやり合ってくれ、父はモニカにはまったく対抗できなかった。

母はいつもモニカを恐れていたよ」

ジミーは靴下留めが見える脚を椅子の肘掛けに載せた。「姉は子供のころ――訊かれたから言うんだが――貧民街の子供よりも、人生でほんとうにほしいものを見つける機会を与えられなかった。何がほしいにせよ、自分が持っているものとはちがった。そのせいで父はふつうよりずっと不機嫌な親になった。父から見れば、姉はなんでも持っていたんだからね。ぼくは陸軍で歩兵を三年やり、そのうちの二年は蚊がわんさかいる太平洋地帯を這いまわって、目標を見つけた。モニカはどうしても見つけられなかった。派手に規則を破ることだけが憂さ晴らしで、心の底ではいつも怯えて混乱していた……。ところで、おもしろいめぐり合わせだよ、セレスト」ジミーが唐突に言ってセレストを見つめた。

「あら……ジミー、何かしら」

「きみのことはよく知っている」それを聞いてセレストが驚く。「ぼくは〈猫〉事件をアバネシー殺しからずっと追ってきた。上流階級の暗部をほじくり返すのに好都合だから、バスティーユ監獄でも特権を与えられてるんだ。実はきみのお姉さんが殺されたあとで、きみと話したことがあるんだよ」

「あなたが？　ちっとも……」

「無理もないさ、ぼくはハゲワシのひとりにすぎなかったし、きみは呆然としていたんだから。でも、きみとぼくには共通点が多いって、あのとき思ったのは覚えてる。どちらも自分の属する階層からはずれていて、どちらも問題のある姉がいて、その姉を愛して理解し、そしてどちらの姉も同じようなひどい、むごたらしい目に遭った」

「そうね」

「きみの目の隈が消えて少し持ちなおすころに、ぼくは訪ねるつもりでいたんだ。さっき階段をあがってくるとき、きみのことを考えてたよ」

セレストはジミーを見つめた。

「嘘だったら、石油事業に骨をうずめてもいい」ジミーは大きな笑みを浮かべたが、それはほんの一瞬だった。急にエラリイへ向きなおる。「クイーンさん、ぼくはよくしゃべりますが、仲間といっしょのときだけですよ。根っからの人間好きだからこんな調子なんです。口を閉じるべきときは閉じます。アバネシーとヴァイオレットとオライリーのときは、興味が――記者として――ありましたが、自分の姉が巻きこまれてからは他人事じゃなくなりました。ぼくはこの〈猫〉レースの内側に身を置かざるをえない。天才じゃないけれど、この街を歩きまわる術《すべ》は心得てるから、お役に立てると思います。新聞社に勤めてるのがまずいなら、きょうにでも退職します。ぼく自身は辞めないほうが有利だと思いますけどね。ふつうならはいれない場所にもはいりこめますから。でも、あくまでもあなたしだいです。たぶん、あなたにノーと言われないために、立会人の前でこう誓うべきなんでしょうね。ぼくがかかわってるあの屑新聞には、あなたが禁じたことは一文字も書きませんぼくを使ってもらえますか」

エラリイは炉棚の前へ行って、パイプを手にした。時間をかけて煙草の葉を詰める。

「これで申し出がふたつになりましたね、クイーンさん」セレストが張りつめた声で言った。「返事をいただいていませんけど」

クイーン警視が言った。「ちょっと失礼。エラリイ、話がある」

エラリイは父につづいて書斎へはいり、警視がドアを閉めた。「考えるまでもないぞ」

「考えてますよ」

「エラリイ、悪いことは言わない。あいつらを追い返せ！」

エラリイはパイプに火をつけた。

「気でも変になったか。相手はのぼせあがった、がきどもだぞ。しかもふたりとも事件の関係者だ」

エラリイは煙を吐いた。

「いいか。助けがほしければ、全市警がいつでも応じる。警察には軍隊あがりがおおぜいいて、あの若造ができそうな仕事ならなんでも、いや、それ以上のことをたくさんやってくれる。訓練も受けている。かわいらしい女がほしいなら、セレスト・フィリップスの対抗馬は、いま考えただけでも婦人警官部に三人はいる。そっちも訓練を受けている」

「しかし」エラリイは思案顔で言った。「警察官は事件の関係者じゃない」

警視はまばたきをした。エラリイはにっこり笑い、居間へ引き返した。

「きわめて異例だが」エラリイは言った。「やる価値はあるだろう」

「ああ、クイーンさん」

「ほら、言ったとおりじゃないか、セレスト」

警視が戸口から怒鳴った。「エラリイ、わたしは仕事場へ電話をする」そしてドアを乱暴に閉めた。

「だが、危険かもしれない」

「ぼくには柔道の心得があります」ジミーが頼もしげに言った。

「遊びじゃないんだよ、マッケルくん。物騒な事態になりかねない」

「いいですか」ジミーはむっとして言った。「ぼくたちがニューギニアで戦った小さい連中は紐を首に巻いたりしなかった。首を切ったんだ。でも、ぼくの首がつながってるのは見てわかりますよね。もちろん、セレストのほうは――話が別です。中の仕事がいいでしょう。おもしろくて、役に立って、安全な仕事が」

「セレストが自分で話すというのはどうかな、ジミー」

「どうぞ、わが友よ」

「わたし、こわいの」セレストは言った。

「そりゃあ、そうさ！　だからぼくが――」

「ここに来たときにこわかったし、出るときもこわいと思う。だけど、こわくてもやめない。シモーヌを殺した犯人を捕まえられるなら、どんな手伝いだってする」

「あのね、だから」ジミーが言いかけた。

「止めないで」セレストは言った。きっぱりと。

ジミーは赤くなった。「ぼくの見当ちがいだったよ」ぼそりと言ってポケットを探り、もう一本煙草を救い出した。

「それから、ほかにも確認しておくことがある」何事もなかったかのようにエラリイが言った。「これは三銃士みたいに愉快な仲間が集う友愛会じゃない。ぼくが絶対的権限を持つ司令塔で、胸の内はだれにも明かさない。説明なしの命令をする。きみたちは不平や質問を口にせず、内密にそれを実行してもらいたい……さらに、ふたりで相談するのもだめだ」

それを聞いたふたりは目をあげた。

「はじめにその点をはっきりさせるべきだったかもしれないな。きみたちはこのささやかなクイーン探偵局の同僚じゃない。そんな生ぬるいものじゃないんだ。つねにぼくだけに報告するように。別個に仕事を割りあてるが、連絡を取り合ったり、ほかのだれかに漏らしたりすることを禁じる。この申し出を受け入れるつもりなら、命と財産と、もしあるなら神聖なる名誉にかけてそう誓ってもらいたい。こんな条件じゃ無理だと思ったら、すぐにでも言ってくれ。楽しい暇つぶしだったとして、この会合はなかったことにする」

ふたりはだまっていた。

「セレスト？」

セレストはハンドバッグを持つ手に力をこめた。「なんでもすると言ったでしょう。やります」

それでもエラリイはつづけた。「受けた指示について質問しないね？」

「しません」

「それがどんなものであっても？」

「ええ」

「どんなに不愉快で理解に苦しむものであっても？」

「ええ」

「だれにも打ち明けられないのはわかってるね？」

「わかってます、クイーンさん」

「ジミーにもだよ」

「だれにも言いません」

「ジミーは？」

「《エクストラ》の社会部にいる古強者のデスクよりきびしいボスだな」

「おもしろい」エラリイは笑みを浮かべた。「しかし、質問の答になっていない」

「承知しました」

「いま言った条件で？」

「はい、上官」

エラリイはしばしふたりをながめた。

「ここで待っていてくれ」

そう言うと、すばやく書斎へ行ってドアを閉めた。

エラリイがメモ帳に何か書いているところへ、警視が寝室からやってきた。机のそばで、唇を突き出して見守っている。

「本部で何か耳新しいことはありましたか、お父さん」エラリイは書き物をしながら小声で尋ねた。

「委員長からちょっとした問い合わせが――」

「どんな？」

「ただの問い合わせだ」

エラリイはメモ用紙を剝ぎとって無地の封筒に入れ、封をしてから表に〝J〟と書いた。別のメモ用紙に何やら書きはじめる。

「なんでもなかったんですか」

「ああ、〈猫〉とはまったく関係ないんだ」そう言いながら、警視はじっと見ている。

「西七十五丁目通りとアムステルダム街の角で殺人があった。被害者はふたり。裏切られた妻が夫をアパートメントまで尾行して、密会中のふたりを仕留めた。握りに真珠貝の細工をあしらった二二口径の銃で」

「ぼくの知っている人間ですか」エラリイは二枚目のメモ用紙を楽しげに剝ぎとった。「死んだ女はナイトクラブのダンサー。東洋風の踊りが得意だった。死んだ男は金持ちのロビイスト。妻は教会の活動で有名な社交界の女だ」

「セックス、政治、社交界、宗教」エラリイは二番目の封筒に封をした。「これ以上ないほどそろってますね」封筒に〝C〟と書く。

「なんにせよ、騒ぎがおさまるまで二、三日かかるだろう」エラリイが立ちあがったので、警視は尋ねた。「いま書いていたのはなんだ」

「八十七丁目遊撃隊（シャーロック・ホームズの〝ベイカー街遊撃隊〟のもじり）への指令だ」

「おまえは本気でこんなハリウッドばりの茶番をやるつもりなのか」

エラリイは居間へもどった。

警視はまたもやしかめ面で戸口にとどまった。

エラリイはセレストに〝C〟と記した封筒、ジミーに〝J〟と記した封筒を渡した。

「いまあけちゃいけない。読んだら破り捨てるように。仕事をやりとげたら、ここへ来て報告してくれ」

セレストは少し青い顔をして封筒をバッグへ入れた。ジミーも上着の外ポケットに押しこんだが、手は突っこんだままだった。

「いっしょに帰るかい、セレスト」

「だめだ」エラリイが言った。「別々に帰れ。きみが先だ、ジミー」

ジミーは乱暴に帽子をかぶり、大股で出ていった。

セレストの目には、部屋が空っぽになったように見えた。

「わたしはいつ出ればいいんですか、クイーンさん」

「そのときになったら教える」

エラリイは窓辺へ行った。セレストはもう一度椅子に落ち着き、バッグをあけてコンパクトを取り出した。封筒にはさわりもしない。しばらくして、コンパクトをもどしてバッグを閉じた。暗い暖炉をながめている。クイーン警視は書斎の戸口でひとことも口を聞かなかった。

「もういいよ、セレスト」

およそ五分経っていた。セレストは何も言わずに立ち去った。

「さあ」警視が爆発した。「あのメモ用紙になんと書いたのか、教えてもらおうじゃないか」

「いいですよ」通りを見ながらエラリイは言った。「セレストが建物から出たらすぐに言います」

ふたりは待った。

「立ち止まってメモを読んでるんだな」警視が言う。

「ほら、出た」エラリイは肘掛け椅子へ向かった。「さて、お父さん」と言う。「セレストのメモには、ジミー・マッケルのことをできるだけ調べろと書きました。ジミーのメモには、セレスト・フィリップスのことをできるだけ調べろと書いたんですよ」

エラリイはパイプにまた火をつけ、ゆったりと一服した。

「この陰謀家め」警視は息を吐いた。「思いつかなかったが、そういうことなら納得がいく」

「天が果実を落とせば、賢人は口をあける。中国のことわざです」

警視は脇柱から離れ、〝タグボートのスカッフィ（一九四六年初版の児童書の主人公。おもちゃのタグボート）〟よろしく元気に室内を動きまわった。

「こいつはいい」うれしそうに警視は笑った。「まるで対決する二匹の――」ことばが止まった。

「〈猫〉か」エラリイはパイプを口から離した。「図星ですよ、お父さん。どうなるかわかりませんがね。残酷かもしれない。でも、危ない橋を渡るわけにはいかないんです。ぜったいに」

「まさか、ばかげている」吐き捨てるように警視は言った。「ふたりともただの夢見がちな若者だ」

「セレストが胸の内をさらけ出しているとき、お父さんは警察官特有の鼻を一度か二度うごめかしたようでしたが」

「まあな。この事件では、どんな相手も一度は疑ってかからねばならない。だがな、考えてもみろ、だいたい――」

「だいたい、なんです？ 〈猫〉については何ひとつわかっていません。男か女か、十六歳か六十歳か、白か黒か茶色か、それとも紫か」

「たしか二、三日前に、何か気づいたとおまえは言っていたな。どんなことだ。蜃気楼か？」

「あてこすりが得意じゃありませんね、お父さん。ぼくが言おうとしたのは〈猫〉自身のことじゃない」

　警視は肩をすくめた。ドアへ向かう。

「〈猫〉の流儀についてですよ」

　警視は歩みを止め、振り返った。

「なんと言った？」

「六件の殺人にはいくつか共通の要素があります」

「共通の要素だと？」

　エラリイはうなずいた。

「いくつだ」警視は窒息しそうな声で訊いた。

「少なくとも三つ。四つ目もありうると思います」

警視は駆け寄った。「エラリイ、それはどんなことだ」

だが、エラリイは答えなかった。

一瞬ののち、警視はズボンを軽く引きあげ、すっかり青ざめた顔で憤然と部屋を出た。

「お父さん」

「なんだ」玄関広間から怒った警視の声が飛ぶ。

「もっと時間が必要なんですよ」

「なんのためにだ。〈猫〉がもう二、三人首を絞められるようにか」

「痛い指摘です。でも、急いじゃいけない場合もあるのはわかってください」

エラリイは勢いよく立った。その顔もまた青ざめている。「お父さん、あれには何か意味があるんです。まちがいなくね。でも、なんだろう？」

4

その週末、エラリイは神経をとがらせていた。コンパスと定規と鉛筆とグラフ用紙を使って、何時間も熱心に作業をした。描いていたのは統計の神秘を表わす曲線だ。結局はそのグラフを暖炉へ投げこみ、火をつけて燃やした。クイーン警視がそばに来て、この炎暑の日曜日に暖をとっているかに見える息子に向かい、自分が煉獄に住むことになったら気温をさげる工夫をするがね、とつまらない感想を述べた。

エラリイは無愛想に笑った。「地獄に扇風機はありませんよ」

それから自分の書斎へ行って、忘れずにドアを閉めた。

だが警視はあとを追った。

「おい」

エラリイは机のそばに立っていた。捜査資料をにらみつけている。三日間ひげを剃っておらず、無精ひげを透かして見える肌は青白く不健康だった。

まるでしなびた野菜だ、と警視は思った。もう一度呼びかける。「おい」

「お父さん、ぼくはおりたほうがよさそうです」

警視は小さく笑った。「どうせやめはしないだろう。少し話でもするか」

「愉快な話題があるなら」

警視は扇風機のスイッチを入れた。「そうだな、天気の話ならいくらでもできるぞ。ところで何か音沙汰はあったのか。おまえの——あのふたりをなんと言ったかな——遊撃隊か」

エラリイは首を横に振った。

「セントラル・パークで散歩でもするか。それともバスに乗るか」

「目新しいこともないでしょう」エラリイはつまらなそうに言った。

「ひげなんか剃らなくていい。知り合いに出くわしたりするものか。街はがら空きだからな。どうだ、エラリイ」

「そんなことはどうでもいいです」エラリイは外を見やった。空に夕焼け雲がたなびき、建物が赤く染まっている。「この呪われた週末には」

「いいか」警視は言った。「〈猫〉は平日にしか活動しない。土日は休みだ。犯行をはじめて以来唯一の祝日だった七月四日の独立記念日も避けて通った。だから労働者の日にあたるこの週末も心配しなくていい」

「労働者の日にニューヨークの夜がどうなるか、わかるでしょう」建物が血の色を帯びた。

あと二十四時間だ、とエラリイは思った。「道路、橋、トンネル、ターミナル、いたるところが渋滞する。みんなが一気に街へ帰ってくる」

「元気を出せ、エラリイ！　映画でも観にいこう。それともこんなのはどうだ。奮発してレビューを楽しむんだ。今夜ぐらい脚線美を鑑賞するのも悪くない」

エラリイは微笑みもしなかった。「どうせ〈猫〉のことが頭から離れまい。行って楽しんできたらいいですよ、お父さん。ぼくといてもちっともおもしろくないから」

賢明なる警視は出かけた。

ただし、脚線美を鑑賞する場所へ行ったのではない。

バスに乗ってダウンタウンの警察本部へ向かった。

暑気のなかで闇が暗紅色に転じ、その瞬間、鋭いナイフが音を立てて首に迫った。身構える……。落ち着いていて、幸福ですらあった。足もとの荷車には猫たちが詰めこまれ、もったいぶった顔で青とサーモンピンクの絹紐を編みながら、心得顔でうなずいている。蟻ぐらいの小さな猫が目の前にすわって見あげている。その目は黒い。ナイフがひらめいて、澄んだ強烈な痛みが首に走ったとき、夜がせりあがり、大いなる光がすべてを包みこんだように感じられた。

エラリイは目をあけた。

卓上の何かがあたっていたらしく、一方の頰が痛い。夢のなかの鋭い苦痛が強引に越境してきたのかと思ったそのとき、父の寝室の電話が耳障りな音で単調に鳴っているのに気づいた。

立ちあがって寝室へ行き、明かりをつけた。

一時四十五分。

「もしもし」首が痛む。

「エラリイか」警視の声がエラリイを刺し、眠気を追いやった。「十分も電話を鳴らしていたんだぞ」

「机で寝てしまいました。どうしたんですか、お父さん。いまどこに？」

「この電話をかけているのに、どこにいるかだと？　夜じゅうずっとここにいたよ。まだ服を着たままか」

「ああ」

「パーク・レスター・アパートメントへすぐ来てくれ。五番街とマディソン街にはさまれた東八十四丁目だ」

午前一時四十五分。したがって労働者の日だ。八月二十五日から九月五日。十一日間。十一は十よりひとつ多い。モニカ・マッケルからシモーヌ・フィリップスからまでは十日だった。十よりひとつ多いということは……。

「エラリイ、そこにいるのか」

「被害者は？」ひどい頭痛がする。

「エドワード・カザリス博士のことを聞いたことがあるか」

「カザリス？」

「別に知らなくても――」

「精神科医の？」

「そうだ」

「ありえない！」

論理に沿って舞台の足場を這い進んでいたら、夜が砕け散ってまがいものの金属片となった。

「なんと言った、エラリイ」

遠い宇宙に取り残された気分だ。途方に暮れて。

「カザリス博士のはずがない」エラリイは力を掻き集めた。

狡猾とも呼ぶべき警視の声が聞こえる。「では、何を根拠にそんなことを言うんだ」

「年齢ですよ。カザリスは七番目の犠牲者にはなれない。問題外だ。どこかまちがっている」

「年齢？」警視が当惑気味に言う。「カザリスの歳がいったいどうしたというんだ」

「六十代半ばのはずです。カザリスじゃない。計画にあてはまらない」

「なんの計画だ」警視が叫んでいる。

「カザリス博士じゃないんでしょう？　もし博士なら……」

「ああ、たしかにカザリスじゃなかった」

エラリイは深く息をついた。

「やられたのはカザリスの妻の姪だ」警視が不機嫌そうに言う。「名前はレノーア・リチャードソン。パーク・レスター・アパートメントにはリチャードソン一家が住んでいる。本人と両親だ」

「歳はわかりますか」

「二十代の中ごろか後半だろう」

「独身でしょうか」

「おそらくな。情報がほとんどないんだ。もう切るぞ、エラリイ。急げ」

「すぐ行きます」

「待て。カザリスでないことがどうして――」

セントラル・パークのちょうど向こう側か。エラリイは思いながら、もどした受話器を見つめていた。そこに受話器を置いたことすら、すでに忘れていた。

電話帳だ。

書斎へ走ってもどり、マンハッタン地区の電話帳をつかんだ。

リチャードソン。

リチャードソン、レノーア。東八十四丁目12　1／2
同じ電話番号で、〝リチャードソン、ザカリー。東八十四丁目12　1／2〟というものもあった。

エラリイは没我の境地でひげを剃り、服を着替えた。


長い一夜の印象をひとつにまとめることができたのは、あとになってからだった。その夜には、まだ混乱していた。いくつもの顔が流れ、行き交い、ばらばらに漂っていた。ことばの断片、震える声、流れる涙、かわされる視線。警官が来る、電話が鳴る、鉛筆が書く。ドア、長椅子、写真、カメラマン、測定、スケッチ、青みがかった小さなこぶし、垂れさがった絹の紐、イタリア産大理石の暖炉の上にあるルイ十六世時代風の金の置時計、油絵の裸体画、破れた本のカバー……。

だが、エラリイの頭脳は機械だ。五感に無差別に取りこんだ証拠から、しばらくして、あるものが生み出された。

今夜の産物があとで必要になることをリスの本能で察知し、エラリイはそれをしまいこんだ。

その娘自身はエラリィに何も語らなかった。どんな人間だったかは、写真を見て想像するしかない。いまわの際にあがいたまま硬くなった体は、よくあるただの石化した物体だった。抱きしめたくなるような小柄な娘で、髪は柔らかい茶色の巻き毛だった。鼻はつんとしていて、口は——写真を見ると——すねたように引き結ばれている。爪にはマニキュアとペディキュアが施され、髪は最近セットされたばかりだ。ネグリジェはさらりとした平織りの生地だが、下着は高価なものだった。〈猫〉に襲われたとき読んでいたのは『永遠のアンバー』の再版本で、無残に破れていた。寝椅子のそばにある象嵌細工の小テーブルには、オレンジの食べ残しとサクランボの種が数粒ある。同じテーブルに、果物の鉢、銀の煙草入れ、口紅つきの吸い殻が十四本はいった灰皿、甲冑姿の騎士を象《かたど》った銀の卓上ライターが置かれていた。

しおれてくすんだ死体は五十歳にも見えるが、写真では——最近撮ったものでも——うぶな十八歳に見えた。実際は二十五歳で、ひとり娘だった。

エラリイはレノーア・リチャードソンを痛ましい侵入者として頭から追い払った。

生きている者たちも何も語らなかった。

全部で四人いた。殺された娘の両親。娘の叔母の——リチャードソン夫人の妹にあたる——カザリス夫人。そして、高名なカザリス博士。

悲しみに暮れる様子に、一族の絆は感じられない。それを興味深く思ったエラリイは、ひとりひとりを注意深く観察した。

母親のリチャードソン夫人はひと晩じゅう、手がつけられないほど取り乱していた。きらびやかな中年女で、いささか流行を追いすぎたガウンを着て、宝石もつけすぎだった。エラリイは夫人のなかに、悲しみとは無関係の慢性的な不安を見た気がした。幼児が腹痛に顔をしかめるのと似たものだ。守銭奴のごとく人生を貯めこむたぐいの女にちがいない。黄金の青春時代は色褪せたのに、わずかな残骸を金色に塗って包装紙をかけ、度を越した自己欺瞞にふけっている。そしていま、娘を失ったことで昔置き忘れたものを見いだしたかのように、身悶えして叫んでいた。

父親は半白髪で堅苦しそうな六十歳の小男だった。宝石商にも図書館員にも見える。実際は、服地の卸売りでニューヨーク屈指の老舗〈リチャードソン、リーパー＆カンパニー〉の社長だった。エラリイは市内をぶらつくときにその社屋の前を通ることがよくあった。九階建ての建物で、ブロードウェイと十七丁目通りのブロックの半分を占めていた。その会社は古きよき時代の経営倫理を守ることで知られていた。労働組合をけっして認めず、慈悲をもって従業員の面倒を見、退職まで気持ちよく従順に働かせる。リチャードソンは揺るぎない正直者であり、変わりようのない頑固者でもあり、そして、視野のせまさは一本の直線に等しい。この事件では、まったくなす術がなかった。部屋の隅にただ腰かけ、イブニングガウン姿で苦悶する妻から、毛布に覆われて横たわる小山脈のごとき娘へと、困ったように目を向けることしかできなかった。

リチャードソンの義妹は、妻よりずいぶん若かった。エラリイはカザリス夫人を四十代はじめと見た。肌が青白く、すらりとした長身で、おとなしくふるまっている。姉とちがって、立場をわきまえているらしく、しきりに夫へ目をやる。有能な男たちの妻によく見られる従順な性質を具えていた。この夫人にとって結婚生活が人生のすべてだということは、哀れなほど明らかだ。リチャードソン夫人のような女が大半を占める上流社会では、カザリス夫人の友人は少なく、社交への関心も薄れがちだろう。カザリス夫人は、母親が不機嫌な子供をなだめるように、初老の姉を慰めた。姉が激しくわめき散らしているあいだだけは、介抱する声に叱責と憤りの色をにじませた。自分が軽んじられ、欺かれたと感じているかのようだった。無垢ながら頑なな感受性の持ち主で、その感情には微妙に冷たいものがあるのは、姉の自己顕示癖の反動だろう。

エラリイの耳に男のいたずらっぽい声が響いたのは、そんなときだった。「お気づきのようですな」

エラリイはすばやく振り返った。カザリス博士だった。体は大柄で、背をまるめているが屈強そうに見え、目は冷たく白く濁り、髪はアイスグレーでふさふさしている。氷河を思わせる男だ。落ち着いた声には皮肉っぽい抑揚があった。聞くところによると、カザリス博士は精神科医としては一風変わった経歴の持ち主らしいが、はじめて会っただけでエラリイはそれを信じる気になった。六十五歳、あるいはもっと高齢だろう。半ば引退していて、選び抜いた数少ない患者——おもに女性——しか診ない。つまるところ、健康が衰え、医師としてのキャリアも冠状動脈の年齢も退潮期ということだ。それでも、大きな分厚い手が落ち着きなく震えるのを除けば、カザリス博士は壮健で精力的に見える。仕事を控えるような人間ではありえまい。その点は謎であり、事件に無関係とはいえ興味深い。博識を持つこの人物の目から逃れられるものはない。すべてを見たうえで、何も語らない人間だ、とエラリイは思った。あるいは、聞き手が何を知るべきかによって、語る内容を自在に調整している。

「何に気づくんですか、カザリス博士」

「家内とその姉とのちがいにだよ。レノーアについては、義姉は犯罪と言ってもいいほど誤った接し方をした。自分の子供を恐れ、妬み、甘やかしすぎた。好き放題にさせたかと思うと金切り声で罵る。自分が不機嫌なときにはレノーアを完全に無視する。いま、デラはやましさのあまりパニックに陥っている。臨床的所見を言えば、デラのような母親は自分の子供の死を願い、それが現実になると、こんどは許しを求めて泣き叫ぶ。自分のために悲しんでいるのだよ」

「お見受けしたところ、奥さまもあなたと同様に気づいていらっしゃるようですね、博士」

精神科医は肩をすくめた。「妻はできるだけのことをしてきた。わたしたちは結婚して四年のあいだにふたりの子供を分娩室で失い、妻は二度と出産できなくなった。そこで愛情をデラの子供へ向け、ふたりは——つまり妻とレノーアは——欠けているものを補い合ってきた。もちろん完全ではなかった。何しろ、血がつながっているだけのだめな母親は問題だらけだからな。そもそも」姉妹にすばやく視線を投げてそっけなく言う。「心から死を悼むことすら満足にできないのだから。母親は胸を叩いて嘆き、叔母はだまって苦しんでいる。あの娘がけっこう好きだったよ」カザリス博士は唐突に言った。「わたし自身はね」そして歩いていった。

午前五時までに警察は事実を整理した。以下のとおりである。

娘はひとりで家にいた。リチャードソン夫人の友人に招かれて、ウェストチェスター郡でのパーティーに両親と参加する予定だったが、理由をつけてことわっていた。(「ちょうど生理の時期でした」カザリス夫人がクイーン警視に言った。「レノーアはいつも生理が重かったんです。午前中の電話で、行けそうもないと言っていました。それでデラが腹を立てている、と」)。リチャードソン夫妻は六時少し過ぎにウェストチェスターへ発った。それはディナー・パーティーだった。ふたりいる使用人の一方、料理人のほうは、休暇をもらって土曜日の午後からペンシルヴェニアの家族のもとへ帰っていた。もうひとりのメイドのほうには、レノーア自身が夜の外出許可を与えた。住みこみではないので、翌朝にもどればよかった。

そこから八ブロック離れた場所、パーク街と七十八丁目通りの一画に住むカザリス夫妻は、夕方からずっとレノーアのことを気にかけていた。八時三十分にカザリス夫人が電話をかけた。レノーアは電話に出て、〝いつものいやな生理痛〟はあるけれど、そのほかはだいじょうぶだから、叔父さんも叔母さんも〝よけいな大騒ぎ〟はしないでと言った。しかし、レノーアが生理特有の症状で何も食べていないのを知ると、カザリス夫人はリチャードソン宅へ行ってあたたかい食事を用意し、とにかく食べさせて、居間の長椅子に落ち着かせたあと、一時間ほど姪と雑談をして過ごした。

レノーアはふさいでいた。〝女学生みたいにつぎつぎ相手を変えるのはやめて結婚しなさい〟と母親からうるさく言われていたらしい。深く愛した恋人がいたが、ノルマンディーのサン＝ローで戦死した。ユダヤ系の貧しい青年で、母親は交際に大反対したという。

〝ママはわかってくれなくて、亡くなったあとでさえ彼を悪く言うのよ〟カザリス夫人は姪の悩みをすっかり聞き、その後ベッドへ連れていこうとした。ところがレノーアは、〝このくらいの痛みなら〟起きていて本を読むと言った。気分がすぐれないのは暑気のせいでもあった。あまり遅くまで起きていてはいけないとカザリス夫人は言って聞かせ、おやすみのキスをして立ち去った。それが午後十時ごろだった。夫人が最後に見かけたとき、姪は寝椅子にもたれて本に手を伸ばし、笑みを浮かべていた。

カザリス夫人は帰宅して泣きだしたが、夫はそれをなだめてベッドへ寝かせた。担当患者の病歴を遅くまで調べていたカザリス博士は、〝場合によってはデラとザックは明け方の三時か四時までもどらないかもしれない〟と言い、寝る前にレノーアに電話をすると妻に約束した。十二時を数分過ぎたころ、リチャードソン宅へ電話をかけた。だれも出ない。五分後にもう一度かけた。レノーアの寝室に内線が通じているから、たとえもう寝ていたとしても、繰り返し電話が鳴れば起きるはずだった。心配になったカザリス博士は、様子を見にいくことにした。妻を起こさずにパーク・レスター・アパートメントまで出向き、そこでレノーア・リチャードソンが寝椅子に横たわっているのを見つけた。首の肉にサーモンピンクの絹紐が食いこみ、窒息死していた。

義姉夫婦はまだ帰っていなかった。死んでいる娘を除けば、アパートメントにはだれもいない。カザリス博士は警察に通報し、それから玄関広間のテーブルで、ウェストチェスターの訪問先の電話番号を見つけたので――〝レノーアの気分が悪くてわたくしを呼びもどしたいときのために置いていきました〟とリチャードソン夫人は涙ながらに説明した――レノーアの身に〝ちょっとしたこと〟が起こったと夫妻に連絡した。それから博士は妻に電話し、そのままタクシーですぐ来るように言った。カザリス夫人が寝間着に長いコートをはおった姿で駆けつけたとき、すでに警察が到着していた。夫人は卒倒したが、リチャードソン夫妻が着くころには、姉の世話ができるくらいの気力を取りもどしていた。

「ノーベル平和賞に値する女性だな」クイーン警視はつぶやいた。

例によって同じ主題による変奏曲だ、とエラリイは思った。ばらばらな騒動と事件、残るのは死の色の芯。砕くことのできない硬い実だ。

(「首に絹の紐が巻きついているのはひと目でわかった」カザリス博士は言った。「思いつくのはひとつだけだったよ。〈猫〉だ」)

テラスや屋根の検分は夜が明けるまで待たれ――居間のフランス窓は夜じゅうあけ放されていた――そのあいだに警察は、〈猫〉がペントハウスの自動運転のエレベーターを使って大胆にも玄関から侵入したという説に傾いていた。カザリス夫人の記憶によれば、夫人は十時に帰るときに玄関広間の側からドアを施錠した。しかしカザリス博士が十二時三十分に着いたとき、ドアは大きく開いてドア留めで固定されていた。ドア留めから被害者の指紋が検出されたので、レノーアが叔母の帰ったあとに、おそらく風通しをよくしようとして、ドアをあけたままにしたにちがいない。息苦しいほどの夜だった。カザリス夫人が出はいりしたこと、カザリス博士が十二時過ぎに来たことを、夜勤の守衛は覚えていた。けれども、夜のあいだに何度か抜け出して、八十六丁目通りとマディソン街の角にあるデリカテッセンへ冷たい瓶ビールを買いにいったことを認め、勤務中にロビーにいるあいだにも不審者を見逃した可能性もあると言った。「暑い夜で居住者の半分は街を出払ってましたからね。ロビーの長椅子で寝たり起きたり、ひと晩じゅう、うとうととしてましたよ」ふだんとちがうものは見聞きしなかったという。

近隣でも叫び声を聞いた者はいなかった。

指紋係から興味のある報告は届かなかった。

検死局のプラウティ医師は、死亡推定時刻について、カザリス大人の退出から博士の到着まで、というより細かくは特定できなかった。

絞殺に使われた紐はタッサーシルクだった。

「ヘンリー・ジェイムズなら」カザリス博士が言った。「〝事実の致命的なむなしさ〟と言っただろうね（『ポイントン邸の蒐集品』序文より）」

明け方になり、一同は昨夜の残骸のなかにすわって、冷たいジンジャーエールとビールを飲んでいた。カザリス夫人が用意した鶏肉のサンドイッチの大皿に手をつけたのはクイーン警視だけで、それもエラリイに小突かれたからだった。遺体は警察の指揮のもとで運び去られ、不吉な毛布は消え、ペントハウスのテラスからそよ風が吹いている。リチャードソン夫人は鎮静剤の助けを借りて寝室で眠っていた。

「かの偉大なる詭弁家には大いに敬意を払いますが」エラリイが応じた。「致命的なのは事実のむなしさではなく、事実の不足ですよ、博士」

「七人も殺されたのにですか」博士の妻が声を大にして言った。

「かけるゼロなんですよ、カザリス夫人。まあ、そこまでひどくないかもしれませんが、かなりむずかしい状況です」

クイーン警視は黙々と顎を動かしていた。話を聞いているようには見えない。

「どうすればいいんだ！」

全員がはっとした。レノーアの父親が長い沈黙を破ったからだ。

「何かしなくては。ここでじっとしているわけにはいかない。金ならいくらでも……」

「残念ですが、金銭ではどうにもなりませんよ、リチャードソンさん」エラリイが言った。

「モニカ・マッケルの父上が同じ考えをお持ちでした。八月十日に申し出た十万ドルの賞金はだれの手にも渡りそうにありません。警察の仕事を増やしただけでした」

「もう休んだらどうかね、ザック」カザリス博士が言った。

「あの子に敵など断じていなかった。エド、きみも知っているだろう。だれもがあの子に夢中だった。どうしてこんな……どうしてレノーアを選んだのか。わたしのすべてだったのに。なぜわたしの娘を？」

「あなたの娘さんだけじゃありませんよ、リチャードソンさん」

「他人のことはどうでもいい。われわれの税金で警察は何をやっているんだ！」

リチャードソンは頬を赤くして立ちあがった。

「ザック」

父親はがっくりとうなだれ、そのあと何かぶつぶつ言いながら、静かに部屋を出ていった。

「いいんだよ、そっとしておきなさい」精神科医はすばやく妻に言った。「ザックは不屈のスコットランド魂をもって物事にしっかり向き合う男だし、命を何よりも大切にしている。心配なのはおまえのほうだよ。ひどく疲れた目をしているじゃないか。さあ、家まで送っていこう」

「だめよ、エドワード」

「デラは眠って――」

「あなたといっしょにいるわ。それに、あなたはここで必要とされています」カザリス夫人は夫の手をとった。「そうでしょう、エドワード。いま引きあげてはいけないのよ。何かすると言ってください」

「するとも。おまえを家へ連れていく」

「子供じゃないわ」

大柄な博士はいきなり立ちあがった。「だが、わたしに何ができる？　この人たちはこうした方面では訓練を積んでいる。診察室へやってきて患者の扱い方を教えてくれるとは思えないがね」

「わかりきったことを言わないで、エドワード」声が鋭くなる。「何度も繰り返しわたしに言った話をみなさんに教えてあげればいいのよ。あなたの説は――」

「残念ながらたいした説ではないよ。さあ、つまらないことを考えるものじゃない。うちへ帰って――」

「デラのそばにいなくちゃ」声がますます張りつめる。

「おいおい」博士は驚いたようだった。

「わたしがレノーアをどんなに大切にしていたか知ってるでしょう?」夫人の声が乱れた。

「知っていてそんなことを!」

「わかっているとも」博士は目配せをして、エラリイとクイーン警視を制した。「レノーアはわたしにとっても大事な娘だったよ。さあ、もうよしなさい。体に悪いから」

「エドワード、わたしに何を言ったかわかってるでしょう!」

「できるだけのことはするよ。もう言い争いはやめよう。さあ終わりだ」博士の腕のなかで、夫人のすすり泣きはしだいにおさまった。

「でも、約束してくれてないわ」

「うちへ帰らなくてもいい。おまえの言うとおりかもしれない。デラにはおまえが必要だ。客用寝室を使えばいい。何か眠れるものをあげよう」

「エドワード、約束して」

「約束する。さあ、ベッドへ行こう」

カザリス博士はすまなそうな顔でもどってきた。「あんなふうに乱れるのを予想しておくべきだった」

「いまのぼくは、昔ながらの奔放な感情表現も歓迎したいくらいですよ」エラリィは小声で言った。「ところで博士、奥さんがおっしゃっていた説とはどんなものですか」

「説？」クイーン警視があたりを見まわした。「だれの説だ」

「わたしの説でしょうな」そう言ってカザリス博士は腰をおろし、サンドイッチに手を伸ばした。「それはともかく、あの連中はあそこで何をやっているのですか」

「テラスと屋根を調べています。あなたの説を聞かせてもらいたいですね、博士」警視はエラリイの煙草を一本とった。いつもなら紙巻き煙草はけっして吸わない。

「説のひとつやふたつはニューヨークの全市民が持っているでしょうね」精神科医は笑みを浮かべた。「もちろん精神科医も〈猫〉の事件に無関心ではありません。そして、あなたがたがお持ちのような内部情報を知らなくても――」

「新聞に載っている情報と大差はありませんよ」

カザリスは鼻を鳴らした。「たいしたちがいはないとわたしも言おうとしたんですがね、警視。警察の捜査がうまくいかないのは、通常の捜査手法で今回の事件にあたっているからではないでしょうか。被害者に焦点を絞るのは、もちろんふつうの事件では正しい方法ですが、今回はまったくちがいます。この事件では犯人に焦点を絞るほうがうまくいくかもしれません」

「どういうことですか」

「被害者に共通点はないのでしたね」

「それで？」

「どの人生にも交わるところがなかった」

「わかっているかぎりでは、そうです」

「誓ってもいいが、意味のある接点はひとつも見つからないでしょう。七人が無関係に見えるのは、無関係だからです。たとえば、犯人は目を閉じて電話帳をでたらめに七回開き、各ページの二段目の四十九行目に載っている人間を殺すことに決めたとか、それ以上の相互関係はぜったいにありえません」

　エラリイが身じろぎをした。

「つまり、ここに」カザリス博士はサンドイッチの最後のひと口を呑みこんで先をつづけた。「同じ犯人の手で殺された、縁もゆかりもない七人の人間がいる。それは現実にはどういうことか。一見無差別な暴力行為の連発です。専門家の判断では、これは精神疾患を意味します。わたしが〝一見〟無差別と言ったのは、精神疾患者の行動は現実の視点から見るかぎり——つまり、多少とも健常な精神が世界をありのままに見て判断するかぎり——動機がないように感じられるからです。精神疾患者も動機を持っていますが、それはゆがんだ現実観と事実の変造を出発点にしています。

手にはいる情報の分析をもとに、わたしの意見を述べましょう。〈猫〉は——あの漫画家は最低だな。きわめて健全な動物への破廉恥な中傷ですよ！——われわれが体系化妄想状態と呼ぶ妄想性の精神疾患にかかっています」

「なるほど、ごもっともですな」警視は気を落としたようだった。「犯人は精神に障碍があると警察もはじめから思っていました」

「精神障碍者というのが一般的で、法律用語にもなっていますがね」カザリス博士は肩をすくめながら言った。「法律的な意味での精神障碍はなくても、精神疾患の人間はいくらでもいます。医学用語で通すことにしましょう」

「では、精神疾患者ということで。われわれは精神科の病院に再三あたりましたが、収穫はありませんでした」

「すべての精神疾患者が施設にいるわけではありませんよ、クイーン警視」精神科医はあっさりと言った。「そこが肝心なところです。たとえば、〈猫〉が妄想型統合失調症の疾患者だとしたら、外見も行動も——一般の人間の目には——われわれとなんら変わらないでしょう。疑われずに長期間潜伏して、そのあいだに多くの被害を及ぼしかねません」

「精神科の先生のおっしゃることには」警視はうんざりした口調で言った。「決まってがっくりさせられますな」

「お父さん」エラリイが言った。「カザリス博士は気をくじこうとしているんじゃなくて、説明しているんですよ。つづけてください、博士」

「わたしは別の可能性を示しているだけです。犯人は開業医のもとで治療中、あるいは最近まで治療を受けていたかもしれない。だれであれ、地元の人間のような気がします。七件すべてがマンハッタンで起こっているのですから、この地区から調べるのがいいでしょう。むろん、この分野のすべての専門家に協力してもらうことになります。それぞれが何を探すべきかを指示されたうえで、自分の診療記録を、治療途中のものも治療ずみのものも含めて精査して、候補者を洗い出す。候補者に対しては、警察が通常の捜査をおこなうだけでなく、臨床医として訓練を受けた者たちが質問にあたる。まったくの失敗に終わるかもしれないし、もちろんとんでもない手間もかかりますが――」

「心配なのは手間ではなく」クイーン警視がつぶやくように言った。「訓練を受けた人間の確保です」

「ああ、わたしにできることがあれば喜んで協力しますよ。家内のことばをお聞きになったでしょう。近ごろはあまり多くの患者を診ていなくて――」精神科医は渋面を作った。

「少しずつ減らして引退するつもりで——だから、特に負担にはなりませんよ」

「ありがたいお申し出です、カザリス博士」警視はひげに手をふれて言った。「未開拓の分野を切り開くことになりそうです。エラリイ、おまえはどう思う」

「ぜひやるべきですよ」エラリイはただちに答えた。「建設的な提案だし、そのまま犯人に行きあたらないともかぎらない」

「少し疑わしいということかな」カザリス博士は微笑んだ。力強い指がテーブルを軽く叩いている。

「そうかもしれません」

「わたしの推理に賛成ではないんだね」

「全面的にじゃありませんよ、博士」

精神科医は指の動きを止めた。

「ぼくは犯行が無差別というのに納得がいかないんです」

「ということは、わたしの知らない情報を持っているのかね」

「いいえ、同じ情報をもとに意見を述べているのはたしかです。でも、一連の犯行にはパターンがあります」

「パターン?」カザリスは目を見開いた。

「共通の要素がいくつもあります」

「今回のも含めてか」かすれた声で警視が尋ねた。

「そうですよ、お父さん」

カザリス博士はまたテーブルを叩きだした。「一貫した手口のことを言っているわけではないね——紐とか絞殺とか——」

「ちがいます。七人の被害者に共通する要素のことです。それがある種の計画の存在を物語っているのはまちがいありませんが、何から生じてどんな性質を持ち、どこへ向かうのかは……」エラリイの目が曇った。

「おもしろい」カザリス博士は外科手術でもするようにエラリイを観察した。「きみが正しければ、わたしがまちがっているわけだな、クイーンくん」

「どちらも正しいのかもしれません。そんな気もします。〝これは狂気だが、筋は通っている（『ハムレット』第二幕第二場より）〟と言いますから」ふたりはいっしょに笑った。「お父さん、カザリス博士の提案に従うことを、ぼくは断然勧めますよ。それもいますぐに」

「あらゆる規則を破ることになるぞ」警視は不満げに言った。「博士、全責任を負うことを覚悟していただけますか」

「わたしが？　精神科の分野で？」

「そうです」

カザリス博士の指が運動をやめた。しかし、いつでもまた動きだしそうだった。

「これは医師の仕事に劣らず大事な役目になります。精神科の全医師が協力しなければうまくいきません。その方面で調査の指揮をとってもらえれば――あなたの名声と職業上のつながりがあれば――われわれがとうてい無理だと考えていた範囲まで調べられるはずです。実を言うと」警視はゆっくりと言った。「悪くないと思うのには、ほかにも理由があります。市長がすでにわたしの息子を特別捜査官に任命しました。警察は公的な立場で捜査を進めます。あなたに医学の分野を担当してもらえれば、三方向から攻めることになります。おそらくは」警視は義歯をむき出しにして言った。「おそらくは何かしらの進展があるでしょう」

それから突然言った。「これについては本部でも承諾をもらいますが、きっと市長も委員長も大喜びしますよ。承諾を得る際に、あなたが引き受けてくださったことを伝えてもいいですか」

精神科医は両手をあげた。「以前観た映画で、なんという台詞でしたか。〝自分の騙りに足をすくわれた！〟だったか。いいですよ、警視。やりましょう。どういった手順にしますか」

「きょうはこれからどこにいらっしゃいますか」

「デラとザックの様子しだいです。ここか自宅にいますよ。午前中は数時間眠るようにつとめます」

「つとめる?」エラリイは立ちあがりながら伸びをした。「そういう悩みはぼくにはまったくありません」

「睡眠はわたしにとってつねに厄介な問題だよ。慢性の不眠症でね。これはたいがい、ある種の病気の症状なんだ」精神科医は笑みを浮かべて言った。「認知症や進行性麻痺などのね。だが、わたしの患者には言わないでくれたまえ。睡眠薬をきちんと飲んでいるよ」

「午後になったら電話をかけます、カザリス博士」

カザリスは警視に向かってうなずき、ゆっくりと出ていった。

クイーン親子は無言だった。テラスで作業をしていた者たちが帰りはじめている。ヴェリー部長刑事が日に照らされたテラスを横切っていた。

「どう思う」警視が唐突に尋ねた。

「思うって、何を」

「カザリスだ」

「ああ──。とても堅実な市民ですよ」

「そうなんだろうな」

「どこをひっくり返しても」ヴェリー部長刑事が言った。「犯人の痕跡はありませんでしたよ、警視。ペントハウスのエレベーターを使って侵入したにちがいありません」

「ひとつだけ問題がある」警視はつぶやいた。「あの指の運動をやめてもらえないものかな。神経にさわる。ああ、ヴェリーか。仕事を切りあげて少し眠るといい」

「新聞記者の連中をどうしますか」

「いまごろカザリス博士に襲いかかっているだろうな。急いで博士を助け出して、連中にはわたしがすぐ行くと伝えてくれ。得意の話術ではぐらかしてやろう」

部長刑事はうなずくと、あくびをしながら大股で出ていった。

「お父さんはどうするんですか」

「まず本部へ行かなくてはな。おまえは家へ帰るか」

「無事にここから出られるなら」

「廊下の物置に隠れていろ。記者連中をこの居間におびき寄せるから、その隙に抜け出せばいい」

父子はいささかぎこちなく別れた。


エラリイが目を覚ますと、父がベッドの端にすわって自分を見ていた。

「お父さん。いま何時ですか」

「五時過ぎだ」

エラリイは伸びをした。「いま帰ったんですか」

「まあな」

「何か進展は？」

「午後になってもまだない。紐からの手がかりもなし。過去の六件と同じだ」

「街の雰囲気は？　だいじょうぶそうですか」

「そうでもないな」寒いとでも言いたげに警視は自分の体を抱きしめた。「今回の件で非難が殺到している。警察本部と市庁舎の電話は鳴りっぱなしだ。新聞は血を求めて容赦なく吠え立てている。おまえの任命が発表されて多少落ち着いていた空気も、リチャードソン事件のせいで吹っ飛んだ。けさ委員長と市長執務室へ行って、カザリスのことを相談したら、市長殿はもう少しでわたしにキスするところだったよ。そしてその場でカザリスに電話をかけた。電話口ではじめに言ったのがこれだ。〝カザリス博士、記者会見はいつにしますか〟」

「カザリスは会見するんですか」

「いままさにやっているところだ。今夜放送される」

「ぼくにはずいぶん失望しただろうな、市長殿は」エラリイは笑った。「さて、お父さんも寝たほうがいい。そうしないと自分の死因の会見が開かれる羽目になりますよ」

警視は動けなかった。

「まだ何かあるんですか」

「エラリイ」警視は左脚をあげてゆっくりと靴紐を解きはじめた。「本部でいやな噂が流れている。こんなことは訊きたくないが、顎にパンチを食らいつづけるなら、いま何ラウンド目かを知らなくてはならない」

「何を知りたいと？」

「おまえが気づいた内容を教えてもらいたい」もう一方の靴に取りかかる。「もちろん、ほかのだれにも言わない」靴に向かって言う。「こんなふうに言ってもいいな。ズボンが焦げていくなら、自分が何の上にすわっているのか知りたい」

それは不満のなかで生まれ、正当な大義ゆえに発せられた一種の独立宣言だった。

エラリイは顔を曇らせた。

煙草と灰皿に手を伸ばし、仰向けになって灰皿を胸に載せる。

「わかりました」エラリイは言った。「お父さんから見れば、ぼくは出し惜しみばかりする不実な人間だし、お父さんから見れば、たしかにそのとおりかもしれません。では、考えてみましょう。ぼくの胸の内にしまっていた推測は、少しでもお父さんやぼく自身、市長や委員長の役に立つのか、それともエドガー・アラン・ポーの亡霊にすぎないのか。

ひとつ目。アーチボルト・ダドリー・アバネシーは四十四歳だった。ヴァイオレット・スミスは四十二歳。ライアン・オライリーは四十歳。モニカ・マッケルは三十七歳。シモーヌ・フィリップスは三十五歳。ビアトリス・ウィルキンズは三十二歳。レノーア・リチャードソンは二十五歳。四十四、四十二、四十、三十七、三十五、三十二、二十五」

警視は目を瞠《みは》った。

「それぞれの被害者は前の被害者より若い。だから、カザリス博士がぜったいに七番目の被害者のはずがないと思ったんです。博士はほかのだれよりも年上ですから。七番目になるには、六番目の被害者の三十二歳より若くなくてはならない……もちろん、年齢下降のパターンがあればです。そして、リチャードソンの二十五歳の娘が七番目の被害者だと知り、自分がまちがっていなかったとわかりました。年齢下降のパターンはたしかにある。数の間隔は不規則だけど、順を追って若くなっていきます」

右の靴を持つ警視の手に力がはいった。「気づかなかったな。警察のだれも気づいていない」

「まあ、腹が立つほど乱雑に散らばった道理のかけらのひとつですよ。まるでだまし絵の顔です。よくよく見ていると、そこにあるのが突然わかる。でも、それがどうしたって？　たしかに意味はあるんでしょうが、なんの意味なのか。理由があってのことでしょうが、なんの理由なのか。偶然というのは考えられません。七つもあるんだから。それなのに、考えれば考えるほど、たいしたことじゃない気がしてくる。なぜわざわざ年齢の高いほうから順に——それも互いになんの関係もない人たちを殺さなくてはならないのか、納得できる理由をひとつでも思いつきますか？　ぼくには無理です」

「たしかに難問だな」警視はつぶやいた。

「ニューヨークの二十五歳以上の人間は心配無用だと今夜発表してもいいですけどね。その理由は、〈猫〉が保険数理表に則って対象年齢をさげていき、二十五歳を過ぎたからということで……」

「実に愉快だ」警視は弱々しく言った。「まるで――まるで、ギルバートとサリヴァンのオペラ喜劇だな。街じゅうの人間がおまえの頭がどうかしたと考えるだろうし、万が一正気だと思っても、不安が一気に――二十五歳より下の層で爆発する」

「そんなところでしょうね」エラリイはうなずいた。「だからだまっていました。

ふたつ目」エラリイは煙草を揉み消し、頭をもどして天井を見据えた。「七人の被害者のうち、ふたりが男で五人が女です。最新の事件が起こるまで、被害者の年齢は三十二歳以上でした。法的に婚姻可能となる年齢を大幅に超えていると思いませんか」

「なんだって?」

「つまり、ぼくたちは結婚制度のなかで生きています。この国の文化のあらゆる道は家庭へとつづいていますが、家庭というものは独身主義の砦とは見なされていません。証拠を示せというなら、〝独身用アパートメント〟ということばから感じる不埒で甘美な響きを思い起こせばいい。女たちは結婚前の時期を男を捕まえることに費やし、結婚してからは男を捕まえておくことに専念する。男たちは父親をうらやみながら少年時代を過ごしたあげく、大人になるまで待ちきれずに、母親のつぎにすばらしいと感じる女と結婚する。アメリカ人の男がなぜ哺乳器官に固執すると思いますか？　ぼくが言いたいのは──」

「頼むから早く言ってくれ！」

「──つまりこういうことです。もしアメリカ人の成人から無作為に七人を選び、みんな二十五歳以上で、そのうち六人が三十二歳以上だったとして、ひとりを除いた全員が未婚者になる確率はどれくらいでしょうか？」

「オライリーか」感嘆の声で警視は言った。「なんと、オライリーひとりだ」

「あるいはこうも言えます。男ふたりのうち、アバネシーは未婚で、オライリーは既婚だった。男のほうはそれで引き分けに見える。ところが、女のほうは五人とも未婚だ！　考えてみれば、これはぜったいに注目すべきことですよ。四十二歳から二十五歳までの五人の女が、アメリカの偉大なるネズミレースで、ひとりとして勝利をおさめていないなんて。年齢がさがっていく件と同様、偶然の一致とは思えない。だから、〈猫〉はあえて──少なくとも女については──未婚の者だけを選んだ。なぜでしょうか。教えてください」

クイーン警視は爪を嚙んだ。「ひとつだけ思いつくのは、犯人が結婚を餌に近づいたということだな。しかし──」

「しかし、そう、それも納得がいきません。そんな女たらしは現われていないし、いる形跡すらない。

もちろん、うれしい知らせをミセス・ニューヨークに対して大声で伝えてやることもできます。〈猫〉の抱擁を恐れるべき女性は、処女と結婚ぎらいとレズビアンだとね。でも――」

「つづけろ」警視は声を荒らげた。

「三つ目。アバネシーは青い絹紐で絞殺されました。ヴァイオレット・スミスはサーモンピンク、オライリーは青、モニカ・マッケル、シモーヌ・フィリップス、ビアトリス・ウィルキンズ、レノーア・リチャードソンはサーモンピンク。報告書にもそう書いてあります」

警視は口ごもった。「忘れていた」

「男にはある色を使い、女には別の色を使う。一貫してそうです。理由は？」しばらくして、警視が遠慮がちに言った。「エラリイ、このあいだおまえは四つ目がありうるとか言っていたな……」

「ああ。言いましたよ。全員が電話を持っていたことです」

警視は目をこすった。

「ある意味で、平凡きわまりないこの事実こそがもっとも興味をそそるとも言えます。少なくともぼくにとってはね。七人の被害者に七台の電話。あの貧しくて障碍のあるシモーヌさえもです。全員が電話を持っていた。あるいは、電話の加入者が別人である場合も――レノーア・リチャードソンとシモーヌ・フィリップスとモニカ・マッケルがそうでしたが――電話帳には加入者とは別に本人の名前が載っていました。それは調べてあります。具体的な数字は知らないけれど、たぶんアメリカ合衆国では百人に対して二十五台ほどの電話しかないでしょう。四人に一台。ニューヨークのような大都市だと、その割合はもっと高いかもしれない。ニューヨークでは三人に一台としましょう。それなのに、〈猫〉に狙われた七人は、ひとりではなく、ふたりではなく、四人でもなく、七人全員が電話を持っていた。

まず考えられるのは、〈猫〉は獲物を電話帳から拾ったということです。純粋なくじ引きですね。でも、くじ引きだとしたら、七人が順を追って若くなる確率は計り知れないほど小さくなる。つまり、〈猫〉は何か別の基準で選んだんです。

それでも、被害者全員の名前がマンハッタン区の電話帳に載っているのは事実です。だから電話の件は無関係じゃない。重要な要素ですよ」

エラリイはナイトテーブルに灰皿を置くと、両脚に勢いをつけてベッドからおり、そのまま嘆き悲しむようにしゃがんだ。「まったく、忌々しいな」うめくように言う。「もしこの整然とした配列がひとつでも崩れていたら――ひとりの被害者が前より年上とか、ひとりの女が結婚しているとか、あるいは以前結婚していたとか、ひとりの男の首にサーモンピンクの、紫でもいい、そんな色の紐がかけられていたとか、ひとりが電話を持っていないとか……。こうした共通点には理由がある。いや、というより」いきなり背筋を正す。

「おそらく、ただひとつの理由があるんです。大きな共通分母みたいなものがね。ロゼッタ・ストーン。すべての扉をあけるひとつの鍵。これはなかなかのものですよ」

しかし、クイーン警視は服を脱ぎながらぶつぶつと言った。「年齢がだんだん若くなっていく点だがな。考えてみると……。アバネシーとヴァイオレットが二歳ちがい。ヴァイオレットとオライリーも二歳ちがい。オライリーとモニカは三歳ちがい。モニカとシモーヌは二歳ちがい。シモーヌとビアトリスは三歳ちがい。歳の差は二歳と三歳だ。どれも三歳を超えていない。六件目まではな。それなのに――」

「そうなんです」エラリイは言った。「それなのにレノーア・リチャードソンの場合は、それまで多くて三歳だった歳の差が一気に七歳までひろがった……。そのことでゆうべは夜通し悩みましたよ」

警視は服をすっかり脱ぎ、針の先に貫かれたかのような六十代の細い体をあらわにした。

「わたしがどうしても知りたいのは」ぼそりと言う。「つぎはだれかということだ」

エラリイは横を向いた。

「わかったのはそれだけか、エラリイ」

「いまはそれだけです」

「寝るとしよう」小柄な裸の男は足を引きずるように出ていった。

5

クイーン警視は寝過ごした。火曜日の午前九時四十五分、スタートに遅れて鞭を食らった馬さながらに飛び出してきたが、エラリイとともにコーヒーを飲む男の姿に気づいて歩をゆるめ、朝食のテーブル脇に行儀よく立ち止まった。

「おや、だれかと思ったら」警視はにっこり笑った。「おはよう、マッケルくんじゃないか」

「おはようございます、警視」ジミー・マッケルが言った。「修羅場へお出かけですか」

「うううううむ」警視は息を吸った。「元気の出るモカをわたしも少しもらおうか」椅子を引いて腰をおろす。「おはよう、エラリイ」

「おはよう、おはよう」エラリイはうわの空でコーヒーポットに手を伸ばした。「ジミーが新聞を持ってきてくれましたよ」

「まだ新聞を読むやつなんかいるのか」

「カザリスのインタビュー記事が載ってます」

「ほう」

「温厚だが毅然とした中立者。系統だった知識がもたらす落ち着いた声。何も約束はしていません。しかし、輝く目に導かれたオシリス（エジプト神話に登場する、冥界を統治する神）の手が捜査を引き継いだという印象を受けます。さだめし市長は第十一天国にいる心地でしょう」

「第七天国じゃないんですか」ジミーが言う。

「エジプトの宇宙観ではちがうんだよ、ジミー。それに、カザリスはどことなくファラオを思わせる。〝兵士諸君、あのピラミッドの頂から四千年の歴史がきみたちを見おろしている〟」

「ナポレオンのことばだ」

「エジプト遠征のときのね。カザリスは大衆をなだめるシロップだ。士気をあげるには持ってこいだよ」

「こいつにはかまわなくていい」警視は新聞に目を通しながら、歯を見せて笑った。「どうせかないっこない……。まあ、たしかに効き目がありそうだ。きみは新聞記者をやめたのかね、マッケルくん。きのうは醜聞漁りの集団に交じっていなかったようだが」

「リチャードソン事件ですか」ジミーはどことなく話しづらそうだった。「きのうは労働者の日でした。ぼくの日です。くたばるぐらい働いてますからね」

「息抜きか」

「働き者ほど幸せと言うじゃないか」エラリイは言った。「それとも、任務についていたのかい、ジミー」

「そんなところです」

「セレスト・フィリップスとデートしたわけだ」

ジミーは笑った。「きのうだけじゃありません。ずっと楽しいときを過ごしてますよ。これ以上おもしろい任務はありませんね。あなたが社会部の主任だったらよかったのに」

「きみたちはうまくいってるってことか」

「そうですね」ジミーは言った。「お互いなんとかやってます」

「いい娘だ」警視がうなずいた。「エラリイ、もう一杯ほしいな」

「話してくれるか、ジミー」

「おや、ぼくの大好きな話題になりましたね」

「もう一杯ずつ飲もう」エラリイは気前よくコーヒーを注いだ。

「あなたがた呪術医がふたりで何を企んでるのかは知りませんが」ジミーは言った。「あの人が実にすばらしいお嬢さんだということを、ぼくは喜んで報告します。仲間内では偶像破壊者、特に女性専門の偶像破壊者マッケルとして有名ですけどね」カップをなでる。

「冗談はさておき、ぼくは卑劣な男になった気分です」

「卑劣漢というのはきびしい職業だ」エラリイは言った。「調査対象者の美点を、見たとおりにくわしく説明してくれないか」

「そうですね、彼女にはすぐれた容姿と、頭脳と、性格と、根性と、野心と――」

「野心？」

「セレストは大学にもどる気でいます。一年生のとき、シモーヌの世話をするためにやめざるをえなかったんです。シモーヌのお母さんが死んで――」

「シモーヌのお母さん？」エラリイは眉をひそめた。「シモーヌの母親がセレストの母親ではなかったように聞こえるが」

「知らなかったんですか」

「何を？」

「セレストはフィリップス夫人の実の娘じゃありませんよ」

「あのふたりは姉妹じゃなかったのか」警視がカップを乱暴に置いた。

ジミー・マッケルはクイーン親子を交互に見やった。椅子を後ろへずらす。「どうも気に食わないな」と言う。「とってもいやな感じだ」

「なんだ。どうしたんだ、ジミー」

「わかってるでしょう！」

「いや、わからない」エラリイは言った。「ぼくはセレストについてなるべく調べてくれと頼んだ。彼女に張りついて、何か新しいことがわかれば――」

「彼女に張りつく？」

「彼女を調べてという意味だ。われわれが知らないことについて。きみはぼくの信頼を裏切らなかったよ」

「馬の糞みたいなごたくはやめにしませんか、探偵殿」

「ジミー、すわれ」

「何を煮て食おうってのか知りたいんだ！」

「やいのやいの言うんじゃゃない」クイーン警視が声を荒らげた。「それならこっちにも考えが……」

「けっこう」ジミーはいきなりすわった。「考える必要はありません。シモーヌとセレストは又従姉妹だか又又従姉妹だか、そういう間柄ですよ。セレストが赤ん坊のとき、両親がガスレンジの爆発事故で亡くなった。ニューヨークの唯一の親戚がフィリップス夫人だったんで、夫人に引きとられた。そういうことです。フィリップス夫人が亡くなり、当然セレストがシモーヌの面倒を見た。いつだって互いに相手を姉妹だと考えてきた。セレストの真似ができない実の姉妹をぼくはたくさん知ってますよ！」

「デルフォイの神託のようにまわりくどく言わなくても」エラリイは言った。「ぼくも知ってるよ」

「なんですって？」

「つづけてくれ、ジミー」

「セレストは大学へ行きたくてたまらないんです――フィリップス夫人が亡くなったときはあきらめるしかなくて、そのときは半分死んだも同然でした。彼女が読んできた本といったら！　難解なものばかりです――哲学とか心理学とか――いまだって、ぼくよりも博識ですよ。ぼくなんか、プリンストン大学の卒業証書を汗と苦行とカンニングでどうにか手に入れただけですから。シモーヌがいなくなったいま、セレストは自由な暮らしを取りもどして復学し、身を立てることができる。秋の学期に間に合うように、今週中にワシントン・スクエア大学に入学手続きをとるようです。文学士をめざしていて、専攻は英語と哲学で、そのあと大学院へ進みます。たぶん教職に就くでしょう」

「夜学でそれだけの勉強をしようとは、よほどの覚悟だね」

「夜学？　だれが夜学なんて言いました」

「われわれはいまも弱肉強食の経済社会にいるんだよ、ジミー。それとも」エラリイは快活に言った。「きみがその問題をなんとかしてやるつもりなのか？」

「そうかもしれないがね」警視はウィンクをして言った。「ここでは無関係で些細な問題だし、わたしたちの知ったことじゃない」

ジミーはテーブルの端をつかんだ。「まさか下衆の勘繰りをしてるんじゃゃ――」

「ちがう、ちがう、ジミー。もちろん正式な結婚のことだよ」

「ああ。まあ……そのことは置いときましょう」素朴な顔に怒りと警戒が見てとれる。

「昼にモデルの仕事をしながら、昼の大学へはかよえないだろう」エラリイは言った。

「セレストは仕事をやめます」

「ほんとうか」警視が言った。

「そうか」とエラリイ。「夜の仕事に就くわけか」

「仕事はいっさいしません」

「悪いんだが」エラリイは悲しげに言った。「その叙事詩の第三篇のどこかで、きみのことばが理解できなくなった。仕事はいっさいしない。どうやって生計を立てるんだ」

「シモーヌの蓄えがあります！」いまやジミーは叫んでいた。

「蓄え？」

「ええと……それはどんな蓄えかね、ジミー」警視が尋ねた。

「いいですか」ジミーは胸を張った。「あなたがたから汚い仕事を頼まれて、ぼくはやった。その仕事については少しも理解できない。クイーンさん、あなたが灰色の頭脳を動かす大車輪だとしたら、ぼくはぱたぱた動く小さなプロペラにすぎない。でも、それにどんなちがいがあるのか教えてもらえますか」

「ないさ。真実にちがいがないのと同じだ」

「深遠な感じがするけれど、まやかしかもしれないな」

「マッケルくん」クイーン警視はきびしい声で言った。「わたしはこの事件に多くの人員を動員し、わたし自身も首まで浸かっている。だが、シモーヌ・フィリップスがだれかに腰痛以外のものを遺したと聞いたのは、これがはじめてだ。なぜセレストはわれわれに言わなかったんだろうか」

「セレストも先週発見したばかりだからです。殺人事件とはなんの関係もありませんしね」

「発見した？」エラリイは低い声で言った。「どこでかな」

「シモーヌのこまごましたものを片づけているときだったそうです。フランス製の古い木の置き時計があって、先祖の家宝とかそういったものですが——十年間動かないその時計をセレストが修理に出そうとしても、シモーヌはけっして承知せず、いつも自分のベッドの棚に置いていました。それでようやく先週、セレストがそれを棚からおろしたんですが、手が滑って床に落とした拍子に、卵みたいに割れてしまった。すると、ゴムバンドで巻いた分厚い札束が中から出てきたんですよ」

「金か。てっきりシモーヌは——」

「セレストもそう思ったそうです。金はシモーヌの父親が遺したものでした。父親の自筆の手紙が紙幣といっしょに束ねてあった。自殺当日の間際に書かれたその手紙によると、一九二九年の大暴落で財産を失ったときにも、一万ドルはなんとか確保したということでした。父親はその一万ドルを妻に遺しました」

「で、セレストはそのことをまったく知らなかったのか」

「フィリップス夫人とシモーヌはひとことも言わなかったんです。金は大部分残っていて、八千六百ドルほどありました。あとの千四百ドルは、昔フィリップス夫人がシモーヌの回復にまだ望みを持っていたころ、治療代に消えたんだろうとセレストは考えています。シモーヌも知っていたにちがいない。セレストがその時計に近づくだけで癇癪を起こしたんですから。とにかく、いまではセレストの金だし、それがあれば当分はまあまあの暮らしができる。これが大いなる謎の顛末です」ジミーは顎を突き出して言った。「ここから得た教訓は——言わせてもらえば——体が不自由かどうかは別にして、シモーヌは第一級の屑女だったってことですよ。カルカッタの土牢並みのむさ苦しい部屋でセレストは姉の世話をし、くたくたになるまで働いてふたりの暮らしを立てていたのに、当のシモーヌはおよそ九千ドルの金を隠し持っていたんですからね。なんのために持っていたのか。ダンスパーティーにでも出向こうというのか……。どうしたんです。なぜそんなにこわい顔をしてるんですか」

「どう思いますか、お父さん」

「どう考えても、これは動機になるな、エラリイ」

「動機？」ジミーは言った。

「はじめて見つかった動機だ」警視は浮かない顔で窓辺へ行った。

ジミー・マッケルは笑いだした。しかし、まもなく笑うのをやめた。

「動機があるんじゃないかと思ったんだ」エラリイは考えこむように言った。「先週あの娘が来たとき」

「セ、レ、ス、ト、が？」

エラリイは答えなかった。

「なるほど」ジミーは言った。「H・G・ウエルズの小説にこんなのがあったな。未知の気体が宇宙から地球の大気にはいりこんで、世界じゅうの人間の頭がおかしくなる。偉大なるエラリイ・クイーンも例外じゃない。どういうことですか、クイーンさん」憤然と言う。「セレストは、シモーヌを殺した犯人を見つけるのを手伝いたくてここに来たんですよ！」

「ところがそのシモーヌは実の姉ではなく、長いあいだセレストを巧みにこき使ってきた」

「ああ、空気が吸いたい。新鮮でまともな空気が」

「そうだと決めつけてるわけじゃないよ、ジミー。でも、これだけの理由があって、そうじゃないと言いきれるかい」

「言いきれますよ！　セレストは高潔な娘だ。けさ、このシベリアの城砦《カスバ》に迷いこんで穢される前のぼくと同じくらいにね。それに、あなたは〈猫〉を探してるんじゃないんですか――七人も殺した絞殺犯を！」

「エラリイ」クイーン警視がテーブルへもどった。内心の戦いに勝ったらしい。あるいは負けたのか。「それは考えられない。あの娘じゃない」

「となると」ジミーは声を大にして言った。「まだ指一本で未練がましく立っている男がひとりいるわけだ！」

エラリイは冷めたコーヒーを見つめた。「ジミー、複数殺人のＡＢＣ理論というものを聞いたことがあるかな」

「何理論ですって？」

「ＸはＤを殺したい。その動機は明らかではないが、もしふつうの方法でＤを殺せば、警察の捜査が進むうちに、動機を持つ唯一の人間、あるいはもっとも疑わしい人間がＸだとわかってしまう。Ｘの問題は、どのようにＤを殺せばその動機を目立たせずにすむかということだ。そこでＸは、Ｄの殺人をほかの複数の殺人で覆い隠すという方法を思いつき、因果関係のある連続殺人に見せるためにＸはあえて同じ手口を使いつづける。はじめにＡを殺し、そしてＢ、つぎにＣ……。もちろん、それらは何も知らない、Ｘと無縁の人たちだ。そのあとでＤを殺す。

こうすれば、Ｄ殺しを、鎖のようにつながった一連の事件のひとつの環に見せることができる。警察はD殺しの動機を持つ人間を探さず、AとBとCとDのすべてを殺す動機を持つ人間を探す。しかし、XにはAとBとCを殺す動機などなかったんだから、XのD殺しの動機は見過ごされるか無視される。いちおう、こういった理論だ」

「お手軽な探偵養成講座ですね」ジミー・マッケルは言った。「連続殺人の場合、動機は最後の殺人にあるってわけだ。ぼくの報酬は皮下注射器にでも入れておいてください」

「お手軽でもないさ」エラリイは平然と言った。「Xはそんなにばかじゃない。自分に疑いがかかる殺人でやめてしまったら、連続殺人にまぎれこませた殺しがかえって目立ってしまう。だからXはD殺しのあともE、F、Gと関係のない人たちを殺していく――必要ならH、I、Jも。自分の動機がうまくかすんだと感じるまで、Xは関係のない人間を殺しつづける」

「小むずかしいご高説でしたが」ジミーはにやりと笑った。「がんばって理解できましたよ。着脱可能な胴体を持った二十三歳の雌ゴリラ、人間の姿をした悪魔が、アバネシーとヴァイオレット・スミスとオライリーとモニカとビアトリス・ウィルキンズとレノーア・リチャードソンを絞め殺し、そのなかに障碍者の従姉シモーヌをはさみこむ。クイーンさん、最近健康診断を受けましたか」

「セレストはシモーヌのせいで五年間の人生を棒に振ったんだ」エラリイは根気よく説いた。「そして、この先の苦難の人生を考えた――あと何年つづくのか。十年？　二十年？

シモーヌは長々と生きるかもしれない。セレストが申し分のない世話をしていたのは明らかだ。たとえば、検死報告には床ずれがない。こんな場合に床ずれを防ぐには、不断の気配りが要るものだ。

しかし、セレストはなんとしても自分の道を歩みたい。シモーヌがいるせいで強いられている、暗く不自由な生活から抜け出したい。セレストは若く美しく意欲に満ち、シモーヌといっしょでは気が滅入るばかりだ。おまけに、ある晩——先週ではなく、たとえば五月ごろに——ちょっとした財産を見つける。長いあいだシモーヌが隠してきたもので、これがあれば当分セレストは楽に暮らせる。それを手に入れるための——そして使うための——ただひとつの障碍は従姉のシモーヌだ。無力な障碍者をほうっておくわけにはいかない——」

「だから殺す、と」ジミーは小さく笑った。「ほかの六人を巻き添えにして」

「たしかにわれわれは動機も人格も混乱した犯人像を想定してきたが——」

「取り消します。健康診断の必要はありませんよ、クイーンさん。あっちのほうの検査が必要だ。まず頭を診てもらうといい」

「ジミー、ぼくはセレストがシモーヌやほかの人たちを殺したとは言っていない。その可能性をほのめかしもしていない。わかっている事実を、考えうるひとつの方法で組み立てているんだ。すでに七人が殺され、もっとおおぜいの人間がやられるかもしれないのに、若くて魅力的だという理由だけで、きみはセレストを見過ごせと言うのか」

「魅力的ですよ。セレストに対するあんたの〝仮説〟がほんとうなら、彼女は異常者だ」

「大精神科医エドワード・カザリス博士のきのうのインタビュー記事を読むといい。見かけはそうではない異常者こそ、博士が探している人間だ。もっともな主張だと言わざるを得ないね」

「ぼくも異常者の仲間ですよ」ジミーは大きな歯を食いしばるように言った。「だけどそこそこ正気だ。これでも食らえ！」そしてプールへ飛びこむような勢いで朝食のテーブルを乗り越えた。

だが、それより速くエラリイは立ちあがって脇へよけ、ジミー・マッケルは生ぬるいコーヒーのしぶきを浴びて鼻から着地した。

「ばかなことをするな、ジミー。だいじょうぶか」

「うるさい、この冷血漢！」そう叫んでジミーは殴りかかる。

「まあ落ち着け」警視がジミーの腕をつかんだ。「エラリイの本を読みすぎたな」

ジミーは警視の手を振りほどいた。顔が土色だ。「クイーンさん、たれこみはだれか別の者にやらせればいい。ぼくはおりる。それだけじゃない。ほんとうのことをセレストに教えるさ。あんたがどうやってぼくをだまして、ごみ集めをやらせたかをね。そのせいで、マッケルがそばにいるだけでセレストがへどを吐くことになっても、知ったことじゃない」

「考えなおしてくれないか、ジミー」

「なぜ？」

「同意したじゃないか」

「そういうことは文書にしてくれ。何を買ったんだ、メフィストフェレス——ぼくの魂か？」

「無理に押しつけたわけじゃない。きみが手伝いたいと言ってきたから、厳密な条件つきで仕事を頼んだ。忘れたのか、ジミー」

ジミーはにらみつけた。

「たしかに千兆にひとつのことかもしれない。そのわずかな可能性のために、口を閉じていてくれないか」

「ぼくに何を頼んでいるのかわかってるのか」

「約束を守ることだよ」

「ぼくはセレストを愛してる」

「ああ」エラリイは言った。「それは残念だ」

警視が声を張りあげた。「もうそんなことに？」

ジミーは笑った。「昔は時間を計ったんですか、警視」

「ジミー、ぼくの質問に答えてないな」

そのとき、玄関の呼び鈴が鳴った。

クイーン父子はすばやく顔を見合わせた。

「どなたかね」警視が呼びかけた。

「セレスト・フィリップスです」


しかし、コウノトリが舞いおりるように最初にドアにたどり着いたのは、ジェイムズ・ガイマー・マッケルだった。

「ジミー、ここにいるなんてひとことも聞いてな――」

ジミーの長い腕がセレストを抱きすくめる。

「ジミーったら」セレストは笑いながら、もがいた。

「きみには知ってもらいたくないけど」ジミー・マッケルはうなるように言った。「愛してる」

「ジミー、いったい……」

ジミーは荒々しく口づけをすると、すぐに出て階段を駆けおりていった。

「中へどうぞ、セレスト」エラリイが言った。

セレストは真っ赤になった。コンパクトをまさぐりながら部屋にはいってきた。にじんだ口紅を鏡に映してじっと見ている。

「なんと言ったらいいんでしょう。ジミーは酔っぱらってる？　こんな朝早くから」セレストは笑い声をあげたが、きまりが悪くて少し怯えているのがエラリイにはわかった。

「わたしには」警視が言う。「自分のしていることがちゃんとわかっているように見えたがね。どうだ、エラリイ」

「ぼくには生活妨害罪のおおもとに見えます」

「ええ、そのとおりね」セレストは笑いながら、直した化粧を点検した。「でも、ほんとうになんと言ったらいいのか」けさの服は流行のものではないが、真新しかった。自前の服だな、とエラリイは思った。シモーヌの金で買ったのだろう。

「ミス・ポストのマナー読本には書いてない状況だよ。つぎの機会にジミーはくわしく説明すると思う」

「おすわりなさい、ミス・フィリップス、さあ」警視が言った。

「ありがとうございます。でも、ジミーはどうしちゃったんでしょう。興奮してたみたいだけど。何かあったんですか」

「ある娘にはじめて告白したとき、わたしは気づかずに娘の父親の山高帽を皺くちゃにしたものだよ。エラリイ、ミス・フィリップスがけさ来るのを知っていたのか」

「いや」

「報告できるようになったら来いと言ったじゃありませんか、クイーンさん」セレストの黒い目がとまどいの色を帯びた。「なぜジミー・マッケルのことをできるかぎり調べるようにと指示なさったんですか」

「契約を忘れないでもらいたいな、セレスト」

セレストは目を伏せて、マニキュアをした爪をながめた。

「なあ、エラリイ、そんなことにこだわってもしかたがないぞ」警視が穏やかに言った。「キスひとつで契約は取り消しになるんだ。ミス・フィリップス、別に不思議なことじゃない。ジミー・マッケルは新聞記者だ。これは〈猫〉事件の捜査に加わってほかの記者たちを出し抜くためのうまい手とも考えられる。ジミーの関心が本人の言うとおり個人的なものなのかどうか、われわれは確認する必要があったんだよ。ジミーはまっすぐな男だったかね」

「退屈なくらい真っ正直な人ですよ。そういうことを心配なさってるなら……」

「なるほど、じゃあ、それで終わりだな」警視はにっこり笑った。

「でもセレスト、ここに来たからには」エラリイは言った。「残りも話してもらえるかな」

「先週ジミーが言ったほかに、付け加えることはほんとうに何もないんです。お父さまとはぜんぜんそりが合わず、ジミーが自分の生き方をどうしても変えないんで、軍隊からもどって以来親子の会話はほとんどありません。ほんとうに週十八ドルの食費をお父さまに払ってるんですよ」セレストは笑いをこらえて言った。「ジミーが言うには、弁護士がすっかり手続きを終えたら、それを七十五ドルに引きあげるんですって」

「弁護士?」

「ほら、おじいさまの遺産のことですよ」

「おじいさま?」警視が言う。「はて、それはどういう……」

「マッケル夫人のお父さまです、警視さん。ずいぶんなお金持ちで、ジミーが十三歳のときに亡くなりました。孫のジミーとお姉さんに、母方のおじいさまはかなりの信託財産を残しました。ふたりとも、三十歳になったら支払いがはじまるようになっています。モニカは七年間自分のぶんを受けとっていましたが、ジミーはあと五年ほどもらえません。ただし遺言によると、どちらか一方が死亡すれば全財産は——元本も利子も——ただちにもうひとりの手に渡ります。財産は何百万ドルもありますが、ジミーはうんざりしています。そうなったいきさつがいきさつですから。モニカが死んだせいで何もかも……どうかなさったんですか?」

エラリイは警視を見ていた。「なぜ見落としたんだろう」

「わからない。った。マッケル家の者は、よそからの信託財産があるなどとひとことも言わなかった。もちろん、いずれ警察が明らかにしたと思うが」

「明らかにするって、何をですか?」セレストがむっとして尋ねた。

どちらも答えなかった。

一瞬ののち、セレストは立ちあがった。「まさか……」

「事実として」エラリイは言った。「モニカ・マッケルの死は、記者の月給で暮らす弟に富をもたらした。こうした因果な商売ではね、セレスト、それを動機と言うんだ」

「動機？」

憤怒がセレストを変えた。爆発物の中心で最初は小さなエネルギーが放たれるのと同じで、それは奥深くではじまった変化だった。そして爆発し、セレストは飛びかかった。爪に皮膚が裂かれるのを感じながらも、エラリイの頭にばかげた考えが浮かんだ――まるで猫だ。

「わたしを使ってあの人をはめたのね！」

引っ掻く手をエラリイがつかみ、警視がすばやく後ろから近づいたときも、セレストは叫んでいた。

「そんなことをジミーがすると考えるなんて。とんでもない！　ジミーに言ってやる！」

セレストはむせび泣きながら、手を振りほどいて駆けだした。

セレスト・フィリップスが乱暴に玄関のドアをあけて飛び出した瞬間、一階の通路から出てくるジミー・マッケルの姿がクイーン父子の目にはいった。ジミーが声をかけたらしく、セレストは向きを変えて見おろしている。そして褐色砂岩の階段を駆けおり、しゃにむにジミーにしがみついた。泣きながら猛然と話している。その勢いが止まると、ジミーがいたって落ち着いた様子で何か言い、セレストは口に手をあてた。

そのとき、一台のタクシーが決めかねるように方向を変えて路肩に寄せてきたので、ジミーが車のドアを押さえて、セレストがもぐりこんだ。あとからジミーが乗り、車は走り去った。

「実験終了だな」エラリイは深く息をついた。「それともはじまりか」

クイーン警視は鼻を鳴らした。「おまえはマッケルに話したABCだのDだのXだのという戯言《たわごと》を信じているのか」

「可能性はあります」

「たった一件に関係のあるだれかが、七件全部の後ろにひそんでいて、ほかを隠れ蓑にしたと？」

「可能性はあります」

「そんなことはわかっている！　信じているのかと訊いたんだ」

「たった一件と関係のあるだれかが七件全部の後ろにひそんでいないと断言できますか？」

警視は肩をすくめた。

エラリイは染みのついたハンカチをソファーへほうった。「セレストとジミーについて言えば、ふたりがぼくに近づいたこと自体に、論理的に考えれば疑惑の余地があります。ふたりとも相手に不利な情報を暴露したという事実は、感傷抜きにそれ自体を見ると、疑惑の領域を深めるだけです。それでも、ぼくは信じたい――どちらかが〈猫〉だなんて思っていません。論理を超えた要素がありますよ。それとも、ひょっとしたら」と言う。「ぼくの頭が錆びついてるのか。それもありうると思いますか」

「確信がないんだな」

「お父さんはどうですか」

「こんどはわたしを問いつめるのか！」

「あるいは、自分自身をね」

警視は渋い顔で帽子に手を伸ばした。「本部へ行ってくる」

6

カザリス側の捜査はすぐに浅瀬に乗りあげた。

当初の予定では、この精神医学的調査は地元の専門医全員の協力を得て、いわば統一した指揮のもとに帆走する大船団の探査行になるはずだった。しかし、探査をするには地図を改めざるをえないとわかった。どうやら精神科医のひとりひとりが船長となっているらしく、網も釣り糸も漁場の秘密も日本人のように死守している。獲物はきわめて貴重な財産であり、ほかの者が捕獲してはならないというわけだ。

それももっともなことで、ほとんどの医師が尻ごみするのはおもに倫理的な理由からだった。患者の告白は神聖なものであり、たとえほかの医師へであっても、当事者みずから《イン・プロプリア・ペルソナ》漏らすことはできない。カザリス博士は症例記録を公表するときの手立てを提案して、最初の障碍を切り抜けた。それぞれの医師が自分のファイルを調べ、できるだけ大人数のなかから可能性のある者を選んで写しを作るが、その際身元がわかるような個所はすべて変更し、患者名は頭文字だけで記す。この申し出は支持された。症例記録が集まると、カザリス博士を長とする五人の医師から成る中央委員会が動きだす。委員会はひとつひとつの記録を検討し、協議のうえで見こみのないものを除外する。この方法で、プライバシーを侵害せずにおおぜいの人間をふるいにかける。

ところが、ここで取り決めは座礁した。

残った症例記録をどう扱うのか。匿名性が守られるのはここまでだった。これより先は名前を明らかにしなくてはならない。

調査はこの暗礁で沈没したと言ってもよかった。

たとえ診察室での機密保持の問題が解消されたとしても、カザリス博士の調査対象となるさまざまな型や種類の患者に対して、日ごろ警察が捜査の網を掛けるような調子で扱うことは、治療上の理由からできなかった。クイーン警視は三百人以上の刑事をまとめて指揮し、徹底的な捜査をおこなった。六月の初旬から毎朝連れてこられたのは、麻薬常習者、アルコール依存者、常習的性犯罪者、事件を起こして刑務所か病院に送られたことのある精神病質者、さらには、浮浪者、こそ泥、千差万別の〝疑わしい人物〟——事件の内圧ゆえに三か月間で驚くほどふくれあがった一団——も含まれていた。暑さのなかで警察の焦りが募るにつれ、市民の権利はなおざりにされがちだった。各方面から抗議の嵐が沸き起こった。裁判所には令状の請求が殺到した。市民はわめき、政治家は吠え、裁判官は雷を落とした。しかし、警察はこうした事態を物ともせずに捜査を強行した。カザリス博士の協力者たちは、自分の患者を警察の通常の手順に従わせるのに乗り気ではなかったらしく、この過熱したすさまじい喧騒のなかで、なぜ患者を当局に引き渡さねばならないのか、と医師たちは言い立てた。多くの患者にとっては、会ってふつうに質問されるのさえ危険なことだ。こうした人々は精神や感情の混乱を治すさなかにある。何か月にも何年にも及ぶ治療が、〈猫〉とのつながりを見つけたい無神経な刑事と一時間過ごすだけで無に帰すかもしれない、と。

ほかにも困難があった。患者の大半は教養豊かな世界の出身だった。有名人、あるいは有名人の家族がたくさんいる。芸術や科学の分野の者が多く、演劇界、実業界、金融界、さらには政界の者さえいる。民主主義云々以前に、そうした人たちを賭博場のごろつきや公園の放浪者のように警察に突き出すわけにはいかない、と医師たちは言った。どう質問するのか。どこまで質問するのか。どの質問を避けるべきか、それをだれが決めるのか。そして、だれが、いつ、どこで質問するのか。

何もかも無茶な話だ、と医師たちは言った。

大多数の賛同を得る計画ができあがるまで、一週間近くかかった。ただひとつの遂行方法《モドゥス・オペランディ》では実現不可能とわかったとき、解決策が見つかった。すなわち、患者ごとに個々の調査計画を作るしかなかった。

したがって、出どころや目的がわからないように注意深く構成された主要な質問のリストが、クイーン警視の援助のもと、カザリス博士率いる委員会によって作成され、協力するそれぞれの医師に極秘のリストが渡された。対象者名簿に載った患者のうち、他人にまかせては治療上危険と見なされた者には、主治医みずからが自分の診療室で質問をおこなうことになった。その結果を委員会に報告することを承諾したうえでだ。他人の手に委ねてもかまわないと判断された患者は委員会に直接まかされ、委員のもとで質問を受ける。警察は最終段階まで患者に接触せず、接触するとしても所見の結果やむをえない場合にかぎる。その際も、患者の保護に重点を置き、不利な事実をむやみに追わない。可能なかぎり対象者の周辺から調査をつづけ、対象者本人に直接あたることはしない。

警察にとって、これは融通のきかないもどかしい計画だったが、疲れを見せはじめたカザリス博士が警察委員長やクイーン警視に指摘したとおり、これ以外の方法ではまったく調査にならなかった。警視は両手をあげてみせ、警察委員長は慇懃な口調で、もっとすばらしいものを期待していたのだが、と言った。

市長も同意見を持っているようだった。市庁舎での気まずい会合で、カザリス博士は頑として譲らず、自分も精神医学上の調査に携わっている協力者も、記者会見は今後いっさいおこなわない、と主張した。「市長、これは専門家としての見解です。患者の名前がひとつでも新聞に漏れたら、たちまち何もかもが台なしです」

市長は哀れっぽく言った。「ええ、ええ、わかっていますとも、カザリス博士。たしかにわたしの考えが足りなかった。幸運を祈りますよ。このままつづけてくださいますね」
けれども、精神科医が帰ったあと、市長は個人秘書に向かって苦々しげに言った。「これではあの役立たずのエラリイ・クイーンのときと同じだ。ところでバーディー、やつはどうなった」

どうなったかというと、市長直属の特別捜査官は街に出ていた。近ごろは外で姿が見られることが多く――警察本部のさまざまな人間が見かけていて――アーチボルト・ダドリー・アバネシーが最期を迎えた東十九丁目の建物の向かい側を妙な時間に歩いていたり、いまはグアテマラ人の国連職員とその妻が住む亡きアバネシーの部屋の外の廊下に立っていたり、グラマシー・パークとユニオン・スクエアのあたりをさまよっていたりしていた。ヴァイオレット・スミスが死神と戯れてあの世行きとなった建物の一階、西四十四丁目のイタリア料理店で静かにピザを食べていたことや、最上階の廊下の手すりにもたれてたどたどしいピアノの音に耳を傾けていたこともある。その後ろの部屋のドアには大きな張り紙が画鋲で留められ、こんな文字があった。

よく見ろ――さあ!!!!
堅物、観光客、しゃべり屋、

皿洗い、のぞき屋
おことわり!!

作曲家仕事中!!

さらには、チェルシーの安アパートメントのロビーで、ライアン・オライリーの死体が発見された階段の下を探っていたり。地下鉄シェリダン・スクエア駅のアップタウン方面行きホームの端で、〝無鉄砲なモニカ・マッケル〟の亡霊とともにベンチにすわっていたり。東百二丁目の裏庭に干してある洗濯物の下をうろつきながらも、太ったシモーヌ・フィリップスから解放された従妹の姿をちらりとも見られずにいたり。黒人の子供たちが群がる西百二十八丁目で、真鍮の手すりがついた家の玄関前に立っていたり、レノックス街から百十丁目のセントラル・パーク入口まで茶色や黄色の肌の人々に交じって歩いていたり、入口からそう遠くない公園のベンチや、ビアトリス・ウィルキンズが殺された岩の上に、なんの救いにもならないのに腰かけていたり。東八十四丁目通りを五番街からマディソン街まで歩いて、日除けを張り出したパーク・レスターの入口を通り過ぎ、またマディソン街から引き返してその一画をぶらついていたり、パーク・レスターにほど近い建物の専用エレベーターを使って、夏季休暇で住人不在のために板が打ちつけられたペントハウスまでのぼったあと、手すり越しにリチャードソン家のテラスをながめ、『永遠のアンバー』を握りしめたレノーア・リチャードソンが首を絞められて痙攣していたあたりへ目をやったり。

こういう散策で、エラリイがだれかと口をきくことはまずなかった。

昼も夜も外出した。まるで、それぞれの場所を両方の条件で観察したいと思っているかのようだった。

エラリイは七つの現場を繰り返し訪ねた。一度、面識のない刑事に見咎められ、最寄の分署に不審者として数時間留め置かれたが、クイーン警視が駆けつけて身元を証明した。

もし何をしているのかと問われたら、この市長直属の特別捜査官は、意味の伝わる答を探して途方に暮れたことだろう。ことばにするのはむずかしかった。恐ろしい存在をどうやって形にすればいいのか、ましてや、その全体像をどうやって見ればいいのか。相手は舗装路をほとんど音を立てずに歩き、極小の粒子も動かさない。自分は足跡のない道で風上のにおいを嗅ぎ、希望を捨てずに追跡しただけだ。

その週は、〈猫〉の八番目の尻尾がいまや見慣れたクエスチョンマークの形となって、ニューヨークの人々の目を釘づけにしていた。

エラリイはパーク街を北へ歩いていた。レノーア・リチャードソン殺害事件が起こってからはじめての土曜日の夜で、ひとりさまよい歩いていた。

夜の街のにぎわいをあとにしてきた。七十丁目を過ぎてからは、延々と連なる石の建物と、たまに見かける金モールの制服の守衛のほかに、目につくものはなかった。

七十八丁目まで来て、カザリス夫妻が住む、紺青色の張り出し屋根がついた建物の前で足を止めた。カザリス宅は一階にあり、診察室へは通りから直接出入りできる。明かりがついているがブラインドはおろされているので、カザリス博士と仲間の精神科医たちが中で仕事しているのかもしれない、とエラリイは思った。妙薬を煎じて大釜を掻きまわし、闇で真実をくるむ。魔法使いたちが寄り集まってノートを作っても、〈猫〉はけっして見つからないだろう。なぜかわからないが、エラリイは確信していた。

しばらく歩くうちに、いつの間にか八十四丁目の角を曲がっていた。

しかしパーク・レスターを素通りし、無心のリズムを崩さなかった。

八十四丁目通りと五番街の角で、エラリイは立ち止まった。まだ宵の口であたたかいが、五番街は不思議なほど閑散としている。土曜の夜に腕を組んで行き交う人々はどこへ行ったのだろう。車の往来もいつもより少ないようだ。驚くほど空席が目立つバスが悲しげな音を立てて通り過ぎた。

五番街の向こう側に見えるのはメトロポリタン美術館で、尻の大きな老婦人よろしく、暗がりに辛抱強く居すわっている。

青信号で通りを渡り、老婦人の脇腹沿いにアップタウンを歩きはじめる。その先にあるのが、暗くひっそりとしたセントラル・パークだった。

みんな、明るい場所から離れなくなったんだな、とエラリイは思った。ああ、慰めなき夜よ、まるで地獄のようだ（シェイクスピア『ルークリース陵辱』より）。心安い暗がりはもはやない。とりわけここには。暗いジャングルで獣が二度も跳びかかってきたのだから。

腕をつかまれて、エラリイは危うく叫ぶところだった。

「部長刑事」

「二ブロック尾行して、あなただとわかりました」ヴェリー部長刑事はそう言い、エラリイと並んで歩いた。

「きょうは夜勤かい」

「いえ」

「じゃあ、ここで何をしてる」

「ああ……ちょっと散歩を」大柄な男は何気なく言った。「近ごろ独身生活をしているので」

「へえ、家族はどこにいるんだ、ヴェリー」

「かみさんと子供を義母に預けて一か月になります」

「シンシナティに？　だってバーバラ・アンは――」

「なに、バーバラはだいじょうぶですよ。学校のことならね」ヴェリー部長刑事は反論でもするように言った。「遅れはいつでも取りもどせます。母親に似て頭がいいんですよ」

「そうか」エラリイが言い、ふたりは無言で歩いた。

しばらくして部長刑事が言った。「わたしがいるとお邪魔でしょうか」

「いや」

「つまり、獲物でも狙っているようだったので」部長刑事は笑った。

「〈猫〉が通った道筋をたどってるだけだよ。何度も何度も、逆方向にね。レノーア・リチャードソンからビアトリス・ウィルキンズ、七番目から六番目へ、東八十四丁目からハーレムへ、聖油を注がれた者から寄る辺なき子羊へ。一マイルぐらいの距離なら〈猫〉は月の力でひとっ跳びだ。火を貸してくれないか」

ふたりは街灯の下で足を止め、部長刑事がマッチを擦った。

「〈猫〉の道筋と言えば」ヴェリーは言った。「実はですね、大先生、わたしもそのことをずいぶん考えたんですよ」

「ありがとう、ヴェリー」

ふたりは九十六丁目通りを渡った。

「でも、とっくにあきらめました」部長刑事は言う。「あくまでトマス・ヴェリー個人の考えですが――この回転木馬に乗って、どこへでも行こうなんて無理なんです。自分としては、〈猫〉が逮捕されるのは愚か者の幸運に恵まれたときだと思いますね。どこかの新人警官が、情けなそうにしゃがんでいる酔っぱらいへ近づいたらどんぴしゃり、それは新しい首に紐を結んでいる〈猫〉だったってわけです。それでもやはり」と言う。「いろいろ考えずにはいられないものですね」

「そうなんだ」エラリイは言った。「そのとおりだよ」

「ところで、あなたがどう思われるかわかりませんし、もちろんここだけの話なんですが、先日の夜、わたしは子供の地理の教科書から描き写したマンハッタン周辺の地図を使って、七つの殺人事件の場所に印をつけていったんです。なんとなく興味本位で」部長刑事は声をひそめた。「実は、それでひとつわかったことがある気がするんですよ」

「どんなことだい」エラリイは尋ねた。ひと組の男女が通り過ぎる。男のほうがしきりに何か言ってセントラル・パークを指さし、女のほうは首を横に振りながら足早に歩いていく。部長刑事はふと立ち止まったが、エラリイは言った。「だいじょうぶだよ、ヴェリー。土曜の夜のデートにそれぞれの思惑があるだけだ」

「そうですね」部長刑事は分別くさい顔で言った。「男ってものはあのことしか考えていませんん」

それでもエラリイとヴェリーは、その男女が南方面行きのバスに乗るまでその場から動かなかった。

「何かつかんだんだね、ヴェリー」

「ああ、そうでした。地図のそれぞれの場所に濃い点を打ったんです。ひとつ目は――アバネシーのところ、東十九丁目で――そこに1と書きこみました。ふたつ目は――ヴァイオレット・スミスのところ、タイムズ・スクエア近くの西四十四丁目で――ここは2です。あとも同じ調子でやりました」

「なんだか」エラリイは言った。「《エクストラ》の漫画家みたいだな」

「それで、七か所全部に点を打って番号を振り、こんどは線を引きました。1から2へ。2から3へ、という具合に。どうなったと思いますか」

「どうなったのかな」

「ちょっとした模様ができたんです」

「ほんとうかい？　ちょっと待って、部長刑事。今夜はセントラル・パークへ行ってもしかたがない。街なかを通ろう」ふたりは九十九丁目通りを渡り、暗く静かな道を東へ進みはじめた。「模様って？」

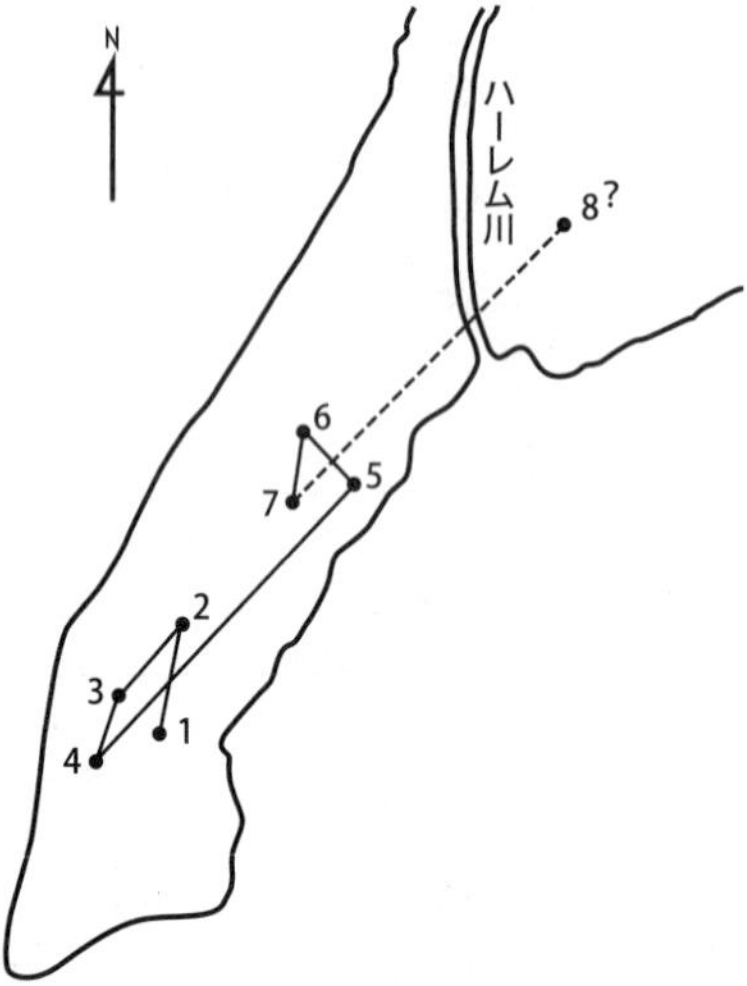

「これです」ヴェリー部長刑事は小さくたたんだトレーシングペーパーをポケットから取り出し、九十九丁目通りとマディソン街の角でそれをひろげた。「円をふたつ描くような動きをしているんですよ。1から2へまっすぐ北に向かい、2から3で鋭く方向を変えてやや西寄りに南下し、そのまま南西へ進んで4へ行って、ええと、それから？　急角度でもう一度北のほうへ行きます。この線は長くて、1から2の線をまたいでいます。北へ、

南へ、それからまた北へ。そして、見てください！　また同じように繰り返しています。まあ、角度は少しちがいますがね。でもおもしろいぐらい似ているでしょう。5から6へとこんども北へ——正確には北西へ——向かい、それから急角度で7へ向かい……」部長刑事はことばを切った。「問題はここからです。この動きに何か意味があると想定し、同じ円運動が繰り返されるとしたら、どうなるでしょう」自分の描いた点線を指し示す。「8がどこに来るか、だいたい予測できます！　大先生、賭けてもいいですが、つぎはブロンクスですよ」部長刑事がその紙をたたんで大切にポケットにしまうと、ふたりは東に向かってまた歩きだした。「グランド・コンコースにはいったあたりかもしれません。ヤンキー・スタジアムとか、そういう場所です」少し間を置いて部長刑事は尋ねた。「どう思いますか」

エラリイは道端で眉をひそめた。「ルイス・キャロルの『スナーク狩り』にこんな一節があってね」と言う。「それが頭から離れないんだ」

買いこんで持っていたのは
陸がひとつもない大きな海図
それを見た乗組員は大喜び
これならだれにだってわかるぞ

「どういうことでしょう」ヴェリー部長刑事はそう言ってエラリイを見つめた。

「残念ながら、ぼくたちはそれぞれ好みの地図を持っている。ぼくも最近、愛着のあるやつを作ったよ。〝間隔表〟といってね。殺人事件の間隔を日数で表わしたものだ。でも結局のところ、大きなクエスチョンマークがうつぶせに横たわっていたにすぎなかった。謙虚さについての教訓にはなったけどね。ぼくはそれを燃やしたんだが、きみにも同じことを勧めるよ」

そのあと、部長刑事はたまにぶつぶつ言いながらゆったりと歩くだけになった。

「おや、こんなところに来たぞ」エラリイは言った。

悠然とふるまっていた部長刑事も、街路の標識を見あげてはっとした。

「やっぱりね。犯行現場に足が向いてしまう刑事のおかげでこうなる。水平方向の重力みたいに引っ張られるんだ」

「わたしのガーターベルトに引っ張られたと言うんですか。どこへ向かうか、おわかりだったんでしょう？」

「たぶん無意識にね。この調子で運試しといこうじゃないか」

「居残る者は面汚しってわけですね」部長刑事はにこりともせずに言った。そしてふたりは百二丁目の荒波へ身を投じた。

「もと女性遊撃隊員はどうしているかな」

「ああ、そのことなら聞きましたよ。うまいやり方でしたね」

「それほどでもない。史上最短の協力期間だった。ちょっと待ってくれ、ヴェリー」

エラリイは立ち止まって煙草を探った。部長刑事はうやうやしくマッチを擦り、それから言った。「どこですか」

「後ろの出入口のあたりだ。危うく見落とすところだった」

火が吹き消され、ヴェリー部長刑事は大声で言った。「しまった、だめだな、こっちで火をつけよう」にぎやかな石蹴り遊びの一角をまわりこんで、ふたりはその建物へ近づいた。大男のヴェリーはにっこり笑った。「なんだ、ピゴットじゃないか」その出入口の近くでまたマッチを擦り、エラリイが身をかがめた。

「やあ、どうも」どこからかその刑事の声が聞こえた。「ふたりの素人さんがやってくるのが一ブロック向こうから見えましたよ」

「来ちゃいけない法律でもあるのか」ヴェリー部長刑事はむっとして言った。「今夜はなんの仕事だ、ピゴ。ええ、一本いただきます」エラリイから煙草を受けとる。

「気をつけろ！　やつが来る」

エラリイと部長刑事は、本部のピゴット刑事がいる建物の出入口へ飛びこんだ。通りの先にある同じ並びの建物の暗い玄関から、背の高い男が出てきた。子供たちを押しのけるようにして歩いてくる。

「ひと晩じゅうやつを尾行しているんです」刑事が言った。

「だれの命令かな、ピゴット」

「あなたのお父さんですよ」

「いつからやってるんだ」

「まる一週間になります。ヘスと交替で見張っています」

「警視からお聞きじゃありませんか」ヴェリー部長刑事が尋ねた。

「今週はろくに顔を合わせてないんだ」

「退屈な仕事ですよ」刑事は言った。「納税者を納得させるためだ、と警視はおっしゃっています」

「あの男は何をしてるんだろう」

「歩いたり突っ立ったりしています」

「ずっとこのあたりで?」

「ゆうべまではそうでした」

「今夜はあの建物の玄関で何をしていたんだ」

「通りの向かい側から、あの娘が住むアパートメントの入口を見ていたんですよ」

エラリイはうなずいた。しばらくして言った。「あの娘は中にいるのかい」

「われわれはみんな三十分ぐらい前にここに来ました。娘は夕方四十二丁目の図書館にいました。閲覧室です。だから、われわれもそっちにいました。そのあと、やつが娘を尾行し、わたしがやつを尾行し、みんなここに来たわけです」

「あの男は中にはいったのか」

「いいえ」

「近寄って話しかけたりしないのかな」

「いや、娘はあとをつけられてるのも知りませんよ。その点はハンフリー・ボガートの映画みたいでしたね。ジョンソンがあの娘を見張ってきました。ここに着いてからは通りの奥の裏庭にいますよ」

「なんだかカナーシーで焼き蛤のピクニックをしてるみたいだ」

そのとき、部長刑事が口早に言った。「ピゴ、隠れろ」

例の長身の男が三人のいる出入口へまっすぐやってくる。

「おやおや」エラリイが前へ進み出た。「やあ」

「面倒な手間を省いてやろうと思ってね」ジミー・マッケルはそれとなく身構えて、エラリイからヴェリー部長刑事へ、そしてまたエラリイへと視線を移した。後ろの出入口にはだれもいない。「なんの魂胆があるんだ」

「魂胆?」エラリイは考えて言った。

「あんたたちふたりがこそこそはいるのが見えたんだ。何をしてる。セレスト・フィリップスを監視してるのか」

「ぼくはちがう」エラリイは言った。「きみはそうなのか、部長刑事」

「わたしはそんなことしませんよ」部長刑事は言った。

「おもしろい」ジミー・マッケルはふたりから目を離さずに言った。「ぼくがここで何をしてるのか訊かないのか」

「わかったよ、ジミー。ここで何をしてる」

「あんたたちと同じだよ」ジミーは煙草を探り出すと、糸屑を払い落とし、旗竿でも立てるように唇のあいだに突き刺した。それでも、声には棘《とげ》がなかった。「ただし、考えてることはたぶんちがう。街で首狩りをしてるやつがいると聞いたんでね。あの人はキリスト教世界では指折りのきれいな首の持ち主だ」そこで煙草に火をつけた。

「あの娘を守ろうとしてるのか」部長刑事は言った。「無謀な賭けに出たものだな、記者くん」

「ぼくは二百万対一のマッケルと呼ばれてる」ジミーはマッチを投げ、それがヴェリーの耳をかすめた。「ではまた。アラーの御心のままに」そう言って立ち去りかけた。

「ジミー、待て」

「なんのために？」

「いっしょに部屋を訪ねてみないか」

ジミーはゆっくりもどってきた。「なんのために?」

「きみたちふたりと話をしようと思っていたんだ」

「なんのために?」

「きみたちには説明を聞く権利があるんだ、ジミー」

「ぼくにはなんの説明も要らないね。鼻でわかる」

「冗談を言うな」

「冗談じゃないさ。ほんとうにそうなんだ」

「きみが腹を立てるのも無理はないが——」

「へえ、だれが腹を立てるって? 七人殺した疑いをかけられるぐらいなんでもないさ。だって仲間じゃないか」ジミーが突然一歩踏み出したので、ヴェリー部長刑事がかすかに動いた。ジミーの唇がめくれあがる。「クイーンさん、あれはメディチ家以来最大のあくどい裏切りだった。ぼくをセレストにけしかけ、セレストをぼくにけしかけるなんて。それについては、あんたに一発食らわせなくちゃならない」

部長刑事が言った。「おい」

「その豚足もどきの手を引っこめろ」

「いいんだよ、部長刑事」エラリイは何やら考えこんでむっつりしている。「でもジミー、ある程度の試験は必要だった」

「ある程度ならね」

「たしかにばかげたやり方だった。でも、きみたちふたりはあまりにも都合のいいときに現われたんだ。可能性に目をつぶるわけにはいかなかった。もしかしたらどちらかが――」

「〈猫〉かもしれない、と」ジミーは笑った。

「相手はふつうの人間じゃない」

「ぼくが異常に見えるのか。セレストも」

「ぼくの目にはそう見えない。だが、精神医学の観点で見ればどうだかわからない。たとえば」エラリイは大きな笑みを浮かべた。「認知症は若くても発症する」

「若ぼけのマッケルか。まあいいさ、戦争中はもっとずっとひどい呼び名だった」

「ジミー、そうだと決めつけたわけじゃない。それはいまもだ」

「だけど、数学的に考えれば可能性はつねにあるってわけだ」

「もういいじゃないか、セレストのところへ行こう」

「いやだと言ったら」ジミーは一歩も動かない。「ここにいる類人猿チャーリーがぼくをつねるんだろうな」

「そうさ」ヴェリー部長刑事が言った。「痛いところをな」

「ほら見ろ」ジミーは吐き捨てるように言った。「やっぱりいっしょにはやれない」ジミーは大股で歩いて石蹴り遊びをぶち壊しにし、子供たちの罵り声を背に浴びた。

「ほっとけばいいよ、ヴェリー」

しばらくしてピゴット刑事の声が聞こえた。「めしの種が行ってしまう。おやすみ、兄弟」ふたりが振り向いたとき、ピゴットの姿はなかった。

「じゃあジミーは、〈猫〉から守るためにセレストを見張ってたんだな」通りを渡りながらエラリイは言った。

「卑しい根性で付け狙ってるんでしょう」

「いや、ジミーは真剣だよ、部長刑事。少なくとも自分ではそう思ってる」

「じゃあ、なんでしょう。頭が弱いんですかね」

「まさか」エラリイは笑った。「でも、わが友カザリスなら錯乱性間抜け病とでも呼びそうな——まあ、どうかわからないが——重い発作にジミーは苦しんでる。別名、恋の病だ」

部長刑事は鼻を鳴らした。ふたりはアパートメントの前で足を止め、さりげなくあたりを見た。「わたしが何を考えているかわかりますか、大先生」

「あの連続円運動を示すマンハッタンの地図を見たあとでは、考えも及ばないな」

「遠慮せずに言ってくださいよ」部長刑事は言った。「とにかく、あなたはやつの頭のなかにハチを一匹入れたんですから」

げた。

「マッケルはセレストがほんとうに〈猫〉かもしれないと思っているでしょうね」

この巨獣《ベヒモス》をまともに見たことが一度もなかったかのように、エラリイは部長刑事を見あげた。

「ぼくの考えが読めるんだな、ヴェリー」

「はい？」

「きみが正しいと思う」そして、少し気分が悪そうに言った。「中へはいろうか」

廊下はわびしげで薄暗く、鼻を突くにおいがした。エラリイとヴェリーが歩いていくと、少年と少女がすばやく離れた。階段脇の暗がりでしっかり抱き合っているところだった。

「あらやだ。ありがと、楽しかった」そう言って少女は階段を駆けあがった。少年は薄笑いを浮かべる。「ぼくもだよ、キャロル」のろのろと出ていきながら、ふたりにウィンクをした。

裏口があけ放たれ、物干し用のロープが夜空の一角を切りとっている。

「ジョンソンが裏庭にいるとピゴットは言ってましたね、大先生」

「もういませんよ」階段の下から声が聞こえた。「ここに古い折り畳み椅子があったんでね、部長刑事」

「やあ、ジョンソン」振り向かずに部長刑事は言った。「様子はどうだ」

「不良のがきどもに出くわしてたまげてたところですよ。セレスト・フィリップスのところへ行くんですか」

「セレストはまだ上にいるのかな」エラリイは暗がりに向かって尋ねた。

「ドアの下から明かりが漏れてますよ、クイーンさん」

「あそこのドアだな」部長刑事は言った。

「セレストはひとりかい、ジョンソン」

「はあ、はい」あくび混じりの声だ。

エラリイはそこへ行ってドアを叩いた。ヴェリー刑事部長は姿を見られないように脇へ寄った。

しばらくして、エラリイはもう一度叩いた。

「どなた?」セレストの怯えた声が聞こえた。

「エラリイ・クイーンだ。あけてくれないか、セレスト」

ドアチェーンをおそるおそるはずす音が聞こえる。

「なんの用かしら」

照らされた小さな四角い場所で、セレストは緊張して立っていた。一方の手で大きな本を胸にかかえている。ていねいに扱われてきた古い本らしい。

『英文学概論――第一学年』。

東百二丁目の土曜の夜。中世の聖ベーダの魅力にほだされる。英文学最古の英雄ベオウルフとダンスする。航海記を書いたハクルートと手を握り合う。二段組みでわけのわからないごたくが印刷され、脚注は膝が埋まるほどある。

セレストの姿にさえぎられて、部屋の様子はわからない。エラリイはこの部屋を写真でしか見たことがなかった。

セレストは黒いプリーツスカートと仕立てのよい白のブラウスを身につけているが、髪は読みながら掻きむしったかのように乱れている。一本の指には青いインクがついている。顔のさまにエラリイは少し動揺した。紫色の痣がひろがって吹き出物があり、盛りあがった先端が痛々しい。

「お邪魔してもいいかな」エラリイは笑顔で尋ねた。

「だめよ。用はなんなの」

「大先生、この界隈で狙われたら」ヴェリー刑事部長が言う。「逃げるに逃げられないいんですよ」

セレストはすばやく部屋の外をのぞいた。すぐに顔を引っこめる。「その人、見覚えがある」

ヴェリー部長刑事は身を硬くした。

「ひどいことをして、まだ物足りないの？」

「セレスト――」

「それとも、わたしを逮捕しに来たのか。あなたならやりかねない。ジミー・マッケルとわたしは共犯だったらしいじゃない。あの人たち全員をまとめて絞め殺したのよね。絹紐の両端をふたりでひとつずつ引っ張って」

「セレスト、話を聞いてもら――」

「あなたのせいで何もかもだめになった。何もかも、何もかも」

ドアが鼻先で勢いよく閉められた。乱暴に鍵をまわしてドアチェーンをかける音が聞こえる。

「紐の両端をふたりで、か」ヴェリー部長刑事は考えこむように言った。「おかしな考えだと思いますか。だれかじっくり考えてみましたかね。ふたりいる可能性を」

エラリイは小声で言った。「あのふたりは喧嘩をしたな」

「そう、ゆうべのことです。ひどいもんでしたよ」ジョンソンの陽気な声が聞こえる。

「男のほうが、ぼくを〈猫〉だと疑ってるんだろうと言えば、女のほうも、とんでもない、そっちこそわたしを〈猫〉だと思ってるのねと言う。そのあとどっちも頭にきて、そうじゃないと言い張る。すごい剣幕でやり合ってね。自分は裏庭にいたんですが、人が集まったら消えるしかないから、気が気じゃありませんでしたよ。まあ、それで、女が本腰を入れてわめきだしたんで、男はただもう汚いことばを吐いたあげく、蝶番《ちょうつがい》が壊れるほどドアを乱暴に閉めて飛び出していきました」

「若いふたりの痴話喧嘩か」部長刑事は言った。「芝居だったんじゃないか。おまえに気づいていたのかもしれないぞ、ジョンソン。おや、大先生。どこへ行くんです」

エラリイは打ちひしがれた声で言った。「家だよ」


つぎの一週間、エラリイは足踏みをつづけているように感じていた。興味を引くことは何も起こらない。ジミー・マッケルとセレスト・フィリップスに関する報告書に目を通した――ふたりは仲直りをし、また喧嘩をし、また仲直りをした。ほかの報告は途絶えたも同然だった。ある朝、容疑者の面通しに立ち会った。気晴らしにしては気が滅入るし、何かわかったわけではないが、それでも職務を果たしている満足感は味わえた。二度目は行かなかった。賢明にも、センター街の警察本部のそばにわざわざ近づくような真似はやめた。市庁舎のよき統治者はエラリイの存在を忘れているらしく、それが事のほかありがたかった。父とは滅多に顔を合わせず、カザリス博士の調査の進み具合についてもあえて尋ねなかった……。そして、《エクストラ》紙の第一面では、〈猫〉の八本目の尻尾はいまだにクエスチョンマークのままだった。

新聞さえも足踏みしていた。

珍しいことだった。アメリカのジャーナリズムにおいて〝現状維持《スタトゥス・クオ・アンテ》〟は停滞ではなく、むしろ後退だ。第一面に載った記事がその場にとどまるためには、成長する必要がある。成長が止まればいつの間にか六面行きとなり、しだいに忘れられてついに最終面からも消える。ところが、〈猫〉の記事はその法則に平然と逆らった。前へ進まず、船足が鈍っているにもかかわらず、記事は第一面に錨をおろしていた。ニュースにならなくても、そのこと自体がニュースだった。

ある意味では、事件があるときより、ないときのほうがニュースになった。〈猫〉が新たな首を狙って出歩くときよりも、ねぐらでうたた寝をしているときのほうがだ。〈猫〉が静かにしていると、特別な興味を掻き立てられ、忌まわしい催眠術のような力が働く。それは停止を保つ磁力で、炎が炸裂する合間のくすぶりのようなものだった。ジェファーソン大統領が言ったとおり、新聞は〝有毒な蒸気や煙を取り除くのに役立つ〟ものだが、ニューヨークの報道機関は時の流れという物理現象に従うしかなかった。

市民の怯えがいちばん目立つのは、こうした休止期間だった。何かが起こるより、待っているほうがつらい。〈猫〉が人殺しをすれば、人々は半ば取り乱しながらも、二、三日のあいだは安心している。自分も家族も今回は無事だった、と。けれども、恐怖が消えたわけではなく、静まっているだけだ。安心はすぐに薄れ、また不安に苛まれる。人々は気がかりな夜を過ごし、日を数え、つぎはだれだろうと考える。

確率のうえできわめて低いにしても、そんな説明ではひとりひとりの恐れに太刀打ちできない。くじ引きの心理的な法則が人々を制した。富くじとの唯一のちがいは、当選してもらえるものは金ではなく死という点だった。くじはニューヨークの全市民に無料で配られ、つぎの回では自分があたるかもしれないとだれもがひそかに思っていた。

こうしてその週は過ぎていった。

週末を迎えてエラリイはほっとした。土曜日には、もうどうにでもなれという気持ちになっていたからだ。ばかばかしい間隔表が頭に焼きついて離れない。一番目と二番目の事件のあいだが十九日、二番目と三番目のあいだが二十六日、三番目と四番目のあいだが二十二日、四番目と五番目のあいだが十日。五番目と六番目――モニカ・マッケルとシモーヌ・フィリップス――のあいだが、なぜか短くて六日、その後カーブは上に向かい、六番目と七番目のあいだは十一日だ。これは上昇する新たな螺旋のはじまりだろうか。間隔は安定するのだろうか。カザリス夫人の姪が絞殺されてから、きょうで十二日だった。

不確定要素に囲まれて、刻一刻と不安がにじみ出る。

その土曜日、エラリイは警察無線を追って過ごした。市長から与えられたあいまいな職権を使うのは、これがはじめてだった。効果があるかどうかも定かではない。しかし、エラリイが無線つきの警察車両を呼ぶと、それとはわからない七人乗りの黒いリムジンがすぐに現われた。運転手もその相棒も私服だ。ほとんどの時間、エラリイは後部座席に体を沈め、ひっきりなしに流れる〝非常に困った出来事〟の通報に耳を傾けていた。その刑事ふたりもヴェリー部長刑事に似た体格で、疲れを知らない肺の持ち主だった。

長く退屈な一日を過ごしながら、父はどうしているのかとエラリイはときどき考えた。クイーン警視の居場所をだれも知らないらしい。警視はエラリイが目を覚ます前にアパートメントを出たが、本部へは行かず、電話もしてこなかった。

刑事たちはサイレンを鳴らしてバッテリー公園からハーレム川へ、リバーサイド通りから一番街へと車を走らせた。サン・ファン・ヒルで十代の少年たちの喧嘩をやめさせ、目端のきくヨークビルの薬剤師に偽の処方箋を見咎められたコカイン常用者を逮捕した。強盗事件や自動車事故や軽度の暴行事件の現場へも行った。さらに順に並べると、チャタム・スクエアでの喧嘩、ヘルズ・キッチンの建物の通路での強姦未遂、三番街の質店で強盗事件を起こして逃走中の車の捜索。リトル・イタリーでは、古い殺人事件で手配中の弱腰のギャングが抵抗もせずに逮捕されるのに立ち会い、リトル・ハンガリーでは、逆上したリトアニア人のコックがレストランから急に飛び出すのを目撃した。自殺が四件――こんな短いあいだに四件もあるのは平均より多いと刑事は言ったが、ひどく暑かった夏のせいもあるだろう。一件は地下鉄のボーリング・グリーン駅で、ブルックリンの年配の男が都《I》市高《R》速交《T》通の急行列車の前へ身を投げた。二件目は女がヘラルド・スクエア・ホテルから飛びおりたもので、マサチューセッツ州のチコピー・フォールズから駆け落ちしてきた娘だとわかった。三件目はリヴィングトン通りのアパートメントでのガス自殺で、ガスレンジの栓をひねって女と赤ん坊が死んだ。四件目は西百三十丁目のアルコール依存者で、手首を切って死んだ。殺人事件による呼び出しも二件あった。一件目は正午前、ハーレムの玉突き場でナイフによる殺傷。二件目は六時三十分、東五十丁目で広告代理店幹部の夫が妻をパイプレンチで撲殺した。この最後の事件はブロードウェイのある有名人もからんでいたため、刑事たちは興味をそそられて、なかなか立ち去ろうとしなかったが、エラリイは手を振って先を急がせた。

絞殺事件はなかった。紐を使うと使わないとにかかわらず。

「たいした日じゃありませんでしたね」そう言って、運転席の刑事が八十七丁目へ警察車両を走らせた。すまなそうな口調だった。

「夜までどうですか」もうひとりの刑事が、車をおりるエラリイに言った。「土曜の夜はいつも事件でいっぱいですよ、クイーンさん。〈猫〉も夜遊びしてるかもしれません」

「ぼくの心臓の左心室の疼きによると」エラリイは言った。「それはありえないな。まあ、どうでもいい——新聞を読めばいつでもわかる。骨休めに一杯どうだい」

「ええ、まあ」運転していた刑事が言った。

しかし、もう一方の刑事が口を出した。「たまには早く帰ってかみさんを休ませてやれよ、フランク。それにクイーンさん、わたしは帰りが遠いもので。ロックヴィル・センターなんです。ともあれ、ありがとうございます」

上の階へあがり、エラリイは父のメモを見つけた。

走り書きで午後七時と書いてあった。

エル——五時から何度も電話をかけた。急いで帰って、このメモを書いた。帰宅したらすぐにカザリス宅へ来てくれ。七時三十分から大事な会議がある。

もう七時三十五分だった。

エラリイは走った。

仕着せ姿のメイドがエラリイをカザリスの居間へ案内したとき、まず目にはいったのはニューヨーク市長だった。悩める公僕は安楽椅子にしっかり腰かけ、背の高いグラスを持って、エラリイの頭越しにジークムント・フロイトの胸像をにらんでいた。

警察委員長が市長の隣にすわり、自分の葉巻の煙をながめていた。

カザリス博士はトルコ風の長椅子に、絹の枕を背にあてて坐していた。夫人がその手をしっかり握っている。

窓際にクイーン警視が立ち、ひっそりと口を閉じていた。

部屋の空気は凍りついている。

「まさか」エラリイが言った。「大失敗だって言わないでください」

だれも答えなかった。カザリス夫人が立って、スコッチのソーダ割りを作り、エラリイはありがたくそれを受けとった。

「エラリイ、きょうはどこに行っていた」警視が尋ねたが、気にかけているふうには聞こえなかった。

「警察無線を受けて、ほうぼうをまわってたんだ。怒らないでくださいよ、市長」エラリイは言った。「この仕事を引き受けてはじめてのことなんですから。今後の特別捜査は安楽椅子でやりますよ――今後があればですけど」

市長が憎々しいと言ってもいい目でエラリイを一瞥した。「すわりたまえ、クイーンくん、まあすわって」

「だれも質問に答えてくれないんですね」

「きみのは質問じゃない。主張だ」枕をしたままカザリス博士が言った。「そして、まさにそのことばどおりになった」

「すわりたまえ、クイーンくん」市長が繰り返す声は鋭かった。

「ありがとうございます、市長。ぼくは父といっしょに立ってますよ」エラリイはカザリスの外見に驚かされた。淡い色の目は充血している。刻まれた皺があまりにも深いので、洪水で流された土が峡谷を削り取ったような印象を受けた。氷河は影をひそめている。そのとき、カザリスが不眠症だと言っていたのをエラリィは思い出した。「博士、少しお変わりになりましたね」

「だいぶ磨り減ったよ」

「主人は疲れきっています」カザリス夫人が強い口調で言った。「のめりこんでいるんです。子供みたいに見境がなくて。あれから昼も夜もずっと……」

カザリスは夫人の手を握った。「精神医学からの一斉攻撃は不発だよ、クイーンくん。なんの成果も得られなかった」

クイーン警視が淡々と言った。「今週わたしはカザリス博士と組んで捜査したんだよ、エラリィ。きょうで終わりだ。怪しいのはおおぜいいた。全員を洗ったよ」

「もちろん隠密にな」市長が苦い顔で言った。「だれの爪先を踏みつけることもなく、ひとことも新聞に載ることもなく」

「しかし」カザリス博士は言った。「もともと見こみの薄い計画でしたからね。すべてわたしの責任です。あのときはそれも一計だと思った」

「あのときはですって、エドワード。いまもでしょう」カザリス夫人はとまどい顔で夫を見つめた。

「ハンプティー・ダンプティーだよ。落っこちて壊れたんだ」

「わたしにはわからない」

「ところでクイーンくん」市長が言った。「きみは一塁にたどり着いてないようだな」

「ぼくは一度もバットを振ってませんよ、市長」

「わかっている」市長が言い、特別捜査官なんてそんなものかとエラリイは思った。「クイーン警視、きみはどう思うかね」

「市長、われわれが扱っているのは非常に厄介な事件です。通常の殺人事件の捜査では、容疑者はかぎられています。夫や〝友人〟やアパートメントの管理人、競争相手、恨みを持つ者、そんなところです。動機が明らかになる。捜査の範囲がせばまる。犯行の機会を探れば、さらにせばまる。それにあてはまる人間を捕らえる。どんなに複雑な事件でも、遅かれ早かれ片づきます。しかし今回は……どうやって範囲をせばめればいいのか。どこから手をつけたらいいのか。被害者同士のつながりは何もなし。容疑者なし。手がかりなし。どれも手詰まりです。ニューヨークじゅうのだれが〈猫〉でもおかしくない」

「まだそんなことを言ってるのかね、警視」市長は声を張りあげた。「何週間も経ったというのに」

警視の口が引きしまった。「いますぐ警察バッジをお返しする覚悟はできています」

「いやいや、とんでもない、警視。いまのはひとりごとだ」市長は警察委員長をちらりと見やった。「なあ、バーニー、どうしたらいい」

委員長は長い灰を細心の注意を払って灰皿へ落とした。「突きつめて考えると、もうどうにもならないな。われわれは人知の及ぶ何もかもをやったし、いまもやっている。この際、新しい警察委員長を迎えるのはどうだろう、ジャック。もっとも、納得するのは《エクストラ》とか、その手の連中だけだろうし、よけいなことを言わせてもらえば、それでかならずしも〈猫〉が捕まるとは思えないがね」

市長はもどかしげに手を振り動かした。「問題は、ほんとうに最善を尽くしているのか、ということだ。〈猫〉がニューヨークの住人だと想定するあたりから道をまちがったのかもしれない。ニュージャージー州ベイヨンから来ているとしたら？　コネチカット州スタンフォードはどうだ？　ヨンカーズは？　郊外から通勤して――」

「あるいはカリフォルニアかも」エラリイが言った。

「なんだと？　どういうことだ」市長は叫んだ。

「カリフォルニアでもイリノイでもハワイでもいいでしょう」

市長はとがった声で言った。「クイーンくん、そんな話をしてもどうにもならんだろう。要するに、バーニー、市外に関して何か対策を講じたのかね」

「できることはすべてやった」

「ニューヨーク市から半径五十マイルの自治体すべてに、少なくとも六週間は警戒態勢をとらせています」警視が言った。「当初から異常者に注意するように言ってあります。しかし、いまのところは――」

「ジャック、郊外在住者だという具体的な根拠がないなら、マンハッタンに捜査を集中してもだれにも非難はできまい」

「わたしの個人的な意見ですが」警視も言った。「やはり犯人はマンハッタンの人間だと思います。どうも〈猫〉にはこの街のにおいがある」

「それに、ジャック」委員長はそっけなく言った。「われわれの管轄は市の境界までだ。そこから先は、ブリキのカップを持って聖人たちの厚意にすがらなくてはならない」

市長は小さく音を立ててグラスを置き、暖炉のほうへ行った。エラリイは鼻をスコッチのグラスに押しつけて遠くをながめ、委員長はふたたび葉巻をしげしげと見つめ、カザリス博士とクイーン警視は眠気覚ましに部屋の端と端でまばたきを送り合い、カザリス夫人は兵士のように身を正してすわっていた。

突然、市長が振り向いた。「カザリス博士、精神医学上の調査をニューヨーク市周辺全域にひろげてはどうだろうか」

「事件はマンハッタンに集中しています」

「だが、精神科医は市の外にもいるだろう？」

「それはそうですが」

「その人たちに頼んではどうだろう」

「そうですね……何か月もかかると思いますし、じゅうぶんな調査はできないでしょう。わたしの顔がかなりきく、騒ぎの中心のここでさえ、医師の協力は六十五から七十パーセント程度でした。もしウェストチェスターやロングアイランドやコネチカットやニュージャージーまで調査の範囲をひろげるとなると……」カザリス博士は首を横に振った。「わたし個人の考えですが、市長、とうてい無理ですよ。それほどの計画に取り組む力も時間もわたしにはありません」

カザリス夫人の口が開きかけた。

「ではせめて、これからもマンハッタンの調査をつづけてもらえませんか、カザリス博士。協力を拒んだ三十から三十五パーセントの医師のファイルに答があるかもしれない。そういう医師たちを今後も説得してもらえませんか」

カザリス博士の指がせわしない上下運動をした。「しかし、わたしとしてはそろそろ……」

「エドワード、投げ出してはだめよ。ぜったいに」

「なんだ、おまえも《エ・チュ》か。わたしは子供みたいに見境がないんだろう」

「あなたの仕事ぶりがそうだと言ってるのよ。エド、すっかり手を引くなんてできるの？いまになって」

「そりゃあ、おまえ、ただやめるだけだからね。こんなことを企てるなんて、わたしも偏執症だな」

　夫人が小声で何か言ったので、博士は尋ねた。「え、なんだ」

「レノーアはどうなるのって言ったのよ」

　夫人は立ちあがった。

「なあ、おまえ」カザリス博士は長椅子からゆっくりと立った。「今夜のことで動揺しているんじゃ――」

「今夜ですって？　きのうは動揺してなかったと思ったの？　おといは？」夫人は両手に顔をうずめてすすり泣いた。「レノーアがあなたのお姉さんの子供だったら……あなたがわたしと同じくらいあの子を大切に思っていたら……」

「諸君」市長がとっさに言った。「カザリス夫人のご厚意に甘えてわれわれは長居をしすぎたようだな」

「申しわけありません」夫人はなんとかして涙を止めようとしていた。「ほんとうにごめんなさい。エドワード、手を放してちょうだい。お願い。わたし……何か持ってきます」

「こうしたらどうかな。わたしを二十四時間眠らせてくれ。起きたときには、厚さ二インチのTボーンステーキを頼む。それから、中断した仕事と取っ組み合う。それならいいだろう」

　いきなり夫人は博士にキスをした。そのあと、口ごもって何か言いながら、足早に部屋から出ていった。

「どうやら、諸君」市長が言った。「カザリス夫人にはバラの花二、三ダースぶんの借りができたらしい」

「わたしの唯一の泣きどころです」精神科医は笑った。「女の涙腺の放出作用にはけっしてかないません」

「そういうことなら、博士」エラリイが言った。「つらい思いをなさるかもしれませんよ」

「どういうことだ、クイーンくん」

「七人の被害者の年齢をざっと見れば、ひとりひとり、前の者より若くなっているのにお気づきになるでしょう」

委員長のくわえた葉巻が口から落ちそうになった。

市長の顔が煉瓦色に変わった。

「七番目の被害者は——博士の奥さまの姪御さんは——二十五歳でした。この事件でなんらかの予想が可能だとすれば、八番目の被害者の年齢は二十五歳より下でしょう。あなたが、あるいはわれわれがなんとかしなければ、まもなく子供の絞殺事件を捜査することになるかもしれません」エラリイはグラスを置いた。「奥さまにおやすみなさいと伝えてくださいますか」

7

九月二十二日から二十三日にかけて起こったいわゆる〝猫暴動〟は、〝移り気な群衆《モビレ・ウルグス》〟の街ニューヨーク市で恐ろしい様相を呈した。ハーレムで騒乱があって以来、およそ十五年ぶりのことである。だが今回の暴徒のほとんどは白人だった。市長が前月、夜明けの記者会見で〝人種上の作為〟はないと述べたが、思わぬ形でそれを擁護することとなった。この場合の人種にまつわる恐怖とは、全人類が太古より持っている恐怖だけだった。

群集心理の研究者たちは〝猫暴動〟に興味をいだいた。仮に、ヒステリックな一声でメトロポル・ホールを恐怖に陥れたその女が、ある意味では〝引導者《ムナール》〟――群衆から生まれ、喚声や逃走の先陣を切る導き手――の役割を果たしたとしても、仮にその女が爆発を引き起こした導火線だったとしても、それに火をつけたのは血の気の多い〝市民活動隊〟だった。それは〝四日間〟の直前にニューヨーク市のいたるところで生まれた集団で、その活動が女をホールへ引き寄せたのだった。そうした集団をはじめに奮い立たせたのは何者なのか、たしかなことはだれにも言えなかった。少なくとも、個人の責任は明らかにされなかった。

〝四日間〟として知られるようになるこの短命な運動の存在は（発端から頂点となった暴動までで六日に及ぶが）、九月十九日、月曜日の遅版の朝刊ではじめて公になった。

前の週の終わりに、ロワー・イーストサイドで〝ディヴィジョン通り自警団〟という名の〝隣組〟が結成されていた。土曜の夜の運営委員会で〝宣言〟として一連の決議案が作られ、翌日の午後には〝総会を招集〟して承認された。その序文には〝正規の捜査機関の失態がつづくなかで、法を遵守するアメリカ市民の権利〟が謳われ、〝公共の安全のために〟団結するとあった。所定の地域の住人ならだれでも入団でき、第二次世界大戦中に軍隊にいた者はとりわけ熱心に勧誘された。さまざまなパトロールが準備された。街路パトロール、屋上パトロール、裏道パトロール。地域内の各家屋やビルごとに、別のパトロール隊が設けられた。パトロール隊の役目は〝ニューヨーク市を恐怖に陥れている襲撃者を警戒して見張りに立つこと〟である（〝空想を掻き立てることばづかい〟をすべきではないとする意見が内部からあがったが、決議委員会が「ディヴィジョン通り界隈では、われわれは〝豚（警官）〟であることが求められる」と指摘したので、〈猫〉という表現も認められた）。規律は軍隊式だ。パトロール隊員は腕章をつけ、懐中電灯と〝身を守るための入手可能な武器〟を持つ。夜九時以降の子供の外出は禁止だ。道路に面した明かりは夜明けまでつけておき、住居や店舗の家主とは個々に特別な取り決めをする。

同じ新聞記事で、似た組織が三つ同時に結成されたことが報じられた。三つとも互いに関係がなく、〝ディヴィジョン通り自警団〟とのつながりもない。ひとつはマレー・ヒル地区にある〝マレー・ヒル安全委員会〟。もうひとつは西七十二丁目と西七十九丁目のあいだにある〝ウェスト・エンド民兵団〟。三番目はワシントン・スクエアを中心とした〝ヴィレッジ・ホーム・ガード〟だ。

三つの団体には文化的、社会的、経済的なちがいがあったとはいえ、掲げた目的も運営方法も、驚くほど〝ディヴィジョン通り自警団〟と似ていた。

その日の朝刊の社説は〝大きく離れた四つの地域共同体が同じ週末に同じことを考えたという偶然の一致〟について述べ、〝それは見かけどおり偶然の一致なのか〟と問いかけた。反体制派の新聞は市長と警察委員長を非難し、〝アメリカの伝統的な流儀〟や〝アメリカの家庭を守る権利〟ということばを使った。もっと責任のある新聞はこうした運動を嘆き、記事には〝昔からユーモア精神に富むニューヨーク市民は、善意はあるが過熱気味の人々を笑い飛ばし、かならずや正気を取りもどさせてくれるだろう〟とあった。リベラル派の大手紙で論説委員をつとめるマックス・ストーンは〝これはニューヨークの歩道で起こっているファシズムだ〟と書いている。

月曜日の午後六時に、ニュースキャスターたちは聴取者に報じた。「けさ、ディヴィジョン通り、マレー・ヒル、ウェスト・エンド街、グリニッチ・ヴィレッジでの組織結成が発表されたのち、ニューヨーク市五区の各所で少なくとも三十以上の活動委員会が生まれました」

遅版の夕刊はこう伝えた。「こうした考え方は昔ながらの野焼きのようにひろがりつつある。本紙の締め切りまでに活動委員会の数は百を超えた」

火曜日の朝には、〝数百〟になったと報じられた。

〝市民活動隊〟ということばがはじめて使われたのは、火曜日の《エクストラ》に載った、市全域に及ぶ驚くべき現象を知らせる記事のなかだったと思われる。記事の署名は〝ジミー・レギット〟だった。その後、ウィンチェル、ライアンズ、ウィルソン、サリヴァンら各界の著名人がコラムで〝市民活動隊（Citizen's Action Teams）〟の頭文字がCATであることに言及し、その呼び名がついた。そして、CATで通るようになった。

月曜日の夜、市長執務室で緊急会議が開かれ、警察委員長は強硬な措置によってただちにこの運動を封じるという意見に賛成した。「だれかれかまわず勝手に警察官の真似をさせるわけにはいかない。これでは無政府状態だよ、ジャック」しかし、市長は首を横に振った。「禁じる法律を作っても火を消すことにはならないんだよ、バーニー。この運動を力ずくで止めることはできない。まったく不可能だ。われわれはどうにかこれを抑えるしかない」

火曜日の朝の記者会見で、市長は笑みを浮かべて言った。「繰り返し申しあげますが、

〈猫〉の事件はあまりにも過大視されています。ニューヨーク市警が二十四時間体制で奮闘していますから、市民のみなさんが心配することはまったくありません。くだんの団体は、当局の助言と助力があれば、よりいっそう公共の利益に役立つでしょう。きょうは代表のかたがたのご相談に乗って、その活動を体系化して調整し、戦時中にすばらしい活躍を見せた警防団のようにしようと、警察委員長以下各部署の幹部の者が一日じゅうお待ちしています」

憂うべきことに、くだんの団体は相談に来なかった。

火曜日の夜、市長はラジオに出演した。家庭を守るために団結する人々の高潔さと善意に、市長はまったく異を唱えなかった。そして、いくらよかれと思ってすることでも、世界一の大都市の警察権を民間人が法の権威を無視して奪ってよいはずがないことを、道理のわかる者ならだれでも認めてくれると信じている、と言った。「二十世紀も半ばにはいったニューヨーク市で、開拓時代のような自衛手段に出るのはいかがなものでしょうか」この手の状況にひそむ危険のほうが、殺人傾向のある精神疾患者の脅威よりはるかに大きいことは、だれもが承知しているにちがいない、と市長は主張した。「かつて、正規の警察組織が確立されていない時代では、犯罪分子である強盗や人殺しから共同体を守るために、市民による夜警はもちろん必要でした。しかし今日、ニューヨーク市警の業績を前にして、このようなパトロールをすることにどれほどの正当性があるのでしょうか」全面的な公共の利益のために対抗措置をとるしかなくなるのは残念だ、と市長は言った。そのような手段が必要ないのはわかっている、と。「すでに活動している、あるいは設立過程にあるこのような団体に申しあげます。いますぐ管轄区内の警察署へ連絡して、指示を仰いでください」

水曜日の朝、市長のラジオでの訴えは失敗に終わったのがわかった。無責任きわまりない噂が街じゅうに流れていた。州兵の出動が要請されたとか、市長が緊急に飛行機を飛ばして、ホワイトハウスのトルーマン大統領に泣きついたとか、警察委員長が辞めたとか、〝ワシントン・ハイツCAT〟のパトロール隊と警察が衝突して死者二名と負傷者九名が出たとか。市長は当日の予定をすべて取り消し、ひきつづき対策を協議した。市警の幹部連は、CATの各団体に最後通牒を突きつけることにそろって賛成だった。ただちに解散しなければ逮捕すべし、と。けれども、市長はそのような措置には反対した。市長が指摘するように、騒動が起こったという報告は一件もなかった。団体の規律は保たれていて、活動の内容は宣言したことにかぎられているようだ。そのうえ、そうした強硬策をとろうにも、いまではあまりにも多数の市民が運動にかかわっている。「そんなことをすれば小競り合いが起こって、市全域に騒乱がひろがる。軍隊を呼ぶことになるかもしれない。わたしはあらゆる平和的な手段を尽くして、ニューヨークがそうした事態に陥らないようにしたい」

水曜日の午後の中ごろ、〝ニューヨーク市民活動隊連合〟が木曜日の夜に〝大集会〟を開催するために、八番街にある巨大なメトロポル・ホールを予約したという連絡がはいった。その直後、当組織の代表団の来訪を市長秘書が告げた。

代表団の面々が、やや緊張しながらも断固とした表情を浮かべてはいってきた。市長以下一同は興味をもって見守った。典型的なニューヨーク市民に見える。険しい顔やいかがわしそうな顔は混じっていなかった。機械工らしき三十代の長身の男が代表者で、「ジェローム・K・フランクバーナー、もと軍人です」と自己紹介した。

「市長、明晩の大集会にあなたを招待して話をしていただくために、ここへ参りました。メトロポル・ホールの収容人数は二万人で、ラジオやテレビの中継も予定しています。市のすべての人間が出席するでしょう。これぞ民主主義、これぞアメリカ流です。お話ししていただきたいのは、これまで〈猫〉の阻止に何をしてきたのか、今後あなたとあなたの部下はどのような作戦で行くのか、ということです。そしてそれが率直で筋の通った話ならば、金曜の朝までにCATは解散します。来ていただけますか」

市長は「ここで待っていてもらえますか」と言い、部下を連れて隣の専用執務室へはいった。

「ジャック、乗ってはだめだ」

「なぜだね、バーニー」

「すでに百回も言ったこと以外に何が言えるんだ。集会は禁止しよう。騒ぎになったら首謀者どもを処罰すればいい」

「それはどうかな、バーニー」市長の相談役である党の重鎮が言った。「あの者たちはごろつきではない。おおぜいの善良な有権者を代弁している。あまり締めつけないほうがいい」

　ほかにもいくつか意見があがり、ある者は警察委員長寄り、ある者は党の重鎮寄りだった。

「きみは何も言っていないな、クイーン警視」市長は突然言った。「どう思う」

「わたしの考えでは」クイーン警視は言った。「〈猫〉はその集会に参加したくてたまらないでしょうね」

「こういう考えもある」市長は言った。「きみの考えもとても重要だがね、警視――わたしは市民によって選ばれたのだから、市民の側にとどまるよ」

　市長はドアをあけて言った。「出席しますよ、みなさん」


　九月二十二日の夜の集会はまじめで責任感に満ちた雰囲気ではじまった。メトロポル・ホールは午後七時にはいっぱいになり、あふれた群衆はたちまち数千人になった。しかしみごとに秩序が保たれていたので、過剰な厳戒態勢を敷いた警察はほとんど用なしだった。

こういう場には付き物の目ざとい手配師が行商人たちを送りこみ、先端に猫の頭がついた玩具や、CATと書かれたボール紙の大きなバッジを売っていた。オレンジと黒の恐ろしげな猫の面もあったが、ハロウィン用に仕入れておいた安物だとひと目でわかった。どのみち群衆のなかに買う者はほとんどおらず、警察は売り子たちを追い払った。子供の姿は極端に少なく、ばか騒ぎはまったくと言ってよいほど起こらなかった。ホールのなかでは、人々はだまっているか小声で話すかのどちらかだった。ホール周辺の通りにいる人々は辛抱強く、行儀がよかった。あまりにも辛抱強くて行儀がよいので、交通課の古株連にとっては、酔っぱらいの二十人や三十人、殴り合いの喧嘩のひとつやふたつ、あるいは共産党のデモ行進でもあったほうが張り合いがあるようだった。しかし酔っぱらいの姿はなく、人々は奇妙なほどおとなしく、共産党員が交じっていたとしても、一市民として来ていた。動向を見た交通課の幹部は、騎馬警官と無線つきパトカーをもっと増やすために電話をかけた。

午後八時、その地域一帯にロープの輪が静かに落ちた。五十一丁目と五十七丁目のあいだの南北、七番街と九番街のあいだの東西、その区域で警察の警戒線が各交差点に張りめぐらされた。車は迂回させられた。歩行者は警戒線を突っ切って区域にはいることができたが、出るときは身元を証明して所定の質問に答えなくてはならなかった。

区域全体には数百人の私服警官が巡回していた。

ホール内でも数百人が見張っていた。

そのなかにエラリイ・クイーンもいた。

壇上には〝ニューヨーク市民活動隊連合〟の中央委員たちがすわっていた。さまざまな出身国の者がそろっているが、どれひとつとして目立った顔はない。裁判所の陪審団と見まちがえるほどで、熱心だが気後れをしている陪審員特有の表情を全員が浮かべていた。

市長以下、市当局の者は来賓席にいた。「つまり」市長がエドワード・カザリス博士に耳打ちした。「このほうがわれわれを監視できるからですよ」演壇の両脇にはアメリカ国旗が密集していた。ラジオ放送用と拡声用のマイクロフォンが演壇の前にひしめいている。テレビ関係者は準備を整えて待ち構えていた。

午後九時、議長をつとめるジェローム・K・フランクバーナーによって集会がはじめられた。フランクバーナーは軍服を着ていた。上着の胸の部分にはいくつかの勲章が光り、袖口にも勲功を示す記章が何本も縫いつけられている。軍服姿の当人の顔はいかめしかった。フランクバーナーはメモを持たずに静かに話した。

「これはひとりのニューヨーク市民の声です」とはじめる。「わたしの名前や住所は言わずにおきましょう。街じゅうにひろがっている危険から自分の家族や隣人の家族を守ろうとして立ちあがった、何百というニューヨークの地域団体を代表して、わたしは話しています。わたしたちの多くはこの前の戦争で戦いましたし、わたしたちはみな法を守るよきアメリカ人です。わたしたちは私利私欲を追求する団体ではありません。何かを企んでいるわけでもありません。わたしたちのなかには、ペテン師もゆすりもアカもいません。わたしたちは民主党員でもあり、共和党員でもあり、無党派でもあり、自由主義者でもあり、社会主義者でもあります。プロテスタントでもあり、カトリックでもあり、ユダヤ教徒でもあります。白人でもあり、黒人でもあります。実業家でもあり、頭脳労働者でもあり、肉体労働者でもあり、専門分野のプロでもあります。アメリカ人二世でもあり、四世でもあります。わたしたちはニューヨークそのものです。

演説をする気はありません。みなさんはわたしの話を聞きにいらっしゃったわけではありませんから。わたしはいくつか質問をしたいだけです。

市長、どこかの異常者に街の人たちが片っ端から殺されています。〈猫〉が現われてそろそろ四か月経つというのに、いまだにうろついています。そう、あなたがたは〈猫〉を捕まえることができないか、あるいはまだ捕まえていない。では、わたしたちはどうやって身を守ればいいのでしょうか。警察を非難しているのではありません。警察のみなさんも、わたしたち市民と同じくまじめにがんばっていらっしゃいます。しかし、ニューヨーク市民はあなたにこう尋ねます。警察はこれまで何をしてきたのですか」

ざわめきがホールを満たし、外から聞こえる別のざわめきと混じり合った。それは遠雷にも似た非常に小さな音だったが、ホールでも周辺街路のあちらこちらでも、警官たちが不安そうに警棒にさわって警戒を強め、議長のそばの壇上では、市長と警察委員長の顔がやや青ざめたのが見てとれた。

「わたしたちはひとり残らず」フランクバーナーの声が響き渡った。「自警団的な制裁には反対です。しかし、市長にお尋ねします。わたしたちはほかの何に頼ればいいのでしょうか。わたしの妻や母は今夜にも絹紐で首を絞められるかもしれませんが、警察が来るのは、すでに事が終わって葬式の支度をしているころでしょう。

市長、今夜ここにお招きしたのは、いままでなかった保護をわたしたちに与えるべく、あなたと警察当局がどのような計画をお持ちなのかを話していただくためです。

それでは紳士淑女のみなさん、ニューヨーク市長です」

市長は長時間にわたって話した。落ち着いた気さくな口調で少なからぬ魅力を振りまき、ニューヨーク市民についての知識を披露した。ニューヨーク市警の歴史をたどり、その発展の経緯、組織の巨大さと複雑さを語った。一万八千人の男女が法の番人となって治安を維持していることも紹介した。殺人犯の逮捕と有罪判決に関する心強い統計値もいくつか示した。自警行為の持つ法的社会的側面にもふれた。それが民主主義的な制度を脅かし、当初は高い志に基づいていたものが私刑となって、結局は最低の者たちの最悪の激情を満足させることになりがちであると説いた。具体的な脅威についても指摘した。暴力が暴力を生んだあげくに軍隊が介入することになり、戒厳令が敷かれれば、市民の自由は抑圧される、と。「これぞファシズムと全体主義への第一歩であります。

そして、こんなことになるのも、すべては」市長は親しみをこめて言った。「七百五十万人以上の都市でたったひとりの殺人犯を、いまのところ突き止められずにいるからなのです」

だが、市長の演説はわかりやすく健全な内容で説得力があったものの、老練な演説家が成否の基準と見なす兆候や反応をほとんど引き出さなかった。聴衆はいかなる兆候も反応も示さなかった。ただそこにすわって、あるいは立って、耳を傾けている。おおぜいが息をし、身動きひとつせずに待っていた……この状態から解き放ってくれるひとことを。

市長にはそれがわかった。声が硬くなる。

味方の陣営にもそれがわかった。みな、聴衆の目やテレビカメラを意識して大げさに気楽な態度をとりながら、壇上でささやきを交わす。

いささか唐突だったが、市長は〈猫〉逮捕に向けたこれまでの具体的な対策と〝現在計画中〟の対策について、警察委員長に説明を促した。

委員長が演壇へ歩み寄ると同時に、エラリイは聴衆席から立ち、人の頭の列に目を走らせながら中央通路を記者席へ向かって歩いていった。

委員長が話しはじめてまもなく、エラリイはジミー・マッケルに気づいた。マッケルは座席で体をひねって、三列後ろの女を凝視していた。その美しい女は委員長を見ている。

セレスト・フィリップスだ。

どんな考えや感情や直感があってそこで足を止めたのか、エラリイは自分でもわからなかった。ただ知っている顔を見つけたからそうしただけかもしれない。

エラリイはセレストの列の端にしゃがんだ。

不安だった。メトロポル・ホールの空気には、気分を悪くさせる何かがある。ほかの人々も同じ思いでいるのが感じとれた。一種の集団自家中毒だ。群衆が自分の出した毒を吸っている。

そのとき、毒の正体がわかった。

恐怖だ。

群衆が自分の出した恐怖を吸っている。恐怖は見えないしぶきとなって人々から発せられ、空中に充満していた。

忍耐、無抵抗、待望。そんなふうに見えたものは……恐怖以外の何物でもなかった。

人々が耳を傾けていたのは、壇上の男の声ではない。

人々が耳を傾けていたのは、内なる恐怖の声だ。

「〈猫〉！」

それが聞こえたのは、しんとしている会場で委員長がノートをめくったときだった。

委員長はすばやく顔をあげた。

市長とカザリス博士は腰を浮かせた。

二万の顔が向きを変えた。

それは女の金切り声で、度はずれて高い声が会場に響き渡った。だれもが総毛立つほどの声だ。

一群の男たちが腕を振りまわしながら、ホール後部に立ち並ぶ聴衆を押しのけて突進した。

委員長が口を開いた。「あの女を静かに――」

「〈猫〉よ！」

小さな騒音の渦が生まれた。ひとつ。またひとつ。男がひとり立ち、女がひとり立ち、ふたりが立ち、一団が立った。首を伸ばしている。

「みなさん、着席してください。ただのヒステリー――」

「〈猫〉だ！」

「どうかみなさん！」市長が演壇で委員長の隣に立って言った。「落ち着いてください！落ち着いて！」

聴衆は脇の通路沿いに走っていく。

後ろのほうでは乱闘がはじまっていた。

「〈猫〉だぞ！」

階上のどこかで男の怒鳴り声が響いた。喉を絞められたように声が途切れる。

「席について！　警官！」

巡査が聴衆席のいたるところに現われた。

後方の騒ぎは発酵して崩れ落ち、中央通路へなだれこんで座席を侵食していた。

「〈猫〉！」

十人余りの女たちが叫びはじめた。

「ここにいる！」

その声が石つぶてとなって聴衆という巨大な鏡を打ち、鏡は震えて割れた。小さなひびが魔法のようにひろがる。おおぜいが立つかすわるかしている場所に裂け目が生じ、それがみるみるひろがって、でたらめな方向へと走った。男たちが座席に立ってこぶしを使いはじめる。人々が倒れる。警官が消える。途切れ途切れの悲鳴が合流する。メトロポル・ホールは人間の声を掻き消す大瀑布となった。

壇上では、市長とフランクバーナーと委員長が演説用のマイクロフォンに向かって、押しのけ合いながら叫んでいた。三人の声が溶け合う。かすかな混声が怒号の嵐に消えていった。

通路は押し寄せる人々で詰まっていた。みなこぶしを振り、身をよじり、倒れながらも出口へ向かっている。

頭上では階上席の手すりが折れ、ひとりの男が一階席へ落下した。人々は階段へ流れていく。足を滑らせて消える者もいる。階上の非常口では、悲鳴をあげる人間絨毯を乗り越えて人の群れが進んだ。

閉じこめられていた大群衆が突然出口を見つけ、一気に街路へ、数千人の凍りついた人々のなかへ飛び出すと、一瞬のうちにそこが興奮で沸き返り、ホール一帯は巨大なフライパンと化した。フライパンの中身が警察の警戒線を焼き、警官や馬や車を溶かし、交差点を越えて街の北へも南へも、ブロードウェイへも九番街へもあふれていく。行く手にあるすべてを焼きつくす、煙をあげる液体だ。

エラリイは騒ぎが起こると同時にジミー・マッケルの名を呼び、すくんで動けないセレスト・フィリップスを指さしたことは覚えていた。人の壁に頭突きを食らわそうとして、押しもどされたこともだ。必死で座席へ這いあがり、そこで足場を保った。ジミーが人垣に立ち向かってじりじりと三列を越え、怯える娘へ手を伸ばして腰をつかむのが見える。やがてふたりは人波に呑みこまれ、エラリイの視界から消えた。

それからあとは、床になぎ倒されないように全力でがんばった。

かなり時間が経ってから、警視が市長と委員長を助けて救出活動を指揮しているのをエラリイは見かけた。時間がなく、ほんの少しことばを交わすのが精いっぱいだった。どちらも帽子を失くして血を流し、服が破れている。警視の上着で残っているのは右袖だけだった。マッケルもセレストも見かけなかったという。カザリス博士の行方もわからない。警視の目は、しだいに長くなる遺体の整然たる列にそっと注がれた。やがて呼ばれて離れていったので、エラリイは重い足どりでメトロポル・ホールへ引き返して、負傷者の救出に手を貸した。にわか仕立ての救出隊に加わった。警察官、消防士、救命救急医、赤十字の職員、路上の有志からなる救出隊だ。サイレンがけたたましく鳴りつづけ、負傷者のうめき声を掻き消した。

報告がはいるに従って、別の恐ろしい事態が明らかになった。逃げた群衆が、八番街とブロードウェイのあいだにある横丁の店のガラス窓をいくつか誤って壊した。そこから与太者やごろつきや不良グループによる略奪がはじまった。止めにはいった者たちは殴られた。店主たちは暴行を受け、刺された者もいた。略奪は長時間つづき、手に負えなくなる危機に瀕している。ブロードウェイの劇場から吐き出された客が混乱を倍増させ、すさまじい一時間となった。ホテルは扉に錠をおろした。しかし、警察がパトカーで駆けつけ、騎馬警官が暴徒集団を逮捕したので、人々はしだいに散らばっていった。数百軒の店が窓を割られて在庫品を奪われ、被害は南の四十二丁目まで及んだ。総合病院は廊下に怪我人を寝かせて治療にあたった。赤十字はタイムズ・スクエア一帯に応急手当て用の救護所を設置した。はるか北のフォーダム病院からも救急車が飛んできた。リンディーズ、トゥーツ・ショア、ジャック・デンプシーズをはじめとする近隣のレストランは、救援者たちにコーヒーとサンドイッチを差し入れた。

午前四時四十五分、エバーツ・ジョーンズなる弁護士が報道機関へ向けて以下の声明を発表した。

わたくしは、昨夜の酸鼻をきわめた集会の議長をつとめたジェローム・K・フランクバーナーと、ニューヨーク都市圏のいわゆるCATの中央委員会の委任を受け、すべての参加団体をただちに解散して組織的パトロール活動を中止することを、ここに発表いたします。

フランクバーナー氏と委員会は、善意とはいえ無分別な大衆運動に参加したすべての市民を代表し、昨夜のメトロポル・ホールでの惨事について、多大なる遺憾の意と深い後悔の念を表明いたします。

記者たちから個人的な見解をしつこく求められたフランクバーナーは、首を横に振りながら言った。「衝撃が大きくて何も言えません。だれだってそうでしょう？　わたしたちは完全にまちがっていました。市長のおっしゃるとおりでしたよ」

明け方になって〝猫暴動〟は鎮まり、〝四日間〟は書かれざる年鑑の血にまみれた一項目となった。

のちに市長は、当夜の騒乱に関する統計を無言で報道陣に配布した。

死者

女　十九名
男　十四名
子供　六名
合計　三十九名

重傷者

女　六十八名
男　三十四名
子供　十三名
合計　百十五名

軽傷、骨折、擦過傷等
女　百八十九名
男　百五十二名
子供　十名
合計　三百五十一名

略奪、不法集会、暴力行為教唆による逮捕者
百二十七名（未成年者を含む）

物的損害（推定）
四百五十万ドル

市長の報告によると、叫び声を発してパニックとその後の暴動の引き金となった女性は踏みつけられて死亡した。メイベル・レゴンッという四十八歳の寡婦で、子供はいなかった。遺体は午前二時三十八分に弟のスティーブン・チョラムコフスキー——西六十五丁目四二一番地に住むスチームパイプ取りつけ工——によって確認された。レゴンッ夫人の間近にいた人々の証言では、思い出すかぎり、夫人はだれからも攻撃やいやがらせを受けて

いなかったという。しかし、密集した立ち見の聴衆のなかにいたので、そばにいる者の腕がたまたまあたって、張りつめた恐怖が爆発したのかもしれなかった。

レゴンツ夫人は神経衰弱症の病歴があり、発症したのはトンネル作業員だった夫が潜函病で死去してからだった。

夫人が〈猫〉だったはずはない。

これはニューヨーク市史上、一八六三年の徴兵暴動以来最悪の暴動に数えられることを、市長は記者たちに対して認めた。

あたりが薄明るくなったころ、エラリイは気がつくとロックフェラー・プラザのベンチに腰をおろしていた。そこにはプロメテウス像のほかにだれもいなかった。頭は活発に働いている。ニューヨークの朝の冷気が手や顔の傷に染みながらも心地よく刺激し、エラリイのなかにたぐいまれな意識を目覚めさせていた。

奥まった壁際の一段低い噴水池からプロメテウスが話しかけた。仲間がいて、エラリイの気持ちは安らいだ。

「どうしてこうなったのか不思議なんだろう」黄金色の巨大な神が語りかける。「人の姿を持ちながら〈猫〉と呼ばれる獣が、名を叫ばれるだけで何千もの人間の正気を失わせ、死ぬほど怯えさせることができたのだからな。

わたしは歳をとりすぎて、もとはどこにいたのか思い出せない。そこに女はいなかったとされるが、どうも納得がいかんね。だが、人間に火の贈り物をしようと思ったのはなんとなく覚えている。ほんとうにそうしたのなら、わたしは文明の創始者だ。だから、このたびの不愉快なことについて少しばかり口出ししてもよかろう。

実のところ、ゆうべの出来事は〈猫〉とはなんの関係もない。

いまの世を見ていると、宗教が生まれてきた太古の昔を思い出すよ。つまり、現代社会は原始社会とおもしろいほど似ているということだ。たとえば、民主主義の政府にも権力は集中し、有力者とのつながりを用いてのしあがる者がいる。現代でも同じ家系や血統であることで恩恵にあずかり、出自を神秘的なごたくで飾り立てる。男女の関係について言えば、女たちは等しく崇め奉られて、神聖という名の好都合な檻に入れられ、男たちに重要なものを奪われる。食事療法やビタミンに夢中になるのも、食べ物の禁忌があった時代への逆もどりだ。

だが、もっとも似ているものと言えば」プロメテウスは夜明けの冷気を物ともせぬ様子で話をつづけ、エラリイは古い瓢簞のようにかたかた音を立てて震えた。「それは、周囲の事物への反応のしかただ。ひとりではなく、群れで考える。そして、昨夜の不運な出来事でわかるように、群れの考える力はあまりにも貧弱だ。おまえたちは無知ではちきれんばかりで、無知はやみくもな恐怖を育てる。おまえたちはたいがいのものをこわがるが、中でもいちばん恐れているのは、現代の問題と向き合うことだ。だから、伝統という魔法の高い壁の内に楽しげに群れ集い、理解できぬことは指導者たちにまかせておく。指導者はおまえたちと未知の脅威のあいだにいるわけだ。

だが、権力の司祭が期待に副えぬ場合もある。すると突然、おまえたちは未知のものと向き合わざるをえなくなる。救いと幸運をもたらし、生と死の不条理から守ってくれるはずの者は、恐ろしい暗黒の前にもはや立ちはだかっていない。世界を囲んでいた魔法の壁は崩れ、あとは地獄のふちで身をすくめるだけだ。

そんなときに」プロメテウスは言った。「愚かにも禁忌のことばを叫んだ、そのたったひと声が何千もの人間を逃げ惑わせたのだよ。それがそんなに不思議なことかね」

エラリイはベンチで目を覚ました。体が痛み、師プロメテウスの像が早朝の太陽に照らされて輝いていた。プラザには多くの人がいて、近くを車が走っていく。ひどく騒ぐ声が聞こえたような気がして、エラリイは不機嫌に立ちあがった。

力強く荒々しい叫びが西のほうから聞こえる。

少年たちの声だ。ビルの谷間に響いている。

エラリイは足を引きずって階段をあがり、通りを渡って六番街のほうへのろのろと歩いた。

急ぐことはない、と思った。ＣＡＴの死亡記事を売っているのだろう。多くの死者、多くの負傷者、多くの損害額。隅々まで読むがいい。

いや、要らない。熱いコーヒーのほうがいい。

何も考えまいとして歩を進めた。

けれども、思考の泡がつぎつぎと浮かぶ。

CATの死亡記事。キャットの死亡記事……それならすごいな。〈猫〉の死亡記事。七件で終わりだ。

日が傾くと、願望の影が伸びる（エドワード・ヤングの詩より）。

エラリイは笑った。

もうひとつ引用句をあげれば、ベッドで寝ていたほうがよかった、か。

わが同胞Qよ、おまえはおしまいだ。あとは復活するしかない。〈猫〉を追うために。

つぎは何が起こるか。

おまえは何をするか。

どこを探すか。

どうやって探すか。

ミュージック・ホールのひさしが作る真新しい日陰で、少年が目をむいて口をさかんに動かし、何やら言っている。

結局、繁盛するのはここか。そう思いながら、エラリイは新聞の山が小さくなっていくのをながめた。

そばを通り過ぎて、コーヒーを飲みにいこうと六番街を渡りはじめたそのとき、短い叫び声の意味がわかり、新聞の山の上にある何かが目に飛びこんで脳裏にとどまった。

エラリイは小銭を探った。小銭は冷たかった。

「《エクストラ》をくれ」

エラリイは左右から肘で押されながら、そこに立っていた。

紙面に見慣れた〈猫〉がいたが、八番目の尻尾はクエスチョンマークではなかった。

8

その娘の名前はステラ・ペトルッキだった。ワシントン・スクエアからトンプソン通りを南へ半マイル足らず進んだところに、家族と住んでいた。二十二歳で、イタリア人の両親を持ち、カトリック教徒だった。

マディソン街と四十丁目通りの角にある法律事務所で速記タイピストとして働き、雇われてもうじき五年になる。

父親は四十五年前に合衆国に移住した。フルトン市場で魚の卸売業を営んでいる。故郷はリヴォルノで、ステラの母親もトスカーナ州の出身だった。

ステラは七人兄妹の六番目だった。三人の兄のうちひとりは司祭で、あとのふたりは父親のジョージ・ペトルッキの仕事を手伝っていた。三人の姉妹のうち長女はカルメル会の修道女で、次女はチーズとオリーブオイルの輸入を手がけるイタリア人と結婚し、四女はハンター・カレッジの学生だった。ペトルッキ家の子供たちは、いちばん上の司祭を除く全員がニューヨーク市で生まれた。

はじめのうちステラは、メトロポル・ホール周辺に散乱する巨大ながらくたが道路清掃で見落とされたのかと考えられた。しかし首に絹紐が巻かれていたことから〈猫〉の犠牲者だとわかった。その紐に気づいたのも、乱れた黒い髪をつかんで頭を引っ張ったときに喉が見えたからだった。

ふたりのパトロール警官がメトロポル・ホールから一ブロック半の現場で遺体に出くわしたのは、まさに市長が大惨事の統計を記者たちに伝えているときだった。遺体は八番街の歩道から十フィートはいったあたりにあり、二軒の店が向き合うコンクリートの路地に横たわっていた。

検死官によると、死因は絞殺で、死亡時刻は夜中の十二時少し前とのことだった。

遺体の確認は兄のペトルッキ神父と、既婚の姉テレサ・バスカローネがおこなった。ジョージ・ペトルッキ夫妻は悲報を受けて倒れてしまった。

ハワード・ウィザッカーという、西四丁目の貸間に住む三十二歳の男が、くわしく事情を尋ねられた。

ウィザッカーはとても背が高く痩せていて、髪が黒かった。目と目のあいだがせまくて瞳が黒く光り、皮膚が厚く頬骨は張っていた。申し出た年齢よりずっと上に見えた。

本人の言うところでは、仕事は〝売れない詩人〟だった。さらに尋ねられ、〝命をつなぐため〟にグリニッチ街のカフェテリアで給仕をしていることをしぶしぶ認めた。

ステラ・ペトルッキとは十六か月前から交際していたという。出会ったのは前の年の春、深夜のカフェテリアで、デート中のステラが午前二時に男を連れて店に立ち寄ったときだった。〝手描きの人魚のネクタイを締めたブロンクス奥地の類人猿〟であるその男が、ウィザッカーの中西部訛りをからかった。ウィザッカーは男の前にあったカウンターの焼きリンゴをとり、急に身を乗り出してその生意気な口に詰めこんだ。「それからというもの、ステラは毎晩のように店に来るようになって、ちょっと親しくなったんですよ」

体の関係を持ったかという問いには、怒って否定した。しつこく問いただすと激しく暴れだしたので、なだめなくてはならなかった。「彼女は清らかでやさしい心を持っていた」とわめいた。「体の関係なんてとんでもない！」

ウィザッカーは自分の生い立ちを不承不承明かした。出身地はネブラスカ州ビアトリス。農家に生まれた。もともとはスコットランドの家系で、一八二九年に曾祖父がキャンベル派信徒とともにケンタッキー州から移住してきた。家族にはポーニー族の血がはいっているし、ボヘミア人やデーン人の血も何滴かは混じっている。「ぼくは混血アメリカ人です」とハワード・ウィザッカーは言った。「流れている血は全部小数点つきだ。わかるでしょう」故郷ではディサイプル教会にかよっていたという。

ネブラスカ大学を卒業した。

戦争がはじまって海軍に志願し、「いろいろあって太平洋へ行かされました。カミカゼがそばに突っこんできたせいで、海に吹き飛ばされたことがある。いまでもときどき耳鳴りがしますよ。そのおかげでとてもいい詩が書けますけどね」

戦争のあと、ビアトリスでくすぶっているのに嫌気が差し、ニューヨークへ出てきた――「兄のダギンが、ぼくのことをネブラスカ州ゲージ郡が生んだ天才詩人だと思って、金を出してくれたんです」

二年前に来て以来、発表したのは「珊瑚のなかのトウモロコシ」という詩だけだった。一九四七年春にグリニッチ・ヴィレッジの新聞《ヴィレッジャー》に掲載され、ウィザッカーは油染みのついた切り抜きを証拠として見せた。「ぼくが第二のジョン・ナイハルト（ネブラスカ州の桂冠詩人）じゃないことは、いまは兄もわかっています」と言う。「ヴィレッジの詩人仲間からはずいぶん励まされましたし、ステラはもちろん褒めちぎりました。決まった日の午前三時に、ふたりきりの詩の朗読会をカフェテリアでやったものです。ぼくは質素だけどまともに暮らしてます。ステラ・ペトルッキが死んで、心にぽっかり穴があきました。少し抜けていて、かわいらしい子供みたいだった」

ステラから金を受けとったことはない、とウィザッカーは憤然と言った。

九月二十二日の夜はどうしていたかというと、木曜の夜は仕事が休みなので、ステラの勤め先のビルの外で待ち合わせ、メトロポル・ホールの大集会へいっしょに行くことにした。「猫の詩がときどき頭に浮かんでいたんで」ウィザッカーは言った。「ぜひとも参加したかったんです。もちろんステラは木曜の夜のデートをいつも楽しみにしていました」

ふたりは街を歩いて、八番街のスパゲッティー店にはいった。「ステラの父親の従兄がやってる店でした。ぼくは〝市民活動隊《CAT》〟の運動について、亭主のイニャツィオ・フェリクアンキと話をしていたんですが、驚いたことにステラはその話にずいぶん怯えていました。ステラがこわがってるならいっしょに行くべきじゃないとイニャツィオは言うし、ぼくもひとりで行くと言いました。でもステラは、自分も行く、やっとだれかが殺人事件をどうにかしてくれるんだから、と譲らなくって。知ってる人たちがみな無事でいられるように、毎晩マリアさまにお願いしていたそうです」

ふたりはメトロポル・ホールにどうにかはいることができ、一階のかなり前のほうに席を見つけた。

「騒ぎがはじまったとき、ステラとぼくはなんとか離れまいとしたんですけど、畜生どもに引き離されました。最後に見たとき、ステラは猛り狂った群衆に押し流されながら、ぼくに向かって何か叫んでいた。でも聞きとれませんでした。それっきり、生きているステラには会えなかった」

ウィザッカーは幸運にも、ポケットが破れて何発か殴られただけですんだ。

「ぼくはほかの何人かと固まって、ホールの向かいにある建物の入口に避難しました。そして、騒ぎが峠を越えたころにステラを探しはじめたんです。ホールの死人や怪我人のなかにはいなかったから、八番街やそのあたりの横丁やブロードウェイを見てみました。夜じゅう歩きまわりましたよ」

なぜペトルッキ家に電話をしなかったのかと、ウィザッカーは尋ねられた。家族はステラが帰ってこないので、ひと晩じゅう胸のつぶれる思いで起きていた。ウィザッカーと約束があったことは知らなかった。

「だから電話しなかったんですよ。家族はぼくのことを知らない。そのほうがいいとステラが言いました。自分の家族は厳格なカトリック教徒だから、カトリックでない男と付き合ってるのがばれたら揉めるだけだってね。父親の従兄のイニャツィオに知られるのは気にしませんでした。ミスター・フェリクアンキは反カトリックで、ペトルッキ家とは縁を切ってるんで」

午前七時三十分、ウィザッカーはメトロポル・ホールへもう一度探しにもどり、それでもステラが見つからなかったら、〝宗教の問題にはばからず〟ペトルッキ家に電話するつもりだった。

ステラのことをひとこと尋ねただけで、ウィザッカーは警察に捕まった。

「ぼくはその路地の入口付近を夜のあいだ十回以上通ったはずです」ハワード・ウィザッカーは言った。「でも、暗かったし、ステラがあそこに倒れていたなんてわかるはずがない」

ウィザッカーは〝もっと話を聞かせてもらうため〟に留め置かれた。

「ちがいます」リチャード・クイーン警視が記者団に言った。「何も証拠はありません。ただ、話の裏をとったり、何やかやとありましてね」〝何やかや〟というのは、正確には、最近の事件とのからみと、ステラ・ペトルッキの友人のいささか奇妙で粗野な目つきや態度や話し方を指しているものと、報道陣は受けとった。

強姦や強姦未遂を示す医学的証拠はなかった。

ステラのハンドバッグはなくなっていた。けれども、あとでホールの残骸のなかで見つかり、中身は手つかずだった。上等な鎖で首にさげてあった聖人の金メダルもそのままだった。

絞殺に使われた紐は、サーモンピンクに染められたおなじみのタッサーシルクだった。これまでと同様、うなじで結ばれていた。鑑識で調べても、これといった手がかりは見つからなかった。

きっとステラ・ペトルッキは、メトロポル・ホールの聴衆といっしょに通りへ押し出されたあと、その路地へ身を寄せたのだろう。しかし、〈猫〉がそこで待ち伏せしていたのか、いっしょにはいったのか、追いかけてきたのか、わかるはずもなかった。

ステラは絹紐で絞められるまで何も疑わなかったと考えられる。〈猫〉に誘われて路地へはいったのかもしれない。〈猫〉が追いかけてきて、暴徒からの〝保護〟を申し出た可能性もある。

いつものとおり、〈猫〉はなんの痕跡も残さなかった。

エラリイが階段をあがり、自宅のドアの錠がはずれているのに気づいたのは、正午を過ぎたころだった。不審に思いながら中へはいった。寝室へ足を踏み入れるや目にはいったのは、背が梯子形になった椅子の座板から垂れさがる破れたストッキングだった。椅子の角に白いブラジャーが掛かっている。

エラリイはベッドへかがみこんで、彼女を揺すった。

急に目があいた。

「無事だったんだな」

セレストは体を震わせた。「こんなこと、二度としないで！　一瞬〈猫〉かと思った」

「ジミーは……」

「ジミーも無事よ」

いつの間にか、エラリイはベッドの端に腰をおろしていた。首の後ろがまた疼きだす。

「こういう場面をよく夢で見るんだ」首をさすりながら言った。

「どういう場面？」セレストはシーツの下でこわばった長い脚を伸ばして、苦しげな声をあげた。「ああ、痛い」

「たしか」エラリイは言った。「これはみんなピーター・アーノー（《ニューヨーカー》誌の挿絵を担当していたイラストレーター）の絵で見た光景だ」

「なんですって？」セレストは眠たげに言った。「いまはまだ、きょうなのかしら」

セレストの黒髪がエラリイの枕にひろがり、甘美な詩のように流れる。「でも、疲労というやつは」エラリイは言った。「詩の敵だな」

「なんですって？　たしかにくたびれて見えるけど。あなたのほうはだいじょうぶなの？」

「いつもどおり眠れる方法がわかったら、元気になるさ」

「あら、ごめんなさい！」セレストはシーツを引き寄せてすばやく体を起こした。「わたし、ちょっと寝ぼけてたの。あの、だから……あなたの衣装棚を掻きまわしたくなくて……」

「ちょっと待て」険しい声がした。「女の子を裸で追い出そうってのか」

「ジミー！」セレストがうれしそうに言った。

ジミー・マッケルが寝室の戸口に立ち、片手に大きくて怪しげな紙袋をかかえていた。

「なるほど」エラリイが言った。「これぞマッケル。不死身の男ってわけか」

「あんたも生き延びたんだな、エラリイさん」

ふたりの男は互いににやりと笑った。ジミーが着ているのはエラリイがいちばん気に入っているスポーツジャケットだが、ジミーには小さすぎた。おまけにエラリイが買ったばかりのネクタイを締めている。

「ぼくの服は破けてなくなったんだ」ジミーは言いわけをした。「気分はどうだい、セレスト」

「アメリカ在郷軍人会に囲まれた〈九月の朝（フランス人画家ポール・シャバが描いた水浴びする裸婦の絵）〉ってところね。おふたりとも部屋から出てくださるかしら」

居間へ移ったジミーは顔をしかめた。「ずいぶんやつれてるね、クイーンさん。ペトルッキとかいう娘の件は？」

「へえ、知ってるのか」

「けさのラジオで聞いたんだ」ジミーは紙袋を下に置いた。

「袋の中身はなんだ」

「堅パンとペミカン（干し肉入りの保存食）。お宅の食品庫が干あがってたからね。何か食べたのかい」

「いや」

「ぼくたちもなんだ。おい、セレスト！」ジミーは大声で呼んだ。「服なんかどうでもいい。何か朝めしを頼むよ」

セレストの笑い声がバスルームから返ってきた。

「きみたちはやけに陽気だな」そう言って、エラリイは肘掛け椅子に手を伸ばした。

「不思議なもんでね」ジミーも笑った。「ゆうべの乱痴気騒ぎに巻きこまれたせいで、何もかも突然うまくおさまった。ばかばかしいくらいだ。ぼくは太平洋であらゆることを見つくしたと思ってたけど、ちがったな。たしかに戦争は人を殺すけど、組織的にやる。軍服を着て銃を持ち、重大な命令を受ける。だれかに食事を作ってもらい、決められたとおり殺したり殺されたりする。でもゆうべは……真剣そのものの、生身の戦いだった。人間の本性が骨の髄まであらわになった。種族の崩壊だ。仲間の人食い人種がみんな敵になった。生きててよかったよ、それだけだ」

「やあ、セレスト」エラリイは言った。

セレストの服はずたずただった。ブラシをかけたようだし、大事なところはピンを留めて隠してあったが、まるで固まりかけた溶岩だ。脚はむき出しで、ストッキングを手に持っている。

「このお宅に穿き古しのストッキングなんかあるわけないわね、クイーンさん」

「ない」エラリイは重々しく返事をした。「あとは父が住んでるだけだ」

「まあ、そうね。さてと、すぐに何か作る」セレストは紙袋をかかえて台所へ行った。

「たいしたもんだな」ジミーは自在戸を見つめた。「だってクイーンさん、あの恰好でなんの弁解もしないんだから。見あげたもんだ」

「ゆうべ、なぜはぐれずにいられたんだ」訊きながらエラリイは目を閉じた。

「まだ眠らないで、エラリイさん」ジミーは垂れ板をあげてテーブルを広くしはじめた。

「いや、実ははぐれたんだ」

「というと？」エラリイは片目をあけた。

「セレストのところまで行ったと思ったら、すぐに離ればなれになった。セレストはどうやって外に出たのか覚えてないし、ぼくも覚えてない。お互い、ひと晩じゅう探し合った。朝の五時ごろになって、総合病院の階段にすわって大声で泣いてるセレストを見つけた」

エラリイは目を閉じた。

「ベーコンの焼き加減はどうするの、クイーンさん」セレストが声をかけた。

ジミーが言った。「おい、聞こえてるか？」エラリイが何かつぶやく。「かりかりのしっとりだってさ！――で、どこまで話したかな」

「大声で泣いてたってところまでだ」エラリイは言った。

「泣き叫んでたよ。それを見て、じんときたね。とにかく、ぼくたちは深夜営業の店でコーヒーを飲んで、それからあんたを探した。でも見つからなかった。もしかしたら無事に家へ帰ったのかもしれないと思って、ふたりでここへ来てみた。すると留守だったから、ぼくはセレストに〝エラリイさんは気を悪くしたりしないよ〟と言って非常階段をのぼった。エラリイさん、探偵なのに窓の戸締まりがなってないよ」

「それで？」エラリイは促し、そこでジミーはことばに詰まった。

「うまく言えないな。つまり、ここに来た理由だけどね。けさ、ぼくたちはしっかり抱き合ったあと、ろくに口をきいていない。はじめてあんたの立場がわかった気がするな。自分たちが第一級の間抜け《シェルミエル》だったと伝えたいのに、どうしたらいいのかわからなかった」ジミーはスプーンをまっすぐにした。「これは恐ろしい事態だ」スプーンに向かって言う。「戦争のやりなおしだよ。形はちがうけどね。個人はなんの意味も持たない。人間の尊厳なんか下水へ流される。流されないためには、汚物に肘を突いて体を起こさなくてはいけない。ゆうべまで、ぼくにはそれがわからなかった」

「わたしもよ」セレストが台所の戸口で片手にトースト、片手にバターのついたナイフを持って立っている。エラリイは思った。ピゴットとジョンソンはゆうべこのふたりを見失ったにちがいない。「あなたの考えは正しかったのよ、クイーンさん。ゆうべの騒ぎを見てわかった」

「なんのことだ、セレスト」

「ジミーとわたしを疑ったことよ。ジミーもわたしもほかのどんな人も」

「どうやらぼくたちは〝帰っておいで、もういいんだよ〟とあんたに言ってもらいたいようなんだ」ジミーはにっと笑う。それからまたスプーンやフォークを並べだした。

「だからここで待ってたのか」

「ニュースを聴いて、あんたが帰れそうもないのはわかった。それでセレストをあんたのベッドに寝かせて——くたくただったからね——ぼくはソファーで休んだ。ペトルッキとほかの被害者とのつながりは何かあるんだろうか」

「わからない」

「あのネブラスカの詩人はどうなったんだろう。なんていう名前だったか」

「ウィザッカーか」エラリイは肩をすくめた。「カザリス博士が興味を持っているようだし、警察も慎重に調べるだろう」

「こう見えてもぼくは新聞記者だ」ジミーは乱暴にスプーンを置いた。「さあ、言うぞ。ぼくたちにもどってきてほしいか？」

「きみにしてもらうことは何もないよ、ジミー」

「わたしは？」セレストが叫んだ。

「きみも同じだ」

「もどってほしくないのね」

「そうじゃない。ただ、きみたちの仕事がないんだ」エラリイは立って煙草を探った。しかし、腕がさがる。「よりどころがわからない。ほんとうだ。完全に手詰まりなんだ」

ジミーとセレストはすばやく目を見合わせた。そしてジミーが言った。「それに、完全にへたばってる。あんたに必要なのは、眠りの神とともに鰊《にしん》をスライスすることだ。おい、セレスト、コーヒーだ！」

大きな声がして、エラリイは目を覚ました。

枕もとの明かりをつける。

八時十二分。

勢いよく話す声だ。エラリイはベッドから這い出し、部屋着とスリッパを引っかけて居間へ急いだ。

声の主はラジオだった。警視が肘掛け椅子にもたれている。ジミーとセレストはソファーの上でうずくまり、新聞を読みあさっていた。

「ふたりともまだいたのか」

ジミーが何やらつぶやいた。長い顎を胸にこすりつけんばかりにして読んでいる。セレストはむき出しの脚をそろえて、いたわるようにさすっている。

クイーン警視はげっそり痩せて、疲れた様子だった。

「お父さん――」

「聴け」

「――が今夜のニュースをお伝えします」声が流れる。「地下鉄ブルックリン‐マンハッタン線のキャナル・ストリート駅で第三軌条の漏電事故があり、大混乱のなかで四十六人が負傷しました。現在、グランド・セントラル・ターミナル発とペンシルヴェニア駅発の列車は一時間半から二時間の遅れで運行しています。市街から北へ向かう公園道路はグリニッチやホワイト・プレインズまで混雑しています。ホランド・トンネル、リンカーン・トンネル、ジョージ・ワシントン橋の各方面へ向かうマンハッタンの道路は、広域にわたって渋滞しています。ナッソー郡の当局筋によると、ロングアイランドのおもな公園道路の交通は制御不能とのことです。ニュージャージー州、コネチカット州、ニューヨーク州北部の警察の発表では――」

　エラリイはラジオのスイッチを切った。

「これはなんだ」エラリイは声を荒らげた。「戦争か」空に炎があがっていないかと探るかのように、窓へ目をやる。

「ニューヨークがマレー半島になったんだよ」ジミーが笑いながら言った。「まさしくアモク（急に興奮して殺人を犯す精神障碍。元来マレー人特有のものとされた）。心理学の本を書きなおす必要がある」そう言ってジミーは立ちあがりかけたが、セレストが引きもどした。

「動乱か。パニックか」

「ゆうべのメトロポル・ホールの事件ははじまりにすぎなかったんだよ、エラリイ」吐き気なのか怒りなのか、警視は何かと戦っていた。「あれで堰が切れた。そして一種の連鎖反応を引き起こした。あるいは、パニックと暴動が最高潮のときにペトルッキ事件が起こったせいかもしれない。タイミングが悪かった。いずれにしても、市全域にひろがってしまった。一日経ったいまもひろがりつづけている」

「逃げてるのよ」セレストは言った。「だれもかもが逃げている」

「どこへ逃げるんだ」

「だれにもわかってないと思う。ただ逃げるの」

「黒死病の再来だな」ジミー・マッケルは言った。「知らなかったのかい。ぼくたちは中世に逆もどりしたんだ。いまやニューヨークは西半球におけるペスト菌の巣窟なんだよ、エラリイさん。二週間もすれば、メイシーズ百貨店の地階で死肉に群がるハイエナを撃てるようになる」

「だまれ、マッケル」老警視は背もたれに頭を預けたまま首をめぐらせた。「不法行為が相次いでいるんだよ、エラリイ。略奪、強盗……。特にひどいのは五番街、レキシントン街付近の八十六丁目、百二十五丁目、アッパー・ブロードウェイ、ダウンタウンのメイドン通りだ。交通事故は何百件とある。こんなのは見たことがない。ニューヨークでは一度もな」

エラリイは窓辺へ行った。通りは閑散としていた。どこかで消防車のサイレンが聞こえる。南西の空が赤くなっている。

「聞いたところでは」セレストは言いかけた。

「だれから聞いたんだい」ジミーはまた笑った。「そう、そこが肝心だよ。きょうという きょうこそ、ぼくは見識豊かな流通組織の毛細血管であることを誇りに思うよ。同志たちよ、今回はほんとうにうまくやったな」ジミーは垂れさがった新聞を蹴った。「責任あるジャーナリズム！　ありがたきラジオ——」

「ジミー」セレストは言った。

「たしかに、リップ・ヴァン・ウィンクル（ワシントン・アーヴィングの短篇の主人公）だってニュースを聴かなきゃいけないよな。眠ってるあいだに世の中が変わってたんだからね、ミス・フィリップス。そこのあなた、一市まるごと封鎖されるのをご存じでしたか？　ほんとうですよ。いや、ほんとうなのか？　知ってるかい、学校がすべて無期限の休校になることを——これは大歓迎かな。ニューヨーク市の子供たちが都会を離れてキャンプ場へ避難することは？　ラ・ガーディア空港、ニューアーク空港、アイドルワイルド空港からのフライトがすべて禁じられたことは？　〈猫〉の正体が濃厚なグリーンチーズだということは？」

　エラリイはだまっていた。

「それから」ジミー・マッケルはつづけた。「こんなでたらめな噂も流れてる。市長が〈猫〉に襲われた。ＦＢＩが市の警察本部を乗っとった。まずまちがいなく証券取引所はあす休業する——そりゃあそうだよ、あすは土曜だからね」さらに話を進める。「エラリイさん、きょうの午後ダウンタウンの警察本部へ行ってきたよ。大混乱だった。だれもが噂を打ち消すためにビーバーみたいにせっせと働いて、新しい噂がはいるたびにそれを信じこむんだ。帰りに、両親が正気を保ってるかどうかたしかめたくて、様子を見に寄ったんだけど、何を見たと思う？　パーク街の門番が、気が変になって騒いでたよ。ああ、世も末だ」ジミーは挑発するように手の甲で鼻を叩いて、目を怒らせた。「こんな調子じゃ人間の端くれでいるのをやめたくなる。もういい、みんなで酔っぱらおう」

「で、〈猫〉のほうは？」エラリイは父に尋ねた。

「何もない」

「ウィザッカーは？」

「カザリスほか精神科医たちが一日がかりで調べていた。おそらくまだやっている。だが、大手柄とはいかないだろう。それに、西四丁目の部屋からは何も見つからなかった」

「ひとりで全部飲まなきゃいけないのかい」ジミーがスコッチを注ぐ。「きみには勧めないよ、セレスト」

「警視さん、どうなってるんでしょう」

「わからない」警視は言った。「そんなことよりね、ミス・フィリップス。わたしはもうどうでもよくなったよ」立ちあがる。「エラリイ、本部から電話があったら、もう寝たと言ってくれ」

警視は重い足どりで出ていった。

〈猫〉に乾杯」そう言ってジミーはグラスを高くあげた。「やつの臓物が干からびますように」

「あなたが酔いつぶれるなら」セレストは言った。「わたしは帰る。とにかく帰らなくちゃ」

「そうさ、ぼくの家にね」

「あなたの？」

「あんな粗末なねぐらにひとりでいちゃだめだ。それに、そろそろ父と会ってけりをつけたほうがいいだろう。もちろん母は、ナイチンゲールみたいにあたたかく迎えてくれるさ」

「ご親切はありがたいけど」セレストのオリーブ色の肌が赤みを帯びる。「でも、無理よ」

「クイーンさんのベッドには寝られても、ぼくのベッドじゃだめなのか。どういうことだよ」

セレストは声をあげて笑ったが、怒ってもいた。「こんなに恐ろしくて、こんなにすばらしい二十四時間ははじめてだった。それを台なしにしないで」

「台なしだって？　プロレタリアの体裁屋め」

「街で拾われた貧しい小娘だとご両親に思われたくないのよ」

「やっぱり体裁屋だな」

「ジミー」暖炉のそばにいたエラリイが顔を向けた。「きみはほんとうに〈猫〉のことが心配なのか？」

「それはいつも気がかりだよ。でも、いまウサギのことも心配だ。噛みつく品種なんでね」

「ともあれ、〈猫〉のことは心配しなくていい。セレストは安全だ」

セレストは面食らったようだった。

ジミーは言った。「そんなばかな」

「それを言うならきみも安全だ」エラリイは被害者の年齢が低くなっていく現象を説明した。話し終えたあと、パイプに煙草の葉を詰めて火をつけ、ふたりをながめた。そのあいだじゅうふたりは、エラリイが小さな奇跡を起こしているかのように、まじまじと見つめていた。

「だれもそこに気づかなかった」ジミーはつぶやいた。「だれひとり」

「だけど、どんな意味があるの？」セレストは声を高ぶらせた。

「わからない。しかし、ステラ・ペトルッキは二十二歳だった。きみとジミーはそれより年上だから、〈猫〉はきみたちの年齢層には手をつけなかった」これでひと安心ではあったが、なぜ自分が失望しているのかは、エラリイ自身にもわからなかった。

「記事にしてもいいかな、エラリイさん」そう言ってから、ジミーの顔が曇った。「忘れていた。特権には義務がともなう《ノブレス・オブリジュ》」

「でもわたし、思うんだけど」セレストは毅然として言った。「これは公にすべきよ、クイーンさん。特にいまはね。みんな、あんなに怯えてるんだもの」

エラリイはセレストを見つめた。「ちょっと待っててくれ」

書斎へ引っこむ。

もどったあと、エラリイは言った。「市長はきみに賛成だよ、セレスト。事態は深刻だ……。今夜十時に記者会見を開き、十時半には市長も同席して放送する。場所は市庁舎だ。ジミー、それまでは寝返るんじゃないぞ」

「ああ、いいとも。年齢下降のことだな」

「そうだ。セレストの言うとおり、少しは不安を鎮めなくては」

「希望がなさそうに聞こえるが」

「どちらを憂慮すべきかという問題だよ」エラリイは言った。「自分自身に及ぶ危険か、自分の子供たちに及ぶ危険か」

「それもそうだ。すぐにもどるよ、エラリイさん。セレスト、行こう」ジミーはセレストの腕をつかんだ。

「タクシーをつかまえてくれればいいのよ、ジミー」

「強情だな」

「百二丁目通りだって、パーク街と同じくらい安全よ」

「妥協してはどうかな。だから、その——ホテルに泊るってことで」

「ジミー、クイーンさんの時間を無駄にしてるわよ」

「待っててくれ、エラリイさん。ぼくもいっしょに市庁舎へ行く」

ジミーはまだあれこれ言いながら、セレストと出ていった。

エラリイは用心深くドアを閉めた。それからラジオのそばへもどってスイッチを入れ、椅子のへりにすわって耳を傾けた。

しかし、ニュースキャスターの騒々しい声を聞くや、すばやく立ちあがり、音を絞って寝室へ急いだ。


のちに言われたことだが、九月二十三日、金曜日の混沌とした夜におこなわれた、市長直属の特別捜査官による記者会見とラジオ放送は、ニューヨーク市民の市街地からの流出を食い止め、数時間でパニックを完全におさめた。たしかにその夜の危機は首尾よく去り、ふたたび頂点に達することはなかった。しかし、この時期の複雑な心理状態を観察している少数の者しか気づかなかったが、これまでの恐怖の代わりに同等に不快な別の何かが居すわっただけだった。

翌日あたりから人々が少しずつ市内へもどるにつれ、もはや〈猫〉の事件に興味がないのが明らかになった。およそ四か月にわたって市庁舎と警察本部、それに街じゅうの分署には問い合わせの電話が殺到し、人々が押しかけてきたが、その勢いも弱まって、激流からかすかな滴りへと変わった。選挙で選ばれた役人たちは絶えず有権者の砲撃の的になっていたが、どういうわけか包囲を解かれていた。このときばかりは、各地区の議員たちも議員会館の閑散としたありさまに安堵した。新聞の投書欄を騒がせていた民の声《ウォクス・ポプリ》は、かすかなつぶやきとなった。

それよりもはるかにゆゆしき現象が見られた。

九月二十五日の日曜日、ニューヨーク市内のあらゆる宗派の教会で、出席者が急に減った。この堕落を聖職者は嘆いたが、〝最近の出来事〟を考えればこの程度の悪はよしとすることで俗界の識者の意見は一致した（パニックはすでに市の歴史書の脚注程度まで縮小していたのだから、まさに劇的な変化だ）。その面々に言わせると、夏のあいだ異常なほど教会に人が集まったのは、たいがいは〈猫〉に恐怖を掻き立てられて、なりふりかまわず心の平安を求めようとしたためだった。会衆がいきなり激減したのは、パニックが終わったせいで、振り子が反対に振れただけのことだ。出席者数はまもなくふだんどおりになる、というのがおおかたの予測だった。

各方面の責任ある人々は、自分たちも市も〝正気にもどった〟ことを喜び合った。市の子供たちを危険から守らねばならず、特別な対策が練られていたが、内心ではだれもが思っていた――当局は最悪の事態を乗り越えた、と。

あたかも〈猫〉が逮捕されたかのようだった。

だが、安心しきっていない人たちの目には、それとは反対の兆候が見えていた。

九月二十四日の土曜日からの一週間、《バラエティ》誌とブロードウェイのコラムニストたちは、ナイトクラブや劇場へ繰り出す人々が激増したことを伝えはじめた。これを季節のせいにはできなかった。あまりにも突然だ。夏じゅう満員になることのなかった劇場はうれしい悲鳴をあげながら、解雇した案内係をまた雇い入れたり、ロビーに張るロープや〝ただいま立ち見のみ〟の立て札を用意したりした。どうにか営業をつづけていたクラブは、ダンスフロアに客がひしめくのを見て驚いた。名高い店では、ふたたび客に門前払いを食わせるようになった。ブロードウェイのバーやレストランは、急に華やかなにぎわいを見せた。生花店にも菓子店にも葉巻店にも人が群がった。酒店の売りあげは三倍になった。ダフ屋や呼びこみ屋や客引きの顔に笑みがもどった。賭け屋は掛け金のよどみない流れに目をこすった。競技場と野球場は空前の売りあげと観客者数を記録した。賭博場もボーリング場も臨時の従業員を雇った。ブロードウェイや四十二丁目や六番街の射的場には客が押し寄せた。

一夜のうちに、ショービジネスやそれに関連する商売はにわか景気の恩恵にあずかりはじめたようだった。日が暮れてから午前三時までのタイムズ・スクエアはものすごいにぎわいで、通り抜けられないほどだ。タクシーの運転手はこう言っている。「もういっぺん戦争がはじまったみたいだよ」

この現象はマンハッタンのミッドタウンだけにとどまらなかった。ブルックリンの繁華街でも、ブロンクスのフォーダム・ロードでも、ニューヨーク五区のほかの場所でも同時に起こった。

また、その週には、広告会社の役員たちがラジオの聴取率速報を見てとまどった。看板ラジオ番組の秋冬の放送サイクルがいっせいにはじまるので、聴取率はかなりあがるはずだったが、どういうわけか大都市圏では落ちこんでいた。全放送網がその影響を受けていた。独立系の地方局がパルス社とBMB社に急遽特別調査をさせたところ、番組の人気も聴取者数も急降下していることがわかった。すべての調査を通して何より深刻だったのは、スイッチのはいっているラジオの割合だ。それは前代未聞の低さだった。

これに似た低迷はテレビにも見られた。

ニューヨーク市民はラジオを聴かず、テレビを観てもいなかった。

広告代理店の営業責任者や放送会社の幹部は顧客への説明に大わらわとなり、おおかたは自虐的な言いわけに終始した。気づいた者はいなかったようだが、だれもいない家のラジオやテレビがつけられるはずもなく、いたとしても心ここにあらずでスイッチを入れなかった、というのが真相だった。

警察は酩酊や治安紊乱行為の件数が唐突に増えたことに首をひねっていた。賭博場へのいつもの手入れで途方もない収穫があり、中産階級の堅実な市民がいつになく湯水のように金を使っていたことがわかった。マリファナをはじめとする麻薬関係の検挙件数も不安なほど跳ねあがった。風俗犯罪取り締まり班は、急速に蔓延する売春行為を抑えるために連携捜査に踏みきった。強盗、車の盗難、追いはぎ、暴行、性犯罪が急増した。特に少年非行は恐ろしいほど増えた。

そしてことさら目を引いたのは、街のいたるところで、絞め殺された野良猫の姿がふたたび見られるようになったことだ。

思慮深い少数の者たちの目には明らかだった。ニューヨーク市民は〈猫〉事件を自然に忘れたかに見えていたが、実はまったくちがって、恐怖は消えてなどいない。街にはいまだに暴動の気配がはびこり、群集心理はいまだに恐慌状態にあった。形を変えて別の方向へ向かっただけだ。人々はいまや肉体ではなく精神の領域で現実から逃避している。そして、まだまだ逃げようとしていた。

十月二日の日曜日には、当然ながら、多くの聖職者が創世記第十九章二十四節と二十五節をもとに説教をした。その日にソドムとゴモラを引き合いに出すのは妥当なことであり、硫黄も火も盛大に降ると予告された。道徳は壊れ、そのいっさいの成分が坩堝のなかで煮えたぎっている。ただ残念なことに、この教えが役立つはずの者たちは、どこかほかの場所であまり神聖ではない手段によって、おのれの不正をあがなっていた。

猫に九生ありと言うが、皮肉なことにその九番目が明暗を分けた。というのも、九番目の殺人で事件は急展開したからだ。

遺体が発見されたのは、九月二十九日から三十日にかけての深夜一時を数分過ぎたころだった。〝猫暴動〟のきっかり一週間後で、場所はステラ・ペトルッキの殺害現場から二マイルと離れていなかった。七十七丁目のセントラル・パーク・ウェストにあるアメリカ自然史博物館の階段の暗がりに、遺体は大の字に倒れていた。巡回中の目ざとい警官がそれを見つけた。

死因は絞殺だった。アーチボルド・ダドリー・アバネシーとライアン・オライリーの場合と同様、青いタッサーシルクの紐が使われていた。

財布は手つかずで、そのなかの運転免許証によれば、被害者の名前はドナルド・カッツ、二十一歳、住所は西八十一丁目だ。住まいはセントラル・パーク・ウェストとコロンバス街にはさまれたアパートメントだった。父親は歯科医で、アムステルダム街と西七十一丁目通りの角のシャーマン・スクエア付近で開業している。一家はユダヤ教を信仰していた。結婚した姉がひとりいて、ジーン・イマーソンといい、ブロンクスに住んでいる。ドナルドはラジオとテレビの工学技術を学ぶ公開講座に登録していた。聡明だが夢見がちの青年で、熱しやすく冷めやすい傾向があったようだ。知り合いはおおぜいいたが、友人はほとんどいなかった。

父親のモービン・カッツ医師が正式に遺体を確認した。

警察は、その夜被害者がデートをしていた娘のことをカッツ医師から聞いた。ナディーン・カトラー、十九歳。ブルックリンのボロー・パークに住んでいて、ニューヨーク・アート・スチューデンツ・リーグという美術学校の学生だ。夜のうちにブルックリンの刑事がその娘を探し出し、事情を訊くためにマンハッタンまで連れてきた。

娘は遺体を見て気を失い、まともな話ができるまでしばらく時間がかかった。

ナディーン・カトラーは、ドナルド・カッツとおよそ二年前に知り合ったと言った。

「わたしたち、パレスチナ集会で出会ったんです」ふたりは一年前から〝ある了解〟をして週に三、四回会っていた。「共通点はほとんどありません。ドナルドは科学や科学技術に興味があるけど、わたしが好きなのは美術ですから。彼は政治に関しては意識が低かった。戦争から何も学ばなかったんです。パレスチナ問題でさえ意見が合わなかった。なぜ愛し合うようになったのかわかりません」

ミス・カトラーによると、前の晩ドナルド・カッツは、授業の終わったナディーンを美術学校まで迎えにいき、ふたりは七番街を五十七丁目まで歩いて、〈ラム・フォンの店〉

で夕食に中国料理のチャーメンを食べた。「支払いのことで喧嘩になりました。ドナルドは子供っぽい考えを持っていて、この世は男の世界だから、女は家庭にいて子供を産み、大事な仕事を終えて帰ってきた夫の機嫌を損ねないようにすべきだとか、そんなふうに思ってるんです。きょうはわたしが払う番だとはっきり言うと、ドナルドはすごく腹を立てました。人目が気になったんで、とうとう払ってもらうことにしました」

そのあとふたりは、小さなロシア風のクラブ〈ザ・ヤー〉へ踊りに出かけた。五十二丁目の〈トゥエンティー・ワン〉と〈リーアン・アンド・エディー〉の向かいにある店だ。

「わたしたち、そこがすごく気に入っていて、よく行ったんですよ。店の人たちとも顔なじみで、マリアやローニャやティナやほかの人たちをファースト・ネームで呼んでました。でもゆうべは混んでいたんで、しばらくして店を出たんです。ドナルドはウォッカを四杯飲んで、ザクースカはひと口も食べませんでした。だから外に出たときは酔ってふらついてて。もう一軒行きたがったけど、わたしが気が進まないと言ったんで、五番街を通ってアップタウンのほうへもどりました。五十九丁目まで来たとき、ドナルドはセントラル・パークへはいろうと言いました。なんだかとっても……浮かれていて、酔いが覚めてないみたいで。だけど、あそこはとても暗くて、それに〈猫〉が……」

そこまで言って、ナディーン・カトラーは泣き崩れた。

ふたたび話せるようになると、ナディーンは言った。「わたし、いつの間にかすごく不安になってたんです。なぜかはわかりません。ふたりとも〈猫〉の事件をよく話題にしていて、自分の身に降りかかるなんて、どっちも思ってもいませんでした。ほんとうです。そのことを本気で考える気になれなかったんですよ。つまり、身に迫ったこととして。ドナルドは、〈猫〉は反ユダヤ主義者だとよく言ってました。世界一ユダヤ人の多い都市なのに、ひとりのユダヤ人も殺してないからって。それから笑って打ち消し、だからこそ〈猫〉はユダヤ人にちがいないって言うんです。まあ冗談なんだけど、わたしはあまりおもしろいとは思いませんでした。でも、ドナルドは何を言っても人を怒らせることがなかった。ほんとうに、あの人は……」

ナディーンは話をもどすよう促された。

「わたしたち、公園には行きませんでした。セントラル・パーク・サウスの通りの建物側を歩いたんです。そのうちドナルドの酔いが少し覚めたようでした。先週のペトルッキ事件とか、〝猫暴動〟や街の人たちの大移動のことを話して、意見が一致しました。何かあったときにあわてふためくのは、おもしろいことにいつも年配の人たちで、頭に血がのぼりやすいはずの若い人たちのほうが冷静だって……。しばらくしてコロンバス・サークルに着き、また喧嘩になりました」

ドナルドはナディーンを家まで送りたがった。「平日の夜のデートのときは、ブルックリンまでひとりで帰るという決め事を何か月も固く守ってきたのに。わたしはずいぶん腹を立てました。ドナルドのお母さんは息子の帰りが遅いのをいやがってて、わたしはこの取り決めがあるからこそ、こうしてしょっちゅう会ってたんです。でも、どうして送らせてあげなかったのか。そうさせてあげればよかった」

ナディーン・カトラーがまた泣きだしたので、カッツ医師がなだめ、自分を責めることはない、ドナルドが〈猫〉に襲われる運命だったなら何をしても変わりはなかったと言った。ナディーンはカッツの手にすがった。

話はそんなところだった。ナディーンはブルックリンまでついていくというドナルドの申し出を突っぱね、タクシーに乗って早く帰るように伝えた。「具合が悪そうだったし、そんな調子でひとりで歩かせるのが心配だったんです。そのせいでドナルドはますます怒って……キスさえしてくれなかった。わたしが地下鉄の階段をおりていくときに見たのが、ドナルドの最後の姿でした。階段の上でだれかと話してました。タクシーの運転手だと思います。十時半ごろでした」

その運転手が見つかった。たしかに、若いふたり連れのいさかいを覚えていた。「娘のほうがとっとと階段をおりていったんで、ドアをあけて若いのに声をかけたんですよ。〝つぎはうまくいくさ、色男。ほら、家まで乗ってきなよ〟って。ところが、その若いのはえらく腹を立てていてね。〝タクシーなんか乗るもんか〟ときた。〝歩いて帰る〟ってさ。で、コロンバス・サークルを突っ切って、セントラル・パーク・ウェストの通りへはいっていったよ。アップタウンのほうへね。危なっかしい足どりだった」

ドナルドが自分の意志を貫こうとしたのは、まちがいなさそうだった。コロンバス・サークルを出て、セントラル・パーク・ウェストの西側を北へ向かっておよそ一マイル歩き、七十七丁目まで行った。自宅までわずか四ブロックだった。〈猫〉はずっとあとをつけていたにちがいない。夕方からふたりを尾行していたのかもしれない。とはいえ、〈ラム・フォンの店〉と〈ザ・ヤー〉の聞きこみからは何も得られず、ドナルド・カッツがタクシーから立ち去るときも、運転手は不審な者を見ていなかった。〈猫〉が時を選び、飛びかかる機会を狙っていたのはまちがいない。機会は七十七丁目で訪れた。ドナルドが発見された博物館の階段には嘔吐物が散乱し、本人の上着にも一部が付着していた。博物館を通りかかったころに酔いがまわって吐き気を覚え、暗がりの階段に腰をおろしてぐったりしていたのだろう。

そこへ〈猫〉が横から近づき、すわって吐いているドナルドの後ろにまわった。ドナルドは激しく抵抗した。

検死官によると、死亡推定時刻は午後十一時と十二時のあいだだった。叫び声や喉が詰まったような声を聞いた者はいなかった。

遺体、衣服、凶器の紐、殺害現場をこれまで以上に徹底的に調べたが、たいしたことはわからなかった。

「いつもどおりだ」クイーン警視は夜明けの薄明かりのなかで言った。「〈猫〉は手がかりを残さなかった」

ところが、残っていた。

三十日の朝、西八十一丁目のカッツ家のアパートメントで、重大な事実が奇妙な姿をして現われた。

刑事たちが家族への聞きこみをおこない、慣れた手順でドナルド・カッツと前の八件の被害者とのつながりを探ろうとしていた。

そこにいたのはドナルドの両親、姉、姉の夫フィルバート・イマーソンだった。母親のカッツ夫人は茶色の目をした痩せて鋭い感じの女で、涙で化粧が剝げていた。姉のイマーソン夫人はふっくらとして若々しいが、母親のような気骨はなく、質問のあいだじゅうすすり泣いていた。イマーソン夫人のことばの端々から、弟とそりが合わなかったことがうかがえた。カッツ医師はひとりで隅にすわっていた。三週間半前にザカリー・リチャードソンがセントラル・パークの反対側でそんなふうに坐していたものだ。カッツ医師は息子を失った。息子に代わるものはあるまい。ドナルドの義兄は若いのに薄毛で、赤い口ひげを蓄えていた。形のよい灰色のスーツを着て、人目を避けるかのように一同から離れて立っている。ひげを剃ったばかりらしく、肉厚な頰にはたいたタルカムパウダーが汀でにじんでいた。

エラリイは、決まりきった質問や、求められた以上の返答にはほとんど注意を払わなかった。近ごろ脚を棒にして歩きまわることが多く、特にこの夜は疲弊していた。ほかの事件でもそうだったように、今回も何もわからないだろうと思いこんでいた。パターンにわずかな変更はあったが——キリスト教徒ではなくユダヤ教徒、前の事件との間隔が十七日や十一日や六日ではなく、七日だが——大まかな特徴は同じだ。凶器はタッサーシルクの紐で、男はブルー、女はサーモンピンクであること。被害者が未婚であること（ライアン・オライリーだけは不可解な例外だった）。被害者の名が電話帳に——エラリイはすぐに調べた——載っていること。そして九番目の被害者は八番目より若く、八番目の被害者は七番目より若く、七番目の……

「——知りません。息子の知り合いにそんな名前の人はぜったいにいませんでした」カッツ夫人が言っている。精神科医たちを失望させたハワード・ウィザッカーのことで、クイーン警視がしつこく食いさがっていた。「もちろん、そのウィザッカーという人と軍隊の訓練所で出会ったのならわかりませんけど」

「戦争中に、ということですか」警視は尋ねた。

「そうです」

「息子さんは従軍したんですか、カッツ夫人。若すぎたのでは？」

「いいえ。十八歳の誕生日に志願したんです。まだ戦時中でした」

警視は驚いたようだった。「ドイツが降伏したのがたしか一九四五年の五月で、日本が八月か九月でした。一九四五年では、ドナルドはまだ十七歳だったんじゃありませんか」

「自分の息子の歳くらいわかります！」

「パール」カッツ医師が部屋の隅で動いた。「あの運転免許証のせいにちがいない」

クイーン父子はわずかに身を乗り出した。

「息子さんの免許証にはですね、カッツさん」クイーン警視は言った。「生年月日が一九二八年三月十日とあります」

「まちがいなんです、クイーン警視。息子は申請書にまちがった年月日を書いてしまったんですが、気にせずに放置しました」

「ということは」エラリイは思わず咳払いをした。「つまり、ドナルドは二十一歳ではなかったんですね、カッツさん」

「ドナルドは二十二歳でした。生まれたのは一九二七年三月十日です」

「二十二歳」エラリイは言った。

「二十二だって？」警視の声もかすれていた。「エラリイ。ステラ・ペトルッキは……」

アバネシーは四十四歳。ヴァイオレット・スミスは四十二歳。ライアン・オライリーは四十歳。モニカ・マッケルは三十七歳。シモーヌ・フィリップスは三十五歳。ビアトリス

・ウィルキンズは三十二歳。レノーア・リチャードソンは二十五歳。ステラ・ペトルッキは二十二歳。ドナルド・カッツは……二十二歳。

年齢の減っていく数列がはじめて崩れた。

いや、そうだろうか。

「たしかに」廊下に出たエラリイは興奮して言った。「たしかに、いままでは年齢の減り方は年単位でした。でも、もしかしたら……」

「ドナルド・カッツはやはりステラ・ペトルッキより若いかもしれないってことか」警視はくぐもった声で言った。

「月単位ではね。ステラが一九二七年の一月生まれだとしましょう。その場合ドナルドのほうが二か月若いことになる」

「ステラが一九二七年の五月生まれだったらどうだ。ドナルドのほうが二か月上ということになるぞ」

「そう思いたくはありませんね。だとすると……。ステラは何月生まれだろうか」

「知らん！」

「どの報告書にも、生まれた月日までは書いてなかったと思います」

「ちょっと待て」

警視はどこかへ行った。

エラリイは知らず識らず、煙草を細かく裂いていた。これは大変なことだ。重要な意味がある。それがわかっていた。

ここに秘密がある。

しかし、どんな秘密なのか。

待っているあいだ、つとめて自分を抑えた。どこかで警視の力強い声が聞こえる。電話を発明したアレグザンダー・グレアム・ベルに感謝だ。どんな秘密なのか。

もしドナルドのほうがステラより早く生まれたとわかったら？　たった一日でもだ。もしそうだとしたら？　どういうことだろう。いったいどういうことだろう？

「エラリイ」

「はい」

「一九二七年三月十日だった」

「えっ？」

「ペトルッキ神父が言うには、妹のステラの誕生日は一九二七年の三月十日だそうだ」

「同じ日だって？」

ふたりはまじまじと顔を見合わせた。

自分たちのしたことが反射的な行動であって、なんのあてもなかったことを、のちにクイーン父子は認めている。その調査は一種の条件反射であり、新しい不可解な事実に探偵の体が反応して、習慣をつかさどる神経を呼び覚ましたにすぎない。出生日が同じという現象を頭で考えても無駄なことは、痛々しいほど明らかだった。ひとまず解釈は——筋の通った憶測さえも——脇へ置き、ふたりは根幹に立ち返った。その事実が何を意味しうるかではなく、それは事実なのか、ということに。

エラリイが父に「すぐに調べましょう」と言い、警視はうなずいた。ふたりは西八十一丁目の通りに出て警視の車に乗り、ヴェリー部長刑事の運転で、保健局マンハッタン支所の人口記録統計課へ向かった。

ダウンタウンへの車中ではどちらも無言だった。

エラリイは頭痛を覚えていた。千の歯車が噛み合おうとしても噛み合わない。頭がおかしくなりそうだった。何もかもあまりにも単純だという感覚をぬぐうことができなかった。どの事実にも親和性があって、律動しているのはたしかだが、それを知覚する装置が不出来で不調なら、歯車が動くわけがない。

ついにエラリイは頭脳のスイッチを切り、頭を空にして目的地へと向かった。

「出生証明書の原本を」クイーン警視は記録統計課の職員に言った。「いや、証明書の番号はわからない。だが、名前はステラ・ペトルッキ、女、それからドナルド・カッツ、男。

そしてこちらの情報によると、生年月日はどちらも一九二七年三月十日だ。名前はここに書いておいた」

「どちらも出生地はマンハッタンですね、警視」

「そうだ」

その職員が興味津々の様子でもどってきた。「どうやらこのふたりは同じ日に生まれただけでなく――」

「一九二七年三月十日だな？　どちらも」

「はい」

「ちょっと待って、お父さん。同じ日に生まれただけではなく、なんですか？」

「同じ医師のもとで生まれたんですよ」

エラリイは目をしばたたいた。

「同じ……医師のもとで生まれた」警視は言った。

「その証明書を見せてもらえますか」エラリイがまたもやかすれ声になった。

父子は署名を見つめた。同じ筆跡だ。どちらの証明書にもこう署名されていた。

エドワード・カザリス医師

「おいエラリイ、落ち着こう」クイーン警視は受話器を手で覆って、息子に話しかけていた。「まだ飛びつかないほうがいい。何もわかっていないんだ。単なる迷走かもしれない。慎重に進めなくては」

「思う存分やらせてもらいますよ。例のリストはどこにあると？」

「いま用意している。用意させているところ――」

「カザリス、カザリス。あった。エドワード・カザリス。やっぱり同一人物だ」

「カザリスが赤ん坊を取りあげたのか。わたしはてっきり――」

「はじめは産婦人科の開業医だったんだ。経歴が風変わりなのは知っていましたが」

「一九二七年だぞ。そのころまだ産婦人科医だったのか」

「もっとあとまでですよ。ここに書いてあります。ほら――」

「ああ、チャーリーか！」

エラリイの手から医師名簿が落ちた。警視は聞きとったことを書きはじめた。つぎつぎと書く。永遠に終わらないかに見えた。

ついに書き終えた。

「それで全部ですね」

「エラリイ、どう考えても全員が――」

「出生証明書の原本を出してもらえますか」エラリイはそう言って、警視が書いた紙を職員に手渡した。「このリストにある全員のぶんを」

「生年月日は……」職員がリストに目を走らせる。「出生地は全員マンハッタンですか」

「ほとんどはね。いや、全員そうかもしれない」エラリイは言った。「ええ、全員だと思います。きっとそうです」

「なぜ〝きっと〟と言えるんだ」警視は嚙みついた。「〝きっと〟とはどういうことだ。確認できたものもあるが――」

「きっとそうですよ。全員マンハッタン生まれだ。ひとり残らず。見ていてください」

職員が立ち去った。

ふたりは二匹の犬のようにあたりをうろついていた。

壁の時計の針がゆっくりと進む。

一度だけ、警視がつぶやいた。「もしかしたら……これはもしかしたら……」

エラリイは振り向いて歯をむいた。「〝もしかしたら〟なんてどうでもいい。〝可能性〟を考えるのはもううんざりですよ。まず、すべきことをする。それがぼくの信条です。思いついたばかりですがね。一度にひとつ。ひとつずつ順番に。Aのつぎは B、Bのつぎは C。一足す一は二、それ以上の足し算が必要になるまで、このやり方で通します」

「わかったよ、エラリイ」そう言ったあと、警視はぶつぶつひとりごとを言った。

しばらくして職員がもどった。

顔にとまどいと好奇心と不安が浮かんでいる。

エラリイはドアに寄りかかった。「ゆっくり読みあげてください。ひとりずつ。アバネシーからお願いします。アーチボルド・ダドリー・アバネシーは――」

「出生、一九〇五年五月二十四日」職員が言う。そしてつづけた。「医師、エドワード・カザリス」

「おもしろい。実におもしろい！」エラリイは言った。「つぎはスミス。ヴァイオレット・スミスを」

「出生、一九〇七年二月十三日」職員が言う。「医師、エドワード・カザリス」

「ライアン・オライリー。ライアン・オライリーの証明書もありますか」

「全部ありますよ、クイーンさん。こういうことはどうも……。出生、一九〇八年十二月二十三日。医師、エドワード・カザリス」

「そしてモニカ・マッケルは？」

「一九一二年七月二日。医師、エドワード・カザリス。クイーンさん……」

「シモーヌ・フィリップス」

「一九一三年十月十一日。カザリス」

「〝カザリス〟だけですか」

「いえ、もちろんちがいます」職員が鋭く言い返す。「医師、エドワード・カザリス。とにかく、こんなふうに延々と読みあげていく意味がわかりかねますね、クイーン警視。ここに全部あると言っているのに――」

「息子の好きにさせてくれないか」警視が言った。「長いこと手綱つきだったものでね」

「ビアトリス・ウィルキンズ」エラリイは言った。「ビアトリス・ウィルキンズのことは特に気になっています。それにしても、うかつでしたよ。誕生も死と同じく普遍的な経験だ。神のテーブルの下でそのふたつはつねに脚をふれ合わせている。なぜすぐに気づかなかったんだろう。で、ビアトリス・ウィルキンズ」

「一九一七年四月七日、同じ医師です」

「同じ医師」エラリイはうなずいた。微笑んでいる。超然とした笑みだった。「黒人の赤ん坊でも同じ医師とはね。ヒポクラテス並みの名医ですよ、カザリスは。きっと隔週の水曜日には産婦人科診療所の神になったんでしょう。すべての身ごもれる女たちよ、肌の色や宗教にかまわずに来るがよい。代金は払えるだけでよいぞ。さて、レノーア・リチャードソンは？」

「一九二四年一月二十九日。医師、エドワード・カザリス」

「そっちは上流階級だ。どうもありがとう、それで全部ですね。これはニューヨーク市保健局で厳重に保管すべき証明書なんでしょうね」

「そうです」

「もしこれらの書類に何かあったら」エラリィは言った。「ぼくはデリンジャーを持ってここへもどり、きみを撃ち殺します。それから、この件は他言無用。ひとことも漏らしてはいけない。わかりましたか」

「この際申しあげておきますが」職員は硬い声で言った。「その口のきき方と態度はどうかと思いますよ。それに——」

「あのね、きみが話している相手は市長直属の特別捜査官なんだ。すまないが」エラリィは言った。「ぼくはさんざん痛めつけられた凧よりも舞いあがってるんだよ。この部屋と電話を少しのあいだ使ってもいいかな——ぼくたちだけで」

記録統計課の職員は勢いよくドアを閉めて立ち去った。

しかし、すぐにドアがあいて、職員がもどってきた。内側からそっとドアを閉め、あたりをはばかるような声でこう言った。「自分がこの世に送り出した人間を殺す医者なんて——ええ、ぜったいに頭がどうかしていますよ。そんな男が捜査にもぐりこむのをどうして許したんですか」

それだけ言うと、職員は足を踏み鳴らして出ていった。

「これはひと筋縄ではいかないな」警視が言った。

「そうですね」

「証拠がない」

エラリイは職員の机で親指の爪を噛んだ。

「昼夜を問わずカザリスを監視しなくてはな。二十四時間ずっとだ。一日の毎時間毎分の行動を知る必要がある」

エラリイはまだ爪を噛んでいる。

「十人目の犠牲者を出すわけにはいかない」全世界の一大事にかかわる深遠な極秘情報を明かすかのように、警視は言った。それから笑ってつづけた。「《エクストラ》のあの漫画家は知らないだろうが、猫につける尻尾はもうない。その電話を使うぞ、エラリイ」

「お父さん」

「なんだ」

「何時間かかけて、あのアパートメントを捜索したほうがいいです」エラリイは煙草を取り出した。

「令状なしでか」

「気づかれてしまいますからね」

警視は眉間に皺を寄せた。

「メイドを追っ払うのは問題ないはずです。休みの日を狙えばいい。いや、きょうは金曜日だから、もしかしたら来週の半ばまで休みはないかもしれませんね。そんなに長くは待てない。住みこみのメイドでしょうか」

「知らないな」

「できれば週末にかけてやりたいです。カザリス夫妻は教会へかよってるでしょうか」

「知るわけがないだろう。その煙草は吸えないぞ、エラリイ。火がついていないからな。受話器をよこせ」

エラリイは手渡した。「だれに見張らせるんですか」

「ヘス。マック。ゴールドバーグ」

「わかりました」

「警察本部を頼む」

「でも、この件は隠しておきたいですね」エラリイは煙草をポケットにもどした。「内密に、できるかぎり本部から離れて捜査したい」

警視は目を瞠った。

「ほんとうのところはまだ何もわかってないんですから……。お父さん」

「なんだ」

エラリイは机の前から立ちあがった。「もう家に帰りませんか」

「帰るだと？」

しかし、エラリイはもうドアを閉めていた。

クイーン警視は玄関広間から声をかけた。「エラリイ？」

「ああ」

「準備はすっかり――」警視はことばを呑みこんだ。

セレストとジミーがソファーにいる。

「やあ」警視は言った。

「みんなで待ってたんですよ、お父さん」

警視は息子と目を合わせた。

「いや。まだ話してませんよ」

「何を？」ジミーが尋ねた。

「カッツという人のことなら知ってる」セレストが口を開いた。「でも――」

「それとも、〈猫〉がまた出たとか」

「いや」エラリイはふたりをしげしげと見た。「ぼくは覚悟を決めた」と言う。「きみたちはどうだ」

「何を覚悟するの」

「仕事に出る覚悟だよ、セレスト」

ジミーは立ちあがった。

「すわれ、ジミー」ジミーが腰をおろす。「こんどは本物だ」

セレストは真っ青になった。

「われわれは手がかりらしきものを得た」エラリイは言った。「まだはっきりとはわからない。でも、進むべき有望な道が〈猫〉の出現以来はじめて見えてきたと言っていい」

「ぼくは何をすればいい」ジミーは訊いた。

「エラリイ」警視が口をはさんだ。

「いいんですよ、お父さん。このほうが安全だ。考え抜いたうえです」

「何をすればいい？」ジミーがまた訊いた。

「きみにはエドワード・カザリスに関する完璧な身上調書を書いてもらいたい」

「カザリスの？」

「カザリス博士ですって？」セレストは面食らった。「ということは――」

エラリイはセレストに目をやった。

「ごめんなさい」

「カザリスの身上調書」ジミーは言った。「それから？」

「あまり先走らないでくれよ。いま言ったように、まだよくわからないんだから……。ジミー、調べてもらいたいのは日常のこまごましたことだ。目についたものはなんでもくわしく書いてくれ。紳士録に載ってるようなことを調べてもしかたがない。それならぼくでもできる。きみは新聞記者だから、ぼくが望むものを疑われずに掘り起こすには絶好の立場にいる」

「ああ」ジミーは言った。

「やってることをだれにも悟られないように。特に《エクストラ》の連中にはぜったいにだ。いつからはじめられるかな」

「いますぐ」

「どれくらいかかる」

「わからない。長くはかかるまい」

「かなりしっかりした調査をして、そう……あすの夜に報告できそうかな」

「やってみる」ジミーは立ちあがった。

「ついでに言っておく。カザリスには近づくな」

「ああ」

「それから、カザリスのそばにいる人間にもだ。だれかが自分のことを探っているという話が本人の耳に届くとまずい」

「わかった」ジミーはためらうそぶりを見せた。

「なんだ」

「セレストはどうするんだ」

エラリイは微笑んだ。

「わかった、わかったよ」ジミーは顔を赤くした。「じゃあ、これで……」

「セレストの仕事はまだないんだよ、ジミー。でもセレスト、帰って荷物をまとめたらもどるように。ここに住んでもらいたい」

「なんだって？」警視とジミーが同時に言った。

「そういうことです、お父さん。お父さんが反対しなければですがね」

「ああ、いや、ぜんぜんかまわんがね。歓迎するよ、ミス・フィリップス。ただし」警視は言った。「少しでも休むには、わたしはいますぐ自分のベッドを確保したほうがよさそうだ。エラリイ、電話があったら――どんな電話でもだ――かならず起こしてくれ」そして、そそくさと寝室へ引っこんだ。

「ここに住むと言ったな」ジミーは言った。

「ああ」

「けっこうな話だけど、まともに扱ってもらえるのか」

「クイーンさん」セレストがためらいがちに言った。

「やっぱりどうかな」ジミーは言った。「あまりにも微妙な立場じゃないか。あれこれと面倒なことになるかもしれない」

「きみが必要になるんだよ、セレスト。そのときには一刻を争う」エラリイは眉根を寄せた。「いつになるかは予測できない。それが深夜で、ぼくの手の届くところにいないとなると――」

「だめだ」ジミーは言った。「こんな成り行きを大歓迎なんかできない」

「静かにして、わたしに考えさせてよ」セレストが声を張りあげた。

「もうひとつ言っておこう。非常に危険かもしれない」

「そういうことも考えると」ジミーは言った。「けっして名案じゃないな。どうだい」

セレストはジミーを無視した。

「危険なんだよ！　それに、ふしだらでもある。人がなんと言うか」

「おい、ジミー、その口を閉じろ」エラリイは言った。「セレスト、計画どおりに進めば、きみはまさに剃刀の刃の上に立つことになる。逃げるならいまのうちだよ。少しでも逃げる気があるならね」

セレストは立った。「引っ越しはいつがいいかしら」

エラリイは笑顔になった。「日曜の夜にしよう」

「じゃあ、そのときに」

「ぼくの部屋を使うといい。ぼくは書斎で寝る」

「はい、はい」ジミーは苦々しげに言った。「ふたりで楽しくやるがいいさ」

　ジミーがセレストをタクシーにぞんざいに押しこんだあと、不機嫌に通りを歩いていくのを、エラリイは見守った。

　居間のなかを歩きまわる。

　気分が浮き立っているのがわかる。落ち着かない。

　ようやく肘掛け椅子にすわった。

　へその緒を切った手。

　紐で首を絞めた手。

　い、い、い、い、い、い、い、い、い、か、か、
　終わりの源にははじまりがある。

　めぐりくる偏執の病。

　指先に神が宿る。

　そんなことがありうるだろうか？

　自分が広い平穏な世界のへりにいるのをエラリイは感じた。

　だが、待つしかない。

　砦から兵を掻き集めて、待つしかなかった。

9

土曜日の正午を少しまわったころ、クイーン警視は自宅に電話をかけ、翌日の手配がすっかり整ったことを伝えた。

「時間はどれくらいでしょうか」

「たっぷりある」

「メイドは？」

「留守だ」

「どんな手を使ったんですか」

「市長を使った」クイーン警視は言った。「市長殿に頼んで、カザリス夫妻を日曜日の昼食会に招いてもらった」

エラリイは大声で言った。「市長にどこまで話したんですか」

「たいして話していない。おおかたのところは以心伝心だ。だが、食後のブランデーが終わってもすぐに帰してはいけないということは、しっかり伝わったと思う。昼食会がはじまるのは二時三十分で、あとから大物の招待客も何人かやってくる。カザリスはいったん来たらずっといるだろうと、市長は言っている」

「手順は？」

「カザリスが市長宅の玄関に着きしだい、電話をもらうことになっている。それを合図にわれわれはアパートメントへ急行し、裏道と地下室を通って勝手口から中へはいる。ヴェリーがあすの朝までに合鍵を用意する。メイドは遅くまでもどらないはずだ。隔週の日曜日が休みで、たまたまあすがその日だ。建物の雇い人もうまく追っ払った。人目にふれずに出入りできるさ。ジミー・マッケルのほうはどうなった」

「九時ごろに来ます」

夜になって現われたジミーは、ひげを剃りたい、シャツを替えたい、何か飲みたいとぼやき、「でも、最初のふたつはどうでもいい。三番目をすぐにかなえてくれるならね」と言った。そこでエラリイがデキャンターと炭酸水の瓶とグラスをジミーの前に置くと、わずか十秒後にジミーは満足そうに喉を鳴らしていた。

「フォーダム大学の地震計がぶっ壊れるほどの知らせがある」ジミーは言った。「さて、スフィンクスのおふたりにはどこから話そうか」

「好きにしろ」

「そうか」ジミーはグラスを光にあてて楽しげにながめた。「エドワード・カザリスの経歴の全部がわかったわけじゃない。家族の背景や少年時代についてはたいして調べられなかった。若くして家を離れたらしく——」

「生まれはオハイオだったな」警視が言った。アイリッシュ・ウィスキーを注意深く三フィンガー量っている。

「オハイオ州アイアントン、一八八二年生まれ」ジミー・マッケルはうなずいて言った。

「父親は労働者で、たしか——」

「鉄工所に勤めていた」警視は言った。

「いまはだれが報告してるんですか?」ジミーは言いとがめた。「それとも、ぼくは試されてるのか」

「たまたま少し知っていただけだ」警視もグラスを光にかざした。「つづけたまえ、マッケル」

「とにかく、父方の先祖はフランス軍の兵士で、フレンチ・インディアン戦争のあとオハイオに住み着いた。母方の先祖は不明だ」ジミーは警視に挑むような目を向けたが、老紳士がだまってウィスキーを飲みほすのを見て話をつづけた。「あんたらの英雄は、衣食住にも事欠く十四人兄弟姉妹の末のほうの子供だった。多くは幼くして死んだらしい。生き残った者たちとその子孫は、中西部の大自然のなかに散らばった。ぼくが知るかぎり、成功したのはあんたらのエディーひとりですよ」

「家族に犯罪者は？」エラリイは尋ねた。

「ねえ、庶民の誉れを語ってるのに水を差さないでくれないか」そう言ってジミーは自分で酒をついだ。「それとも、社会学の補習講座にしようか。犯罪の線では、目立ったことはなかった」そして突然訊く。「何を探ってるんだい」

「つづけてくれ、ジミー」

「そう、エドワードはかなり利発な子供だったようだ。まあ、神童というほどじゃないがね。でも早熟だった。そして覇気に満ちていた。貧しくてもきまじめで、夜遅くまで勉強し、骨身を惜しまず努力した結果、南オハイオの金物業界の大物に目をかけられた。そして、まさしくこの人物の秘蔵っ子となった。ホレイショ・アルジャー作の立身出世物語がまさに現実になったんだ。ある程度だけどね」

「どういう意味だ」

「ぼくに言わせれば、若いころのエドワードは英雄《ヒーロー》じゃなくて悪漢《ヒール》だった。金持ちの下衆より始末が悪いのは貧乏人の下衆だよ。ウィリアム・ワルデマー・ゲッケルというその金物業界の富豪は、エドワード少年を掃き溜めから拾いあげてきれいにし、まともな服を着せ、ミシガンの立派な私立学校へ送り出してやったのに……カザリスがアイアントンへ帰ったという記録はなく、立ち寄ったという話すら聞かない。両親を捨て、テシーとかスティーヴとか、数えきれないほどいるほかの兄弟姉妹を捨て、ゲッケルの自慢の秘蔵っ子としてニューヨークに医学を学びにきたあとは、ゲッケルも捨てた――あるいは、ゲッケルのほうがカザリスの本性を見抜いたのかもしれない。いずれにせよ、その後ふたりは関係を絶った。

カザリスは一九〇三年にコロンビア大学で医学士の学位をとった」

「一九〇三年」エラリイはつぶやいた。「二十一歳のときだ。十四人兄弟のひとりで、産科に興味を持った」

「おもしろいよな」ジミーはにやりと笑った。

「どうかな」エラリイの声は冷たかった。「産科の専攻について何かわかったことは？」

ジミー・マッケルはいわくありげにうなずいた。

「話してくれ」

ジミーは汚れた封筒の裏を見て言った。「当時は医学校の制度がまだしっかり定まっていなかったようだ。学校によって課程が二年だったり四年だったり、産婦人科の研修制度もまったくなかった……と、ここに書いてある。男が産科や婦人科のみの専門医になることはめったになく、そのためにはたいがい見習い修業をしなくてはならなかった。カザリスはコロンビア大学を卒業して――ちなみに優等の成績だったが――くっついたのは、ニューヨークの医者で名前はラークランド――」

「ジョン・Fか」警視が言った。

「ジョン・F・ラークランド」ジミーはうなずいた。「場所は東二十丁目あたり。ラークランド医師の診療は産婦人科のみだったけれど、カザリスを一年半ばかり雇う余裕はあったらしい。その後、一九〇五年にカザリスは自分の診療所を持つことに——」

「一九〇五年のいつだ」

「二月です。その月にラークランドが癌で死に、カザリスがその診療所を受け継いだんです」

では、アーチボルド・ダドリー・アバネシーの母親は、ラークランドの患者だったのを、若いカザリスが引き継いだんだな、とエラリイは思った。それで納得がいく。一九〇五年当時では、よほど特別な事情がないかぎり、牧師の妻が二十三歳の医者にかかることはなかった。

「カザリスは数年のうちに」ジミーはつづけた。「東部における産婦人科専門医の草分けのひとりになっていた。ぼくの想像では、まず地盤を築いたカザリスは、産婦人科が専門分野として確立した一九一一年か一二年には、ニューヨーク屈指の開業医になっていたはずだ。ずいぶん儲かったろうけど、守銭奴ではなかったと思う。つねに自分の職業の創造的な面に目を向けて、率先していくつかの新しい技術を取り入れ、多くの臨床研究をするなどした。ここにカザリスの学問的業績について山ほど——」

「それは省こう。ほかには？」

「ええと、従軍記録がある」

「第一次世界大戦か」

「ああ」

「入隊はいつだ」

「一九一七年の夏」

「おもしろいですね、お父さん。ビアトリス・ウィルキンズがその年の四月七日に生まれてる。議会の決議によって、ドイツに宣戦布告をした翌日だ。カザリスが軍服を着る直前に取りあげた新生児のひとりだったにちがいない」警視は無言だ。「軍歴はどうなのかな」

「めざましいね。医療隊に大尉としてはいり、出たときは大佐だった。前線で外科治療を――」

「負傷したことは？」

「ないけれど、終戦後、一九一八年から一九年のはじめにかけての数か月間、フランスの休養地で過ごしてる。治療のためだ。〝極度の疲労と戦争神経症〟とある」

　エラリイは父へすばやく目をやったが、警視は四フィンガー、五フィンガー、六フィンガーと、ウィスキーをついでいるところだった。

「たいしたことはなかったらしい」ジミーは封筒を見て言った。「すっかり回復してフランスから帰国し、除隊したのが――」

「一九一九年だ」

「そして自分の専門畑へもどった。一九二〇年の終わりには診療所の再開にこぎつけ、ふたたび快進撃をつづけた」

「まだ産婦人科だけをやってたのか」

「そのとおり。当時は三十代の後半で、人生の最盛期を迎えつつあり、そのあと五年かそこらで頂点を迎えた」ジミーはもうひとつ封筒を引っ張り出した。「ええと……これだ、一九二六年。一九二六年にカザリスはリチャードソン夫人を通して、夫人の妹、つまりいまのカザリス夫人に出会い、そして結婚した。バンゴアのメリグルー家の出だ。ニューイングランドの旧家で――まぎれもなく名門で高慢ちきだけど、本人は遺伝子の気まぐれなのか、ドレスデンの磁器のようにとても美しかったという。カザリスは四十四歳で、花嫁は十九歳だったが、カザリスのほうがドレスデンの磁器のように愛でて、恋愛叙事詩が繰りひろげられたらしい。メイン州で華やかな結婚式をあげ、長いハネムーンに出た。パリ、ウィーン、ローマだ。

ぼくが見たところ」ジミー・マッケルはつづけた。「カザリス夫妻が不幸な結婚をしたと考えられる証拠はまったくない――興味があるところだろうから、言っておくよ。ご婦人ばかりが相手の仕事なのに、カザリスには浮いた噂ひとつ立ったことがないし、夫人のほうも夫ひとすじだ。

とはいえ、不運にも見舞われた。一九二七年にカザリス夫人は第一子を出産し、一九三〇年のはじめには第二子を――」

「そして、どちらも分娩室で息を引きとった」エラリイはうなずいて言った。「カザリスと会った夜に本人から聞いた」

「カザリスはひどく落胆したらしい。妊娠中の妻から片時も離れずに気づかい、自分の手で赤ん坊を取りあげたのに――え、なんだって？」

「カザリスは自分の妻の産科医をつとめたのか？」

「そうだ」ジミーはクイーン父子を見て言った。警視は窓辺に立って、背中にまわした指を引っ張っていた。

「倫理に反するのではないかね」警視は何気なく訊いた。「医師が自分の妻の出産に手を出すというのは」

「いいえ、そうじゃない。ほとんどの医師がそうしないのは、分娩中の妻に感情移入してしまうからですよ。自分が――メモはどこだっけ――自分が〝医師としての客観的で冷静な態度〟を保てるかどうか自信がないからです。でも、立ち会う医師もたくさんいる。狂騒の一九二〇年代のエドワード・カザリス博士もそのひとりだった」

「なんと言っても」まるでエラリイがその点を問題にしていたかのように、息子に向かって警視は言った。「その分野の大御所だったからな」

「極端に自己中心的な男の典型ですよ」ジミーは言った。「だから精神科医になったのかもしれないな」

「精神科医に対してずいぶんな言い草だな」エラリイは笑った。「死んだ赤ん坊ふたりについて、何か情報は？」

「わかってるのは、どちらの赤ん坊にも問題があって、それ以後夫人は子供を授からなかったということだけだ。ふたりとも逆子だったんじゃないかな」

「先へ進もう」

警視が近寄り、酒瓶を持ってすわる。

「一九三〇年、ふたり目の赤ん坊を亡くしてから数か月経ったころ、カザリスは神経衰弱になった」

「神経衰弱」エラリイは言った。

「神経衰弱？」警視が言った。

「ええ。四十八歳になるまでわが身を鞭打ってきたんだから——仕事のしすぎでしょうね。二十五年間、産婦人科の診療をして金はたっぷりあったから、カザリスは仕事を辞め、夫人は夫を旅行へ連れ出した。世界一周の旅——パナマ運河を通ってシアトルまで行き、そこから太平洋を横断するやつですよ。ヨーロッパへ着くころには、カザリスの具合はずいぶんよくなった。ただし、治ったわけじゃない。ウィーンに滞在していたころ——一九三一年のはじめだが――滞在先のウィーンで病が再発した」

「再発？」エラリイは鋭く言った。「もう一度神経衰弱になったということか」

「〝再発〟と書いてあった。神経が過敏になったり気分が落ちこんだりという症状がまた出たんだろう。とにかく、カザリスはウィーンにいるあいだにベーラ・セリグマンに診てもらって――」

「ベーラ・セリグマンとは何者だ」警視が尋ねた。

「ベーラ・セリグマンとは何者か、ですって？　ベーラ・セリグマンというのは――」

「フロイトがいて」エラリイが言った。「ユングがいて、セリグマンがいる。ユングと同じく、セリグマンも老いてまだがんばっている」

「そう、まだ現役なんだ。セリグマンはちょうどいい時期に母国を出て、ロンドンの特別席からナチス・ドイツのオーストリア併合を見物したが、ベルリンの総統官邸でヒトラーのささやかな火葬が終わったあとでウィーンへもどり、それ以後ずっと当地にいるはずだ。いまは八十過ぎだけど、一九三一年当時は全盛期だった。セリグマンはカザリスに大いに興味を持ったんじゃないかな。なんであれ、カザリスを不調から抜け出させ、精神科医になるという野望をいだかせたんだから」

「カザリスはそのセリグマンのもとで学んだのか」

「勉強したのは四年――これは平均より一年少ないらしい。チューリッヒにも少し滞在したあと、一九三五年にカザリス夫妻は帰国した。カザリスは病院で一年以上勤務経験を積んでから、一九三七年のはじめに——ええと、五十五歳のときだな——ニューヨークで精神科の開業医をはじめた。あとは知ってのとおりだよ」ジミーは中身の減ったグラスに酒を注いだ。

「それで全部かい、ジミー」

「そうだよ。いや」ジミーはすばやく最後の封筒へ目をやった。「あとひとつ興味深いことがある。一年ほど前——去年の十月だが——カザリスはまた体調を崩した」

「体調を崩した？」

「病状の詳細は訊かないでくれ。カルテを見るわけにはいかないんだ。たぶん、仕事のしすぎで疲れただけだと思う。カザリスは競走馬並みに猛進して、怠けるということがなかったからな。それに、歳だって六十六だ。神経衰弱というほどじゃなかったにせよ、そんなことがあって不安になったんだろう。だから仕事を減らしはじめたんだ。ここ一年、新しい患者を受けつけていないのもうなずける。患者を整理したり、長期治療患者をなるべくほかの医者へまわしたりしているよ。もうじき引退するという噂もある」ジミーは薄汚れた封筒ひとそろいをテーブルへほうり出した。「報告終わり」

封筒はそのままそこに置かれた。

「ありがとう、ジミー」締めくくるような奇妙な口調でエラリイは言った。

「これでよかったかな」

「よかったって？」

「期待どおりか」

エラリイはゆっくりと言った。「なかなか興味深い報告だ」

ジミーはグラスを置いた。「あんたら呪術医は自分たちだけになりたいらしいな」

どちらも答えない。

「わかったよ」ジミーは帽子を手にとった。「マッケルとかいう男は察しが悪いなんて言われてたまるか」

「よくやったよ、マッケル、ほんとうに」警視が言う。「おやすみ」

「ジミー、また連絡してくれ」

「あすの夜、セレストといっしょに来てもいいかな」

「もちろんかまわない」

「ありがとう。あっ」ジミーは玄関広間で立ち止まった。「もうひとつある」

「なんだい」

「やつに手錠をかけるときは知らせてくれるか」

ドアが閉まると、エラリイは勢いよく立ちあがった。

警視はもう一杯ウィスキーを注いだ。「さあ、おまえも飲め」

しかし、エラリイは口のなかでぼそぼそと言った。「第一次世界大戦中の軽度の戦争神経症。再発する神経衰弱。そして、中年期になって、一見意外な分野である精神医学に突然興味を持ち、何かの埋め合わせらしきことをしようとする試み。まちがいない、あたりですよ」

「飲め」警視は言った。

「それに、完全な自己中心型です。五十歳で精神医学を学びはじめ、五十五歳で開業し、しかも成功しているというのは、尋常じゃない。途方もない活力を持っているんでしょう。青年期を見ればわかります。何かを証明しようとする男だが――だれに対してなのか。自分自身に？　社会に？　そして、いかなる障碍も押しのけている。手にはいる道具はなんでも使い、役立たずになったらすぐに捨てる。仕事の上ではつねに倫理を重んじるが、守るのは最小限の倫理だけ。そう、きっとそうです。そして、自分の歳の半分にも満たない娘との結婚。それも並みの娘じゃない。メイン州のメリグルー家の出身だからこそ結婚した。

そして、二度の不幸な出産と……自責の念。まちがいなく自責の念ですよ。そのすぐあとで、最初の神経衰弱になった。たしかに働きすぎだったが、過重な負担がかかったのは肉体じゃない。良心です」

「やたらと推測ばかりするのはもうやめないか」クイーン警視は言った。

「顕微鏡のスライドに載せることのできる手がかりを扱ってるわけじゃありませんからね。もっと知りたいんですよ」

「そのくらいにしておけ」

「葛藤が生じれば、あとは時間の問題です。しだいにひろがるゆがみ。どんな仕組みであれ、精神活動の全体にわたって不調をきたし、腐敗が進んでいく。どこかで一線を越えて、偏執症の因子が潜在するにすぎなかった人間が本物の偏執症になる。もしかしたら……」

「なんだ」言いよどむ息子に警視は尋ねた。

「もしかしたら、どちらかの出産で赤ん坊が窒息死したんじゃないでしょうか」

「どうやって？」

「へその緒ですよ。へその緒が首に巻きついて」

警視は目を瞠った。

急に立ちあがる。

「もう寝よう」

クイーン父子が〈一九〇五 - 一〇〉のラベルがついた書類用抽斗をあけて、〝アバネシー、セアラ - アン〟という白い索引カードを見つけるまで、二十秒もかからなかった。ファイルのなかの十一番目だ。その索引カードに青いカルテがクリップで留められ、〃アバネシー、アーチボルド・ダドリー、男、一九〇五年五月二十四日午前十時二十六分出生〃とあった。

そこにはクルミ材の旧式な書類棚がふたつあり、それぞれに三つの抽斗がついていた。どちらの書類棚にも錠や掛け金はなかったが、書類棚が置かれている収納部屋の錠はかかっていたので、ヴェリー部長刑事が手慣れた技を披露した。そこは、カザリス家の記念の品や使わなくなったものが詰まった大きな収納部屋だった。書類棚の並びには、産科や外科用の器具がおさまったガラス戸棚と、使い古しの診療鞄も置かれていた。

精神科のカルテは、診療室内にいくつか置かれた現代風のスチール収納棚にある。そちらには錠がかかっていた。

しかし、クイーン父子はもっぱら、せま苦しく黴《かび》くさい収納部屋で探し物をした。アバネシー夫人のカルテには妊娠の順調な経過が記されていた。アーチボルド・ダドリーのカルテには、出産の詳細と乳幼児期の発達について記録されていた。この時期、カザリス博士は小児科の診療もおこなっていたらしい。

その後、九十八件のカルテを過ぎたところで、〃スミス、ユーレリー〃のカルテに行きあたり、そこに留められたピンクのカルテには〃スミス、ヴァイオレット、女、一九〇七年二月十三日午後六時五十五分出生〃とあった。

スミスのカルテの百六十四件あとに〝オライリー、モーラ・B〟が見つかり〝オライリー、ライアン、男、一九〇八年十二月二十三日午前四時三十六分出生〟とあった。ライアン・オライリーのカルテは青だった。

一時間も経たないうちに、〈猫〉の犠牲者九人全員のカルテが見つかった。むずかしくはない。抽斗のカルテは年代順に並べられ、それぞれの抽斗のラベルに年数の範囲が書かれているので、その抽斗のカルテを順を追って見ていくだけでよかった。

エラリイはヴェリー部長刑事に頼んで、マンハッタン区の電話帳を持ってこさせた。そして、時間をかけてそれを調べた。

「いやになるほど理にかなってますよ」エラリイは不機嫌に言った。「糸口さえ見つかればね。われわれにはずっと、一見なんのつながりもない被害者が徐々に若くなっていく理由がわからなかった。でも、これではっきりしました。カザリスは診療記録を年代順に追っていただけです。開業当初までさかのぼり、そこから整然と前へ進んだんだ」

「四十四年も経てばいろいろ変わるものだ」警視は思いめぐらすように言った。「患者は故人になる。取りあげた赤ん坊は成長してよその土地へ移っている。そのうえ、どの患者にしても、診察してから少なくとも十九年は経っている。カルテのほとんどは古くてまったく役に立たないだろう」

「そうですね。面倒な調査に取り組む覚悟がなければ、全員を調べるのはとうてい無理です。だから、居場所を突き止めやすい名前が載ったカルテにどうしても狙いを定めることになる。カザリスはマンハッタンで開業していましたから、やはり頼りになるのはマンハッタン区の電話帳だったわけです。当然、ファイルの一番目のカルテから検討したでしょう。一九〇五年三月に、マーガレット・サコピーという女性がシルヴァン・サコピーという男児を出産している。どちらの名前も現在のマンハッタン区電話帳には載っていない。そこで二番目のカルテへ行く。それも同じ結果だ。ぼくは最初の十人の名前を全部調べましたが、マンハッタンの電話帳にはひとつもありませんでした。カルテの名前のなかで最初に電話帳に載っているのがアバネシーです。そして、アバネシーは最初の被害者でもある。アバネシーとヴァイオレット・スミスのあいだにある九十七のカルテの名前全部を調べたわけじゃありませんが、じゅうぶんな数を抜き出して調べた結果、まさに同じ理由でヴァイオレット・スミスが〈猫〉の第二の被害者になっていることがわかりました。カルテの番号は百九番だけど、電話帳では運悪く二番目だったわけです。同じことがほかの被害者全員にあてはまるのは確実でしょう」

「あとで調べよう」

「それから、ひとりを除いて被害者全員が未婚という不可解な事実がありましたね。カザリスの選び方がわかったいまでは、答はすごく簡単です。九人の被害者のうち、六人が女で三人が男でした。三人の男のうちひとりは既婚者でふたりは未婚ですが、ドナルド・カッツはまだ若い。それを考えると、既婚と未婚の割合は平均的です。ところが、六人の女はひとりも結婚していない。女の被害者はなぜかならず独身なのか。女は結婚すると姓が変わるからですよ。カザリスはカルテと同じ姓名のままの女しか電話帳から拾うことができなかったんです。

そして、一貫して色にまつわる特徴があります」エラリイはつづける。「考えてみれば、これほど明瞭な手がかりはありませんでした。男には青い紐、女にはサーモンピンクの紐が使われた。ピンクはピンクでも、サーモン色というところで惑わされたのかもしれませんね。でもサーモン色もピンクにはちがいないし、ピンクと青は昔から乳幼児に使われる色です」

「いささか感傷的だな」警視は小声で言った。「なんの役にも立たないのに」

「感傷的だなんて、とんでもない。地獄の色に劣らず重要な意味があります。カザリスが心の底で、被害者をいまだに乳幼児だと思っている証ですよ。アバネシーを青い紐で絞めたとき、ほんとうは男の赤ん坊を絞め殺していて……その紐で地獄の辺土へ送ろうとしたんでしょうか。最初から、へその緒を象徴するものが使われていたんです。出産を表わす不吉な色のものがね」

アパートメントのどこかで、抽斗をあける静かな音が聞こえた。

「ヴェリーだな」警視が言った。「ああ、せめてあの紐の何本かがここで見つかればな」

かまわずエラリイは話をつづけた。「それから、六番目と七番目の被害者――ビアトリス・ウィルキンズとレノーア・リチャードソン――には、おもしろいほど歳の開きがあります。それまでの被害者の年齢は、三歳以上離れることはけっしてなかった。それがいきなり七年です」

「戦争が――」

「でも、カザリスは一九一九年か二〇年には診療所を再開しています。レノーア・リチャードソンが生まれたのは二四年です」

「その期間の出生者を見つけられなかったんだろう」

「ちがいますね。たとえば、ここにひとりいる。一九二一年九月生まれのハロルド・マーズピアン。電話帳に載っています。まだいますよ。一九二二年一月生まれのベンジャミン・トルードリック。これも電話帳にある。一九二四年までに生まれたのが、少なくともあと五人いることがわかっています。もっといるかもしれません。それなのに、カザリスはなぜ何人も飛ばして、二十五歳のレノーア・リチャードソンを襲った。いったいなぜ？　ところで、ビアトリス・ウィルキンズ事件とレノーア・リチャードソン事件のあいだに何があったでしょうか」

「何があった？」

「えらそうに聞こえますが、このふたつの殺人のあいだに、市長が〈猫〉事件捜査のために特別捜査官を任命したという事実がありました」

警視が眉を吊りあげた。

「いえ、考えてみてください。いっせいに大きく知れ渡ったんです。ぼくの名前と役目が大げさに発表されて書き立てられました。ぼくの任命は〈猫〉に強い影響を及ぼしたに決まっています。突然こんなことになって、自分の殺人遊戯を安全につづけられるだろうかと、〈猫〉は自問したはずです。あのとき、新聞が何から何まで蒸し返したのを思い出してください。ぼくがかかわった昔の事件を焼きなおし、鮮やかな解決を讃えました――スーパーマン並みにね。〈猫〉が以前のぼくをよく知っていたかどうかはともかく、あとから書かれたものをすべて読み、放送されたことをすべて聴いたのはまちがいありません」

「〈猫〉がおまえを恐れたということか」クイーン警視は大きな笑みを浮かべた。

「おそらく、そうではなく」エラリイは言い返した。「〈猫〉は対決を望んだんです。特殊な異常者を相手にしていることを忘れないでください。相手は人間の精神と人格を扱う科学に精通しているとともに、完全な偏執症にかかっていて、自分が偉大であるという確固たる妄想をいだいています。そうした人間はぼくが捜査に加わったことを挑戦と見なすでしょう。ウィルキンズからリチャードソンまで七年飛んだのがその証拠です」

「なぜそんなことを?」

「レノーア・リチャードソンとカザリスの関係についてまず言えることはなんでしょうか」

「レノーアはカザリスの妻の姪だ」

「だからカザリスは、餌食にできる何人もの人間をあえて飛び越えて、自分の姪を殺したんですよ。そうすれば、おのずと事件に介入できると知っていたからです。犯行現場でぼくと顔を合わせることを知っていたからです。あの状況で自分が捜査担当者として事件にかかわるのはたやすいと知っていたからです。なぜカザリス夫人は夫に協力を勧めたんでしょうか？　夫が〈猫〉に関する〝理論〟をしじゅう妻と〝論じ合っていた〟からです。レノーア殺害の前から、姪に対する妻の愛情を利用して、カザリスは慎重に準備を進めてきました。夫人が言いださなかったら、自分から提案したでしょう。しかし、カザリスの予想どおり、夫人は言いました」

「そして、まんまとはいりこんだわけか」うめくように警視が言った。「捜査陣のなかへ、警察の動きが正確にわかる場所へ――」

「自身の力を楽しめる場所へ」エラリイは肩をすくめた。「だからぼくの勘は錆びついてると言ったんですよ。〈猫〉がそんな動きをする可能性はずっと頭にありました。セレストとジミーを疑ったのも、まさにそういった狙いがあるんじゃないかと思ったからですよ。その疑いが頭から離れなくて。そのあいだにカザリスは――」

「紐は見つかりません」

ふたりは跳びあがった。

しかし、収納部屋の入口に立っていたのはヴェリー部長刑事だった。

「ここにあるはずだ、ヴェリー」警視がきびしい声で言った。「診療室のスチールの棚はどうだ」

「ビル・デヴァンダーを呼んで、あけてもらうしかありません。わたしには無理です。跡が残ってしまいます」

「時間はどれくらいある?」警視は時計の鎖をたぐり寄せた。

だが、エラリイは唇を嚙んでいた。「本格的に探すなら、きょうみたいな少ない時間じゃだめですよ、お父さん。そもそも紐がここにあるかどうかも怪しい。夫人やメイドに見つかる危険が大きすぎます」

「わたしもそう言ったんですよ」ここぞとばかりにヴェリー部長刑事は言った。「警視にはお伝えしたんです――覚えていらっしゃいますか、警視――街なかのコインロッカーにでも隠してあるんじゃないかって……」

「たしかに言っていたな、ヴェリー。だが、このアパートメントにあってもおかしくないぞ。とにかく紐を見つけるしかないんだよ、エラリイ。この前、地方検事が言っていたが、もし同じタイプの青とピンクの紐が見つかって、持ち主がわかりさえすれば、すぐにでも立件するそうだ」

「地方検事にはもっとずっといい証拠を差し出せますよ」突然エラリイは言った。

「どうやって？」

エラリイはクルミ材の書類棚のひとつに手を置いた。

「カザリスの立場に身を置いてみればわかります。敵がこれで終わりにするはずがありません——ペトルッキとカッツのカルテが一九二七年三月十日までしかたどり着いていないのに、産科の診療記録はその後三年以上に渡って存在するんですから」

「なんのことやらわかりませんな」部長刑事は不満げに言った。

だが、警視はすでに〈一九二七‐三〇〉のラベルがついた抽斗に取りかかっていた。


ドナルド・カッツのつぎのカルテはピンク色で、名前は「ルータス、ローゼル」だった。ルータスという苗字は電話帳に載っていなかった。

つぎは青いカルテだった。「フィンクルストン、ザーモン」だ。

電話帳にそんな名前はなかった。

ピンク。「ヘガーウィット、アデレイド」だ。

「つづけてください、お父さん」

警視はつぎのカルテを取り出した。「コリンズ、バークレイ・M」だ。

「コリンズという苗字はたくさん載ってるけど……バークレイ・Mはありません」

「母親のカルテのほうに洗礼名が――」

「それはどうでもいいです。これまでの被害者はみな本人の名前を載せていますから。さっき、子供が被害者ではない親の名前をいくつか調べましたが、親の名前だけ載っているのが二件ありました。ほかにもそういう例がたくさんあるはずです。でも、カザリスはそういう名前を抜かしました。調査の手間が増えると、そのぶん危険が高まるからでしょう。少なくともいまのところ、カザリスは直接たどれる相手だけを狙っています。つぎのカルテは？」

「フローリンズ、コンスタンス」

「ありません」

五十九件目のカルテを警視は読みあげた。「ソームズ、マリリン」

「綴りは？」

「S‐o‐a‐m‐e‐s」

「S‐o‐a……。ソームズ。あったぞ！　ソームズ、マリリンだ！」

「見せてみろ」

ほかにソームズという姓は載っていなかった。住所は東二十九丁目四八六だ。

「一番街の近くだな」警視はつぶやいた。「ベルビュー病院が目と鼻の先だ」

「両親の名前は？　白いカルテにはなんと書いてありますか」

「エドナ・Lとフランク・P。父親は〝郵便局勤務〟とある」

「マリリン・ソームズとその家族について急いで調べられるでしょうか。ここで待ってるあいだに」

「もう時間が遅いな……。まず市長に電話して、カザリスを引き止めているか確認しよう。ヴェリー、電話はどこだ」

「診療室に二台あります」

「家の電話はないのか」

「玄関広間の横の電話室に」

警視は立ち去った。

警視が帰ってきたので、エラリイは言った。「向こうからかかってきたりはしないでしょうね」

「わたしをだれだと思っているんだ、エラリイ」警視は不機嫌に言った。「家の電話に出たら何もかも台なしだよ。三十分後にこちらからかけなおすことになっている。ヴェリー、電話が鳴っても出るんじゃないぞ」

「わたしをだれだと思っているんですか」

三人は待った。

ヴェリー部長刑事は玄関広間を大股で歩きまわっている。

警視は懐中時計を何度も取り出しては見ている。

エラリイはピンクのカルテを取りあげた。

ソームズ、マリリン、女、一九二八年一月二日午前七時十三分出生。

マンハッタンの人口に女がひとり追加されていた。出生にまつわる人口統計。記録したのは死の手だ。

分娩開始	正常
分娩時頭位	左後頭横位
分娩所要時間	十時間
分娩	正常
麻酔	モルヒネ－スコポラミン
処置	鉗子
予防	クレーデ点眼
妊娠期間	四十週
呼吸	自発呼吸

蘇生処置　なし
出生時の傷害　なし
先天性異常　なし
非経口栄養投薬　なし
体重　六ポンド九オンス
身長　四十九センチメートル

その他さまざまなことが出産後十日まで記されている。〝新生児の行動……。補足栄養あるいは補完食のタイプ……。疾患注意項目として、消化器、呼吸器、循環器、泌尿生殖器、神経系統、皮膚、へそ……〟

細心な医者だ。死はつねに細心だった。消化器、循環器、へそ。とりわけ、へそには。解剖学と動物学の定義に従えば、〝胚胎外組織と胚の組織をつなぐ部位で、哺乳類の胎児と胎盤を結ぶ臍帯が付着する……。ワルトン膠様質……胚盤葉上層から分化した細胞層……〟タッサーシルクへの言及はない。

しかし、それは二十一年後に現われることになった。

一方、ピンクのカルテは女の新生児用で、青いカルテは男の新生児用だ。秩序立っている。分娩に関する難解な専門用語が並ぶ。

色褪せた文字でカルテにすべてが記されていた。独立した新たな生命体、赤く湿り気を帯びて動く命への、神の序言だ。

そして、主は与え、主はとりたまう（ヨブ記第一章二十一節）。

受話器を置いたとき、警視の顔は少し青ざめていた。「母親の名はエドナ、旧姓はラファーティー。父親の名はフランク・ペルマン・ソームズ、郵便局員。娘のマリリンはフリーの速記タイピストをしている。二十一歳だ」

今夜か、あすか、来週か、来月か、マンハッタン東二十九丁目四八六のフリーの速記タイピスト、二十一歳のマリリン・ソームズは、この世に送り出されたその手によって、エドワード・カザリス博士のファイルから選び出され、カザリスはこの娘のためにサーモンピンクのタッサーシルクを用意しはじめるだろう。

そして、カザリスは紐を手に獲物を追う。そのあと、《ニューヨーク・エクストラ》の漫画家は腕を振るっていままでの〈猫〉を描きなおし、十番目の尻尾と十一番目のクエスチョンマークを付け加えるだろう。

「こんどばかりは〈猫〉を待ち伏せすることになる」その夜、エラリイは自宅の居間でこう言った。「しっかり安全を保ちながら、紐を使って襲うぎりぎりの瞬間に捕らえるんだ。

〈猫〉のラベルを確実にカザリスに叩きつけて剝がれないようにするには、それしかない」

セレストとジミーはふたりとも不安そうだった。

クイーン警視は肘掛け椅子でセレストをじっと見守っていた。

「運まかせにはいっさいしていない」エラリイは言った。「カザリスには金曜日から二十四時間体制で見張りをつけている。マリリン・ソームズにはきょうの午後遅くからだ。カザリスの行動については、警察本部の一室に一時間ごとに報告がはいっている。そこにはヴェリー部長刑事ともうひとりがつねに詰めている。そのふたりには、カザリスの怪しい動きが報告されしだい、こちらの専用電話に連絡するよう指示してある。

マリリン・ソームズにはまったく事情を知らせていない。家族にもだ。知らせればいたずらに不安を煽り、その挙動からカザリスが疑いをいだきかねない。そうなったら、すべて一からやりなおしになるか、警戒したカザリスを永久に——あるいはかなり長いあいだ——遠ざけてしまう。悠長に待ってはいられない。失敗は許されないんだ。

その娘についての報告も一時間ごとにはいっている。準備はほぼ完璧だ」

「ほぼ?」ジミーが言った。

そのことばが一同のあいだを妙に不穏な調子で漂った。

「セレスト。いままできみに待機してもらったのは」エラリイは言った。「いちばん重要で、どう見てもいちばん危険な仕事をしてもらうためだ。ジミーの交替要員としてね。カザリスのつぎの獲物が男だとわかったら、ジミーを選んでいた。女なら——きみだ」

「どんな仕事なんだ」ジミーが警戒気味に尋ねた。

「はじめの計画では、カザリスのファイルが示すつぎの被害者の替え玉を、きみたちのどちらかにやってもらうことになっていた」

するとジミーは組んでいた腕と脚をほどいて立ちあがり、エラリイをにらみつけた。

「返事はノーだ。セレストを食用牛肉にさせてたまるものか。そんなことは許さないからな——このマッケルが！」

「だからこの男を公的不法妨害の罪で叩きこむべきだったんだよ、エラリイ」警視がきびしく言った。「すわるんだ、マッケル」

「立ってるよ。そのほうがいいだろ！」

エラリイはため息を漏らした。

「とてもすてきよ、ジミー」セレストが言った。「だけどわたし、クイーンさんがどんなつもりだろうと、逃げだしたりしない。さあ、いい子だからよけいなお節介をやめてすわってくれない？」

「だめだ！」ジミーは吠えた。「首を絞められるのがわかってて、きみは楽しいのか？なんでもお見通しのこの探偵大先生だって、調子の悪いときはあるんだ。それに、この男が人間らしかったことがあるか？　こいつのことなら全部わかってる。司令塔にこもって、ちっぽけなダイヤルをいじくってるんだよ。誇大妄想とやらが聞いてあきれるよ。カザリスの輪縄にきみの首を突っこませるというなら、こいつとカザリスとどこがちがう？　ふたりとも偏執症患者じゃないか！　とにかく、この計画はまったくばかげてる。どうやってカザリスをかついで赤の他人になりすませと？　きみは女スパイのマタ・ハリか？」

「まだ話は終わってないよ、ジミー」エラリイは辛抱強く言った。「それははじめの計画だったと言ったろう。よく考えて、それは危険すぎると判断した」

「ほう」ジミーは言った。

「危険なのはセレストではなく――マリリン・ソームズと同じように、セレストにもしっかり警護がつくからね――計略自体が危ういんだよ。マリリンはカザリスの標的になる。ほかの獲物を探し出したように、カザリスはマリリンも見つけるだろう。マリリンを使っておびき寄せるのがいちばんうまくいく」

「やっぱりな。セレストを〈猫〉の囮にしない理由までも不人情だ」

「それで、何がわたしの仕事なの、クイーンさん――ジミーはだまってなさい」

「いま言ったとおり、カザリスが獲物に対してなんらかの予備調査をすることはじゅうぶん考えられる。マリリンがアパートメントを出たときは、つねに警察が見守る。しかし、どうしたって刑事には外の見張りしかできない。実際の攻撃から守ることはできても、情報をつかむのは無理だ――たとえば――電話がかかってきたときとか。カザリスの電話を盗聴するという手もある。自宅の電話でマリリンや家族に接触するかもしれないからね。しかしカザリスは狡猾なだけでなく、情報通でもある。特にここ一、二年のあいだに、公的機関の盗聴行為に世間が気づくようになって、やり方とか、どんな音を聞き分ければいいかなどは一般によく知られている。カザリスの疑惑を招くような危険は冒せない。それに、自宅の電話をそういう目的に使うほどカザリスが愚かだとも思えない。大胆であると同時に用心深いのは、行動を見ればわかる。だから、電話をかけるとしたら、どこかの公衆電話を使うのはまちがいないだろう。でも、それじゃ前もって準備ができない。

ソームズ家の電話に盗聴器を仕掛けることもできるが、これもまた家族に怪しまれるという危険がある。今後何週間かにわたって、ソームズ家の人たちにふだんと変わらずふるまってもらえないと、ぜったいに成功はおぼつかないんだ。

あるいは、カザリスがまったく電話をかけない場合もある。手紙を送ってくるかもしれない」

「これまでの事件で手紙を使った形跡はない」警視が口をはさんだ。「とはいえ、まったく使わなかったとは断定できないがね。それに、以前使わなかったとしても今回使わないという保証はない」

「というわけで、偽名を使った手紙が来るかもしれない」エラリイは言った。「郵便を止めて調べることもできなくはないが……」首を横に振る。「現実には無理だろうな。いずれにせよ、いちばんの安全策はソームズ家に信頼できる人間を送りこむことだ。二、三週のあいだ、昼も夜も家族と生活をともにする人間を」

「それがわたしね」セレストが言った。

「だれか教えてくれないか」ソファーから苦しげな声が聞こえる。「これがダリとロンブローゾ（犯罪人類学を創始したイタリアの学者）とサックス・ローマー（フー・マンチュー博士のシリーズで知られるイギリスの作家）がいっしょに作った悪夢かどうかを」

しかし、だれも声の主にかまわなかった。セレストは眉をひそめた。「でもクイーンさん、わたしは顔を覚えられてないかしら。あのときカザリスは――」

「シモーヌを偵察したときかい」

「おまけに、事件のあとで新聞にわたしの写真もいくつか載ったのよ」

「カザリスはシモーヌばかりを見て、きみにはたいして注意を払わなかったんじゃないかな。それに、きみが載った新聞の写真を調べたけれど、どれも一様にひどい出来だった。それでもたしかにカザリスがきみを思い出す可能性はある。もし、きみを見たらね。だけどセレスト、これだけはたしかだ」エラリイは微笑んだ。「カザリスがきみの姿を見ることはない。きみには家のなかだけで仕事をしてもらい、きびしい警戒態勢下でしか外出はさせない」

エラリイが目を向けると、警視は立ちあがった。

「率直に言わせてもらうがね、ミス・フィリップス」警視は口を開いた。「わたしはこの計画には断固として反対だった。これは訓練を積んだ刑事がする仕事だ」

「だが、だろ」ジミー・マッケルが苦々しげに言う。

「だが、ふたつの事実から、エラリイに従うことにした。ひとつは、きみが何年も体の不自由な病人の世話をしてきたこと。もうひとつは、ソームズ家にはマリリンを入れて四人の年若い子供たちがいるが、そのひとり、七歳の男の子がひと月前に腰を骨折し、ギプスをつけて先週退院したばかりだということだ。

この少年については医師から報告を受けた。少年はベッドから出られず、二、三週間はつきっきりの世話が必要だ。正看護師までは置かなくてもいいが、付き添い看護師は必要だ。ソームズ家の主治医であるマイロン・ウルバーソン医師に人を介して接触したところ、ウルバーソン医師は付き添い看護師を探しているが、いまのところ見つかっていないことがわかった」警視は肩をすくめた。「その少年の怪我は、われわれにとってまたとない好機になりそうなんだよ、ミス・フィリップス。もしきみが腰の骨を折った少年の付き添い看護師の役を演じられそうなら」

「ええ、まかせて！」

「食事の世話をし、体を洗ってやり、遊び相手になるだけじゃない」エラリイは言った。「マッサージとか、そういったことも必要だろう。やれそうかい、セレスト」

「ちょうど同じことをシモーヌにもやってたもの。シモーヌのお医者さまは、たくさん正看護師を知ってるけど、わたしのほうが上手だって言ってたわ」

クイーン父子は顔を見合わせ、警視は手を振った。

「あすの午前中だ、セレスト」エラリイはきびきびと言った。「きみはウルバーソン医師のもとへ連れていかれる。きみが本物の付き添い看護師でないことも、ソームズ家にはいりこむのは表向きとはちがう極秘の目的があるからだということも、ウルバーソンは知っている。なかなか手強かったよ。すべてはソームズ家のためだということを、市の高官を呼んで説得してもらわなくてはいけなかった。それでも、ウルバーソンは容赦なくきみをテストするはずだ」

「寝たきりの患者の動かし方も皮下注射のやり方も知ってるのよ。きっと合格する。だいじょうぶよ」

「その愛嬌を振りまくだけでいい」ジミーがうなるように言った。「ぼくを煙に巻いたみたいにさ」

「そうよね、マッケル、それだけの価値がある仕事だもの！」

「きみならやれるような気がするよ」エラリイは言った。「それはそうと、本名は使わないほうがいいな。相手がウルバーソン医師でもだ」

「マッケルってのはどうだい」マッケルが小ばかにしたように言う。「なんなら、いますぐ名前をマッケルに変えて女刑事ごっこにおさらばってのは」

「あとひとことでも言ってみろ、マッケル」警視が鋭く言った。『おまえを足先に乗っけてドアまで運んでやるぞ」

「わかったよ、勝手にすればいい」ジミーはぶつくさ言って、機嫌の悪いナマケモノのようにソファーでまるくなった。

セレストはジミーの手をとった。「わたしのもともとの姓はフランス語の読み方でマルタンというの。それを英語読みでマーティンとすれば――」

「それで決まりだ」

「――それに、フィリップスの母からスザンヌと呼ばれていたわね。わたしのミドルネームなの。シモーヌでさえ、ときどきわたしをスーと呼んだものよ」

「スー・マーティン。よし、それで行こう。ウルバーソン医師のお眼鏡にかなえば、住みこみの付き添い看護師としてソームズ夫妻に紹介してもらえるから、すぐにでも仕事にかかれる。もちろん、何があってもきみには通常の付き添い看護師の給金が支払われる。いくらなのか調べておこう」

「はい、クイーンさん」

「ちょっと立ってくれ、ミス・フィリップス」クイーン警視が言った。

セレストはびっくりした。「はい？」

警視は上から下までセレストをながめた。

それからセレストのまわりを一周した。

「ふつうはそこで口笛を吹く」ジミーが言う。

「問題はそれだ」警視は気むずかしい声で言った。「ミス・フィリップス、きみは自分の魅力をもっと抑えたほうがいい。付き添い看護師というきわめて重要な職業を軽んじているわけではないが、もしきみが付き添い看護師なら、わたしはオリヴィア・デ・ハヴィランド（清純な娘役が多かった女優）だ」

「わかりました、警視さん」セレストは顔を赤らめた。

「化粧は口紅を少しつけるだけにしたまえ。それもあまり派手な色はだめだ」

「はい」

「髪型も地味にしなさい。マニキュアをとって、爪は短く切る。手持ちのなかでいちばん質素な服を着るように。もっと老けた感じに見せなくてはいけない。そしてもっと——くたびれたふうに」

「わかりました」

「白い看護服を持っているかな」

「いえ——」

「こちらで二着用意しよう。それから白いストッキングも何足か。かかとの低い白の靴は?」

「それなら一足持ってます、警視さん」

「いろいろと道具のはいった付き添い看護師用の鞄も要るから、それもこちらで用意する」

「はい」

「真珠貝の細工をあしらった拳銃はどうした」ジミーが口を出す。「それがないと本物の女探偵じゃないぞ」

だが一同から無視されたので、ジミーは立ちあがってスコッチの瓶のほうへ行った。

「さて、調査の仕事だが」エラリイが言った。「その少年の世話のほかに、きみはつねに目と耳を全開にしていなくてはならない。マリリン・ソームズは自宅で仕事をしている。手書き原稿のタイプ清書なんかをね。だから自分名義の電話を持ってるんだ。在宅で働いていることがもうひとつの狙い目だ。マリリンと親しくなるチャンスがある。きみよりふたつ年下なだけだし、これまでのかぎられた情報によると、感じのいいまじめな性格の娘のようだ」

「まったく」酒瓶の棚のそばでジミーが言った。「二十九丁目Bの女探偵ってところだな」しかし声が誇らしげになりはじめている。

「めったに遊び歩かない本好きな娘だ。きみとは似た者同士だよ、セレスト。体つきもそっくりだな。何よりも、怪我をした弟のことが大好きだから、すぐに気心が通じ合うだろう」

「かかってくる電話にはとりわけ気をつけるように」警視が言った。

「そう、かかってきたすべての電話の内容を突き止めてくれ。ソームズ家の知らない相手だったときは特に」

「マリリンにかかったときも、ほかのだれかにかかったときもだぞ」

「わかりました、警視さん」

「どうにかしてマリリン宛の手紙にもぜひ目を通してもらいたい」エラリイは言った。

「できれば家族全員の手紙にもだ。要するに、家庭内の出来事をすべて観察して一部始終を伝えるんだ。毎日定期的に報告がほしい」

「電話で報告するんですか。それはむずかしいかも」

「緊急時以外に家の電話は使わないでくれ。東二十九丁目通りと一番街と二番街が交わる一画に待ち合わせ場所を決めよう。場所は毎晩変える」

「ぼくも行く」ジミーが言った。

「毎晩スタンリーが寝入ったあとの時刻に——住みこんでもっと状況がつかめたら、その時刻を決めて教えてくれ——きみは散歩に出る。きみの夜の外出を家族がふつうのこととして受け止められるように、最初の日から習慣づけるといい。何か邪魔がはいって、きみが約束の時間に来られなくても、われわれは決めた場所でひと晩じゅうでも待っている」

「ぼくもだ」ジミーが言った。

「何か質問は？」

セレストは思案した。「何も思いつかない」

エラリイがセレストをずいぶん無遠慮に見つめている、とジミーは感じた。

「この計画できみがどれほどの重責をになってるか、言いつくせないよ、セレスト。もちろん、別の糸口から事件が解決して、きみはまったく巻きこまれないかもしれないし、それはそれで願ってもないことだ。でもそれ以外の場合、きみはわれわれのトロイの木馬だ。すべてがきみの肩にかかってくるかもしれない」

「最善を尽くします」少し小さな声でセレストは言った。

「ところで、いまはどんな気分だい」

「そう……いい気分ね」

「あすウルバーソン医師に面会したあとで、もう一度細かい点を確認しよう」エラリイは腕をセレストの体にまわした。「予定どおり今夜はここに泊るといい」

そして、ジミー・マッケルが怒鳴った。「ぼ、く、も、だ！」

10

もしマリリンの父親が太った好色漢で、ソームズ夫人が口やかましい女で、マリリンがふしだらな娘で、下の子供たちが悪たれぞろいだったら、家のなかでセレストはもっと気分よく双面神ヤヌスの女版を演じただろう。しかし、ソームズ一家はみな予想外の好人物だった。

フランク・ペルマン・ソームズは痩せて油気の抜けたような風采で、実に柔らかいくぐもった声で話す人物だった。三十三丁目通りと八番街の角にある中央郵便局の古参事務員として、大統領じきじきに任命されたかのようなおごそかな態度で勤務していた。仕事以外では、ささやかな冗談を言う癖があった。勤めを終えたあとは、いつも家族にキャンディー・バーや袋入りの塩ピーナッツや風船ガムなどの土産を持ち帰り、それを三人の小さな子供たちにラダマンテュス（ギリシャ神話に登場する厳格な裁判官）のごとき正確さで分け与えた。ときには、マリリンに蕾のバラを一輪、緑の薄紙にくるんで持ち帰ったりもした。ある晩、紙箱入りの大きなシャルロット・ケーキを妻のために買って帰った。ソームズ夫人は夫の無駄づかいに驚き、とにかく自分は食べない、贅沢すぎるから、と言ったが、夫がひそやかな声《ソット・ヴォーチェ》でいたずらっぽく何やらささやいたので、顔を赤くした。夫人がその紙箱をていねいに冷蔵庫にしまうのをセレストは見た。マリリンが言うには、シャルロット・ケーキが出まわる季節に両親はかならず〝ひそひそ話〟をするらしい。翌朝、スタンリーの朝食の牛乳をとりにセレストが冷蔵庫へ行くと、その箱はなくなっていた。

マリリンの母親は元来たくましい女だったが、中年になってからは衰えて、体の具合がよくなかった。身を粉にして働いて節約に励む生活では、のんびりする暇などなかった。そのうえ、つらい更年期を迎えていた。「あたしの体は変わり目でね。月のものはなかなか来ないし、静脈瘤はできるし、脚は痛むし」ソームズ夫人はあきらめ顔でセレストに軽口を叩いた。「でもね、サットンプレイスのご婦人がたで、あたしより上手にベリーパイを焼ける人がいたら見てみたいものよ」そして付け加える。「ベリーを買う余裕があればだけど」疲れて横になることが頻繁にあったが、昼間は数分間もベッドでじっとしていなかった。「ウルバーソン先生に言われただろう、エドナ」夫は心配そうに言う。「あなたもウルバーソン先生もわかってないんだから」夫人は鼻を鳴らす。「一週間ぶんの洗濯をしなくちゃいけないんですよ」ソームズ夫人は洗濯に執念を燃やしていた。マリリンにはけっして手伝わせなかった。「近ごろの娘たちは自分の代わりに石鹸がきれいにしてくれると思ってるんだから」と小ばかにしたように言う。けれども、ソームズ夫人はセレストにこう言ったことがあった。「この先、あの子には山ほど洗濯物が待ってるんですからね」ソームズ夫人のたったひとつの楽しみはラジオだった。家には一台しかなく、小さな卓上用のラジオがふだんは台所のレンジの上に吊った棚の真ん中に置かれていた。ソームズ夫人は深く息をついて、それを小さなスタンリーのベッド脇へおいてやった。スタンリーが一日にラジオを聴いてもいいのは、決められた時間帯の二時間だけ――しかも、お母さんの大好きな番組とかち合わない時間――とセレストが決めたとき、ソームズ夫人は気まずい顔をしながらも感謝しているようだった。夫人がセレストに話したところでは、かならず聴く番組はアーサー・ゴドフリーのトークショー、メロドラマの〈ステラ・ダラス〉と〈ビッグ・シスター〉、クイズ番組の〈ダブル・オア・ナッシング〉だった。さらに夫人は打ち明けた。「お金がはいったら、フランクはあたしにテレビを買ってくれるんですって」そしてそっけなく言い足す。「とにかく、口ではそう言ってる。いつも買ってるアイルランドの宝くじがあたると思いこんでるんだもの」

スタンリーは末っ子だった。この痩せた小柄な少年は燃えるような目の持ち主で、暴力沙汰や殺人事件に想像をふくらませていた。はじめはセレストを怪しんでほとんど口をきかなかった。それでも初日の終わりに、骨張った体を揉みほぐしてもらったとき、こう切り出した。「本物の看護師なの？」「ええ、まあね」どきりとしながらも、セレストは笑みを浮かべて言った。「看護師はナイフで人を刺すんだよね」スタンリーはむっつりとした顔で言った。「だれがそんなことを言ったの?」「ユダ公のフランシス・エリスだよ。ぼくの先生さ」「スタンリー、そんなはずないでしょう。それに、ちゃんとしたやさしい女の先生をどうして〝ユダ公〟なんて呼ぶの?」「校長先生がそう呼んでるんだもの」スタンリーはむっとして言った。「ユダ公って?」「校長先生はだれもいないとき、ミス・エリスのことを雌ユダ公って言うんだ」「スタンリー・ソームズ。そんなこと、とても信じられ——」けれどもスタンリーは小さな頭を振り向けて、恐ろしそうに目を動かした。「じっとしてて! どうしたの?」「いいことを教えてあげるよ、ミス・マーティン」スタンリーはささやいた。セレストも思わずささやき声で訊いた。「なあに、スタンリー、なんなの」「ぼくの血は緑色なんだ」それ以後も、スタンリー殿の意見やお告げや秘密を呑みこむのに、セレストはずいぶん難儀をした。事実と空想をしっかり見分けなくてはいけないことがしばしばあった。

スタンリーは〈猫〉のことをとてもよく知っていた。大まじめに、自分こそ〈猫〉だとセレストに言った。

スタンリーとマリリンにはさまれてふたりの子供がいた。九歳のエレノアと十三歳のビリーだ。エレノアは大柄で物静かな子で、何事にものんびりと構えていた。珍しいほど物怖じしない目が平凡な顔立ちに輝きを与えている。セレストはすぐにエレノアと仲よくなった。ビリーは中学生で、その事実をみずから達観して受け入れていた。手先が器用なビリーがこしらえたものが部屋のあちらこちらにあり、ソームズ夫人に言わせると、母親のために〝無から〟作りあげたらしい。しかし父親は失望しているようだった。「ビリーを勉強に専念させるのは無理だな。本人にその気がない。放課後に修理工場をうろついては、モーターの知識を仕入れている。就労許可証をもらって機械関係の仕事を身につける歳になるまで待てないんだ。わが家で学問に向いているのは娘たちだよ」ビリーは背がひょろ長く伸びる時期で、ソームズ氏のことばを借りれば〝イカボッド・クレーン（ワシントン・アーヴィング作『スリーピー・ホローの伝説』に登場する長身の教師）並みの体型〟だった。フランク・ソームズはちょっとした読書家だった。鼻をうずめて読むのはだいたい図書館の本だったが、若いころから買い集めて古くなった本も自慢の書棚におさまっていた。スコット、アーヴィング、クーパー、エリオット、サッカレー――それをビリーはどれも〝時代遅れ〟だと決めつけた。ビリーが読むのはもっぱら漫画本で、父親には理解不能の物々交換システムで大量に手に入れていた。セレストはビリーも好きになった――大きすぎる手も、秘密めかした声も。

　そして、マリリンはすばらしかった。会ったとたんにセレストは心を奪われた。背が高いが、美人ではない。鼻がやや幅広く、頬骨はとがりすぎている。けれども、黒っぽい目と髪は美しく、歩き方は颯爽としていた。マリリンの胸の内にある悲しみがセレストには理解できた。家族を養う父親を助けて家計を支えるために、マリリンは望んでいた大学進学をあきらめていた。それなのに不平ひとつ言わない。うわべは晴れやかですらあった。

セレストが思うに、マリリンは代償としてもうひとつの独立した世界を持っており、仕事を通して、創造と知性の世界の奇異でとらえどころのない影に接することが多かった。

「わたしはあまり優秀な原稿タイピストとは言えないのよ」マリリンはセレストに言った。「タイプしている内容にひどく興味を引きつけられてしまうの」それでも、よい顧客がついていた。卒業した高校の教師の紹介で、出来栄えはともかく作品数の多い若手脚本家のグループから仕事を得ている。ほかの得意先のなかには、記念碑的な論文「世界史の心理学的概観」を手がけているコロンビア大学の正教授もいた。いちばんの上得意はある有名な報道作家で、ソームズ氏が誇らしげに言うには、マリリンに絶大な信頼を置いているらしい。「悪態をつかれることもあるわよ」マリリンは付け加えた。収入にはばらつきがあり、安定させる必要から少々きびしい思いをすることもある。父親の自尊心を保つために、家計を支える共同作業は〝物価高を乗りきるため〟の一時的なものということにしてあった。それでも、今後ずっとこの役割をおりるわけにはいかないのは承知していて、セレストにもそれがわかった。男の子たちは成長して結婚し、家を出ていく。エレノアの教育費も必要だ。マリリンはエレノアを大学にかよわせようと決めていた。「ほんとうに天才よ。あの子が書いた詩をいますぐ読むといいわ。まだ九歳なのに」と言う。ソームズ夫人の健康は衰えていく。フランク・ソームズもじょうぶな性質《たち》ではない。マリリンは自分の運命を悟り、それを受け入れていた。そのため、何人かの男たちに言い寄られても、ロマンスに発展しないようにしていた。「そのうちのひとりだけは本気だったようだけど」マリリンは笑って言った。いちばん粘り強い求婚者は例の報道作家だった。「あんな人は願いさげよ。わたしが——あの人は手書きだから——新しい章の原稿を受けとりにいったり、タイプしたのを届けにいったりするたびに、旅先で拾ったアフリカの戦士の棍棒を持って部屋じゅうわたしを追いかけまわすのよ。悪ふざけのつもりらしいけど、真に迫ってるの。こんど行ったときは、逃げるのをやめて一発お見舞いしてやる。仕事をもらわなくてもいいなら、とっくにそうしていたんだけど」とはいえ、そのうちマリリンは逃げるのをやめ、一発お見舞いもしないのではないかとセレストは思った。そのような経験はマリリンにとって悪いことではない、と自分を納得させた。マリリンは情熱的な娘だが、きょうまで頑なに純潔を守ってきたにちがいない（それは自分にも言える、と賢明なるセレストはふと感じたが、いまは深く考えないことにした）。

ソームズ家の住まいは、寝室ふた部屋を入れて全部で五部屋ある古いアパートメントで、エレベーターはなかった。寝室が三つ必要なため、本来の居間が三番目の寝室に造り変えられていて、そこが女の子用の寝室兼マリリンの仕事場だった。「マリリンには専用の部屋が要るんだけど」ソームズ夫人がため息をついて言った。「しかたがないんですよ」ビリーが間に合わせのもので——長いカーテンポールに布を垂らして——部屋を仕切って、マリリンの〝事務所〟を造ってくれ、本人がそこに机、タイプライター、事務用品、専用電話を置いて、少しだけ別室の雰囲気を醸し出した。マリリンがしばしば遅くまで仕事をし、エレノアは早く寝るので、やはりこうした工夫は必要だった。

電話の置き場所がわかったので、セレストは下心のある提案をした。付き添い看護にやってきたとき、スタンリーは男の子用の寝室のベッドに寝ていた。ビリーのような大きな少年と同じ寝室にいるのは気が進まないとセレストは訴え――夜も患者のそばにいるしかないので――スタンリーを女の子用寝室のエレノアのベッドへ移し、エレノアを男の子用寝室へ移した。「ほんとうにお仕事の邪魔にならない？」セレストは気を揉んでマリリンに尋ねた。何もかも気がとがめてしかたがなかった。しかしマリリンは、どんな環境でも仕事ができるように訓練を積んでいると言った。「スタンリーみたいな男の子が家にいたら、耳が聞こえなくなる術を身につけるか、自分の喉を切るかどちらかよ」マリリンが気軽に言った〝喉〟ということばに、セレストは気分が悪くなった。ここに来て三日目となり、マリリンの堂々たる体のその部分からいつの間にか目をそらしていることに気づいた。それは力強い喉で、数日後にはセレストにとってある種のシンボルとなった。全員の命と、外で待ち受ける死とをつなぐ環だ。セレストはその部分をしっかり見るように心がけた。

エレノアをスタンリーのベッドへ移したことで面倒が生じ、セレストはいっそうやましさを感じた。ソームズ夫人の意見では、ビリーとエレノアの年頃で兄と妹が同じ部屋で寝るのは〝かんばしくない〟ということだった。そこでこんどはビリーが両親の部屋に移り、ソームズ夫人が男の子用寝室でエレノアと寝ることになった。「革命でも起こした気分です」セレストは嘆いた。「こんなふうに引っ掻きまわしてしまって」そしてソームズ夫人から「あら、いいんですよ、ミス・マーティン。うちの子の面倒を見てくれて、ほんとうに感謝してるんですから」と言われたときは、自分が冷酷な裏切り者のスパイになった気がした。寝室にある自分用の寝台が近所から借りた簡素な年代物で、苦行者の洞窟の床並みに硬いことを思って、わずかに気持ちが慰められた。そこに寝ることで自分のごまかしを罰した。だれかのベッドと交換しようという家族の申し出を、セレストはまるで怒ったようにはねつけた。

「卑劣だわ」二日目の夜、一番街のせまい通路でおこなわれた会合で、セレストはクイーン父子とジミーに向かって不平を漏らした。「どこをとっても感じのいい人たちなんだもの。犯罪者になった気分よ」

「やっぱりな。こういう仕事をするにはあまりにも世間知らずな山出し娘なんだよ」ジミーがからかったが、そう言いながらもセレストの指先を暗闇でそっと噛んでいた。

「ジミー、あんないい人たちっていないわ。それに、みんなわたしにすごく感謝してくれるの。せめてあの人たちが事情を知ってくれていたら」

「知られたら口に玉ねぎをぶちこまれて窒息するぞ」ジミーは言った。「それじゃあ、まるで……」

しかし、エラリイは言った。「郵便はどうなってるかな、セレスト」

「朝一番にマリリンが下までとりにいくのよ。ソームズさんが家を出るのは最初の配達の前で——」

「それは知ってる」

「マリリンはその日の自分の郵便物を卓上の金網のかごに入れておくの。簡単に読めるわ」セレストの声が震える。「きのうの夜中、マリリンもスタンリーも眠ってから読んでみたのよ。昼だって読む隙はある。マリリンが仕事の打ち合わせで出かけることもあるから」

「それも知っている」警視が苦い顔で言った。マリリン・ソームズの外出は予測できず、ときには夕方からのこともあり、全員が胃潰瘍寸前だった。

「出かけなくても、マリリンはお昼ごはんをかならず台所で食べる。スタンリーが起きてたって、厚いカーテンがあるから、郵便物を読むことはできる」

「すばらしい」

「そう思ってもらえてうれしいわ」セレストはいつの間にかジミーのくすんだ青いネクタイを濡らしていた。

それでも、ソームズ家のアパートメントにもどったとき、セレストの頰には赤みが差していて、散歩をすると生き返るとマリリンに話した。ほんとうにそのとおりだった。

会合の時間はセレストの都合で十時から十時十五分のあいだと決まっていた。セレストが言うには、スタンリーが眠る態勢にはいるのはたいてい九時過ぎで、九時半ごろまではなかなか寝入らなかった。「いつもベッドにいるから、そんなに眠くならないのよ。確実に眠ったとわかるまでは出かけられないし、それに、夕食後の皿洗いも手伝うことにしてるから」

「やりすぎないほうがいいな、ミス・フィリップス」警視が言った。「疑われてしまう。付き添い看護師がそこまですると――」

「付き添い看護師だって人間でしょ」セレストは鼻を鳴らした。「一日じゅう働きづめで具合の悪いソームズ夫人を楽にできるなら、夕食の後片づけぐらいします。それとも、家事も手伝うと言ったらスパイ同盟からはずされるのかしら。心配しないで、警視さん。ばれるようなことはしません。何が危険かはよくわかってる」

警視は、ちょっと思いついたから言っただけだ、と弱々しく言い、ジミーは自分で考えたという詩句を並べ立てたが、どう聞いてもそれはエリザベス朝時代の詩の一節にそっくりだった。

というわけで、毎日夜十時か十時少し過ぎに、前夜決めておいたそのつどちがう場所に一同は集まった。少なくともセレストにとっては、青々としたはかない夢の時間だった。

一日のうち二十三時間半は、仕事をし、食べ、偵察し、ソームズ家の人たちに囲まれて眠る。残りの半時間は、月へと旅する。ジミーに会うことで、セレストはどうにか耐えられた。張りつめた顔で質問するクイーン父子のことがこわくなった。指定場所までの暗い道を身構えて歩きながら、セレストは合図であるジミーの低い口笛を待った。それから、建物の入口や、店の張り出し屋根の下や、路地を少しはいったところで——どこであれ、約束の待ち合わせ場所で——みんなと顔を合わせる。そして、暗がりでジミーの手をしっかりと握りながら、ますます心引かれてきた暮らしの何事もない過去二十四時間の報告をし、ソームズ家の郵便物と電話について伝える。それがすむと、セレストはジミーの強い視線を感じつつ、自分にとってないがしろにはできなくなった場所、ソームズ家というささやかで健全な世界へ急いで帰っていった。

ソームズ夫人お手製のパンがふくらむときの香りでシモーヌの母を思い出したことや、不思議にもマリリンのなかにシモーヌのもっとも美しい面影が宿っていることを、セレストは語ろうとしなかった。

そして、目覚めても眠っても一瞬一瞬が恐ろしいこと、それも血が凍るほど恐ろしいことも言おうとしなかった。

だれにも。

特にジミーには。

クイーン父子は果てしなく憶測をめぐらせた。毎夜セレストに会うほかにすることがなかった。

何度も何度も、カザリスに関する報告書に目を通した。怒りがこみあげた。相手は著名な精神科医エドワード・カザリス博士以外の何者でもなく、死への嗜好を満たそうとする狡猾な偏執症患者には見えなかった。カザリスは委員会で、精神科医たちからときどき遅れて送られてくる非公開の患者の病歴を検討していた。市長が招集する会合にさえ出席し、それにはクイーン父子も顔を出した。その会合では、偽装の看破に長けた者たちにカザリスを間近で観察させた。しかし、結局はだれが最高の役者かという問題であるかのようだった。カザリスは物柔らかな態度で失望を表わした。自分も委員会も時間を無駄にしている、と繰り返し言った。いやがる同業者を何人か説得できたものの、あとの者は断固拒否しているから望みはあるまい、と。（そしてクイーン警視は、カザリス博士と協力者から少しずつ報告されている容疑者のなかに〈猫〉と目される人物はひとりもいない、と市長に何食わぬ顔で報告した）「警察の捜査はまったく進んでいないのですか」カザリスは警視に尋ねた。警視が首を振って認めると、大柄な博士は微笑んだ。「大都市圏の外に住んでいる人間かもしれませんね」

カザリスらしくないな、とエラリイは思った。

それにしても、カザリスの様子が急に衰えていたのが気になった。痩せて頰がこけ、銀灰色の髪は乱れている。深刻そうな顔はくすんで皺が深い。目の下が痙攣し、大きな手は、近くのものを叩いていないときは何かよりどころを求めてさまよっていた。カザリス夫人がつらそうに寄り添い、夫は市のために働きすぎてすっかり弱ってしまった、調杏をつづけるように強く勧めた自分がいけなかったと言った。博士は妻の手をやさしく叩いた。そんなことは苦にしていない、つらいのは失敗したことだ、と言う。若者は〝失敗を乗り越える〟が、老人は〝失敗の下敷きになる〟と。「エドワード、もう手を引きましょうよ」夫人が言う。だが、カザリスは笑みを浮かべて応じた。長い休みをとろうと思っている。その前に〝締めくくり〟をしなくては……。

カザリスはからかっていたのだろうか。

そのことばはクイーン父子の心に長くとどまった。

それとも、カザリスは不審に思いはじめ、発覚の不安や恐れが高まったせいで殺人衝動を抑えているのだろうか。

尾行している姿を見られたのかもしれない。刑事たちはそんなはずはないと言う。

それでも、可能性はある。

あるいは、カザリスのアパートメントに侵入したとき、痕跡を残してしまったのだろうか。作業は整然とおこなわれた。それぞれのものの正確な位置と状態を記憶に焼きつけるまで、何もさわったり動かしたりしなかった。終わったあとはすべてをもとの場所へもどした。

それでもやはり、おかしな点に気づかれたのかもしれない。カザリスのほうで罠を仕掛けていたとしたら？　収納部屋か抽斗に、本人だけにわかるちょっとした印が何気ない形で残されていたのかもしれない。ある種の精神疾患者はそうした用心をするのかもしれない。それも精巧に。相手は傑出した頭脳と病んだ精神を併せ持つ男だ。なんらかのひらめきによって先が読めるのかもしれない。

可能性はある。

晴れた空の下で野を歩く男のように、カザリス博士の行動には屈託がなかった。一日にひとりかふたりの患者——おもに女性——の診察。ほかの精神科医と開くたまの会合。アパートメントにこもりきりの長い夜。カザリス夫人とともにリチャードソン宅へ訪問したことが一度。カーネギー・ホールのコンサートへ出かけたのが一度。目を見開き、こぶしを握りしめてフランクの交響曲を聴き、唇をすぼめた穏やかな顔でさらにバッハとモーツァルトを楽しんだ。夫人同伴の仕事仲間の夜会が一度。

東二十九丁目通りと一番街の一画へはまちがっても近寄らなかった。

可能性はある。

精神がむしばまれているのだから。

どんなことでもありうる。

ドナルド・カッツが絞殺されてから十日、〃スー・マーティン〃が付き添い看護師をはじめてから六日が経ち、一同は焦燥感に駆られていた。いまはほぼ一日じゅう警察本部の報告室に詰めている。だれも口をきかなかった。あるいは、静けさに耐えられなくて互いに不平をぶつけ合い、それでまた静寂が救いとなった。

カザリスのほうが自分たちより辛抱強いのではないだろうかという思いに苛まれ、クイーン警視の顔はさらにやつれた。精神異常者は驚くべき忍耐力を持つと聞く。カザリスはこう思っているかもしれない——遅かれ早かれ、警察は一連の殺人が終わったと判断するだろう……犯人が長いあいだ何もしなければ。そして番犬を引きあげさせる。遅かれ早かれ。

カザリスはそれを待っているのだろうか。

もちろん、自分が見張られていると知っていればの話だ。

それとも、監視が解けないことを見越して、こちらが疲れて注意を怠るまでじっくり待っているのかもしれない。いずれそのうち……隙が生じる。そこをくぐり抜ければいい。

ポケットにタッサーシルクの紐を忍ばせて。

クイーン警視は、きらわれるほどひっきりなしに部下を急《せ》き立てた。

エラリイの頭脳はさらに激しい曲芸を演じた。カザリスが自宅の収納部屋に罠を仕掛けていたとしたら。だれかが古いファイルに目を通していたことに気づいたとしたら。それなら、秘密の核心が暴かれたのにも気づいている。獲物の選び方を知られたのにも気づいている。

その場合、こちらの計画まで見抜かれると考えても、カザリスの洞察力を買いかぶったことにはならないだろう。エラリイがいましていることをカザリスもしただけだ。敵の立場で考えることを。

そして、敵がドナルド・カッツからマリリン・ソームズへたどり着き、マリリンを使って罠を仕掛けたことをカザリスは知るだろう。

もし自分がカザリスだったら、そのあとどうするだろうか。マリリン・ソームズをきっぱりあきらめて、条件に合うつぎの獲物を狙う。それとも、もっと安全に進めるには、敵が安全策を講じる場合を考えて、その獲物を飛ばしてさらにつぎを標的にする。こちらもそこまでは……

エラリイはいたたまれなかった。自分を許せなかった。言いわけは通用しないと自分に言いつづけた。カザリスのカルテのなかからマリリンのつぎの候補者を、そのつぎ、またそのつぎと調べて、該当者全員を念のために警護することを怠っていたなんて。そのためには、ファイルを隅々まで調べつくすしかなく、市内の百人の若者を護衛せざるをえなかったとしても……

ここまでの前提が正しいとしたら、いまもカザリスは、自分を尾行している刑事たちが警戒をゆるめるのを待ち構えているのかもしれない。そして警戒がおろそかになったら、〈猫〉は好きなときにそっと抜け出し、マリリン・ソームズを守る刑事たちのことを笑いながら未知の犠牲者を絞め殺すのだろう。

エラリイの考えは被虐的になっていた。

「望みうる最良の事態は、カザリスがマリリンに対して行動を起こすことです。最悪の事態は、すでにほかのだれかを狙って動いていることです。もしそうなら、事が終わるまでわれわれには知りようがありません。カザリスの尻尾の反対側を押さえられないのならね。とにかくやつに張りつくしかない。もっと見張りを増やしたらどうでしょうか……!」

しかし、警視は首を横に振った。人数が増えるほど、作戦が漏れる可能性は大きくなる。結局のところ、カザリスが疑っていると決めつける理由はどこにもない。問題は自分たちが神経質になりすぎていることだ。

「だれが神経質ですって?」

「おまえだよ! それにわたしもだ。といっても、おまえがいつもの奇想天外な頭の体操をはじめる前はそうでもなかったがな」

「悪いようにはならないと言いきれるんですか、お父さん」

「じゃあ、またあの診療記録を調べにいくか」

エラリイは小声でぼそぼそと言った。いや、いまある情報に従ったほうがいいでしょう。このままでいい。静観あるのみ。時が答をもたらす。

「独創的な警句の達人だな」ジミー・マッケルが嚙みついた。「ぼくに言わせれば、あんたらの意気込みは見せかけだ。血のボルシチのなかでぼくの愛しい人がどうなってるか、心配することばはないのか？」

それを機に、毎夜セレストに会いにアップタウンへ出かける時間だと一同は気づいた。そして、押しのけ合いながらドアから出た。


十月十九日、水曜日の夜は冷たかった。二番街の近く、東二十九丁目通りの南側に並ぶふたつの建物のあいだの路地をはいったところで、三人は背をまるめていた。湿った風に身を切られ、待ちながら小さく足踏みをした。

十時十五分。

セレストが待ち合わせに遅れたのははじめてだった。

三人は互いにまだ文句を言っていた。風にも悪態をつく。ジミーは路地から顔を出し、声を殺して言った。「おおおい、来いよ、セレスト！」まるで馬を呼ぶかのようだ。

一番街に見えるベルビュー病院の明かりも慰めにはならなかった。

その日のカザリスの監視報告は思わしいものではなかった。カザリスは外出しなかった。午後になって若い女の患者がふたり来た。六時半にデラとザカリーのリチャードソン夫妻が徒歩で訪問した。夕食に招かれたらしく、クイーン父子が本部を出る前に最後に報告を受けた九時の時点では、まだ帰っていなかった。

「だいじょうぶだよ、ジミー」エラリイは何度も言った。「今夜はカザリスも手を出せない。なんでもないさ。ちょっと出られなくなって――」

「あれはセレストじゃないか?」

セレストは走るまいとしていたが、うまくいかなかった。歩みがしだいに速まってついに小走りになり、それからいきなり速度をゆるめ、また走った。黒いコートの端が鳥の翼のようにはためいている。

十時三十五分だった。

「何かあったんだな」

「何があるというんだ」

「遅刻したんだ。そりゃあ急ぐだろう」ジミーが合図の口笛を鳴らし、乾いた音が風に乗って返ってきた。「セレスト――」

「ジミー」セレストはあえいでいた。

「どうしたんだ」エラリイがセレストの両腕をつかんだ。

「電話があったの」

風がやんでいたので、そのことばは路地に鋭く響いた。ジミーは肩でエラリイを押しのけ、セレストを抱きとめた。セレストは震えている。

「何もこわがることはない。震えなくていいんだよ」

セレストは泣きだした。

一同は待った。ジミーはセレストの髪を力強くなでつづけた。

ようやくセレストが落ち着いた。

クイーン警視がさっそく尋ねた。「いつだね」

「十時少し過ぎです。出かけようとして玄関広間でドアの取っ手に手をかけたとき、電話の音が聞こえました。マリリンはビリーやエレノアや両親といっしょに食堂にいたから、部屋にいちばん近いのはわたしだったんです。駆けこんですぐに電話をとりました。あの声だった……まちがいない。あの日、記者会見で話す声をラジオで聴いたもの。低くて抑揚があって、それでいてとがった感じがする声」

「カザリスか」警視は言った。「それがエドワード・カザリス博士の声だったときみは言うんだね、ミス・フィリップス」とても信じられず、自分の不信に念を押すのが最優先事項だと言わんばかりの口ぶりだった。

「そう言ったでしょう！」

近寄った。

「まあいい」警視は言った。「ラジオで聴いただけではな」それでもセレストにいっそう

「なんと言ってた」こんどはエラリイだ。「一語一句正確に教えてくれ！」

「わたしがもしもしと言ったら、向こうももしもしと言った。それから向こうは電話番号を言って、この番号でまちがいないかと訊いたんで、わたしははいと答えた。向こうが〝そちらはフリーの速記タイピストのマリリン・ソームズさんかね〟と言った。あの声だったわ。わたしがいいえと言うと、〝ミス・ソームズはいるかね。ミセスじゃなくてミスでいいんだろうね。エドナとフランクのソームズ夫妻の娘さんだと思うんだが〟と訊いてきた。わたしははいと言った。向こうは〝本人と話したいんだが〟と言った。そのころにはマリリンが部屋に来ていたから、わたしは受話器を渡し、そばでスリップを直すふりをしてたの」

「探りを入れているんだ」警視はつぶやいた。「たしかめるために」

「それからどうした、セレスト！」

「少し時間をやったらどうなんだ」ジミーが不満げに言った。

「マリリンが一、二回はいと答えてから、こう言った。〝そうですね、いま立てこんでいますけど、それくらいなら月曜までに仕上げられるでしょう、ミスター――お名前をもう一度教えていただけますか〟と。名前を聞きとってから〝すみませんが、どういう綴りで

しょう〟と尋ねた。そして、言われた綴りを復唱した」

「名前は？」

「ポール・ノストラム。N－o－s－t－r－u－m」

「いんちき薬《ノストラム》か」エラリイは笑った。

「そのあとマリリンはわかりましたと言って、あした原稿をとりにいくために受け渡し場所を尋ねたの。相手に何か言われてこう答えた。〝わたしは背が高くて髪が黒くて鼻は低いほうです。黒と白の大柄の格子模様のコートを着ていきますから、すぐにわかります。ベレー帽もかぶります。あなたのほうはどうですか〟って。そのあと〝そうですか、それならそちらで探していただくほうがいいでしょう、ミスター・ノストラム。わたしはそこにいますから。では、あした〟と言った。そこで受話器を置いたのよ」

　エラリイはセレストを揺さぶった。「場所を聞き出さなかったのか。時間は？」

　ジミーがエラリイを揺さぶった。「少し時間をやれと言ったろう！」

「待て待て」クイーン警視がふたりの男を引き離した。「ほかに何かわかったことはあるかね、ミス・フィリップス」

「ええ、警視さん。マリリンが受話器を置いたんで、わたしがなるべくそっけなく〝新規のお客さんなの、マリリン？〟って訊いたら、マリリンはそうだと言いました。どこで聞いたのかわからないけど、自分が仕事を請けている作家かだれかが推薦したんだろうって。

〝ノストラム〟さんはシカゴ出身の作家で、新しい小説を売りこみにきたんだけど、最後の何章かを書きなおさなくちゃいけなくて、それを急いでタイプで清書してもらいたいんですって。ホテルに泊まれなくて〝友人たち〟に厄介になってるから、あしたの五時三十分にホテル・アスターのロビーで原稿を渡すそうよ」

「ホテル・アスターのロビーか」エラリイは信じがたい様子で言った。「ニューヨーク市内であれほど人の出入りの激しい場所はないのに、その場所のいちばん混み合う時間を選ぶとはね」

「ほんとうにホテル・アスターなんだね、ミス・フィリップス」

「マリリンがそう言ったんです」

一同はだまりこくった。

とうとうエラリイが肩をすくめて言った。「いくら知恵を絞っても、どうにも——」

「そのとおり。時が経てばわかるんだから」ジミーが言った。「ところで、ぼくたちのヒロインはどうなるんだい。セレストはあのネズミの檻に残るのか。それとも、あすはホテル・アスターに格子模様のコート姿でお目見えかな。パセリを添えて」

「ばかね」セレストはジミーの腕に頭を預けて言った。

「セレストには残ってもらう。相手は動きだしたばかりだ。泳がせて様子を見よう」警視がうなずいた。「電話があったのは何時と言ったかな」セレストに尋ねる。

「十時五分過ぎくらいです、警視さん」

「きみはソームズ家へもどりなさい」

エラリイはセレストの手を握りしめた。「電話に張りついてるんだ、セレスト。もしあす、〝ポール・ノストラム〟から――ほかのだれでもいいが――電話があって、約束の時間と場所を変更してきたら、そのときは緊急事態だ。すぐに警察本部へ電話してくれ」

「ええ」

「内線2－Xと伝えるんだ」警視が言う。「すぐにわれわれの場所へつながるから」セレストの腕をきまり悪そうにそっと叩いた。「よくやったな」

「よくやった、すてきだよ」ジミーが小声で言った。「キスしてくれ」

風が吹きすさぶ通りをセレストが帰っていくのを、三人は見守りつづけ、四八六番地の入口に姿が消えるまでその場を動かなかった。

それから、警察の車を停めてある三番街に向かって走った。


ヴェリー部長刑事によると、午後十時のゴールドバーグ刑事からの報告はつぎのとおりだった。九時二十六分にリチャードソン夫妻がカザリス夫妻をともなって、カザリスのアパートメントから出てきた。ふた組の夫妻はパーク街をゆっくりと歩いて北へ向かった。ゴールドバーグの相棒、ヤング刑事の報告では、カザリスは上機嫌で、ずいぶんよく笑った。四人は八十四丁目を西へ折れてマディソン街を渡り、パーク・レスターの前で足を止めた。カザリス夫妻はここでリチャードソン夫妻と別れたあと、マディソン街にもどって北へ曲がり、八十六丁目の角にあるドラッグストアに立ち寄った。店のカウンターで夫妻はホットチョコレートを飲んだ。これが十時二分前で、ゴールドバーグは十時に向かいのコーヒー店で一時間ごとの電話連絡をした。

エラリイは壁の時計に目をやった。「いまは十一時十分過ぎだ。十一時の報告はどうだったのかな、部長刑事」

「待ってください」ヴェリー部長刑事が言った。「その前に、ゴールディーから十時二十分にも連絡がありました。特別に」

部長刑事は驚きと興奮の反応を期待していたらしく、もったいぶって間を置いた。だが、エラリイとジミー・マッケルは机の両端でメモ帳に何か書いていて、警視はこう言っただけだった。「それで?」

「ゴールドバーグが言うには、十時にコーヒー店で電話を終えたとたん、ヤングが通りの向こうから合図を送るので行ってみると、カザリスの細君がカウンターにすわっているのが見えたそうです――それもたったひとりで。カザリスが見あたらないので、ゴールディーは自分の目がおかしくなったのかと思って、やつはどこだ、どこにいるとヤングに訊きました。ヤングが店の奥を指さしたのでそちらを見ると、カザリスはそこの電話ボックスで電話をかけていました。ヤングが言うには、ゴールディーが離れた直後に、カザリスは急に用事を思い出したように腕時計を見たそうです。大げさな身ぶりが嘘くさくて、細君にひと芝居打ってるように見えました。弁解でもするように何か言ってスツールからおり、奥へ行ったそうです。棚の電話帳で番号を調べてから、電話ボックスにはいって電話をかけました。電話ボックスにはいったのが十時四分です」

「十時四分」エラリイは言った。「十時四分なんだな」

「だからそう言いましたよ」部長刑事は言った。「カザリスは十分ほど電話をしていました。そのあと細君のところへもどって、飲みかけのホットチョコレートを飲み終え、ふたりで店を出ました。

　タクシーを拾い、カザリスが運転手に自宅の住所を告げました。ヤングが別のタクシーで跡を追い、ゴールディーはドラッグストアへはいりました。カザリスが番号を調べたという電話帳が電話台に開いてあって、カザリスのあとはだれも使っていないんで、見てみようと思ったそうです。それはマンハッタン区の電話帳で、開いてあるページには……」

ヴェリーは印象づけるようにひと呼吸置いた。「S-Oではじまる姓が載っていました」

「S-Oか」クイーン警視は言った。「聞いたか、エラリイ。S-Oの姓だ」警視の義歯がむき出しになる。

　ジミーは牙の絵を描きながら言った。「こんなやさしい老紳士がブロントサウルスそっくりに見えるとはね」

しかし、警視は機嫌よく言った。「さあ、ヴェリー、つづけてくれ」

「これで終わりです」ヴェリー部長刑事は重々しく言った。「ゴールドバーグは、特別なことがあったので急いで報告しなくてはと思い、ヤングを追ってパーク街へ引き返す前に電話で報告をしたと言っていました」

「ゴールドバーグは実に適切だった」警視は言った。「で、十一時の報告は？」

「カザリス夫妻はまっすぐ帰宅しています。十一時十分前に部屋の明かりが消えました。もっとも、奥方が夢の国へ行ったあとでこっそり抜け出そうというのかもしれませんがね」

「今夜はだいじょうぶだよ、部長刑事、今夜じゃない」エラリイは笑みを浮かべて言った。「あすの五時三十分、ホテル・アスターだ」


その男が四十四丁目側の出入口からホテル・アスターのロビーへ歩み入るのが見えた。時刻は五時五分、一同は一時間前から待機していた。ヘス刑事がすぐ後ろを尾行している。

カザリスはダークグレーのスーツの上に黒っぽい粗末なコートを着て、汚れた灰色の帽子をかぶっていた。五、六人の集団といっしょにはいってきて、そのなかの一員のような顔をしていたが、ロビーの奥の左右に分かれる通路でさりげなく離れた。葉巻売り場で

《ニューヨーク・ポスト》紙を買い、その場でしばらく第一面をながめたあと、ゆっくりとロビーを巡回しはじめた。数フィート移動しては、しばし立ち止まる。

「相手がまだ来ていないのをたしかめているんだな」警視が言った。

警視たちは中二階のバルコニーにうまく身を隠していた。

カザリスはまだ歩きまわっている。ロビーは混んでいて、見失わないように目で追うのはむずかしい。だが、ヘスはロビーの中央で見張っていた。ほとんど動かずにすむから、しくじるはずはない。

ほかにも本部の六人の警官がロビーで見張りについていた。

ロビーをまわり終えたカザリスは、ブロードウェイ側の出入口で談笑している五人の男女のそばへ近づいた。手には火のついていない煙草があった。

外階段のほうに、広い背中と引きしまった腰を持つジルギット刑事の姿がときどき見える。黒人のジルギットは本部でも指折りの優秀な刑事で、この日、クイーン警視は特別にヘスと組ませていた。いつもは慎ましい身なりのジルギット刑事だったが、この任務のために小粋な服で決めていて、大事なデートを控えたブロードウェイの有名人のようだった。

五時二十五分にマリリン・ソームズがやってきた。

息を切らし、急いでロビーへはいってくる。花屋のそばで立ち止まって、あたりに目をやった。大柄の格子模様のコートと小さなフェルト帽といういでたちだ。古びた模造革の書類鞄を持っている。

ジョンソン刑事が現われて、マリリンを追い越したあと、人ごみにまぎれこんだ。それでもマリリンから十五フィート以内の距離を保っている。ブロードウェイ側から来たピゴット刑事が花屋にはいり、時間をかけてカーネーションを一輪買った。花屋のガラスの仕切り越しに、マリリンとカザリスの両方を完璧に見守ることができる。ピゴットは少し経ってからロビーへ出てぶらついたあと、マリリンのすぐ横で立ち止まり、知り合いを探すように首をめぐらした。マリリンはとまどい顔でピゴットを見て、もう少しで声をかけそうなそぶりを見せたが、ピゴットの視線が素通りしたので唇を嚙んで目をそらした。

カザリスはマリリンを即座に見つけていた。

新聞を読みはじめる。壁にもたれていて、指にはさんだ煙草にはまだ火がついていない。クイーン父子のいる場所からは、カザリスが新聞をずらしてマリリンに注目する様子が見えた。

マリリンはカザリスが立っている壁の反対側から、ロビーにいる人々を入念に見つめはじめた。視線をゆっくりと動かしていく。視線が半円を描き終わってちょうどカザリスへ差しかかろうというとき、カザリスは新聞をおろして、そばにいた男たちのひとりに何か話しかけた。その男はマッチを取り出して擦り、カザリスの煙草の先に火をかざした。そのあいだ、カザリスはその一団の仲間に見えた。

カザリスが目にはいらないかのように、マリリンの視線は通り過ぎた。

カザリスは少しずつ後退した。いまやその一団をあいだにはさんで、あからさまにマリリンを観察している。

五時四十分まで、マリリンはそこに立っていた。それから動きだして、ロビーを歩きまわり、すわっている男たちに見当をつけては近寄った。数人が笑みを浮かべ、ひとりが何か言った。しかしマリリンは眉をひそめて歩きつづけた。

歩いているマリリンをカザリスは追った。

距離を縮める様子はまったくない。

ときどき立ち止まることもあるが、目は獲物をとらえている。

マリリンの姿を脳裏に焼きつけているように見えた。その足運びを、手の振りを、飾り気のない力強い横顔を。

いま、カザリスは顔を上気させ、荒く息をついている。ひどく興奮しているらしい。

五時五十分には、マリリンはロビーをすっかり見てまわり、先刻いた花屋の前にもどっていた。カザリスがマリリンとすれちがった。これまでいちばんの接近だった――その気になれば、カザリスはマリリンにふれることができるし、ジョンソンとピゴットはカザリスにふれることができる。実のところ、マリリンはカザリスの顔を見つめた。しかし、こんどはカザリスの視線があらぬほうへ向いていて、まるでほかに用事があるかのようにカザリスはさっさと行き過ぎた。どうやら、マリリンにはいつわりの風貌を伝えてあったか、あるいはまったく伝えていなかったにちがいない。

カザリスは最寄の出入口で立ち止まった。

ジルギット刑事が張りこんでいる扉のちょうど内側だ。ジルギットはさりげなくカザリスを一瞥し、階段をおりた。

マリリンの足が床を軽く叩きはじめる。マリリンは後ろを見なかったので、カザリスはよけいな演技をせずにその姿を見ることができた。

六時になると、マリリンは体をまっすぐに伸ばし、ボーイ長がいる受付へ決然と歩いていった。

カザリスはまだその場にとどまっている。

しばらくして、ボーイが呼びはじめた。「ノストラムさま、ポール・ノストラムさま」

ただちにカザリスは階段をおりて歩道を横切り、タクシーに乗りこんだ。車が路肩を離れてブロードウェイの車の列にはいるや、ヘス刑事が乗り場でつぎのタクシーに飛び乗った。

六時十分過ぎ、マリリン・ソームズは憤然とした様子でホテル・アスターをあとにし、ブロードウェイを大股で歩いて四十二丁目へ向かった。

ジョンソンとピゴットがすぐ後ろを尾行した。

「マリリンはひどく怒ってた」その夜、セレストは報告した。「帰ってきたのを見てあんまりほっとしたので、わたしは思わずキスしそうになった。マリリンは待たされて腹を立ててたから、そんな様子には気づかなかったけどね。作家なんて気まぐれだし、お詫びに花束でも贈ってくるんじゃないかとソームズさんは言ったけど、マリリンはそんなおだてに乗るつもりはない、どうせどこかのバーで酔っぱらってたんだろうから、もう一度電話があったら会ってうんと文句を言ってやると息巻いてた」警視がいらいらと口ひげを引っ張る。「いったいカザリスはホテル・アスターからどこへ行ったのかしら」

「家だよ」エラリイも落ち着きがなかった。「マリリンはいまどこにいるんだ、セレスト。また外出したんじゃないだろうね」

「頭にきてたから、夕食のあとすぐに寝てしまったわよ」

「ちょっとひとまわりして、今夜は特に警戒するよう見張り番たちに伝えてこよう」警視は小声で言った。

急ぎ足で立ち去る警視を一同は見送った。

セレストはようやくジミーから離れた。「また電話がかかってくると思う？　クイーンさん」

「どうかな」

「きょうはどういうことだったの？」

「カザリスはいつもとちがう方法で近づくしかなかった。外へ働きに出ないマリリンの行動パターンはつかみにくい。カザリスは用心深いから、近くを連日うろついて偵察するようなことはしない。だから、マリリンを観察するにはちょっとした策を弄するしかなかったんだ」

「そう……なるほど。マリリンの顔を知らないんだものね」

「生まれたてのバラ色のお尻を叩いて以来会ってないわけだからな」ジミーが言った。「ねえ、この豪華な建物の玄関で未来の妻と過ごす時間を五分だけもらえないかな、大将。鐘が鳴って、ぼくがカボチャに変わる前にさ」

セレストはかまわずに言った。「あの人、いつ来るかしら……」

「じきだよ」エラリイはあっさり言った。「いつの夜でもおかしくないんだよ、セレスト」

三人ともだまっていた。

「じゃあ」セレストがようやく口を開いた。

ジミーが身じろぎをする。

「もう帰るわね」

「これからも電話に耳を澄ましてくれ。それから、マリリン宛の郵便物には特に注意するように」

「そうする」

「五分ぐらいくれたっていいじゃないか！」ジミーが不平を言う。エラリイは通りへ出た。

ジミーとセレストが玄関でふたりきりの時間を堪能する間もなく、クイーン警視が帰ってきた。

「様子はどうですか、お父さん」

「連中はうずうずしてるよ」

そのあと三人は本部へもどった。ゴールドバーグ刑事の十一時の最新報告によると、カザリス夫妻は運転手つきのリムジンでやってきたおおぜいの客をもてなしているところだった。派手なパーティーらしい。中庭に忍びこんだところ、グラスのふれ合う音に混じってカザリスの晴れやかな笑い声が聞こえたという。「やつはまるでサンタクロースみたいに笑ってますよ」ゴールドバーグは言った。

金曜日。土曜日。日曜日。

何もなし。

クイーン父子は互いに口もきかなくなった。ジミー・マッケルは、図らずも仲介者と通訳の役まわりをつとめていた。つねに仲立ちをする羽目に陥り、ふたりそろってジミーにかかってくることもあった。ジミーにもやつれが見えはじめた。ヴェリー部長刑事さえ愛想が悪かった。部長刑事が少しでも話すときは、動物がうなるような声になった。

一時間に一回電話が鳴る。そのときは全員が跳びあがった。

さまざまな報告があったが、主旨は同じだった。

何もなし。

三人とも報告室にこもるのにうんざりしはじめていたが、それより互いにいだく嫌悪感のほうがまさっていた。

そして十月二十四日の月曜日、〈猫〉が動いた。

その知らせを届けたのは、ヘスと組んでいつも昼の見張りをしているマクゲイン刑事だった。マクゲインは定時の報告のわずか数分後に電話をよこし、かなり興奮した様子で、カザリスが高飛びすると伝えた。たったいま、カザリスのアパートメントから守衛がスーツケースを何個か運び出したという。カザリスがタクシーの運転手に待つよう指示し、〝ペンシルヴェニア駅で列車に乗る者たちがいる〟と言うのを、ヘスが耳にした。ヘスは別のタクシーで追うことにし、マクゲインはすぐに電話をかけたということだった。

クイーン警視はマクゲインに対し、ただちにペンシルヴェニア駅へ向かうよう命じ、そこでヘスとカザリスを探しあてたら、その後は七番街から三十一丁目にはいったところで待つよう言い聞かせた。

パトカーがサイレンを鳴らして北へ向かった。

一度だけエラリイが憤然と言った。「そんなはずはない。信じられないな。これは罠だ」

それ以外に会話はまったくなかった。

パトカーは二十三丁目でサイレンを止めた。

マクゲインが待機していた。ちょうどヘスを見つけたところだった。カザリス夫妻はフロリダ行きの改札口に集まった人々のなかにいた。リチャードソン夫妻もいっしょだ。改札口はまだ開いていない。ヘスはその近くにいた。

クイーン一行は警戒しながら駅の構内へはいっていった。

カザリスとリチャードソンの両夫妻とその近くにいるヘスを、南側の待合室の窓からマクゲインが指さした。

「ヘスと交替しろ」クイーン警視は言った。「ヘスをこっちへよこすんだ」

まもなくヘスがきびきびと歩いてきた。

エラリイはカザリスから目を離さない。

「どうなってる」警視は訊いた。

ヘスは浮かぬ顔をしていた。「どうもわからないんですよ、警視。様子が変なんですが、連中は人ごみから少し離れたところにいるんで、近づいて盗み聞きするわけにもいきません。奥方はさっきからカザリスに食ってかかってますけど、カザリスは笑ってかぶりを振っています。荷物はもう運びこまれました。リチャードソン夫妻のもです」

「じゃあ、いっしょに行くんだな」エラリイは言った。

「そのようです」

カザリスは木曜日の粗末なコート姿ではなかった。新しそうな流行りのコートを着て、しゃれたホンブルグ帽をかぶり、襟には小さなキクの花をさしていた。

「もしやつが逃げおおせたら」ジミー・マッケルが言った。「ポーランドあたりで、いつでも名士気どりでひと稼ぎできるな」

しかしエラリイはつぶやいた。「フロリダだよ」

改札があき、人の群れが流れはじめた。

クイーン警視はヘスの腕をつかんだ。「向こうへ行ってカザリスのそばを離れるな。マクゲインを連れていって、何かあったら連絡させろ。われわれは改札口で待っている」

ヘスは急いで立ち去った。

改札があいたのが遅かったので、改札口の上にある掲示板によると、発車まであと十分しかなかった。

とすように言う。

「だいじょうぶだ、エラリイ」警視は言った。「定刻には発車しないだろうよ」息子をさ

エラリイの顔は険しかった。

三人はゆっくりと歩いて、〝フィラデルフィア急行　ニューアーク - トレントン - フィラデルフィア〟と表示された改札口の前の人だかりに交じった。フロリダ行きの列車に通じる階段は、ふたつ離れた改札口の先にある。改札口の向こうと大時計を交互に見比べる。

「言ったとおりだろう」警視は言った。

「でもなぜフロリダへ？　あまりにも急です」

「首絞め作戦をやめたんだよ」ジミーが言った。

「まさか」

「やめてほしくないのか」

「やめるなんて決めつけるな」エラリイはきびしい顔をした。「たしかに、マリリンを狙うのはやめたかもしれない。木曜日に何か気づいたんだろう。それとも、思いのほか手強いとわかったのか。あるいは、何か感づいたうえで、われわれを油断させるための罠かもしれない。なんと言っても、カザリスがどこまで知ってるのか、こっちはわからないんだ。まったく何もわからない！……もし感づいていないとしたら、これは標的を変えたということで――」

「つぎの標的はフロリダで休暇中なんだな」クイーン警視はうなずいた。

ジミーが言った。「ニューヨークじゅうの新聞が喜んで書き立ててるよ。発信地はマイアミかパームビーチかサラソタだ。〝〈猫〉、フロリダに現わる〟ってさ」

「そうかもしれない」エラリイは言った。「でも、なぜかあたってる気がしないんだ。何か別の理由がある。別の罠が」

「何がほしいんだ。計画表かい。やつの鞄には例の絹紐がはいってるに決まってる。ぐずぐずすることはないじゃないか」

「一か八かに賭けるわけにはいかないんだよ」クイーン警視は気むずかしい顔で言った。

「それはぜったいにできない。必要なら、われわれはフロリダの地元警察を通して捜査する。向こうで監視をつづけてもらい、ニューヨークにもどってくるように仕向ける。最初からやりなおしというわけだ」

「冗談じゃない！　セレストはどうなるんだ。ぼくはそんなに待てませんよ」

ちょうどそのとき、マクゲインがさかんに合図を送りながら改札口の向こうから走ってきた。乗務員が時計を見ている。

「マクゲイン――」

「あっちへ行ってください。やつが引き返してきます！」

「なんだって？」

「やつは行かないんです！」

一同はあわてて人ごみにまぎれた。

カザリスが現われた。

ひとりだ。

笑みを浮かべている。

カザリスは何かを成しとげた男のように悠々とした足どりで、〝タクシー乗り場〟の表示があるほうへ構内を斜めに突っ切っていった。

そのあとをヘスが時刻表をながめながらゆっくりと追った。

ヘスは歩きながら左の耳を掻いた。するとマクゲインは、雑踏を掻き分けるようにしてあとにつづいた。

三人が本部にもどると、マクゲインから報告が届いていた。

カザリスはタクシーでまっすぐ自宅へ帰っていた。

あらためて過去四週間を振り返り、その全貌がはっきりと見えた。カザリスは策に溺れた。妻の姪を殺害し、〈猫〉事件の捜査陣に相談役の精神科医としてはいりこんだせいで、カザリスは自縄自縛に陥っていた、とエラリイは指摘した。それなりの時間が必要になることを見越していなかったし、注目されながら計画を進めざるをえないことも計算に入れていなかった。レノーア・リチャードソン殺害までなら、従順で夫を信じきっている妻を欺くだけでよかった。仕事を半ば引退していたから、思いどおりに行動してじゅうぶんに人目を避けることもできた。しかし、いまは自由に動けない。当局に説明する立場に身を置いている。仲間の精神科医を集めた委員会に携わっている。精神科医たちと患者の情報をやりとりしている。カザリスが健康を損ねたので、夫人は夫の行動を前より注意深く見守るようになった。また、リチャードソン家をめぐる家庭の事情も多少あって、それもないがしろにはできなかった。

「ステラ・ペトルッキとドナルド・カッツの絞殺には困難がともなった」エラリイは言った。「このふたつの殺人は、それまでの犯行のように都合よくはいかなかった。少なくともカッツのときは、いままでより大きな危険を冒し、不在の言いわけをするために前より多くの嘘を考え出さなくてはならなかったはずだ。ペトルッキのときなどは、よりによってあの夜、〝猫暴動〟のあとで犯行に及んだんだから、どんなふうにやってのけたか知りたいものだ。当然、妻やリチャードソン夫妻から答えづらい質問を浴びせられただろうからね。

ここで重要なのは、フロリダに行ってしまったのがその三人だということだ。

カザリス夫人が改札口で夫に〝食ってかかる〟ところをヘスは目撃したという。その口論は、何日か前にカザリスがフロリダ行きをはじめて提案したときからつづいていたにちがいない。カザリスが言いだしたか、あるいはそんな話になるようにカザリスが仕向けたのは明らかだ。

話を進めるにあたって、義姉の存在が役に立ったかもしれない。リチャードソン夫人はカザリスにとって、当然利用すべき道具だった。義姉をだしにして、なかなか説得に応じない妻を説き伏せた。〝あんなこと〟があったからデラは休養して気分を変えたほうがいい、デラは妹のきみに頼りきっている、などと言ってね。

どんな手を使ったにせよ、カザリスはリチャードソン夫妻に街から出ていかせ、妻を随伴させた。自分はまだ患者を診なくてはならず、捜査をやり抜くと市長に約束した手前、いっしょに行くわけにはいかないとでも言ったんだろう。

妻と義姉夫妻に邪魔をさせないために。

自由に動くために」

ジミーが言った。「でもメイドがいる」

「カザリスはメイドに一週間の暇を出した」警視が言った。

「これで邪魔者はすべていなくなった」エラリイはうなずいた。「カザリスは好きなときに思う存分動くことができる。マリリン・ソームズというお楽しみにこんどこそ取りかかれるんだ」

そのとおりだった。心の平安を得るにはマリリン・ソームズの首に縄をかけるしかなく、もはや自分を抑えられないとでも言いたげに、カザリスはマリリンを追いはじめた。気がはやるあまり、不注意になった。あのむさ苦しいコートと古いフェルト帽をふたたび身につけ、くたびれた灰色の毛織のマフラーを巻き、磨り減った靴を履いた。とはいえ、ほかに格別の変装をしていなかったので、尾行は児戯に等しかった。

また、カザリスは昼間でも偵察に出かけた。

すっかり安心しているからにちがいない。

火曜日の朝早く、カザリスはアパートメントを出た。見張りがゴールドバークとヤングから、ヘスとマクゲインに交替した直後だった。カザリスは通用口から路地へ抜け出し、目的地が西であるかのようにマディソン街へ急いだ。ところがマディソン街まで来ると南へ折れ、ずっと歩いて五十九丁目まで行った。交差点の南東の角で無造作にあたりを見る。そして、停まっていたタクシーに飛び乗った。

タクシーは東へ向かった。ヘスとマクゲインは、見失う危険を最小限にするために、別々のタクシーで尾行した。

カザリスのタクシーがレキシントン街を南へ曲がったとき、刑事たちは緊張した。車はしばらく南へ進んだが、途中でさらに東へ向かい、一番街にはいった。

一番街をまっすぐ二十八丁目まで行く。

した。

カザリスのタクシーはその一画をぐるりとまわって、ベルビュー病院の前に停まった。

カザリスはタクシーをおりて料金を払った。それから病院の入口のほうへ颯爽と歩きだした。

タクシーが走り去る。

すぐにカザリスは立ち止まり、タクシーを目で追った。タクシーは角を西へ曲がった。

カザリスは向きを変え、二十九丁目に向かって早足で歩いた。巻いたマフラーで顔を隠し、不自然にならない程度に帽子のつばをおろしている。

両手をコートのポケットに入れていた。

カザリスは二十九丁目の通りを渡った。


四八六番地をゆっくり通り過ぎるとき、カザリスは立ち止まったり歩調を変えたりせずに建物の入口をながめた。

一度は上を見た。汚れて黒ずんだ、四階建ての煉瓦の建物だ。

一度は後ろを振り返った。

郵便配達員が四九〇番地の建物へはいっていくところだった。

カザリスは悠然と歩きつづけた。二番街の角を曲がった。

だがまた現われ、忘れ物でもしたかのように急ぎ足でもどった。ヘスが建物へ忍びこむ暇はほとんどなかった。マクゲインは向かいの建物の玄関から外の様子をうかがっていた。マリリン・ソームズの護衛にあたっている刑事のうち、少なくともひとりが四八六番地にはいって、階下の奥の暗い階段裏あたりで張りこんでいることは承知している。もうひとりはマクゲインがいる側の通りのどこかにひそんでいるはずだ。

危険はない。

まったくない。

それでも、刑事たちの手は汗で湿っていた。

カザリスは通りすがりに建物をちらりとのぞきながら、さっさと通り過ぎた。ちょうどいま、郵便配達員がその四八六番地の玄関口で郵便受けに手紙を入れているところだった。

カザリスは四九〇番地の前で足を止め、たしかめるように番地の表示に目をやった。内ポケットを探って封筒を取り出し、それをじっくりと見ては、入口の上の所番地の表示を何度も確認している。集金にでも訪れたように見える。

郵便配達人が四八六番地から出てきて、通りをゆっくり進み、四八二番地へはいった。

カザリスはすぐに四八六番地の建物へはいった。

カザリスが郵便受けをながめているのを、廊下でクイグリー刑事が見守った。

カザリスはソームズ家の郵便受けを少しだけ観察した。紙の名札に書かれた〝ソームズ〟の文字と部屋番号の３Ｂ。郵便物がはいっている。郵便受けにはさわろうともしなかった。

クイグリー刑事は身のすくむ思いでいた。郵便は毎朝同じ時刻に配達され、それから十分以内に手紙をとりに階下へ来るのがマリリンの習慣だった。

クイグリーはホルスターへ手をやった。

突然、カザリスが内側の扉をあけて廊下へはいってきた。

刑事は階段裏のいちばん暗い隅にしゃがんだ。

大柄なカザリスの足音が聞こえ、頑丈な脚が通り過ぎていくのが見える。わずかな身動きもできなかった。

カザリスは廊下を進み、裏口のドアをあけた。ドアは静かに閉まった。

クイグリーは姿勢を変えた。

ヘスが飛んできて、階段裏のクイグリーに加わった。

「中庭にいる」

「下見だな」それからヘスはささやいた。「だれかおりてくるぞ、クイッグ」

「あの娘だ！」

マリリンが玄関口まで行って、ソームズ家の郵便受けの鍵をはずした。

古びた化粧着をまとって、髪にはカーラーを巻いている。

郵便物を取り出し、その場で封筒にざっと目を通した。

裏口のドアがかちりと鳴る。

カザリスだ。カザリスがマリリンを見ていた。

まさにその場で〈猫〉事件は終わると思った、とふたりの刑事はあとになって言った。申し分のない状況だった。化粧着姿で玄関口にいる獲物が、あと数秒もすれば薄暗い廊下へもどってくる。あたりにはだれもいない。おもての通りは閑散としている。いざとなれば中庭から逃げられる。

だが、ふたりは期待を裏切られた。ヘスが言う。「やつはチェルシーでオライリーをやったときみたいに、あの娘を階段の裏に引きずりこむつもりだったと思いますよ。そこにはクイグリーとわたしがひそんでいた。あの頭のいかれた野郎はきっと虫の知らせを感じたんです」

しかしエラリイは首を横に振った。「習慣だよ」と言う。「それと用心。カザリスが仕事をするのは夜だ。おそらく紐さえ持っていなかっただろう」

「われわれにX線の目がついていたらな」クイーン警視が力なく言った。

カザリスは廊下のいちばん奥に立ち、薄い色の目を燃えあがらせていた。

マリリンは玄関口で手紙を見ている。低めの鼻、頬骨、顎が正面扉のガラスにはめこまれたかのようにじっとしたままだ。

マリリンは三分間そこに立っていた。

カザリスは動かなかった。

ついにマリリンが内側の扉をあけ、階段を駆けあがった。

古い踏み板が音を立てる。

カザリスが息を吐く音を、ヘスとクイグリーは聞いた。

それからカザリスは廊下を歩いていった。

落胆。憤激。広い肩を落とし、こぶしを握りしめている様子からそれがわかった。

カザリスは通りへ出ていった。


日が暮れてからカザリスはまたやってきて、通りの向かい側にある建物の玄関から四八六番地の入口をながめていた。

九時四十五分まで。

その後自宅へ帰った。

「なぜやつに飛びかからないんです」ジミー・マッケルが声を大にして言った。「そうすれば、この恐怖芝居《グラン・ギニョール》は幕引きになる。やつのポケットから紐が見つかったにちがいないのに！」

「見つかるかもしれないし、見つからないかもしれない」警視が言った。「カザリスはマリリンの習慣を頭に焼きつけようとしている。一、二週間かかるかもしれない。カザリスにとってマリリンは手強い相手なんだ」

「例の紐を持ち歩いてるに決まってますよ」

「たしかなことはわからない。このまま待つしかないんだ。とにかく、実際に襲撃したら逮捕する。紐だけに頼っては失敗しかねない。危険を冒すわけにはいかない」エラリイが歯ぎしりする音がジミーには聞こえた。

水曜日、カザリスは一日じゅう近隣をうろついていた。夜になると、向かいの建物の入口にふたたび場所を定めた。

しかし、九時五十分に立ち去った。

「マリリンは外出することがあるんだろうかと、カザリスは不思議に思っているだろうな」その夜、セレストが報告に来たとき警視は言った。

「ぼくも不思議に思いはじめたところだ」エラリイは言った。「セレスト、いったいマリリンはどうしてるんだ」

「仕事よ」声をひそめてセレストは言った。「脚本家のお客さんから急ぎの仕事がはいってるの。土曜か日曜まではかかるそうよ」

「やつの頭のねじが吹っ飛んじまうぞ」マッケルが言った。

だれも笑わなかった。言った本人はもちろんだ。

暗闇での夜ごとの会合は、無重力で漂う夢の様相を帯びてきた。現実はどこにもなく、見ているものは幻だ。足もとのどこかで街がきしみをあげて不満を漏らす音に、ときどき気づくことはあった。人の暮らしは足の下に埋まっている。いまはみな、その上で単調な踏み車にひたすら乗りつづけるしかなかった。


木曜日、カザリスは同じことを繰り返した。ただし、切りあげたのは十時二分過ぎだった。

「ひと晩ごとに遅くなる」

ジミーは苛立っていた。「この調子だと、セレストが出かけるところを見られてしまうな、エラリイさん。それはまずいよ」

「標的はわたしじゃないのよ、ジミー」セレストがとがった声で言う。

「そういうことじゃない」エラリイは言った。「問題はその規則性だ。セレストが毎晩同じ時刻に外出するのを見たら、カザリスは興味をそそられるかもしれない」

「時間を変えたほうがいいぞ、エラリイ」警視が言った。

「よし、こうしよう。セレスト、あの三階の窓はソームズ家の居間があるところだね。スタンリーがいる部屋だ」

「ええ」

「これからは、十時十五分まで出てはいけない。それも、ある条件がかなった場合だけだ。きみの腕時計は正確かい」

「ちゃんと合ってる」

「ぼくの時計と合わせよう」エラリイはマッチを擦った。「こっちはきっかり十時二十六分だ」

「わたしのはそれより一分半くらい遅れてる」

エラリイはもう一本マッチを擦った。「合わせて」セレストが時計を調整すると、エラリイは言った。「これから毎晩、十時十分から十五分のあいだはあの部屋の窓際にいてくれ。会う場所はすぐ近くの一番街のどこかにする。あすの夜は三十丁目の角の近くにあるあの空き店舗の前にしよう」

「日曜の夜に会った場所ね」

「そうだ。もし十時十分から十五分のあいだに四八六番地の向かいの入口か小路で明かりが三回点滅したら――ペンシルライトを使うんだが――それはカザリスはもういないという合図で、その場合、きみは出てきて報告をする。合図がないときは部屋にいるように。

それはカザリスがまだいるという意味だ。十時十分から二十五分までのあいだにカザリスが立ち去ったら、十時二十五分と三十分のあいだにきみに合図を送る。その五分間に合図がなければ、カザリスはまだいる。だから部屋で待て。カザリスがいなくなるまでこれを繰り返す。十五分ごとの合図に気をつけるように。必要なら夜通しでもだ」

金曜日、マクゲインの午後五時の報告では、カザリスはまだアパートメントを出ていなかった。一同は困惑した。カザリスは薄暗くなってからやっと外出した。その夜は、セレストが十一時十五分まで待たされることになった。エラリイは自分で合図を送り、集合場所までセレストの後ろを歩いた。

「永久に合図が来ないのかと思った」セレストの顔色は悪かった。「カザリスは帰ったの？」

「二、三分前にね」

「電話を受けようと思って、昼も夕方もずっと気を配ってたんだけど、きょうのスタンリーはわがままで落ち着きがなかったの。体がだいぶ回復してきたのよ。それに、マリリンがタイプライターに張りついていて……。一時少し過ぎに電話があったわよ」

三人は暗がりでセレストを取り囲んだ。

「またポール・ノストラムから。ホテル・アスターで待ちぼうけを食わせたことを謝ってた。突然病気になってきょうまで寝こんでいたんですって。会ってもらえないかって……今夜」セレストは落ち着いた声で話そうとつとめていた。「心臓が破れそうだった」

「マリリンはなんと言ったんだ」

「おことわりしますって。特別な仕事で手いっぱいだから、ほかをあたったほうがいいって。そうしたら、デートを申しこんできたのよ」

「ばかな！」クイーン警視の声が震えた。

「マリリンはただ笑って電話を切った」

ジミーがセレストを少し離れた場所へ連れていった。

「やつは辛抱がきかなくなっていますね、お父さん」

「メイドが月曜日にもどるからな」

ふたりは少し歩きまわっている。

「セレスト」

ジミーが反対するのもかまわず、セレストはもどってきた。

「マリリンは自分の仕事についてどの程度カザリスに話したんだ」

「あしたの夜には終わりそうもないから、日曜までかかるだろうって。そのあとそれを届けなくてはならないから――」セレストは息を呑んだ。それから、ひどく気分が悪そうな声で言った。「届ける。たしかにそう言った……」

「今週末だ」エラリイは言った。

土曜日の空は陰鬱だった。ものさびしい雨がニューヨークの街に終日降ったりやんだりを繰り返した。日暮れどきに雨はあがり、街路に霧が立ちこめた。

警視は悪態をつきながら指示を飛ばした。悪天候だからといって、容疑者を見失ってよいことにはならないからだ。「必要なら賭けに出ろ。だが、やつから離れるな」ついでによけいなことも言った。「失敗したらただではすまないぞ」

さんざんな日だった。

一日じゅう、ろくなことがなかった。午前中にヘス刑事が腹痛を起こした。マクゲインがあわてて電話をかけてきた。「ヘスを休ませるしかありません。苦しんでます。急いで代わりをよこしてください。向こうにひとりきりでいますから」ヘイグストロームがパーク街に着いたときには、マクゲインの姿はなかった。「どこへ行ったかわからないが」ヘスがあえいだ。「カザリスは十一時五分に出てきて、マディソン街のほうへ歩いていった。マクゲインが追ってる。どうかなる前におれをタクシーに乗せてくれ」ヘイグストロームがマクゲインと容疑者を見つけるのに一時間以上かかった。カザリスはレストランへ行っただけだった。そのあとすぐに自宅へ帰った。

しかし二時を少しまわったころ、カザリスは例の服装で裏庭から出ていった。東二十九丁目をめざす。

そして四時少し前、マリリン・ソームズは四八六番地をあとにした。セレスト・フィリップスもいっしょだった。


ふたりの娘は二十九丁目通りを西へ急いだ。

霧はまだ出ておらず、小雨がつづいていた。けれども、空はいまにも黒く塗りつぶされそうだった。

視界は悪かった。

カザリスが動いた。なめらかですばやい動きだった。両手はポケットのなかだ。通りの反対側に沿って進んでいく。マクゲイン、ヘイグストローム、クイグリー、クイーン父子、ジミー・マッケルがあとをつけた。ひとりで、あるいはふたりひと組で。

ジミーはしきりに小声で言った。「セレストは頭がおかしいんじゃないのか。ばかだ。大ばかだ」

警視もつぶやいていた。もっとどぎついことばを。

カザリスの渇望は手にとるようにわかった。それは歩き方に表われていた。突進したかと思えばふつうに歩き、それから小走りになり、唐突に止まる。娘たちを尾行しているとき、カザリスは顔を前へ突き出していた。

「まるで猫だ」エラリイが言った。「〈猫〉がいる」

「セレストはどうかしてる」ジミーが低い声で言った。

「セレストはどうかしているぞ！」クイーン警視はいまにも泣きだしそうだった。「われわれはやつをはめた。こんどこそはめた。やつは舌を垂らしている。こんなに薄暗いんだから、きっと手を出したはずだ。それをセレストが……」

娘たちは三番街へ曲がって文房具店にはいった。店員が紙の束やほかの品物を包みはじめる。

あたりが暗くなってきた。

カザリスは注意がおろそかになっていた。三番街と二十九丁目通りの角にあるドラッグストアの窓を背に、雨に濡れながらひたすら立ちつくしている。そこかしこで明かりがついても、その場を動かなかった。

顔をまだ前に突き出している。

エラリイはジミーの腕をつかまえていなくてはならなかった。

「セレストがいっしょなら、カザリスは行動に出ない。人通りがこんなにあるじゃないか、ジミー。車の往来も激しい。心配するな」

娘たちは店から出てきた。マリリンは大きな包みを持っている。

マリリンは微笑んでいた。

ふたりの娘は来た道を引き返した。

アパートメントまであと五十フィートのところで、一瞬だが、カザリスがあわや攻撃に出るかに見えた。小雨が強い降りとなり、ふたりは笑い声をあげながら玄関口に向かって走っていた。奮い立ったカザリスが勢いよく車道に向かって足を踏み出した。

ところがそのとき、四九〇番地の前に車が停まり、三人の男がおりた。向こう側の歩道にいる三人は雨のなかで大声で何か言い争っていた。

カザリスはあとずさった。

娘たちは四八六番地へ消えた。

カザリスは重い足を運び、ソームズ家の向かいにある建物の玄関へはいった。


ゴールドバーグとヤングが来て、マクゲインとヘイグストロームと交替した。

霧がおりていたので、カザリスを近くで監視した。

カザリスは夜になってもそこにとどまり、人がはいってきたときに別の建物へ移動するほかは、その場を動かなかった。

一度カザリスはヤング刑事のいる建物へやってきたので、刑事は三十分以上にわたって、カザリスから十五フィート以内の位置にいた。

十一時を二、三分過ぎて、カザリスは切りあげた。首を低く垂らした大柄な体は霧のなかへ消えた。二番街付近の監視地点からは、カザリスが通った数秒後にゴールドバーグとヤングが追うのが見えた。

三人は西の方角へ消えた。

クイーン警視は不愉快そうに、出てきてもよいという合図を自分でセレストへ送ると言い張った。

その夜の会合場所は、三十丁目と三十一丁目の通りにはさまれた一番街にある、ほの暗いバー兼グリル料理店だった。以前もここを使ったことがある。混雑して煙だらけの、客の自由を大いに尊重する店だ。

セレストは店にはいってきてすわり、まず最初に言った。「しかたがなかったのよ。複写用の薄紙を切らしたから三番街まで買いにいくとマリリンが言ったときは、息が止まりそうだったわ。だれかがいっしょならカザリスが襲ってこないのはわかってた。さあ、十点減点してちょうだい」

ジミーがにらんだ。「きみの頭はほんとうにいかれてるのか」

「わたしたち、カザリスにつけられてたの？」今夜のセレストは顔に血の気がなく、ひどく怯えていた。エラリイは何気なくセレストの手を見た。ひび割れて赤くなっている。爪には噛んだ跡があった。それ以外もどことなくおかしかったが、はっきりとはわからなかった。

何が変なのだろうか。

「カザリスはきみたちを尾行した」警視が言った。それからこうつづけた。「ミス・フィリップス、何があろうがマリリンは無事だったはずだ」さらに言う。「ミス・フィリップス、この事件にニューヨーク市がどれほど莫大な費用と時間をかけてきたかは計り知れない。きょうきみが無責任で軽率な行動をとったために、いままでの努力がすべてだめになった。これほどの好機には二度と恵まれないかもしれない。つまり、カザリスをもう逮捕できないかもしれないんだ。きょうのカザリスは自棄《やけ》になっていた。マリリンがひとりでいたら飛びついただろう。きみのしたことがどれほど迷惑だったか言いつくせないよ。ミス・フィリップス、実のところ、きみに出会わなければよかったと思っているくらいだ」

ジミーが腰を浮かせた。

セレストはジミーを椅子に引きもどし、その肩に顔をうずめた。「警視さん、マリリンひとりで通りを歩かせるなんて、わたしにはどうしてもできなかったんです。これからどうしたらいいんでしょう」

警視は震える手でビールのグラスを持って飲みほした。

「セレスト」何が変なのだろうか。

「はい、クイーンさん」ジミーの抱擁が強くなり、セレストは微笑を向けた。

「二度とあんなことをしてはいけない」

「約束できないわ、クイーンさん」

「きみは約束したじゃないか」

「ほんとうにごめんなさい」

「いま、きみをおろすわけにはいかないんだ。この捜査の体制は崩せない。カザリスはあすにでも別の手を仕掛けてくるかもしれない」

「わたしは残ります。やめるなんてできない」

「邪魔をしないって約束できるかい」

ジミーがセレストの顔をなでた。

「あすの夜までに決着がつくかもしれないんだ。カザリスがマリリンを傷つけるチャンスは万にひとつもない。マリリンは見守られてる。カザリスもだ。カザリスが紐を出して行動を起こすままにさせればいい。そこへ四人の武装刑事が飛びかかる。マリリンは脚本のタイプを終えたのかな」

「いいえ、マリリンは今夜くたくたに疲れてるの。あした、もう何時間かやらないといけないみたい。朝は遅くまで起きないと言ってたから、仕上がるのは夕方近くね」

「できあがりしだい届けるのか」

「脚本家がお待ちかねなのよ。期限を過ぎてるんだもの」

「脚本家が住んでいる場所は？」

「グリニッチ・ヴィレッジ」

「天気予報では、あすはもっと雨が降る。マリリンが出かけるころにはもう暗いか、暗くなりかけているだろう。カザリスは東二十九丁目かグリニッチ・ヴィレッジのどちらかでマリリンに手を出そうとするはずだ。あと一日なんだよ、セレスト。ぼくたちはいままでの悪夢とともにこの事件を葬ることができるんだ。マリリンをひとりで出してくれないか」

「やってみる」

いかいかいか。

何が変なのだろうか。

クイーン警視が怒声をあげた。「ビールをもう一杯！」

「セレスト、きみのせいで大変なことになってるんだよ。出てくるとき、マリリンに変わりはなかったかい」

「もう寝てたわ。家族全員。ソームズ夫妻とビリーとエレノアはあしたの朝早くに教会へ行くのよ」

「じゃあ、おやすみ」エラリイの顎はやつれてとがって見えた。「きみにがっかりさせられるなんて、考えたくもないな」

ジミーが言った。「もうやめろよ、野蛮人め」

ウェイターが警視の前にビールを乱暴に置いた。ぞんざいな口調で言う。「そっちのご婦人に何を?」

「何も要らない」ジミーが言う。「あっちへ行ってくれ」

「ねえ、お客さん、この店は営業中なんですよ。そっちのご婦人が何も飲まないなら、いちゃつくのはよそでやってもらえませんかね」

ジミーはゆっくりとセレストを離した。「なんだと、このあんぽんた——」

警視が吠えた。「失せろ」

ウェイターは驚いた様子で引きさがった。

「もう帰ったほうがいいよ、ベイビー」ジミーはやさしくささやいた。「ぼくは仲間ともう少し話があるから」

「ジミー、キスしてくれる?」

「ここで?」

「うん、かまわない」

ジミーはキスした。遠くからウェイターがにらみつける。

セレストは走り去った。

その姿を霧が呑みこんだ。

ジミーは険しい顔で立ちあがり、クイーン父子のほうへ身を乗り出した。口を開いて何か言いかける。

だがエラリイが先に言った。「あれはヤングじゃないか」目を細くして霧のなかを見ている。

三人はウサギのように落ち着きがなくなった。

ヤング刑事があいた戸口に立った。店内の仕切り席へつぎつぎと視線を投げていく。口のまわりに黄ばんだ深い皺があった。

エラリイはテーブルに紙幣を置いた。

三人は席を立った。

ヤングが三人を見つけた。口で息をしている。

「聞いてください、警視」上唇の上に汗が浮いていた。「このひどい霧のせいなんです。これじゃあ、目の前の自分の手さえ見えない。ゴールドバーグとわたしは順調に尾行していたんですが、突然カザリスが引き返してわたしらのほうへ向かってきたんです。東へもどって、このあたりまで来ました。矢も盾もたまらず、ひと晩じゅううろつくことに決めたかのようでした。すっかり正気を失ってるみたいでしたよ。こちらに気づいたかどうかはわかりません。たぶん気づいていないでしょうが」ヤングは息を継いだ。「霧でやつを見失いました。ゴールディーが外で探しまわっています。わたしは警視を探していました」

「カザリスがこっちへもどったのに、見失ったのか」

じっとりと湿ったクイーン警視の頬が石膏のように固まる。

思い出したぞ。

「あの格子模様のコートだ」抑揚のない声でエラリイが言った。

「なんだと？」警視が言う。

「今夜、セレストは気が動転していたから、自分のコートじゃなくて、あれを着てきた。いまカザリスは野放しで、セレストがマリリンのコートを着て外にいる」

ジミー・マッケルを先頭に、全員が霧のなかへ転がり出た。

11

セレストの金切り声が聞こえ、一同は一番街を三十丁目から二十九丁目まで突っ走った。男が二十九丁目通りの角から走ってきて、激しい手ぶりで、もどるように合図をする。

「ゴールドバーグ……」

では、二十九丁目ではない。この一番街のどこかだ。

悲鳴に喘鳴《ぜんめい》の音が混じった。また聞こえる。歌のように。

「あの路地だ！」エラリイが叫んだ。

そこは、二十九丁目の角のビルと一群の店のあいだにある路地の入口だった。ゴールドバーグのほうが路地に近かったが、カマキリの脚を持つジミー・マッケルが最初に着いた。

そして姿を消した。

無線つきのパトカーが霧に向かってヘッドライトの明かりを撒き散らしながら駆けつけた。クイーン警視が何かを叫び、パトカーは車体を揺らしながらバックして、ハイビームとサイドライトで路地の入口を照らした。

一同は路地へ突入し、ジョンソンとピゴットも拳銃を抜いてすばやく角を曲がった。離れた場所でサイレンが鳴りはじめた。二十九丁目、三十丁目、二番街。救急車がベルビュー病院から一番街を斜めに突っ切って走ってきた。

沸き立つような霧のなかで、娘とふたりの男が無造作に揉み合っていた。よろめいている。セレストとカザリスとジミーだ。その姿は見る者の視細胞に焼きつき、スローモーション映像として知覚された。セレストは入口のほうへ顔を向け、体を弓なりに曲げている。そのさまは射手が引く弓を思わせる。両手の指が喉を守り、巻きつくピンクの紐と首のあいだにしっかりはさまれている。こぶしについた血が光った。セレストの背後で体を揺すりながら紐の両端を握っているのはカザリスで、その首に腕をまわしてカザリスの顔をのけぞらせているのがジミー・マッケルだった。カザリスは歯のあいだから舌をのぞかせ、空に向かって目を見開いている。その目は静やかで無表情だ。ジミーはあいたほうの手で、紐をつかむカザリスの手をゆるめさせようとしている。口を大きく開き、まるで笑っているように見えた。

エラリイはほかの者より半歩先に着いた。

カザリスの左耳の後ろをこぶしで一撃し、ジミーとカザリスのあいだに腕を差しこんでから、ジミーの顎を手のひらの付け根で叩いた。

「放せ、ジミー、放すんだ」

カザリスが濡れたコンクリートの床にくずおれた。まだ奇妙な目つきで虚空を見ている。ゴールドバーグ、ヤング、ジョンソン、ピゴット、パトロール警官の五人がカザリスの上にのしかかった。ヤングが膝蹴りを食らわすと、カザリスは体を折って女のような甲高い声をあげた。

「やりすぎだ」エラリイが言った。自分の右手をさすっている。

「この膝がいけないんですよ」ばつが悪そうにヤングが言う。「こんなときには勝手に動いちまうんです。ばしっ、とね」

クイーン警視が言った。「手を開かせろ。自分の母親にするみたいにやさしくだぞ。その紐は獲れたてのほやほやだからな」

オーバーコート姿の研修医がセレストのかたわらに膝を突いていた。セレストの髪が水たまりに浸かって光っている。ジミーが叫んで大きく身を乗り出す。エラリイは痛めていないほうの手でその襟首をつかんだ。

「だって死んでるじゃないか！」

「気を失ってるんだよ、ジミー」

クイーン警視はピンク色の紐をじっくりと愛おしむように観察した。太くて強靭な絹糸でできている。タッサーシルクだ。

「セレストの具合はどうだね、先生」警視はそう訊きながらも、掲げた手から垂れさがる紐から目を離さなかった。

「首に傷がありますね。ほとんどは横と後ろ側です」研修医が答えた。「いちばん強く圧迫されたのは手でした。賢い娘さんですよ」

「死んでいるように見えるんだが」

「ショックのせいでしょう。脈も呼吸も正常です。きょうのことを孫に語り聞かせられるくらい長生きしますよ。聞き飽きたと言われるほどね」セレストがかすかな声を出す。

「意識がもどってきました」

ジミーは湿った路地にすわりこんだ。

警視は絹の紐を注意深く巻いて封筒に入れた。〈マイ・ワイルド・アイリッシュ・ローズ〉をハミングする警視の声がエラリイの耳に届いた。

カザリスは後ろ手に手錠をかけられていた。濡れた右脇腹を下に、膝をまるめて横たわり、ヤングの太い両脚越しに、数フィート先のひっくり返ったごみバケツを見つめている。顔は汚れて灰色で、目全体が白く見える。

〈猫〉。

刑事たちの脚を柵代わりにした檻のなかで、苦しげに息をしている。

〈猫〉。

刑事たちは肩の力を抜き、研修医がセレスト・フィリップスの手当てを終えるのを待ちながら、冗談を飛ばして笑っていた。ジョンソンはゴールドバーグがきらいだったが、煙草を差し出した。ゴールドバーグが自分の煙草をどこかでなくしていたからだ。ゴールドバーグがうれしそうにそれを受けとってジョンソンの煙草にも火をつけたので、「ありがとうよ、ゴールディー」と礼を言った。ピゴットは列車事故のことを話していた。そのときピゴットは凶悪な殺人犯とたっぷり十四時間手錠でつながれていたという。「こっちはびくついてたから、十分おきにやつの顎をぶん殴っておとなしくさせてたよ」みんな大笑いだった。

ヤングはパトロール警官に不平を漏らしていた。「ふん、おれは六年間ハーレムをまわってたんだ。あそこじゃ、まずはじめに膝を使い、それから質問をするんだ。相手はナイフを使うからな。そんな連中ばかりだった」

「よくわかりませんけど」パトロール警官は疑わしそうに言った。「白人にもそういうのはいますよ。逆にジルギットみたいな黒人もいるじゃないですか」

「だからどうだってんだ」ヤングは囚われた男を見おろした。「とにかくこいつは頭がぶっ飛んだ変態野郎だ。頭が変なやつは何も感じないのさ」

足もとに転がっているカザリスが、何かを噛んでいるかのように口を少し動かした。

「おい」ゴールドバーグが言った。「こいつは何をしてる」

「どうしたって？」警戒するクイーン警視が割ってはいった。

「こいつの口を見てくださいよ、警視」

警視はコンクリートにひざまずいてカザリスの顎をつかんだ。

「気をつけてください、警視」だれかが笑って言った。「噛みつかれますよ」

口は素直にあいた。ヤングがクイーン警視の肩越しにライトをあてた。

「なんでもない」警視は言った。「舌で歯の裏をさわっているだけだ」

「〈猫〉のしそうなことだ」ヤングが言い、おおぜいでまた笑った。

「急いでもらえないかな、先生」警視は言った。

「あと少しです」研修医はセレストを毛布にくるんでいた。頭が力なく垂れている。

ジミーは別の救急隊員から逃れようとしていた。「いいからどいてくれ。このマッケルが取りこみ中なのがわからないのか」

「マッケルさん、あなたの口と顎が血だらけなんですよ」

「そうなのかい」ジミーは顎にさわってから指を見て驚いた。

「下唇を半分噛み切ったんですね」

「だいじょうぶだからな、セレスト」ジミーはやさしい声で言った。それから悲鳴をあげる。救急隊員は口の手当てをつづけた。

急に寒くなったが、だれも気づいていないようだった。霧がみるみる晴れていく。星がひとつふたつ見えはじめた。

　エラリイはごみバケツに腰かけていた。〈マイ・ワイルド・アイリッシュ・ローズ〉が頭のなかで手まわしオルガンの音色のように執拗に響いている。何度か消そうとしたが、鳴りやまなかった。

　またひとつ星が出た。

　まわりの建物の裏窓はどれも煌々と明るく、あけ放たれていた。ずいぶんにぎやかだ。いくつもの頭と肩がそこにある。特等席だ。そう、闘技場。闘犬場。お楽しみ。見ることはけっしてかなわなくても、見たいと望むのはかまうまい？　ニューヨークでは、だれの目にもそうした望みが宿っている。劣化していく古い建物。歩道の掘削。口をあけたマンホール。交通事故。どうした？　何があった？　だれがやられた？　ギャングか？　あっちで何をやってる？

　たいしたことではない。

〈猫〉は地獄にあり、すべて世はこともなし（ロバート・ブラウニングの詩の一節〝神は天にあり、すべて世はこともなし〟のもじり）。

　ニューヨークの新聞が喜んで書き立てる。

「ジミー、来てくれ」

「いまはだめだ」

「《エクストラ》のことだ」エラリイは意味ありげに言った。「ボーナスはほしくないか」

　ジミーは笑った。「言わなかったかな。先週くびになったんだ」

「電話をかけろよ。編集主任にしてもらえるぞ」

「あんな連中なんか糞食らえだ」

「百万ドルの特ダネだ」

「百万ドルならもうあるよ」

エラリイはごみバケツの上で体を揺すって笑った。この変わり者はなかなかやるな。たいしたやつだよ、ジミー。また笑い、手に妙な感覚を覚えるのはなぜだろうと思った。

東二十九丁目四八六番地の三階の裏窓も人でいっぱいだった。

〝知らないんだな。ソームズの名が歴史に残るというのに、だれの名が新聞に載るのだろうとあそこでは思っている〟

「気がつきましたよ」研修医が告げた。「おめでとう、お嬢さん。だれよりも早くお祝いが言えて何よりです」

包帯を巻かれたセレストの手が喉へ行く。

ジミーが口をもごもごさせながら、救急隊員に言った。「唇をいじるのはもういいかげんにしてくれないか。ベイビー、ぼくだよ。すべて終わった。終了《フィニ》。ジミーだよ、ベイビー。わかるかい」

「ジミー」

「わかるんだな！　もうだいじょうぶだよ、ベイビー」

「あんな恐ろしいこと……」

「終わったんだよ」

〝マイ・ワァァァイルド・アイリッシュ・ロォォォーズ……〟

「わたし、一番街を急いで歩いてた」

「ちゃんとおばあちゃんになれるってさ。このヨードチンキ係がそう言ってた」

「通り過ぎざまに引きずりこまれたの。顔を見て、そのあと真っ暗になった。首を――」

「話はあとだ。もう少し休んでいなさい、ミス・フィリップス」警視がやさしく言った。

「終わったんだよ、ベイビー」

「〈猫〉よ。どこなの。ジミー、あいつはどこ?」

「さあ、震えないで。やつなら向こうでおとなしくしてる。ただの野良猫さ。見えるかい。こわがることはないよ」

セレストは泣きだした。

「何もかも終わったんだ」ジミーはセレストを抱き寄せ、ふたりは小さな水たまりでいっしょに体を揺らした。

〝セレストはどこにいるのか、とみんなが思っているだろうな。ここで怪我人を助けているとでも思われているかもしれない。赤十字の母クララ・バートンばりの活躍で……。そう言えば、ここは戦場ではなかったか? 一番街戦争。マッケル率いる匪賊を騎兵偵察隊として送りこんだのち、クイーン将軍はフィリップスの部隊とともに陽動作戦を仕掛け、センター通りの面々を引き連れて敵に攻めかかったんだ……〟見物人のなかにマリリン・ソームズの黒い頭が見えた気がしたが、エラリイは前に向きなおって首の後ろをさすった。

〝さっきのビールには何がはいっていたんだろうか〟

「さあ、先生」警視が言っている。「こんどはこっちへ来てくれ」

カザリスのほうにかがみこんだ研修医が目をあげた。「あなたはこの人をだれだと言いましたっけ?」鋭く尋ねる。

「こいつは股間にきつい一発を食らってる。きみがだいじょうぶだと言うまで動かしたくない」

「これは精神科医のエドワード・カザリス博士じゃないか!」

全員が声をあげて笑った。

「ありがとう、先生」ヤング刑事がまわりの者にウィンクしながら言った。「お気づかい、感謝感激だよ」

一同はまた笑った。

研修医は顔を赤くした。しばらくして立ちあがった。「かかえあげれば自分で歩けるでしょう。重症ではありません」

「それっ!」

「まあ、どうせいつもいかさまを働いてたんだろうよ」

「ヤング、あの膝蹴りをお見舞いしたらどうだ」

「気をつけろ、気をつけろ」

カザリスは脚を動かすのもおぼつかなかった。バレエ学校の生徒よろしく、半ば爪先立ちで足を小さく運び、膝は体重を支えきれない。

「見るな」ジミーが言った。「こんなのはどうだっていい」

「いいえ。見たいの。約束したんだもの、わたしの――」そう言いながらも、セレストは身震いして目をそらした。

「向こうの道を通れるようにしておけ」警視があたりを見渡して言った。「待て」一同の歩みが止まり、カザリスはほっとしたように見えた。「エラリイはどこだ」

「あっちです、警視」

「おい」

「どうしたんでしょう」

〝マイ・ワァァァイルド・アイルラン……〟

ごみバケツが音を立てて数フィート転がった。

「怪我をしている」

「おい、先生!」

研修医が言った。「気を失っています。手を骨折している。落ち着いて……」

落ち着いて。あわてるな。嗅ぎまわり、掘り返し、追跡し、策を練ったのはほんの五か月間――二十一週間だ。正確には二十一週間と一日、つまり百四十八日間だ。東十九丁目のアパートメントのドアがそっと叩かれてから、一番街の路地でひとりの男の頭をぶちのめすまでのあいだだ。アーチボルド・ダドリー・アバネシーからセレスト・フィリップス、別名、女スパイのスー・マーティンまで、六月三日の金曜日から十月二十九日の土曜日までのあいだだ。それはニューヨーク市の長い歴史におけるわずか一年の、そのまた四〇・四パーセントの長さにすぎない。その期間に、ニューヨークに数多くいる殺人鬼のひとりがマンハッタン区の人口を九人減らしただけだ。たしかにメトロポル・ホールでの大混乱とその後の暴動という小さな出来事はあったが、それでも全体から見れば、巨人バニヤンの裏庭でニワトリがついばむ餌が減った程度にすぎない。何を騒ぐことがある?

あわてるな。

あわてるな。〈猫〉は撮影用ライトの下で硬い椅子にすわっている。それは崩壊した都市の夢に出てくるような何本もの尾を打ち振る怪物ではなく、弱々しい老人で、喜んでもらいたいがその術がわからないとでも言うように、手を震わせて不安げにしている。老人はタッサーシルクのサーモンピンクの紐をもう一本持ち歩いていたことがわかった。また、パーク街の診療所にある鍵のかかった書類棚の奥には、二ダースの紐が隠されていて、そのうち半分以上は見覚えのある青い色に染められていた。老人は隠し場所を説明し、自分の鍵入れのなかから該当する鍵を選び出した。紐はかなり昔に手に入れたものだという。一九三〇年の後半、産科医をやめて世界周遊に出かけたころだ。インドへ行ったとき、タギーというかつての殺人集団が絞殺に使った紐だという売り文句に惹かれて、現地人から買った。その後、片づける前に青とピンクに染めた。なぜ長い年月とっておいたのか。その問いに老人はとまどったようだった。いや、妻は紐のことはいっさい知らない。バザールで買ったときはひとりだったし、そのあともずっと隠していたのだから……。老人は質問を聞こうと首を傾け、ていねいに答えた。無口になったり、少しつじつまが合わない話をすることもときどきあった。しかし、とりとめのない話はしていない。ほとんどの場合、該当する過去の出来事に的を絞って明確に話す姿は、世人が知るカザリス博士そのものだった。

とはいえ、その目はレンズのように見開いたまま変わらなかった。

エラリイはセレスト・フィリップスとジミー・マッケルをともなってベルビュー病院から直接やってくると、右手に副木をあてた姿で部屋の壁際にすわり、無言で耳を傾けた。まだ疲れきってはいなかった。現実離れしたような感覚が残っている。警察委員長と地方検事も同席した。そして午前四時半を少し過ぎたころ、囚われた男よりも顔色の悪い市長があわててはいってきた。

だが、椅子にすわっている薄汚れた老人は、だれの顔も目にはいらないようだった。何か作戦があってわざと目を合わせないのだろう、と全員が感じとった。このような異常者がどれほど狡猾かは知っている。

九件の殺人に関する供述の大部分は驚くほど詳細だった。あいまいな点が二、三あったが——それらもカザリスの正体を知らなければ、痛みと混乱、そして精神と肉体の疲れのせいだと思われただろうが——そのほかはみごとなものだった。

カザリスの返答がもっともあいまいになったのは、その夜の尋問にエラリイが唯一付け足した質問に答えたときだった。

供述もそろそろ終わろうというころ、エラリイは身を乗り出して尋ねた。「カザリス博士、あなたは被害者が乳児だったころから会っていないことを認めました。したがって、あの人たちがあなた個人になんらかの影響を及ぼしたとは考えられない。それなのに、あなたはたしかに害意をいだいた。どういうことでしょうか。なぜ殺すしかないと思ったのですか」

〝精神疾患者の行動は現実の視点から見るかぎり——つまり、多少とも健常な精神が世界をありのままに見て判断するかぎり——動機がないように感じられるからです……〟

カザリス博士はそう言っていたものだ。

囚われた男はすわったまま体をひねって、声の主にまっすぐ目を向けたが、殴られた顔にライトをあてられていたので、周囲が見えないらしかった。

「クイーンくんかね」カザリスは言った。

「はい」

「クイーンくん」カザリスは親しげな、馴れ馴れしいほどの口調で答えた。「理解できるだけの科学的知識がきみにあるんだろうか」


記者たちから解放されたときには、日曜日の朝はすっかり明るくなっていた。ジミー・マッケルはセレストに腕をまわしてタクシーの隅にぐったりと沈み、エラリイは反対側の隅で不自由な手をいたわりながら窓の外をながめていた。ふたりを気づかったわけではなく、外の様子を見たかったからだ。

けさの街はいつもとちがって見える。

感触も、においも、音も、ちがう。

新しい。

空気が正しい音を奏でている。教会の鐘のせいかもしれない。ダウンタウンからアップタウン、イーストサイドからウェストサイド、街のほうぼうで教会が鐘の音を盛大に披露していた。来たれ《アデステ》、信徒《フィデレス》たちよ！　さあ、来るがよい！

住宅地区では、デリカテッセンやパン屋や新聞の売店やドラッグストアが忙しく店を開いていた。

列車がどこかの高架を疾走している。

指先の青白い新聞売りの少年。

早起きをした人がときどき現われ、手を擦り合わせながらきびきびと歩いていった。

タクシー乗り場に車が並んでいた。流れているのは無許可の海賊放送だ。運転手たちが耳を傾ける。

人がタクシー乗り場に集まりだした。

ニューヨークが伸びをしている。

目を覚ましたところだった。

12

ニューヨークが目覚めたあとも、醜悪な幻は一、二週間消えなかった。あの有名な火星人襲来のラジオドラマが現実だったとしても、そのあと長い行列を作って火星人の残骸とやらを見にきた人々は、自分のだまされやすさに驚きあきれたことだろう。いまや怪物は檻に閉じこめられ、見られ、声を聞かれ、体をつねられ、報道され、記事を読まれ、同情すらされている。ニューヨークじゅうの人間が列をなした。遅れて気づいたことが事件後にわかった事実と噛み合い、恥ずべき話の種が街じゅうに撒かれたが、いまとなっては安全で愉快とさえ言える話題だった。〈猫〉はただのいかれた老いぼれだ。市にとって、ひとりの精神異常者にどれほどの力があるというのか。書類を綴じて忘れるがいい。もうじき感謝祭だ。

ニューヨークは声をあげて笑った。

それでも、イギリスの従兄であるチェシャー猫のように、体が消えたあとも〈猫〉のにやにや笑いは漂っていた。独房にいる老人の笑い顔ではなかった。あの老人は笑わない。

それは夢に現われる怪物の笑い顔だった。また、大人より忘れやすいが感性が鋭い子供たちの問題があった。親たちはこれまでどおり悪夢と戦うしかなかった。さらに、自分自身の悪夢とも。

その後、休戦記念日の翌日にあたる十一月十二日の朝、若い女の死体の一部が――のちにフラッシング在住のレバ・ザヴィンスキーと判明したが――ジャマイカ湾付近のそこかしこで発見された。女は強姦されたのち、ばらばらに切り刻まれ、頭部も切断されていた。この事件が醸すなじみ深い恐怖、わかりやすい残虐行為のひとつひとつが、たちどころに大衆の注意の方向を変えた。犯人は性的精神病質者の典型的な病歴を持つ元陸軍脱走兵であり、逮捕されるころには――少なくとも大人たちのあいだでは――方向転換は終わっていた。それゆえ、〈猫〉ということばを聞いても、ニューヨークのふつうの人々は、家庭で飼われるきれい好きで独立心が強い、ネズミを食べる有益な小動物しか思い浮かべず、それ以上の悪印象をいだかなくなった（レバ・ザヴィンスキー事件がニューヨークの子供にも同じ効能をもたらしたかは疑問だが、感謝祭とクリスマスが近づけば、子供たちの夢を占めるのは〈猫〉から七面鳥やサンタクロースへ変わるだろう、と大半の親は思っているらしかった。そのとおりだったのかもしれない）。

とはいえ、特別な興味を持ってまだ事件にしがみついている人々がわずかながらいた。市の職員の一部、記者、精神科医、〈猫〉の犠牲者の家族らは、責務や割りあてられた仕事のため、あるいは職業や血縁の上でかかわりがあるために抜け出せなかった。社会学者や心理学者や哲学者にとっては、九件連続殺人犯の逮捕は、六月のはじめからのニューヨーク市民の行動について、社会科学の観点からの研究に乗り出す絶好の機会となった。第二のグループはエドワード・カザリスにはまったく関心がなく、第一のグループはカザリス以外のだれにも関心がなかった。

カザリスは不機嫌の殻に閉じこもっていた。話をせず運動もせず、一時は食べることさえしなかった。妻の面会だけを糧に生きているらしく、頻繁に呼び寄せていた。カザリス夫人は姉や義兄とともに十月三十日にフロリダから帰ってきた。夫が〈猫〉として逮捕されたという知らせを信じようとせず、マイアミでもニューヨークでも記者たちに抗議した。「何かのまちがいです。そんなはずはありません。夫は無実です」しかし、それも本人に会うまでだった。死人のように青ざめて出てくると、報道陣にかぶりを振り、姉のもとへ直行した。そこに四時間いたあと、自宅のアパートメントへもどった。

怪物が逮捕されたばかりの騒がしい時期、市民の憎しみの標的となったのは怪物の伴侶だった。カザリス夫人は指を差して野次られ、あとをつけられた。姉と義兄はどこかへ消えた。行き先はだれも知らず、知っていても言わなかった。メイドは逃げだし、代わりは来なかった。アパートメントを引き払ってくれと建物の管理者から言われ、拒まれてもあの手この手で立ち退かせると荒々しく言い渡された。夫人はそれに抗わず、家財道具を倉庫に預けて、ダウンタウンの小さなホテルへ移った。翌朝にはホテルの経営者に身元を知られ、退室を請われた。こんどはグリニッチ・ヴィレッジのホレイショー通り沿いのみすぼらしい下宿屋に住みかを見つけた。夫人の長兄、メイン州バンゴア在住のロジャー・ブレアム・メリグルーが妹を見つけたのは、この下宿だった。

メリグルーの訪問はその夜かぎりで終わった。書類鞄を持った、魚のような顔の男がいっしょだった。ふたりの男がホレイショー通りの建物から朝の三時四十五分に出てくると、記者たちが待ち構えていた。メリグルーを逃がして説明を買って出たのは連れの男で、その内容は当日の夕刊に載った。「メリグルー氏の弁護士として、わたくしが代わりにお答えします。メリグルー氏は数日にわたって、妹のカザリス夫人に対し、メイン州の親族のもとに身を寄せるように説得を試みました。カザリス夫人は説得に応じませんでした。そこでメリグルー氏は直接夫人に会いにきて、あらためて要請しました。それでも夫人ははねつけました。もはやメリグルー氏には打つ手がなく、いまから帰るところでした。それだけのことです」なぜメリグルー氏はニューヨークにとどまって妹を支えないのか、と記者団に問われ、メイン州の弁護士は語気荒く「それはメリグルー氏に尋ねてください」と言い返した。のちに、バンゴアの新聞がメリグルーからようやく少し聞き出した。「妹の夫は異常者です。殺人を犯した異常者を支援できるはずがありません。わたしたちはあれこれ注目されたり暴かれたりで、大変迷惑しています。あとは妹に訊いてもらいたい」メリグルー一族はニューイングランド一帯で手堅い事業を大規模に展開していた。

そのため、カザリス夫人はひとりで試練に立ち向かった。グリニッチ・ヴィレッジのむさ苦しい部屋で過ごし、記者たちにつけまわされ、夫を訪ねるうちに、日一日と目つきが険しくなり、無口になっていった。

夫人はダレル・アイアンズという名高い弁護士に夫の弁護を頼んだ。アイアンズはほとんど何も語らなかったが、全力で動いていると噂された。カザリスは弁護を〝拒絶した〟とも、際限なくアイアンズが送りこんでくる精神科医たちに協力しないとも言われていた。カザリスが恐ろしく逆上したとか、暴力を振るおうとしたとか、支離滅裂な行動をとったという話が広まった。ダレル・アイアンズを知る人たちによると、アイアンズ自身がそうした噂を飛ばしたらしく、おそらく事実ではないということだった。アイアンズの弁護がどんな方向をめざすかは明らかだった。というのも、地方検事がカザリスを、自分の行動の性質や特徴を自覚している人間として訴追しそうだからだ。犯行に及んだ時期でさえ日常生活で分別のあるふるまいができたのだから、医学上の呼び名はどうあれ、法律上の定義では〝正気〟と見なされるべきだという主張による。レノーア・リチャードソン事件を捜査した夜、カザリスが市長直属の特別捜査官と、市警本部のリチャード・クイーン警視と交わした会話を、地方検事は非常に重視しているらしかった。あのとき、カザリスは〈猫〉事件の〝理論〟を、精神疾患者の純粋さと単純さをあげて説明した。これは計算高い殺人者による計算ずくの行為であり、捜査の矛先を〝意味不明の愚行〟へと誘導することで、絞殺の陰に責任能力のある人間がいることから巧みに注意をそらした、というのが地方検事の見解だという。

物々しい裁判になりそうだった。

事件に対するエラリイの興味は早々に失せた。あまりにも長いあいだ、あまりにもきびしい立場に耐えてきたので、十月二十九日から三十日にかけてのあの出来事が終わったあとには疲労しか残らなかった。自分が過去を忘れようとするばかりか、現在からも身をかわそうとしていることにエラリイは気づいた。いずれにせよ、現在からは逃れられない。仰々しい儀式が待ち構えていた。アテナイ人の栄誉として、記者会見とラジオやテレビでのインタビューがあり、市民団体での演説を、論文の執筆を、未解決事件の捜査を、数えきれないほど依頼された。おおかたの誘いをエラリイはまずまず上品な態度で辞退してのけた。しかし、ことわりきれない頼まれ事も少しはあるので、不機嫌になって口汚く罵った。「どうしたんだ」父が問いただした。「別に。成功して頭がのぼせたんですよ」エラリイはつっけんどんに返した。警視は口をすぼめた。自分も偏頭痛で気分が悪くなったことがある。「そうか」楽しそうに言う。「少なくともこんどは失敗のせいじゃないな」

エラリイは椅子から椅子へと落ち着きなく場所を変えつづけた。

ある日、エラリイはふさぎの原因を突き止めた気がした。つまるところ、緊張が高まったせいだ。過去や現在ではなく、未来に対して気を張っている。まだ終わりではなかった。一月二日の朝、フォーリー・スクエアの州最高裁判所にある灰色の丸天井の大法廷に、判事某《なにがし》が黒の法服をまとって入場し、エドワード・カザリス、別名〈猫〉が殺人罪で裁かれる。そしてその裁判では、市長直属の特別捜査官エラリイ・クイーンが検察側の重要な証人をつとめる。その試練を終えるまでは解放されない。それを果たせば、忌まわしい騒ぎから身を引いて自分の仕事に打ちこめるだろう。

なぜ裁判のせいで胸がざわめくのか、そこまでは自己診断しなかった。不快の原因がわかったので――わかったと思ったので――避けられぬ物事に対して心のねじを調整し、ほかの問題に取りかかった。そのころにはレバ・ザヴィンスキー事件の片がつき、スポットライトはほかの標的を探していた。エラリイはずいぶん肩の力を抜くことができた。ふたたび執筆しようとさえ思った。八月二十五日から手をつけていない小説がさびしく墓に埋もれている。それを掘り起こしてみて、ナイル川河口で発掘された三千年前のパピルス紙の課税台帳並みの代物であることに驚いた。以前悪戦苦闘して書いたものが、いまでは歴史の遺物のにおいを放っている。〝わが業を見よ、全能の神よ、そして絶望するがよい（シェリー『オジマンディアス』より）〟エラリイは失望し、〈猫〉時代以前の太古の労作を炎に投げた。

そして腰を落ち着けて、もっと新鮮で胸が躍る作品の構想を練った。

ところが没頭する間もなく、さほど悪くない邪魔がはいった。

ジミー・マッケルとセレスト・フィリップスがもうすぐ結婚するという。そして、その結婚披露宴がエラリイ・クイーン氏ただひとりを招いて開かれるらしい。

「厳選したんだ」ジミーはにやりと笑った。「マッケルさまが特別に」

「つまりね」セレストはため息をついた。「ジミーのお父さんがひどく怒って、出席してくれないのよ」

「親父はチッペンデールの家具に八つあたりしてる」ジミーは言った。「いままで握ってた最強の武器が――勘当だか廃嫡だか知らないけど――手のなかで屑同然になったんだ。ぼくが祖父の莫大な遺産をもらったからね。おふくろのほうは涙を拭き終えるや、二万人を招待する結婚式を計画しはじめた。だからぼくはいいかげんにしてくれと言って――」

「だからわたしたち、まず結婚許可証をもらってきたの。ワッセルマン反応の検査（梅毒の識別検査）も受けて――」

「無事合格した」ジミーは言った。「あすの朝十時半に、市庁舎で花嫁の手をとって、ぼくに引き渡してくださいませんかね、ミスター・Q」

ハーレムのアーサー・ジャクソン・ビール夫妻と、ブルックリン区ブラウンズヴィルのゲーリー・G・コーエン夫妻のあいだに、マッケル夫妻の挙式は執りおこなわれた。市の職員はふたりに大いに敬意を表して、いつものすばやい手続きをほんの少しだけゆっくり進めた。エラリイは心をこめて花嫁にキスをし、「ようやくだな！」と言った。そのあと、記者とカメラマンが十八人ばかりホールで待ち構えていた。ジェイムズ・ガイマー・マッケル夫人が声を張りあげた。だれにも言ってないのに、いったいどうして知られたの？　だってエラリイさんのほかには……。一方花婿は、もと同僚の記者たちに対し、簡単な祝杯をあげてくれと不承不承誘った。人数の増えた一団はさっそくラ・ガーディア空港へ向かい、結婚披露の昼食会がカクテル・ラウンジで開かれた。《エクストラ》のパーリー・フィル・ゴナシーがスクエア・ダンスをやるぞと叫び、みんなどうにか踊った。騒々しいカドリーユが最高潮に達したとき、空港警察官が現われると、客のなかにいた強硬な護憲論者たちは、カメラや酒瓶や椅子を盾に神聖なる報道の自由を守り、幸福なふたりと立会人を逃がしてやった。

「無垢な花嫁を連れていずこへ飛ぼうというんだ」ほろ酔い気分でクイーン氏は尋ねた。

「それとも、ぼくが穿鑿することじゃないのかな」

「それはまったく失礼にあらず《コム・イル・フォー》」ランスとエペルネーのシャンパンのせいでやはり口の滑りがよくなったマッケル氏がもったいぶって言った。「ぼくたちはいずこへも飛ばないさ」そう言って、花嫁の手をとって堂々と出口へ向かう。

「じゃあ、なぜラ・ガーディアへ？」

「浮かれ騒ぐアリクイたちの目をごまかすためだよ。馬車をここへ！」

「わたしたち、ハネムーンをハーフムーン・ホテルで過ごすの」花嫁が頬を染めて打ち明け、そこへタクシーがやってきた。「このことを知ってるのはほんとうにエラリィさんだけよ」

「マッケル夫人、ぼくの名誉にかけてこの秘密を守ろう」

「マッケル夫人なのね」花嫁はつぶやいた。

「一生に一度でいい」花嫁の夫はささやき、その声は二十フィート離れた人々をも振り向かせた。「冬のハネムーンをコニーアイランドで、ホッキョクグマ野郎たちに混じって陽気に過ごしたいと思ってたんだ」そしてマッケル氏は怪訝な顔の運転手に叫んだ。「よし、白牙（ジャック・ロンドン作の小説に登場する狼犬）よ、橇《そり》を引け！」

排気ガスを残してスモッグのなかへ去っていく車を、エラリィは愛おしそうに見送った。

その後、エラリィは腰を落ち着けて楽しく仕事を進めた。新しいミステリ小説の構想が結婚披露宴のシャンパンの泡のように湧き出てくる。問題は酔わずに判断することだけだった。

ある朝、エラリィは部屋を見まわし、サンタクロースの息が首にかかったのを感じた。そして、ニューヨークのクリスマスが白一色になりそうなのを見て驚いた。一夜のうちに八十七丁目は光り輝いていた。通りに積もった雪のなかを転がるサモエド犬を見て、北極のハスキー犬を思い起こした。同時に、自分たちをホッキョクグマと呼ぶ変わったニューヨークっ子たちに囲まれたジェイムズ・マッケル夫妻とそのハネムーンに思いを馳せた。エラリイは笑みを漏らしながら、ジミーとセレストからなぜ便りがないのかと思った。やがてふと、あったはずだと気づいた。それから、捨て置いて数週間ぶんたまった郵便物を調べはじめた。

手紙の山の奥にジミーからの便りが見つかった。

こっちは楽しいよ、エラリイ。最高に楽しい。

懐かしい日々をしのんでいっしょに酒瓶をあける気があるなら、マッケル夫妻はあすの午後二時に東三十九丁目〈ケリーのバー〉の奥の部屋で、恐妻家ジャーゲン（キャベル『ジャーゲン』の主人公）の同胞たちを受け入れている。ぼくたちはアパートメントをまだ見つけていないから、さまざまな怪しい輩のねぐらを泊まり歩いている。妻をホテルへなんか連れていくものか。

ジェイムズ

追伸　来られなかったら、裁判所で会おう。

追追伸　マッケル夫人から、よろしく伝えてくれとのこと。

J

十日前の消印だった。

マッケル夫妻、クリスマス……。こうなったら、心意気を見せなくてはならない。

半時間後、エラリイは買い物リストの山に埋もれ、さらに半時間後、オーバーシューズを履いて出撃した。

五番街の大通りはまだら模様の沼地と化していた。除雪車は脇道でまだ作業中だったが、昨夜ひと晩じゅうフンコロガシさながらに働いたせいで茶色く汚れており、いまは通行人の足を遅らせて、車をどうしようもないほど渋滞させていた。

だれもがホワイト・クリスマスだと言い、くしゃみや咳をしながら、雪解けのぬかるみを危うい足どりで歩いていた。

ロックフェラー・センターではクリスマス・キャロルが歌われていた。そこのプラザでは、ロングアイランドのどこかから運ばれてきた高さ百フィートのツリーが威容を誇り、歯切れのよい〈ジングル・ベル〉に合わせて何人もが元気よくスケートを楽しんでいた。

通りの角には、皺のついた赤い服のサンタクロースがかならずと言ってよいほど立っていて、震えながら鐘を鳴らした。店のショーウィンドウをのぞきこむと夢見る心地がするが、そこは宣伝という魔法の森でもある。そして、どこでもかしこでも人々は滑って泥を跳ね飛ばし、エラリイもいっしょに滑って泥を跳ね飛ばし、うつろなしかめ面で歩いた。

クリスマスの一週間前には、すべてのニューヨークっ子がそんな顔になる。

エラリイは大きな店に何軒も出入りし、小さな子供を踏みつけ、押しては押し返され、商品を懸命につかみとり、名前と住所を大声で叫び、小切手を切った。ようやく午後の半ばごろには、リストのなかで消されずに残った名前はひとつだけになった。

けれども、その名前の横には、大きな忌々しいクエスチョンマークがつけてあった。

マッケル夫妻をどうするかはなかなかの問題だった。夫妻の新居がどこになるかはっきりしなかったので、エラリイは結婚祝いの品をまだ贈っていなかった。はじめは、クリスマスまでに新居が決まると思っていた。それなら結婚祝いとクリスマスプレゼントをひとつにすればいい。ところが、年に一度奇跡が起こる時期だというのに、マッケル夫妻の家の問題も、どんな品を贈るかという問題も解決していなかった。エラリイは霊感がひらめくのを待ちながら、一日じゅう探した。銀食器？　ガラス製品？　絹？　いや、絹はやめよう。ぜったいにだめだ。陶磁器は？　つややかな猫の頭を持つ古代エジプトの女神像を見て、身震いした。先住民族の木彫りとか、何か素朴なものは？　骨董品は？　何も見つからない。まったく何も。

やがて午後も遅い時刻となり、五番街と六番街のあいだの四十二丁目にエラリイはいた。スターンズ百貨店の前では、救世軍の博愛の兵士である頑健な体つきの若い娘が賛美歌を歌い、青白い顔の同志がぬかるみに置かれた小型のオルガンで伴奏をしていた。

オルガンの高音の響きは硬く、それが一瞬オルゴールの音を思わせた。

オルゴール。

オルゴールだ！

もとはフランスの粋人のあいだで流行し、嗅ぎ煙草入れをあけると金属音の短い旋律が流れる仕掛けだったが、数世紀にわたって愛されるうちに子供の世界にまでひろがり、その純粋無垢な響きは恋人たちの微笑を誘った。

エラリイはタンバリンのなかに一ドル紙幣を落とし、胸を高鳴らせて考えをめぐらせた。特別な曲を……結婚行進曲を奏でるもので……そう、それしかない……高価な木をはめこんで真珠母や宝石を精巧にちりばめた大きなものにしよう。もちろん輸入品がいい。いちばん手がこんでいるのは中欧の……スイス製の品だ。名工の作るスイスの一級品は値が張るだろうが、値段は気にしなくていい。それはマッケル家の財産にひけをとらない家宝、黄金色の思い出をしまっておく小さな櫃となる。八十歳になってもベッド脇に——

スイス製。

スイス？

スイスだ！

チューリッヒ！

一瞬のうちに、オルゴールもウェディング・マーチもクリスマスも頭から消えた。

エラリイは四十二丁目の通りを苦労して渡り、ニューヨーク公共図書館の横の入口から中へ駆けこんだ。

小説を構成するうえで、数日前から気になっていることがあった。それは恐怖症に関する問題だった。エラリイは（ミステリ作家の得意分野だが）群集恐怖症と暗所恐怖症と失敗恐怖症の深い関係性を題材にしようとしていた。なぜその三つの恐怖症を並べる気になったのか、自分でもわからないが、それらの関係性について、どこかで読んだか聞いたような気がした。しかし、探しても出どころが見つからない。そのことが頭に引っかかっていた。

そしていま、チューリッヒだ。リマト川が流れるチューリッヒ。スイスのアテネ、チューリッヒ。

チューリッヒが鐘を鳴らした。

最近チューリッヒで開かれた精神分析学の国際学会で、ちょうどこの恐怖症の関係性が、ある論文のテーマになっていたという話を、いまになってエラリイは思い出した。

館内の外国定期刊行物の一画で探したところ、見つけるのに一時間もかからなかった。

その論文が載っていたのは科学雑誌《チューリヒャー》で、エラリイが錆びついたドイツ語を思い出しながら目を通した雑誌の山で見つかった。そこには、十日間に及ぶ会議の議事進行と、発表された論文の全文が掲載されていた。エラリイが興味を持った論文には「群集恐怖症と暗所恐怖症と過労恐怖症」という剣呑《けんのん》な題名がついていたが、ざっと読んで、自分が探していたとおりの内容だとわかった。

最初からていねいに読みなおそうとしたそのとき、論文の終わりに添えられた注記に目を引かれた。

よく知っている名前があった。

——アメリカ合衆国のエドワード・カザリス博士発表……

そういうことか！　あの発想の生みの親はカザリスだった。エラリイはようやくすべてを思い出した。あれは九月の夜、リチャードソンのアパートメントでレノーア事件の捜査をはじめて数時間も経たないときだった。しばし混乱がおさまり、いつの間にかエラリイはあの精神科医とことばを交わしていた。エラリイの小説に話題が及んだとき、カザリスは微笑みながら、恐怖症の分野には小説にうってつけの素材がいっぱいあると言った。エラリイがくわしく尋ねると、カザリスは〝過労恐怖症〟の進行とかかわりのある〝群集恐怖症と暗所恐怖症〟について、自分の研究成果を話した。それどころか、チューリッヒの学会でこのテーマの論文を発表したとも言っていた。カザリスはその内容を少し披露したが、そこで警視に中断され、あの夜の悲惨な事件に引きもどされた。

エラリイはきびしい顔をした。あのときの短い会話が一連の事件の重みで潜在意識にもぐっていたが、数か月経ってやむにやまれず、出どころを忘れたまま浮上したわけだ。

〝独創〟とはかくのごとし《シク・センペル》。

その出どころがカザリスだったとは皮肉なめぐり合わせだ。

笑みを浮かべながら、エラリイはもう一度その注記に目をやった。


――六月三日夜の部会にて、アメリカ合衆国のエドワード・カザリス博士発表。この論文は午後十時に発表される予定だった。しかし、前の発表者であるデンマークのナルドフェスラー博士が持ち時間を超過し、発表を終えたのが午後十一時五十二分だった。閉会の動議がなされたが、本会議の議長であるフランスのジュラス博士の主張によって退けられた。その主旨は、カザリス博士はすべての部会に出席したうえで忍耐強く待っていた、遅い時刻とはいえ、本会議の最終部会でもあり、延長してカザリス博士の発表を聞くべきである、というものだった。動議の撤回は口頭《ヴィヴァ・ヴォチェ》でなされ、カザリス博士は午前二時三分に発表を終えた。そして六月四日の午前二時二十四分、本年度の学会はジュラス議長の閉会の挨拶によって終了した。

エラリイは微笑んだまま雑誌を閉じ、表紙に記された発行年度に目を走らせた。

そこで笑みが消えた。あるいは自分自身が急に小さくなった。発行年度の末尾の数字をじっと見つめるうちに、その数字が急に大きくなった。

「わたしを飲んで（『不思議の国のアリス』で、魔法の薬に記されていることば）」

アリスになった感覚だ――これを感覚と言えるならば。

《チューリヒャー》のウサギの穴。

そして、鏡。

アリス、きみはどうやって抜け出したんだい？

ようやくエラリイは机を離れ、中央閲覧室の外にある受付まで行った。

紳士録の冊子と、全米精神医学協会の最新年刊名簿の上にかがみこんだ。

紳士録……カザリス、エドワード。

全米精神医学協会の名簿……カザリス、エドワード。

どちらもひとり。カザリス、エドワード。

どちらも同じ。

耐えがたい事実だ。

エラリイはチューリッヒの雑誌にもどった。ページをゆっくりとめくる。落ち着いてめくる。

〝ぼくを見ているやつはだれもが思うだろう。自信に満ちた男だ。ページを穏やかにめくっている。すべてお見通しなんだな、と〟

あった。

フルヴィオ・カストリゾ博士、イタリア
ジョン・スロービー・カヴェル博士、イギリス
エドワード・カザリス博士、アメリカ合衆国

この名前が載っているのは当然だ。
では、師匠はどうだ。出席していたのか。
エラリイはページをめくった。

ワルター・シェーンツバイク博士、ドイツ
アンドレ・セルボラン博士、スペイン

ベーラ・セリグマン博士、オーストリア

だれかに肩を叩かれた。

「閉館です」

閲覧室にはほかに人がいなかった。

〝なぜだれもこれに気づかなかったのか〟

エラリイは重い足どりでホールへ行った。進む方向をまちがえたので、守衛に促されて階段をおりた。

〝あの地方検事は有能な男だ。陣営も一流だ。ベテランがそろっている〟

おそらくこういうことだ。ドナルド・カッツからはじめてステラ・ペトルッキ、レノーア・リチャードソン、ビアトリス・ウィルキンズへとさかのぼるうちに、やがて道が細くなり、五か月前あたりで標識が消えて進めなくなった。しかし、それで足を止めるわけにはいかない。はっきりしない事件が一件か二件、事によると三件あったかもしれない。ひとつひとつを明確にする必要などないように思われた。おおぜいの人間が殺されたのだから。これほど長期にわたったのだから。被害者の身元は重要ではないという、特異な事件なのだから。六件かそこら立証できれば、地方検事としては申し分ないだろう。そのうえ、セレスト・フィリップスをマリリン・ソームズとまちがえて襲った現行犯の殺人未遂と、襲撃前に数日にわたってソームズを見張っていた分刻みの目撃証言がある。

エラリイはおぼつかない足どりで五番街を北へ歩いた。ひどく冷えこんできて、ぬかるみが細かい刻み目をつけたまま汚れた灰色に凍りついていた。わだちや足跡が、どこにもたどり着けない地図を浮き彫りにし、その上をエラリイはためらいながら進んだ。

〝家に帰ってからにしよう……すわってひと息つく場所が必要だ。

斧が振りおろされるときには。

死刑執行はご自宅で。

割り増し料金はとりません〟

店のショーウィンドウの前で足を止めてのぞき見ると、顔のない天使が針のように細いたいまつを持って飛ぼうとしていた。エラリイは腕時計を見た。

〝ヴィーンは真夜中だな。

では、家に帰れない。

いまはまだ。

そのときが来るまでは〟

父と顔を合わせることを思い、エラリイは鼻を叩かれたカメのように首をすぼめた。

朝の四時十五分前に、エラリイはアパートメントにもどった。

爪先立ちで進む。

中は暗く、マヨリカ焼きの常夜灯だけが居間にともっている。

寒くてたまらない。外気温はおよそマイナス十五度までさがり、室内はそれより少しましな程度だった。

父がいびきをかいている。エラリイは寝室のドアまで行き、そっと閉めた。

それから足音を忍ばせて書斎へはいり、鍵をかけた。オーバーコートは着たままだ。卓上用ライトをつけ、腰をおろして電話機を引き寄せた。

交換手を呼び出し、国際電話交換手につなぐように言った。


不都合なことがいくつかあった。

もうじき六時になる。ちょうどラジエーターが蒸気で音を立てはじめたところで、エラリイは心配でドアから目を離せなかった。

警視は六時に起床する。

ようやくつながった。

ウィーンの交換手が先方を呼び出すのを待ちながら、エラリイは父が寝過ごしてくれるように祈った。

「お出になりました」

「セリグマン先生ですか」

「そうだ《ヤー》」

かなり歳をとった老人の声だった。少し不機嫌な様子の、低いしゃがれ声だ。

「エラリイ・クイーンという者です」エラリイはドイツ語で言った。「ご存じないと思いますが――」

「そんなことはない」ウィーン訛りのあるオックスフォード流の英語が老いた声で返ってきた。「きみは探偵小説の作家だ。そして、紙の上で犯罪事件を山ほど起こす埋め合わせに、現実の世界でも犯人を追っている。英語でかまわんよ、クイーンくん。なんの用かね」

「そちらのご都合も知らずに突然お電話して申しわけ――」

「クイーンくん、この歳になると、神の本質について思索しているとき以外はすべて都合が悪いものだよ。それで？」

「セリグマン先生。アメリカの精神科医、エドワード・カザリスをご存じですね」

「カザリス？　わたしの弟子だった。それで？」その声からは何も感じられなかった。まったく何も。

〝まさか知らないのか？〟

「ここ数年のうちにカザリス博士とお会いになりましたか」

「今年チューリッヒで会った。なぜそんなことを訊くんだね」

「どのような事情があったんですか」

「精神分析学の国際学会があってね。だが理由を答えてもらっていないぞ」

「カザリス博士が大変な立場にあるのをご存じないんですか」

「大変な立場？　いや、知らない。どういうことだ」

「いまはご説明できません、セリグマン先生。でも、あなたから正確な情報をいただくことが、なんとしても必要なんです」

受話器から激しい雑音が響き、一瞬エラリイは念じた。〝頼むよ〟

だが、それは大洋横断時に生じる謎の不具合にすぎず、そのあいだセリグマン博士はだまっていた。

エラリイの耳にふたたびあのしゃがれ声が聞こえた。

こんどはうなるような声だった。

「きみはカザリスの友人なのか」

〝友人？〟

「ええ、友人です」エラリイは答えた。

「ためらったな。どうも気に入らん」

「セリグマン先生、ぼくがためらったのは」エラリイは用心深く言った。「友情ということばに重きを置いているからです」

失敗したと思った。しかし、かすかな忍び笑いが聞こえ、老人が言った。「わたしはチューリッヒの学会に最後の数日だけ出席した。カザリスも来ていて、最後の夜の部会で論文を発表するのを聞かせてもらった。その後、わたしは朝日がすっかりのぼるまでカザリスをホテルの部屋に引き止めて、その論文がいかにくだらないものと感じたかを説いた。これで答になったかね、クイーンくん」

「すばらしい記憶力をお持ちですね、先生」

「疑っているな」

「申しわけありません」

「わたしはふつうの老年期の過程を逆行しているのだよ。どうやらわたしの記憶け消えないらしい」老人の声が鋭くなった。「いまの話にまちがいはない」

「セリグマン先生――」

そのあとのことばが大気の発する無意味な遠吠えに呑みこまれ、エラリイは受話器を耳から引き離した。

「セリグマン先生?」

「ああ、聞こえるよ。きみは――」しかし声は弱まって途切れ途切れだった。

エラリイは悪態をついた。すると突然、通信が回復した。

「クイーンくん！　聞こえるか」

「お目にかからなくてはなりません、セリグマン先生」

「カザリスの件か」

「カザリスの件です。これからすぐにウィーンへ飛んだら、会ってくださいますか」

「それだけのためにヨーロッパまで来るというのかね」

「はい」

「来たまえ」

「ありがとうございます《ダンケ・シェーン》。ではまたお会いしましょう《アウフ・ヴィーダーゼーエン》」

しかし、セリグマン博士はすでに電話を切っていた。

エラリイは受話器を置いた。

〝ずいぶんな高齢だ。持ちこたえられればいいが〟

ヨーロッパへの空の旅は、はじめから最後まで苦労つづきだった。ビザの問題につまずき、国務省へ出向いて長時間掛け合ったが、あれこれ質問されて首を横に振られ、書類に記入させられただけだった。渡航はできないらしい。みんながヨーロッパに飛んでいるといっても、みんなというのは世界の重要人物のことだった。世界情勢という広大なジャガイモ畑のなかで自分がどれほどちっぽけなジャガイモなのか、エラリイにもわかりはじめた。

　結局、クリスマスをニューヨークで過ごした。

　警視は立派だった。日々息子に歩調を合わせながらも、ただの一度も渡航の目的を尋ねない。旅の経路や手段や障碍について、息子と話し合うだけだった。

　しかし、警視の口ひげは目に見えて乱れてきた。

　クリスマス当日、エラリイはセリグマン博士に電報を打ち、交通手段以下、いくつかの障碍があって出発が遅れているが、もうじき解決するはずだと伝えた。

　そのときが訪れたのは十二月二十八日の遅い時刻で、エラリイはまだかろうじて正気を保っていた。

　父がどのように手をまわしてくれたのか、正確なところはまったく知らされなかったが、十二月二十九日の明け方、エラリイは特別機とはっきりわかる飛行機に乗っていた。同乗者は明らかに大物ばかりで、世界を左右する重大任務をになっているにちがいない。飛行機がどこへ向かっているのかも、いつ着陸する予定なのかもわからなかった。「ロンドン」や「パリ」というささやき声は聞こえたが、シュトラウスのワルツの気配は感じとれなかった。困って尋ねても相手が一様に口をつぐむところから見て、〝ウィーンの森《ヴィーナ・ヴァルト》〟をめざしてもモスクワあたりに行き着きそうだった。

　大西洋を渡ったころには、爪も胃もぼろぼろだった。

着陸したとき、あたりはむせるほどの濃霧で、そこはイギリスだった。ここでわけのわからない足止めを食った。三時間半後にふたたび離陸し、エラリイはまどろんだ。エンジンの轟音が消えて目を覚ます。深い静寂のなかにいた。窓越しに見てわかるかぎりでは、行き着いたのは北極の氷原だ。血球まで凍る寒さだった。同乗していた合衆国陸軍の将校をそっとつつく。「教えてください、大佐。フランツ・ヨシフ諸島（北極海にあるロシア領）に着いたんでしょうか」

「ここはフランスだ。どちらまで？」

「ウィーンです」

大佐は唇を突き出してかぶりを振った。

エラリイは凍りついた爪先を辛抱強くほぐしはじめた。はじめのモーター音が響いたそのとき、副操縦士に肩を叩かれた。

「申しわけありません。その席をあけてください」

「なんだって？」

「命令なんです。代わりに外交官を三名乗せろと」

「さぞかし体の細い人たちなんでしょうね」エラリイは苦々しく言って立った。「この役立たずの男はどうなるんですか」

「別便の空席が見つかるまで、地上で待機してください」

「立って乗るのはだめですか？　だれの膝にも乗らないと約束します。リングシュトラーセ（ウィーンの中心部にある環状道路）の上に来たら、喜んでパラシュートで落下しますよ」

「もう荷物をおろしました。もしよろしければ……」

フランス共和国だというが、まわりには何もない、隙間風だけが吹き抜ける兵舎でエラリイは三十一時間過ごした。

結局、ローマ経由の陸路でウィーンへたどり着いた。信じられない思いだったが、エラリイは凍てつく駅で鞄を持って立っていた。隣には、ローマからなぜかずっと張りついているイタリア人の小柄な司祭がいる。〝ヴェストバーンホフ〟という表示があるから、ここはたしかにウィーン市内の駅だ。つまりウィーンにいるということだ。

新年の一月一日に。

セリグマン博士はどこだろう。

エラリイはウィーンの燃料事情を心配しはじめた。飛行機がエンジントラブルを起こしたため、制御不能の宇宙船の乗組員のように、きわどい星間飛行で揺さぶられたあげくに、強制着陸という身も凍る体験をし、そのあと惨めな列車の旅となったが、いちばん記憶に残っているのは寒さだった。見たところ、ヨーロッパは第二氷河期にはいっていた。セリグマン博士が氷河の真ん中でシベリアのマストドンさながら、完全な氷漬けになっていたとしてもおかしくない。エラリイはローマからセリグマンに電話をかけて、イタリアの飛行機の到着予定時刻を知らせてあった。しかし、その時点では宇宙旅行のことも、その後の劣悪な列車の旅も予見していなかった。セリグマンはいまごろ空港で肺炎にかかっているかもしれない……どこの空港だろう。

　そんなことはいい。

　氷結したプラットホームを踏みしめながら、ふたりの人間が近づいてきた。ひとりは犬歯の目立つポーター、もうひとりはオーストリアのローマ・カトリック教会の修道女《シュヴェスタ》で、どちらもエラリイが思い描く世界的に有名な精神分析学者の姿とはかけ離れていた。

　修道女は小柄なイタリア人司祭を急き立てて立ち去り、犬歯のポーターは駆け寄ってきてくさい息でまくし立てた。エラリイはいつの間にかポーターとの手強い舌戦に巻きこまれていた。危ぶみつつも、とうとう荷物をポーターに預けた。その男はハインリヒ・ヒムラー（ナチス親衛隊の隊長）そっくりだった。そして、エラリイは公衆電話を探しにいった。興奮した女の声が受話器から聞こえた。「カヴィーンさん？　では、先生がいっしょではないんですね。ああ、あの人、こごえて死んでしまいますよ！　先生がかならず見つけます。そこで待っていてください。その場所で。ヴェストバーンホフですね。先生が見つけます。そうおっしゃったんですから」

「いいですよ《ビッテ・シェーン》」カヴィーンさんはそうつぶやき、殺人鬼ランドリューにでもなった気持ちになった。それから氷河期のプラットホームへもどる。足踏みをし、指に息を吹きかけ、ポーターのことばを途切れ途切れに聞きとりながら、ふたたび待った。おそらく、オーストリアは七十九年ぶりの大寒波に見舞われたのだろう。いつもこの繰り返しだ。フェーンはどこへ行ったのか。オーストリアのアルプスから吹きおろす、あのなまめかしいローレライのそよ風は。ドナウ川の女王の輝く髪をなでると言われるあの風は。神話と空想の風とともに消え去って、いまはもうない。ウィーン気質《ヴィーナ・ブルトゥ》や浮気《ライヒテス・ブルトゥ》心とともに消え去った。おびただしい血の色の氷柱《つらら》があるだけだ。風は〝春の声《フリューリングスシュティメン》〟とともに去り、冬がじっと息を凝らし、少年たちが大戦後の〝朝の新聞《モルゲンブレター》〟をけたたましい声で売っている。そういうことだ。昔話は〝ウィーンの森の物語《ゲシッヒテン・アオス・デム・ヴィーナ・ヴァルト》〟とともに骨董品のオルゴールに閉じこめられ、オルゴールは無残に壊れ……。エラリイは身震いをして足踏みをし、息を吹きかけた。その横でヒムラーそっくりのポーターが〝古きよき時代《ディ・グーテン・アルテン・ツァイテン》〟を懐かしんで愚痴をこぼした。

ガス室の時代を懐かしむのか。エラリイの思いは理屈に合わなかった。文句はヒトラーに言うがいい、と思った。

美しく青きドナウ《アン・デア・ショーネン・ブロイエン・ドーナオ》……

冷えきった足を動かしながら、エラリイは戦後のヨーロッパ世界すべてに向かって舌打ちをした。

セリグマン博士は十時少し過ぎに現われた。ロシア風のバシリク帽、ペルシャ羊毛の襟、羊革で裏打ちされた黒いオーバーコートといういでたちが大きな体軀をいっそう大きく見せている。その姿をひと目見て、エラリイの凍てついた気分はやわらいだ。そして、かじかんだ手が博士の大きな乾いたあたたかい手で包まれたとき、エラリイの心はすっかり溶けた。地上をさまよううちに、思いがけず一族の古老に出会った気分だった。場所など問題ではない。長老がいれば、そこがわが家だ。エラリイはセリグマンの目に特に引かれた。それは無骨な溶岩の顔に穿たれた不滅の噴気孔だった。

カールス広場やマリアヒルファー通りの変わりようにはほとんど気づかないまま、エラリイは年代物のフィアットに乗りこみ、学者然とした博士の運転に身をまかせた。車は旧市街にはいり、凹凸の激しい道を通って博士の住む大学地区へ向かっていく。エラリイはあたたかく迎えられたのがうれしく、それだけで満ち足りていた。

「期待どおりのウィーンではあるまい？」唐突にセリグマン博士が尋ねた。

エラリイははっとした。自分は荒廃した街を無視しようとしていた。「ここを訪れたのは久しぶりです。戦争よりかなり前で――」

「そして平和よりも前だ」老人は笑みを浮かべて言った。「平和になったことを見落としてはいけないよ、クイーンくん。たしかにロシア人はのさばっている。そうだろう《ニェット》？　そしてイギリス人も、フランス人も、失礼《ビッテ・シェーン》ながらアメリカ人もだ。それでも、昔ながらの大《シュ》らかさ《ランペライ》でわれわれはなんとかやっている。第一次大戦後にウィーンではこんな歌がはやった。〃昔々ワルツ《エス・ヴァール・アインマール・アイン・ヴァルツァ》があって、昔々ウィーン《エス・ヴァール・アインマール・アイン・ヴィーン》があった〃。そして生き延びた。〈き《シュ》よし《ティレ・ナッハト》この夜《ハイリゲ・ナッハト》〉を歌わないときは、もう一度これを歌っているよ。街のどこでも〃ディ・グーテン・アルテン・ツァイテン〃が話題になる。なんと言えばいいんだ。〃古きよき時代〃か。ウィーンっ子はかなり塩辛い郷愁のなかを泳いでいる。だが、そのおかげで浮いていられるのだよ。ニューヨークはどんな様子かね、クィーンくん。あの大都会へは一九二七年に行ったきりだ」

大洋を渡って大陸の半分を旅したのはもっと別のことを話すためだったが、気づくとエラリイは、戦後のマンハッタンについてタイムズ・スクエアの観光バスの運転手並みの説明をしていた。話すうちに、極北地帯の飛行で麻痺していた時間の感覚がもどってきて、一刻一刻が過ぎていくのが感じられた。そのうえ一瞬ではあったが、はるか昔にいまと同じことをしたような気がして動揺を覚えた。あすはエドワード・カザリスの裁判が開かれるというのに、どの経路を使っても四千マイル以上離れている場所で、ひとりの老人と世間話をしている。胸の鼓動が激しくなって黙したそのとき、砲弾の跡が残る建物の前に車は停まった。広い道だったが、通りの名前を見ようとも思わなかった。

セリグマン博士宅では、家政婦のバウアー夫人が出迎えた。小言を漏らしながら、老いた主人にアスピリンとお茶と湯たんぽを持ってきたが、エラリイに対してはどことなくよそよそしかった。しかし博士は文句に取り合わず、「落ち着きなさい《ルーエ》」と笑顔で言うと、子供を扱うようにエラリイの手をとって、居心地のよい場所《ゲミューティリヒカイト》へ案内した。

　セリグマンの書斎は、〝古きウィーン《アルト・ヴィーン》〟の優雅さと愛すべき知性という点で最高の域に達していた。部屋のしつらえに機知のきらめきがある。生き生きとした雰囲気のなかにくつろぎや茶目っ気も感じられた。主張の強い新しいものがはいりこむ余地はない。プロイセン流の几帳面さとはまたちがう。物が昔の趣きをもってみごとに輝いていた。

　まるで火のようだ。ああ、火だ。エラリイはどっしりとした椅子に深く腰をおろし、生き返った気分になった。バウアー夫人がたっぷりの朝食を用意して、最後に柔らかなすばらしいコーヒー菓子と香り豊かなコーヒーのポットまで出てきたとき、エラリイは夢を見ているのかと思った。

「世界一のコーヒーですね」二杯目のカップを手にとってエラリイは言った。「オーストリアの名物のなかでも、評判にたがわずすばらしい」

「そのコーヒーもエルザがきみに出した食べ物も、すべてアメリカの友人が送ってくれるものだよ」エラリイが顔を赤らめたので、セリグマンは笑いを嚙み殺した。「許してくれたまえ、クイーンくん。わたしは老いぼれのひねくれ屋《シュフト》でね。きみとしては、わたしの無作法に付き合うために海を渡ったわけではあるまい」そして淡々と言った。「さて、わが弟子エドワード・カザリスに関する用件とは何かね」

いよいよだ。

エラリイは母のように心地よい椅子から立ちあがり、暖炉の前で背筋を正した。

エラリイは言った。「あなたは六月にチューリッヒでカザリスと会いましたね、セリグマン先生。その後本人から便りがありましたか」

「いや」

「では、夏から秋にかけてニューヨークで何があったのか、ご存じないんですね」

「生。そして死だ」

「なんですって？」

老人は微笑んだ。「わかるだろう、クイーンくん。いつだってそうではないのかね。戦争がはじまって以来、わたしは新聞を読まない。あれは苦しむのが好きな者が読むものだ。わたしは苦しむのが好きではない。だから自分を永遠の世界に明け渡してある。きょうこの部屋にいても、あすは火葬になる。役所が火葬を許可しないなら話は別だがね。そのときは剝製になって市庁舎《ラートハウス》の時計塔に置いてもらい、人々に時を知らせよう。なぜそんなことを訊くんだね」

「先生、ひとつわかったことがあります」

「何かな」

エラリイは笑った。「あなたはすべてご存じです」

老人は無言で体を揺らした。ニューヨークから電話をかけたときは知らなかったが、あれ以来何かと情報を集めたにちがいない。

「そうでしょう?」

「たしかに、あれから多少は調べた。よくわかったものだな。さあ、すわりたまえ、クイーンくん、われわれは仇同士ではない。精神に異常のある者が九人の人間を絞殺し、きみの住む街は恐怖に陥った。そして、エドワード・カザリスが犯人として逮捕された」

「くわしいことまではご存じじゃないんですね」

「そうだ」

エラリイは腰をおろし、アーチボルド・ダドリー・アバネシーの遺体発見から、一番街の路地でのカザリス逮捕に至るまでのいきさつを語りはじめた。それから、その後のカザリスの様子を簡単に述べた。

「セリグマン先生、あすカザリスの裁判がニューヨークではじまります。ぼくがウィーンに来たのは――」

「なんのためだ」博士は海泡石のパイプの煙越しにエラリイを見つめた。「十八年前、カザリスは細君を連れてはじめてウィーンに来たとき、患者としてわたしを訪ねた。その後わたしのもとで学んだあと、たしか一九三五年にアメリカへ帰り、それ以来一度会ったときりだ。この前の夏だよ。わたしに何を望むのかね、クイーンくん」

「お力を貸してください」

「わたしの力を？　だが事件には決着がついている。これ以上何があるというんだ。わからんな。たとえあるとしても、どうすれば力になれる？」

「そうですね」エラリイはカップをなでた。「困惑なさるのも当然でしょう。カザリスに決定的に不利な証拠があるのだから、なおさらです。カザリスは十番目の殺人に及ぼうとして、現行犯逮捕されました。絞殺用の紐は自供どおり、診療室の鍵のかかった書類棚で発見されました。そして本人が九件の殺人を認め、かなりくわしく供述しました」エラリイはそっとカップを置いた。「セリグマン先生、ぼくはこの分野にはまったく疎いんです。神経質なふるまいと神経症と精神疾患のちがいについては、多少知識のある門外漢にすぎません。ただ、無知であるにもかかわらず——いや、おそらく無知だからこそ——ある奇妙な事実に対して、自分なりの違和感を覚えていました」

「その事実とは？」

「カザリスはけっして、自分の……すみません、なんと言うか……動機を語らなかったんです。カザリスが精神疾患者なら、その動機はゆがんだ現実認識によるもので、臨床的な興味の対象でしかありません。でも、精神に異常がないのなら……。先生、何がカザリスをこの殺人に駆り立てたのか、ぼくは納得がいくまで知らなくてはなりません」

「そして、わたしならこれに答えられると思うんだな、クイーンくん」

「はい」

「どうして?」博士は煙を吐いた。

「かつてあなたが治療なさった患者だからです。さらに言えば、あなたの教え子だからです。精神科医になるために、カザリスは精神分析を受けたにちがいない。その道に進む者の必須条件ですから——」

だが、セリグマンは首を横に振った。「わたしのもとで学びはじめたころのカザリスの年齢では、クイーンくん、かならずしも精神分析を受けなくてもよかったのだよ。きわめて問題のある措置だからな。一九三一年にはカザリスは四十九歳になっていたが、その歳で精神分析に成功する例はほとんどない。それどころか、あの歳で精神科医をめざすという計画自体に問題があった。カザリスを受け入れたのは、本人に興味をいだいたのと、医師の経歴があったのと、わたし自身が実験をしてみたかったからだ。たまたま結果は上出来だった。口をはさんですまな——」

「いずれにしても、あなたがカザリスの精神分析をなさった」

「そう、わたしが精神分析をした」

エラリイは身を乗り出した。「カザリスはどこが悪かったのですか」

セリグマンはつぶやいた。「わたしたちはみな、どこが悪いのかね」

「それでは答になりません」

「ひとつの答だよ、クイーンくん。人はみな神経質なふるまいをする。例外なく、だれでもだ」

「いま、苦労《シュフテライ》なさっているところですね。〝シュフテライ〟でまちがっていませんか」

それを聞いてセリグマンが愉快そうに笑う。「もう一度お尋ねしますよ、先生。カザリスが情緒面で混乱したおおもとの原因はなんだったんですか」

セリグマンは煙を吐きつづけた。

「その疑問に導かれて、ぼくはここまで来ました。というのも、ぼくが知っているのは核心の事実ではなく、あいまいなうわべのものだけだからです。カザリスは貧しい家庭の生まれだった。十四人兄弟のなかで育った。両親や兄弟を捨てて、ある富豪の庇護のもとで教育を受けた。のちにはその庇護者とも縁を切った。カザリスの経歴のどこをとっても——結婚も含めて——異常なまでの野心、成功へのやみくもな暴走が感じられます。職業倫理の意識を高く保つ一方で、カザリスは冷酷な計算とすさまじいまでの気力で人生を築いた。それなのに突然、仕事が絶好調で人生が盛りの時期に神経衰弱になった。どうもそこに何かありそうな気がするんです」

セリグマンは無言だ。

「カザリスは第一次世界大戦時に軽度の戦争神経症になって、治療を受けたことがありました。それと関係があったのかどうか。ぼくにはわかりません。どうだったんですか、先生」

やはりセリグマンは無言のままだ。

「では、神経衰弱のあとはどうなったか。カザリスはニューヨークで五指に数えられるほど繁盛していた診療所をたたんだ。夫人に勧められてふたりで世界周遊の旅に出かけ、回復したかに見えた……にもかかわらず、ウィーンで、精神分析学の中心であるこの街で、ふたたび神経衰弱になった。最初の病は過労が原因とされました。しかし、贅沢な旅で陥った二番目の病はどう説明すればいいのでしょうか。何かあるにちがいない。セリグマン先生、治療にあたったのはあなたです。カザリスの神経衰弱の原因はなんだったんですか」

セリグマンはパイプを口から離した。「クイーンくん、きみが明かせと言っている情報は、わたしが医師としての立場で得たものなんだよ」

「そのとおりです、先生。しかし、沈黙の倫理とはなんでしょうか。沈黙そのものが道義に反する場合もあります」

セリグマンは気を悪くしたようには見えなかった。パイプを置く。「クイーンくん、どうやらきみの目的は情報を得るというより、乏しい手がかりをもとに至った結論の成否をたしかめることにあるようだ。きみの結論を言いたまえ。そうすれば、わたしの苦境を解決する道も見つかるだろう」

「いいですとも！」エラリイは勢いよく立ちあがった。しかし、あらためて腰をおろし、冷静に話そうとつとめた。「カザリスは四十四歳のとき、十九歳の女性と結婚しました。それまでは忙しかったので、女性だけを相手にする仕事についていたにもかかわらず、女性と深い関係を結んだことはありませんでした。結婚して四年のあいだに、夫人はふたりの子供を出産しました。カザリスは妊娠中の妻の世話をするだけでなく、二回とも自分の手で子供を取りあげました。そして、どちらの子供も分娩室で死亡しました。二度目の出産の不運があった数か月後にカザリスは神経衰弱になり、産婦人科医を引退して、その仕事には二度ともどりませんでした。

こんな気がするんですよ、セリグマン先生」エラリイはつづけた。「カザリスの不調がどんなものだったのであれ、それは分娩室で頂点に達したのではないか、と」

「なぜそう思うのかね」セリグマンはつぶやくように言った。

「それはですね……。セリグマン先生、ぼくはリビドーやモルティドーやエゴやイドといった精神分析の用語を使って物を語ることはできません。でも、人間については多少知っています。そして、人間の行動や、自分と他人の人生経験に基づいて考えると、そう結論せざるをえないんです。

つぎの事実に注目しましょう。カザリスは自分の子供時代に冷たく背を向けています。

なぜでしょうか。ぼくは推測します。カザリスの子供時代を占めていたのは、しじゅう子供を身ごもるか産んでいた母親と、しじゅう産ませていた労働者の父親と、しじゅう自分の願いをはばんでいたおおぜいの兄弟姉妹でした。ぼくは推測します。カザリスは母親を憎んだのか。兄弟姉妹を憎んだのか。その憎しみゆえに気がとがめたのか、と。

つぎに、カザリスが選んだ職業を見てみましょう。母性や出産への嫌悪と、本人の専門――いわば母性を扱う職業――とのあいだに、深い関係はあるのか。子だくさんの親を恨むことと、この世へ新たに子供を送り出す医術の専門家になることには、因果関係があるのか。

憎しみと罪悪感――それらに対する防衛反応。簡単な足し算をしてそうなりました。どうでしょう、先生。正しい分析ですか」

セリグマンは言った。「人はそんなふうに物事を単純に図式化しすぎるきらいがあるものだよ、きみ《マイン・ヘル》。まあいい、つづけたまえ」

「そこでぼくはこう考えます。カザリスがかかえる緊張は心の奥底にある。罪の意識は根深い。潜在意識が顕在化してしまうことに対する防衛は――それが神経質なふるまいと基本的に同一だとしても――ここでは複雑な形をとっています。

さて、カザリスの結婚について考えましょう。おそらく、すぐさま新しい緊張が――あるいはいままでの緊張のつづきが――はじまったのではないでしょうか。四十四歳のごくふつうの男であっても、必死で働いて人付き合いもままならなかった日々のあとでようやく結婚し、しかもその相手が十九歳の乙女だとしたら、焦ったり悩んだりするものです。この場合、若い花嫁はニューイングランドの柔弱な家系の出身でした。感情が繊細で傷つきやすく、近寄りがたいタイプで、当然世慣れた娘ではなかったにちがいない。そしてカザリスはあのとおりの人間です。ぼくは推測します。

そして、こう思います。カザリスは自分が性生活で満足を得られず、深刻な欲求不満と不愉快な葛藤に陥っていることにまもなく気づいたでしょう。不能になったことも何度かあったはずです。あるいは妻のほうが不感症だったり、性的に目覚めていなかったり、嫌悪したりしたのかもしれない。カザリスはしだいに物足りなさを感じたのではないでしょうか。そう、そして憤りも。無理もありません。生物としての側面に携わる仕事で大成功をおさめた男が、自分の結婚生活では思いどおりのことができないんですから。そのうえ、妻を愛している。夫人は知性に富む女性で、はかなげな魅力と慎み深さと育ちのよさを兼ね具えている。四十二歳のいまでも美人ですから、十九歳当時はずばぬけた魅力の持ち主だったにちがいありません。父親ほど歳が離れている男ならではの流儀で、カザリスは妻に強い愛情を注ぎます。しかし、それでもじゅうぶんではない。

そこでぼくはこう思います。不安が生まれる。もちろんこの恐怖はまったく別の原因から生じるものですが、不安自体は形を変えて出てきます。カザリスは若い妻を別の男に奪われるのではないかと懸念します」

エラリイはコーヒーを飲み、セリグマンは待った。炉棚に置かれた金メッキの時計が一種の休戦を見守っている。

「その不安は育っていきます」エラリイはつづけた。「年齢や気質や育った環境や興味のちがいによって。また、ほかの男の妻に寄り添ってほかの男の子供がこの世に生まれる手助けをする仕事をしている以上、病院で長時間にわたって過ごすため、夜もたびたび夫人を家に残して出かけなくてはならない。

不安は癌のようにひろがります。止めることはできない。カザリスは、妻がよその男と関係しているのではないかと執拗に疑うようになります。どれほどわずかで他愛のないかかわりであっても気にし、とりわけ自分より若い男に対して疑念を募らせます。

そしてまもなく、この不安は偏執へと肥大します」

セリグマン先生」エラリイはウィーンの老いた男に目を向けた。「エドワード・カザリスは結婚して最初の四年間、妻のことで異常なほど嫉妬していたんでしょうか」

セリグマンはパイプを手にとり、ていねいに叩いて灰を落とした。「クイーンくん、科学の世界ではきみの方式にお目にかかったことがないよ」そう言って笑みを浮かべる。

「しかし、とてもおもしろい。つづけたまえ」空になったパイプを口にくわえた。

「やがてカザリス夫人は身ごもりました」エラリイは顔を曇らせた。「この時点でカザリスの不安は薄らいだと考えるのがふつうです。しかし、ちがいました。カザリスは合理の世界の一線をまたいでいました。妻の妊娠こそ嫉妬をはぐくみ、疑惑を呼ぶものだったんです。これは自分の疑いを裏づけるものでないか。カザリスは自問しました。そして、何がなんでも妻の世話をすると言い張ります。これ以上できないほど大切に、細やかに、用心深く気を配ったことでしょう。不幸なことに、妊娠期間は九か月あります。胎児が育っていくのがわかる九か月間。疑問に苛まれる九か月間。ただれきった妄執のなかで、ついに顔を出した疑問です。この子はわたしの子か？　わたしの子なのか？

そう、カザリスは戦います。際限のない戦いでした。いくら攻めても無駄でした。一か所で殺しても、別の場所からいやらしく元気いっぱいに敵がつぎつぎ飛び出してくる。カザリスは妻に自分の疑惑を話したでしょうか。妻の不貞を公然と責めたてでしょうか。醜態、涙、半狂乱の否定などがあったでしょうか。あったとしたら、疑惑を強めるだけです。なかったとしたら、増長する不安を封じこめていたとしたら、はるかに悪い事態です。

カザリス夫人は臨月となり、出産を終える。

そして夫人は横たわっている。

分娩室で。

夫の世話を受けて。

そして、嬰児は死んでいる。

「セリグマン先生、ぼくがどれほど長い道のりを来たかわかりますか」

老人はくわえたパイプを揺らしただけだった。

「カザリス夫人は二度目の妊娠をします。疑惑、嫉妬、苦悶、確信にならない確信、同じことの繰り返しです。ふたたびカザリスは妊娠中の妻の世話を買って出る。ふたたび自分が赤ん坊を取りあげると言って譲らない。

そしてふたたび、嬰児は分娩室で死んでいる。

ふたり目もひとり目と同じように。

夫の世話を受けて。

実力のある、神経の繊細な、熟練した医師の手によって。

セリグマン先生」エラリイは迫った。「真実を語れるのは地球上であなたひとりです。十八年前にエドワード・カザリスが精神科の治療で訪れたとき、ひどい罪悪感に——分娩中にふたりのわが子を殺した罪の意識に——悩まされていたというのが事実ではありませんか?」

しばしののち、セリグマンは空のパイプを口から離した。ゆっくりと言う。「胎児が別の男の子供だという妄想をいだいて、医師が自分の子を殺す——これはまぎれもない精神疾患だろう? ちがうかね、クイーンくん。そんな男がその後輝かしい確固たる地位を、ことあろうに精神医学の分野で築くわけがなかろう。もしそうだったとしたら、わたしの立場はどうなる。それでもきみはそう信じるのかね、クイーンくん」

　エラリイは苛立たしげに笑った。「こう言い換えれば、ぼくの言わんとすることがはっきりするでしょうか。〝ふたりのわが子を殺したかもしれないという罪悪感〟」

　セリグマンは納得したようだった。

「そう考えればカザリスの神経症の説明がつきませんか。カザリスは自分の憎悪について並はずれた罪の意識をいだいていて、かならず罰を受けなくてはならないと思いこんでいた。一流の産科医として、他人の子供を何千人もこの世にもたらしたのに、自分の子供はこの手のなかで死んだ。自分が殺したのか。そう思ってカザリスは苦しんだ。異常な嫉妬と疑念のせいで手が滑ったのか。死産を望んだせいで、手がそれを果たそうと反応したのか。自分は死産を望んだ。そして、子供たちはそうなった。だから、自分が子供たちを殺した。神経症患者のでたらめな論理です。

　理性では逆子出産だったとわかっていても、神経症はこう告げる。数えきれないほどの逆子を無事に取りあげてきたではないか。理性では母体に少しばかり問題があったとわかっていても、神経症はこう告げる。腹にいたのは別の男の子供だ。理性ではあらゆる手立てを尽くしたとわかっていても、神経症はこう告げる。そうではない。あれもこれもすればよかった。あるいは、あれもこれもしなければよかった。もし自分で赤ん坊を取りあげることに固執せずにほかの産科医にまかせていたら、子供たちは生きていただろう、などなど。

どうしてもそう考えずにはいられないカザリスは、まもなくどちらの赤ん坊も自分が殺したと思いこむようになりました。こうした恐ろしい状態《シュレクリッヒカイト》が少しつづき、カザリスは壊れました。夫人にともなわれて旅に出て、ウィーンへ来たとき——奇妙な偶然の一致だと思いませんか——やはり病はぶり返しました。だからあなたのもとへ来た。そしてセリグマン先生、あなたは病を調べ、分析し、治療し……カザリスを治したのですか」

老精神分析学者が話しはじめると、太いしゃがれ声には不機嫌な響きがあった。「あまりにも昔のことだし、わたしはあれ以来カザリスの情緒の問題について何も知らない。あの当時でさえ、更年期障碍による混乱はあった。ここ数年カザリスが——いまの歳になってもなお——自分をひどく追いつめていたとしたら……。人は中年期になって、神経症を発症することによって自己防衛を果たすことができず、完全な精神疾患に陥ってしまう場合がある。たとえば、妄想型統合失調症は中年後期にしばしば発症する病だ。それにしても、わたしには驚きだし、とまどってもいる。わからない。会ってみなくては」

「カザリスはいまだに罪悪感をかかえています。そうにちがいない。カザリスがしたことを説明するにはそう考えるしかないんですよ、先生」

「カザリスがしたこととは？　つまり、九人の殺害かね、クイーンくん」

「ちがいます」

「ほかにも何かやったのか」

「はい」

「九件の殺人のほかに？」

「九件の殺人を」エラリイは言った。「犯さなかったほかに、です」

セリグマンは海泡石のパイプの火皿を椅子の肘掛けに打ちつけた。

「おい、きみ《マイン・ヘル》。これでは謎かけだ。いったいどういう意味か、はっきり言ってくれ」

「つまり」エラリイは言った。「あすの朝、ニューヨークの法廷で裁かれるカザリスは無実です」

「無実？」

「セリグマン先生、カザリスはあの九人を殺していないんです。カザリスは〈猫〉じゃない——ただの一度も〈猫〉だったことはありません」

13

セリグマンは言った。「運命の女神に出てきてもらおうではないか。またの名をバウアーというがね」そして怒鳴った。「エルザ!」

けがれなき精霊バウアー夫人が現われた。

「エルザ——」セリグマンは言いかけた。

だがバウアー夫人はセリグマンをさえぎった。しっかりした口調でセリグマンに「ヘル・プロフェッソア」と呼びかけてから、おぼつかない英語に切り換えたところを見ると、エラリイにも聞かせるつもりらしい。「朝食を召しあがったときはもう昼食の時分でしたよ。昼食は召しあがっていらっしゃいません。いまはお休みをとる時間です」両のこぶしを骨張った腰にあてたバウアー夫人は、目を怒らせて非ウィーン的世界への反発を示した。

「ほんとうに申しわけありません、先生——」

「何がだね、クイーンくん。エルザ」セリグマンはドイツ語で穏やかに言った。「ドアのところで立ち聞きをしていただろう。お客さまに失礼だよ。そのうえ、わたしから意識のある残り少ない時間を奪おうというのだな。催眠術をかけてやろうか」

バウアー夫人は顔を真っ青にした。そして退散した。

「エルザに対抗できる唯一の武器なのだよ」セリグマンは小さく笑った。「催眠術をかけてからソビエトへ送りこんで、モスクワの慰み物にしてやると脅す。これはエルザにとって道徳上の問題というより、純然たる恐怖だ。それくらいなら、キリストの敵とベッドをともにするだろうよ。ともあれ、クイーンくん、カザリスが無実だと言ったな」

「そうです」

セリグマンは椅子に深くすわり、笑みを浮かべた。「その結論には、科学の世界では知られざる例の独特な分析方法によって達したのかね、それとも事実に基づいているのかね。それはたとえば、きみの国の法廷を納得させられるような事実なのかね」

「五歳児以上の知能を持つ者をだれでも納得させる事実に基づいていますよ、セリグマン先生」エラリイは言い返した。「その単純さこそが事実を見えづらくしていたと思います。単純であることと、殺害件数が多く、事件が長期に及んだという事態のせいです。そのうえ、殺人が度重なるにつれ、被害者の特徴はしだいにぼやけて混じり合い、ついには、振り返れば均一の死体の山、処理場送りの九頭の牛に見える、そんな事件でした。ベルゼン、ブーヘンヴァルト、アウシュヴィッツ、マイダネクで撮られた強制収容所の死体の公式写真を見るときと、人は同じ反応を示しました。だれがだれか見分けがつかない。死があるだけです」

「だが、問題は事実だよ、クイーンくん」かすかな苛立ちとほかの何かが入り混じった声だ。ベーラ・セリグマンのひとり娘がポーランド系ユダヤ人の医師と結婚し、トレブリンカの収容所で死去したことをエラリイは急に思い出した。それぞれの死を特別なものにするのは愛だ、とエラリイは思った。愛だけかもしれない。

「ああ、事実ですね」エラリイは言った。「先生、これは物理学の初歩の問題にすぎないんです。去年の前半にチューリッヒの学会に出席したとおっしゃいましたね。正確には去年のいつですか」

白い眉毛が寄った。「五月の終わりだったか」

「学会は十日間つづき、最終の部会が六月三日の夜に開かれました。そのとき、アメリカ合衆国のエドワード・カザリス博士はおおぜいの聴衆がいる会場で〈群集恐怖症と暗所恐怖症と過労恐怖症〉という論文を発表しました。科学雑誌《チューリヒャー》によれば、カザリスの前に発表したデンマーク人が持ち時間を大幅に超え、閉会してもよいほどの時刻になったそうです。しかし、すべての部会に出席していたカザリス博士に学会は厚意を示し――それについては雑誌の注記に載っています――このアメリカ人学者は発表を許可されました。カザリスの発表は夜中の十二時ごろからはじまり、午前二時を少し過ぎて終わりました。そしてその年の学会は閉会しました。正式な閉会時刻は六月四日の午前二時二十四分です」

エラリイは肩をすくめた。「チューリッヒとニューヨークの時差は六時間ですから、チューリッヒで六月三日の夜中の十二時だとしたら、カザリスが学会で発表をはじめた時刻は、ニューヨークでは六月三日の午後六時です。カザリスが発表をほぼ終えた六月四日の午前二時は、ニューヨークでは六月三日の午後八時です。ひとつ、ありえない話を考えてみましょう。閉会後ただちに、あるいは発表を終えて演壇からおりると同時でもいいですが、カザリスが会場から飛び出したとします。ホテルをすでに引き払い、荷物は預けてある。ビザに関する細かい手配はすみ、チューリッヒ空港ではカザリスが着きしだいアメリカへ向けて離陸できるよう飛行機が待機している（ナルドフェスラー博士の長話のせいで通常の発着時刻を過ぎ、時間の遅れを予想するのが不可能だったにもかかわらず、カザリスはその特別機の切符を持っているとします）。この飛行機はニューヨークへの直行便です。ニューアーク空港からラ・ガーディア空港では警察のバイクが待っていて、カザリスのタクシーがあらんかぎりのスピードで飛ばせるように先導する。もちろんこれは全部戯言ですよ、先生。エドワード・カザリスはマンハッタンのミッドタウンに何時に着くと思いますか。考えうるかぎり早く着いたとして」

「わたしは航空学の発達には――こんなことばでよいのか――不案内でね」

「チューリッヒの演壇からマンハッタンの通りまでしっかり飛んだ場合、三時間半から四時間で着くことはできたでしょうか」

「できたはずがない」

「だから、ぼくはあなたに電話をしたんです。そして、エドワード・カザリスはその夜、会場から直接飛行場へは向かわなかったことが判明しました。これは憶測ではなく、事実です。あなたはあの日カザリスをチューリッヒのホテルに呼んで、〝朝日がすっかりのぼるまで〟部屋に引き止めたとおっしゃいました。いくら早くても午前六時でしょうね。とりあえず午前六時としましょう。もちろん、もっとずっと遅い時刻だったにちがいありません。チューリッヒの六月四日の午前六時は、ニューヨークでは六月三日の夜十二時です。〈猫〉の第一の殺人の日付をぼくが言ったのを覚えていらっしゃいますか。アバネシーという男が殺された事件です」

「日付は煩わしいものだ。それに数も多い」

「まったくです。数が多く、それにずいぶん前のことですからね。検死官の報告によると、アバネシーは六月三日の〝夜十二時ごろ〟に絞殺されました。だから、物理学の簡単な問題だと言ったんですよ。カザリスはさまざまな能力を披露してきましたが、数千マイル離れたふたつの場所に同時に存在するという離れ業はできません」

セリグマンは叫んだ。「しかし、きみの言うとおり、これは実に基本的な問題だぞ！警察も検察も物理的に不可能だと気づかなかったのか？」

「九件の殺人と一件の殺人未遂がありました。期間はおよそ五か月です。カザリスの産科医時代の古い診療記録、精神科の診療記録の棚から見つかった絞殺用の紐、逮捕時の状況、進んでおこなった詳細な自供――このすべてが、カザリスは有罪だという強力な憶測を生み出しました。当局が見落とした原因は自信過剰か不注意か、あるいは、ほとんどの事件がカザリスにも犯行可能だったことにあるのかもしれません。しかし、どの事件についても、カザリスが犯人だとする直接証拠はないんです。検察側の主張のすべては十番目の殺人未遂に基づいています。これはじゅうぶんな直接証拠ですからね。マリリン・ソームズのコートを借用した娘の首を紐で絞めているところを、カザリスは逮捕された。紐はタッサーシルク。〈猫〉の紐。ゆえに《エルゴ》、カザリスが〈猫〉だ。アリバイなどどうでもいい。

しかしその一方で、弁護側が調べつくすことも考えられます。もし弁護人がカザリスのアリバイを掘り起こさなかったのなら、原因は被告人自身にあります。ぼくがニューヨークを発ったころのカザリスは、極端に気むずかしくなっていました。少し前までは、法的な援助もまったく受けつけようとしなかったんです。ですから、弁護人であっても、依頼人の有罪が決まったかのような世間の空気に影響されないはずがありません。

しかし、ひょっとしたら、アリバイが見つからないままにしたい心理的な理由があるのではないでしょうか。そしてその理由が事件当初から捜査に根深い影響を与えてきたように思います。〈猫〉を捕まえ、その心臓に杭を打ちこみ、恐ろしい悪夢のすべてを水に流したいという神経症じみた願望が世間に蔓延していました。それは当局にも伝染しました。〈猫〉はドッペルゲンガー、生き霊のようなものであり、その本質は曖昧模糊としていたので、細かい点が一致する生身の人間を当局がとらえたとき……」

「クイーンくん、連絡先を教えてもらえれば」セリグマンは重々しい声で言った。「ニューヨークへ電報を打って、六月四日、わたしがチューリッヒで夜明け過ぎまでずっとカザリスを引き止めていたことを知らせよう」

「公式に証言していただけるよう、こちらで手配します。さらに、カザリス博士がチューリッヒの学会に最後まで出席していた証拠を集め、アメリカへの帰国経路についても調べます。六月四日より早く帰国の途に就いたはずがありませんからね。それだけそろえばカザリスは潔白です」

「一回目の殺人が物理的に不可能だったからほかの殺人も犯していない、という論は受け入れられるものだろうか」

「否定的な意見に反論するのは簡単ですよ、セリグマン先生。一連の事件は同一人物の犯行の特徴を具え、そのように認められています。じゅうぶんな根拠もあります。被害者の名前の情報源ひとつとっても、それは確実です。その情報源から特定の被害者を選ぶ方法を見ても確実です。紐の絞め方を見ても確実です。ほかにもいろいろあります。もっとも有力な根拠は、九人全員にタッサーシルクの紐が使われたということです。東インドで作られた珍しい風変わりな品ですから、簡単に入手できるものではありません。明らかに出どころは同じです」

「それにもちろん、精神疾患者が犯す一連の暴力行為には共通した特徴が――」

「そうです。この種の連続殺人はいわゆる〝一匹狼型〟と決まっていて、精神が混乱した人間による単独犯行なんです。その点はまちがいないでしょう……。ほんとうに休まなくてもいいんですか、セリグマン先生。バウアー夫人が言うには――」

老人はしかめ面でバウアー夫人の件を一蹴し、煙草の葉の容器へ手を伸ばした。「目的地が見えてきたぞ、きみ《マイン・ヘル》。それでも、手をとって連れていってくれ。ひとつ難所を越えたら、別の難所が見えてきたんだ。

カザリスは〈猫〉ではない。

では、だれなんだ？」

「つぎの疑問ですね」エラリイはうなずいた。

一瞬、口を閉ざす。

「ぼくは天と地のあいだを漂って答を見つけたんですよ、先生」ようやく笑みを浮かべて言う。「動きをほとんど止められたままね。ですから、のんびり進むのはお許しください。答にたどり着くためには、カザリスの神経症についてわかった知識をもとに、本人のいままでの行動を調べなくてはいけません。

実際にカザリスがしたことはなんだったでしょうか。〈猫〉事件におけるカザリスの周知の行動は、十番目の被害者からはじまっています。二十一歳のマリリン・ソームズを十番目の被害者として選んだのは、カザリスの古い産科のカルテを探った〈猫〉の選択方法を使ったからにちがいありません。ぼく自身もその方法を試して、同じ人物に行きあたりました。ある程度の知性の持ち主で、前の九件の殺人に関する事実を知っていて、診療記録を手にできる者なら、だれでも行き着くでしょう。〈猫〉方式を使って連続殺人のつぎの犠牲者を選んだあと、カザリスは何をしたでしょうか。


たまたまマリリン・ソームズは自宅で仕事をして非常に忙しく、決まった外出をしませんでした。どの事件でも〈猫〉の最初の課題は、狙いをつけた獲物の顔や姿をよく知ることだったはずです。本物の〈猫〉がマリリン・ソームズを狙っていたのなら、姿を観察できるように、本人を家からおびき出したでしょう。そっくり同じことをカザリスはします。カザリスは口実を作って、マリリン・ソームズを混雑した公共の場へおびき寄せ、そこで〝安全〟に獲物を〝観察〟しました。

昼も夜も、カザリスは近隣を歩きまわり、マリリンの住む建物を偵察しました。〈猫〉でも同じことをしたでしょう。それまでの事件でもそうだったにちがいありません。

そのように徘徊しながら、カザリスは熱心さや狡猾さを示し、しばしの挫折には大きな失望を見せました。錯乱した〈猫〉ならさもありなんと思われるふるまいでした。

ようやく機が熟した十月の夜、カザリスが待ち伏せしたのは、マリリン・ソームズと背丈と容姿が似ているうえに、偶然本人のコートを着ていた娘でした。その娘を路地へ引きずりこみ、〈猫〉が以前の殺人で使ったのと同じ紐で、たしかに娘の首を絞めはじめました。

そして逮捕されると、カザリスは自分が〈猫〉だと〝告白〟し、それまでの九件の殺人事件での〝行動〟をくわしく話しましたが、それにはアバネシー事件も含まれていました。そのときカザリスはスイスにいたのにです！

なぜでしょうか。

なぜ、カザリスは〈猫〉のふりをしたのか。

なぜ、カザリスは〈猫〉の犯した罪を自供したのか」

セリグマンは一心に耳を傾けていた。

「これは、妄想に駆られた人間が犯人になりきって、暴力行為を自分がおこなったと言い張る場合とは明らかに異なります。その五か月間に多くの精神疾患患者が――生々しい事件が起こるとおとなしくしていられないらしく――それまでの〈猫〉の犯行が自分のしわざだと主張してきました。しかし、カザリスはちがいます。考え、計画し、行動することによって、自分が〈猫〉であることを立証しました。正確な知識と、苦労して調べたにちがいない〈猫〉の習慣と手順と技をもとに、いかにも〈猫〉らしい新たな犯行をやってのけようとしたんです。それはもはや模倣ではなく、取捨選択を適宜採り入れたみごとな解釈でした。たとえば、カザリスがソームズ家の住む建物へ足を踏み入れた朝のことです。カザリスが裏庭へ出ている間に、マリリン・ソームズは階下へおりてきて、入口で何分か手紙を見ていました。まさにそのとき、カザリスは玄関広間にもどりました。カザリスとマリリンのほかにはだれも見あたらず、早朝で外の通りは閑散としていました。それなのに、カザリスはマリリンを襲うそぶりを見せませんでした。なぜでしょう。もしそこで襲えば、〈猫〉流の殺し方の一貫したパターンが崩れるからです。最後の一件まで、犯行がおこなわれたのはすべて暗くなってからなのに、いまは燦々と明るい。こうした注意を隅々まで几帳面に払うのは、並みの精神疾患者ではまず無理だったでしょう。そのとき示した自己抑制に至っては言うまでもありません。

そう、カザリスの行動は合理的であり、創意あふれる〈猫〉の役を故意に演じたのも合理的な理由があってのことでした」

「では、それがきみの結論か」セリグマンは尋ねた。「カザリスはその娘を路地で絞め殺すつもりではなかった。そう見せかけただけだ、というのか」

「はい」

「しかしそれでは、カザリスは警察に尾行されていて、現行犯で逮捕されることをみずから知っていたことになる」

「もちろん知っていたんですよ、先生。合理的な人間であるカザリスが、自分が〈猫〉ではないのに〈猫〉だと立証しようとしたというまさにその事実だけ見ても、当然の疑問が生じます。いったいだれに対して立証するつもりなのか。すでに指摘したとおり、決め手は自白だけではありません。何日間にもわたる巧妙な動き、つまりソームズ家周辺の偵察や、さらには顔の表情も裏づけになります。目撃した者をだますための偽装です。そう、カザリスは警察に監視されていることを知っていました。自分が動くたびに、唇をゆがめるたびに、腕利きの刑事たちが気づいて記録するのを知っていました。

そして、絹の紐をセレスト・フィリップスの――獲物と取りちがえた娘の――首に這わせたとき、カザリスは観客に向かって最後の見せ場を演じました。十番目の事件でのみ、襲われた被害者が周囲に聞こえるほど大声で叫ぶことができたのには、大きな意味があります。また、セレストの首にはっきり跡がつくほどの力で絞めながらも、相手が首と紐のあいだに指を入れられるようにしたことにも、少なくとも二回の襲撃で〈猫〉がやったような、相手を殴って気絶させるという手を使わなかったことにも、セレスト・フィリップスが襲撃されてからわずかな時間でふつうに話して動けるようになったことにも、すべて大きな意味があります。セレストの軽い怪我と失神は、もがいたことと恐怖に駆られたことがおもな原因でした。もしわれわれが路地に飛びこんで止めなかったらカザリスがどうしたかは、だいたい想像がつきます。おそらくセレストに致命傷を与えないように加減して長々と悲鳴をあげさせ、ほかから邪魔がはいるように仕向けたはずです。霧のなかのそう遠くないところに刑事たちがいるのはわかっていたでしょうし、市街でも密集した地域でしたからね。

カザリスは〈猫〉による殺人未遂事件で現行犯逮捕されることを望み、そうなるように計画し、成功をおさめました」

「ようやくはっきりしてきたな」セリグマンはつぶやいた。「もうじき終着点だ」

「ええ。合理的な人間が他人の罪をかぶり、進んで他人の罰を引き受けることに対して、合理的な精神が唯一見いだせる正当な理由があります。それは、ある人間が別の人間をかばっているということです。

カザリスは〈猫〉の正体を隠していました。

カザリスは〈猫〉が探し出されたり、姿をさらされたり、罰せられたりしないように守っていました。

心の奥深くに罪悪感をかかえるカザリスは、そうすることで自分自身を罰していました。その罪悪感は、〈猫〉と、カザリスの〈猫〉への思いを中心に渦巻いていたんです。

賛成してくださいますか、セリグマン先生」

ところが、奇妙にもセリグマンはこう言った。「クイーンくん、わたしはきみの旅の供をする傍観者にすぎない。賛成も反対もしないよ。聞くのみだ」

エラリイは笑った。「では、〈猫〉についてわかったのはどんなことでしょうか。〈猫〉はカザリスが感情的なかかわりを持つ相手だということ。したがって、カザリスはその人間と近しい間柄にあります。

〈猫〉はカザリスがなんとしても守りたいと思う相手であり、〈猫〉が犯した罪はカザリスの胸中で神経症的な罪悪感と結びついていること。

〈猫〉は精神疾患者であり、数十年前にカザリスがこの世に送り出した人々を探し出して殺すことに、精神疾患者ならではの決定的理由を持っていること。

最後に、〈猫〉はカザリス宅の鍵のかかった小部屋にしまってある産科の古い診療記録を、カザリスと同様に自由に見ることができた人間だということ」

海泡石のパイプをくわえようとしていたセリグマンの動きが止まる。

「そんな人間がいるだろうか、とぼくは自問しました。自分の知る範囲内にいるだろうか、と。

いるんです。ぼくの知るかぎりでは」エラリイは言った。「たったひとりだけ。

それはカザリス夫人です」

「というのも、カザリス夫人は」エラリイはつづけた。「いまあげた数々の特徴にあてはまる唯一の人間だからです。

夫人は、カザリスが感情的なかかわりを持って近しい間柄にある唯一の人間です。もっとも近しいと言っていいでしょう。

夫人はカザリスが守らずにはいられなかったであろう唯一の人間であり、その唯一の人間の犯した罪にカザリスは重い責任を感じ……心のなかで神経症的な罪悪感と結びつけていました。

カザリス夫人は、夫がこの世に送り出した人々を探して殺すことに、決定的な——ただひとつの決定的な——精神疾患者特有の理由を持っています。

そしてまた、カザリス夫人が夫と同様に産科の診療記録を自由に見ることができたのは言うまでもありません」

セリグマンは表情を変えなかった。驚いた様子も感銘を受けた様子もない。「いまあがった三番目の論点を特にくわしく聞きたいね。カザリス夫人が殺人を犯す〝精神疾患者特有の決定的な理由〟だ。これをどうやって説明するのかな」

「科学の世界では知られていないとさっき言われたぼくの方式を、さらに進めて説明しますよ、先生。カザリス夫人はふたりの子供を出産のときに失いました。カザリスが言うには、二度目の出産後、夫人は子供を産めない体になったそうです。そのため、姉のひとり娘であるレノーア・リチャードソンを、姪というより実の娘のように大切に面倒を見ました。カザリスは性生活で夫としての役割を果たせなくなったと、ぼくは思っています。神経衰弱を患って治療を受ける長いあいだ、カザリスは妻にとって、いつも欲求不満のもとだったにちがいありません。それに、結婚したとき夫人は十九歳でした。

十九歳からずっと、カザリス夫人は不自然で緊張の多い日々を送りました。ぎくしゃくした理由は、母親になりたいと強く願っていたのにふたりの子供に死なれたこと、二度と子供を産めなくなったこと、そして、自分の満たされない思いを姪に向けてもまったく物足りない不安定な関係しか得られなかったことでした。レノーアが実の娘になれないのは自明でした。そしてレノーアの母親は神経質で嫉妬深い性格で、幼稚で独占欲が強く、何かと邪魔をする、果てしない厄介事の種でした。カザリス夫人は社交的な人柄ではありません。昔からそうだったのでしょう。だから、夫人は不満を自分のなかで育て、かかえていました……あまりにも長いあいだ。

四十歳を過ぎるまで。

そして、夫人はおかしくなりました。

セリグマン先生、ある日、カザリス夫人は自分に何かを言い聞かせ、それ以来それが人生の唯一の目的になったんだと思います。

それをひとたび信じると、夫人はわれを忘れました。精神疾患のゆがんだ世界のなかで自分を見失ったんです。
それはもっとも奇妙なことが起こったからだとぼくは信じています。子供を殺したという夫自身の思いこみは、カザリス夫人には知る必要のないことであり、健常な人生を歩んでいたころには、実のところ知らなかったはずです。知っていたら、これほど長い結婚生活をつづけるのはむずかしかったでしょう。けれども、精神に異常をきたしてから、夫人は夫とほぼ同じ結論に達したのではないかと思います。

　夫人はついにこんなひとりごとを言ったのではないでしょうか。〝あの人はほかの女の生きた赤ん坊を何千人も取りあげたのに、わたしのときには死んだ赤ん坊を取りあげた。そう、あの人はわたしの子供を殺した。あの人がわたしに子供を授けないのなら、わたしもその女たちが子供を授かるのを許さない。あの人はわたしの子を殺した。それなら、わたしはその女たちの子を殺す〟」それからエラリイは言った。「この非ウィーン製のすばらしいコーヒーをもう一杯いただけるでしょうか、セリグマン先生」

「ああ」セリグマンは手を伸ばして呼び鈴の紐を引いた。バウアー夫人が現われる。「エルザ、わたしたちは野蛮人ではなかろう？　もっとコーヒーを」

「ちゃんと用意してありますよ」バウアー夫人はドイツ語でぴしりと言い返した。そして、湯気の立つ大ぶりのポットふたつと新しいカップと受け皿を持ってもどると、こう言った。

「わかってますとも、老いたひねくれ屋《シュフト》さん。また自殺したいんでしょ」それからすばやく部屋を出て、大きな音でドアを閉めた。

「これがわが人生だよ」老人は言った。明るい目でエラリイをじっと見ている。「ともあれクイーンくん、これは途方もない話じゃないか。こちらはただただ、すわって感心するしかない」

「そうですか」エラリイはその褒めことばには乗らなかったが、精霊バウアー夫人のコーヒーはありがたかった。

「きみは地図にない道をたどって、真の目的地にたどり着いたわけだ。

専門家の目でカザリス夫人を見た場合はこうなる。ここに物静かで従順なタイプの女がいる。内気で引きこもりがちで社交性に乏しく、頑なな性格だ。やや疑り深く、物事を批判しすぎるきらいがある――もちろんこれは、わたしが知り合ったころのカザリス夫人のことだ。夫は見栄えのよい成功した男で、仕事では――産科医として――つねにほかの女たちと接触があるが、その一方で、結婚生活でふたりは摩擦と緊張に悩まされている。それでも女はそんな暮らしにどうにか適応してきた。いわば、ぎこちなく足を引きずるようにして。

女は取り立てて目立つことはいっさいしなかった。それどころか、いつも夫の陰にいて、夫に支配されていた。

その後、四十代になって、何かが起こる。何年ものあいだ、夫と若い女性、つまり精神科の患者との信頼関係に、夫人はひそかに嫉妬していた。それにしても、チューリッヒで本人から聞いたとおり、カザリスがここ数年、ほとんど女性患者ばかり扱っていたというのは興味深い。夫人には〝証拠〟など必要なかった。つねに統合失調症の傾向があったのだから。それにおそらく、〝証明〟すべき事態などなかった。何もなかったのだよ。カザリス夫人の統合失調症の傾向は、妄想状態となって激発する。

明らかに妄想性精神疾患だ。

夫が赤ん坊を殺したという妄想を夫人はいだきはじめる。赤ん坊を自分から奪うために殺した、と。夫が無事に出産させた子供のうち、何人かの父親は夫かもしれないとさえ考える。ほんとうにそう考えたかどうかはともかく、夫人は仕返しに子供たちを殺す計画を立てる。

夫人の精神疾患は内面で抑えられている。犯行に及ぶときしか表面に出てこない。以上、きみが輪郭を描いた殺人犯を精神科医が説明するとこうなる。

きみの考えたとおりだよ、クイーンくん。到着地は同じだ」

「ただし、ぼくの場合は」エラリイはかすかな苦笑いを浮かべて言った。「いささか空想めいた言い方だったようです。正体不明の人間を猫として描きつづけた漫画家のことが頭にあって、そのみごとな洞察に感じ入っているものですから。雌のトラだって――猫の先祖だって――子を奪われたら怒って正気を失うのではないでしょうか。ところで先生、古いことわざで〝女は猫と同じ九生を持つ〟というのがありますね。九人の命を奪ったカザリス夫人も、同じように持ったわけです。ひとり殺し、またひとり殺し、やがて……」

「何かね」

「やがてカザリスのもとに恐ろしい客が訪れました」

「真実という客か」

エラリイはうなずいた。「それはどこから現われてもおかしくありませんでした。夫人が絹の紐を隠しておいた場所をカザリスが偶然見つけ、昔インドへ行ったときに——カザリス本人ではなく——夫人が買ったことを思い出したかもしれません。あるいは、被害者のなかでひとりかふたり記憶に引っかかる名前があったとしたら、ほんの数分かけて古い書類を調べれば、目を瞠ることになったでしょう。あるいは、妻の不審なそぶりに気づいてあとをつければ、悲劇を避けるには遅すぎたにせよ、胸の悪くなるような重大事を把握することはじゅうぶんにできたはずです。最近の出来事を思い返し、それぞれの殺人事件があった夜に、妻がどこにいたかはっきりしないことに思いあたります。また、カザリスは長年不眠症に悩まされ、常時睡眠薬を飲んでいましたが、これが妻に無制限の機会を与えていたことにも気づくでしょう。そして、建物の管理人に見られずに夜間こっそり出入りするには、いつでも通りに直接出られる診療所のドアがあります。昼間の場合は、女の外出が夫から穿鑿されることはまずありません。わがアメリカの文化では、いかなる階層においても〝買い物〟は魔法のことばであり、すべてを説明してくれます……。カザリスは気づいていたかもしれません。精神疾患者ならではの狡猾さで、妻が姪を襲うために——死んだ子供の身代わりとして物足りなかった当人を殺すという、一連の事件のなかでもっとも恐ろしい殺人のために——リストのなかの数多くの適格者を飛ばしたことを。そうすることで夫を捜査に介入させ、警察やぼくが握っている情報と計画のすべてが筒抜けになるようにしたということを。

いずれにせよ、精神科医のカザリスは、絞殺に使われた紐がへその緒——いわば嬰児——を象徴していることにすぐに気づきました。男の標的には青い紐、女の標的にはピンクの紐を使うという稚拙なこだわりが、カザリスの目を逃れるわけはありません。カザリスは妻の病んだ精神を探り、妄想がはいりこんだ心の傷の源にたどり着きました。それはふたりの子供を失ったあの分娩室しかありえません。ふつうの場合なら、個人的にはつらいことであっても、カザリスはあくまで臨床的な観察に徹し、こうしたときいつもするように医療と法律の両面で必要な措置をとったでしょう。あるいは、真相の露見があまりにも大きな苦痛と屈辱と誹謗をともなうと考えたとしたら、せめてこれ以上害を及ぼせない場所に妻を隔離したでしょう。

しかし、これはふつうの場合とはちがいました。あの同じ分娩室には、しぶとく生き残って渦巻いている、カザリス自身の昔の罪悪感がありました。妻の心の病にひそむものを知ってカザリスは衝撃を受け、消えたと思っていた罪悪感をよみがえらせたのではないでしょうか。どんないきさつがあったにしろ、いつの間にかカザリスは、昔患った神経症にふたたび取りつかれていました。病の頑固さは発見のショックで千倍にもなったことでしょう。まもなくカザリスは、神経症のせいですべて自分のあやまちだと思うようになりました。ふたりの赤ん坊を〝殺す〟ことがなかったら、妻は病を発症しなかっただろう。だから、罪は自分にある。自分ひとりに〝責任〟があるのだから、自分ひとりが罰を受けなくてはいけない、と。

そこでカザリスは、姉夫婦の世話をするという名目で妻を南へ送り出しました。残っていた絹紐を、妻が隠していた場所から、自分だけに嫌疑がかかる場所へ移しました。そして、エドワード・カザリスこそニューヨーク市が五か月間一心不乱に追っていた怪物であることを、当局に対して立証しようとしました。逮捕されたあと、詳細な〝自供〟をするのは簡単すぎるほど簡単なことでした。捜査に協力することで、警察が知っている事実をそっくり手に入れ、その事実を土台にして巧妙で説得力のある筋書きを組み立てることができたんですから。現在と過去のカザリスの行動のうち、どこまでが演技でどこまでがほんとうの錯乱なのかは、もちろんぼくにもよくわかりませんがね。

以上がぼくの話です、先生」エラリイは張りつめた声で言った。「これを覆す情報をお持ちなら、どうかおっしゃってください」

いつの間にかエラリイは震えていて、それを暖炉の火のせいにした。火はおのれの苦境に気づいてもらいたいかのように、かすかな音を立ててくすぶっていた。

セリグマンは立ちあがり、部屋にぬくもりを取りもどすべく、プロメテウスの雑用（プロメテウスは神の炎を人類にはじめて与えた）に二、三分専念した。

エラリイは待った。

老人は振り向きもせず、突然低い声で言った。「クイーンくん、いますぐ電報を打ったほうが賢明じゃないかね」

エラリイは吐息を漏らした。

「それより、電話を使ってもいいですか。電報ではたいした内容は伝えられないし、父と話ができればかなりの時間が節約できます」

「わたしが申しこもう」セリグマンはゆっくりと机へ向かった。受話器を取りあげながら、ふとユーモアをのぞかせる。「少なくともヨーロッパでは、わたしのドイツ語のほうがきみのより安くすむことは請け合うよ」

どこか遠い惑星と通信しているかのようだった。ふたりはだまってコーヒーを飲みながら、電話が鳴るのを腰を据えて待った。

日が暮れかかっている。書斎は薄闇にかすみ、個性を失いはじめていた。

一度、バウアー夫人が乱入した。荒々しい登場がふたりを驚かせた。しかし、室内の異様な静けさとほの暗さが、逆に夫人を驚かせた。夫人はおずおずとした足どりで明かりをつけてまわった。そして、ネズミのようにすばやく立ち去った。

一度、エラリイが笑い、セリグマンが顔をあげた。

「他愛のないことを思いついたんですよ、セリグマン先生。最初に会ってから四か月経つのに、ぼくはあの女性のことを呼ぶときも、考えるときも、話題にするときも〝カザリス夫人〟以外の言い方をしたことがない」

「では、なんと呼べばいいのかな」セリグマンは陰気に言った。『オフィーリアか』

「名前を教わっていないんです。いまも知りません。カザリス夫人、とだけ……偉大な男の影です。でも、姪を殺した夜以来、夫人はいつもそこにいました。隅のほうにね。背景に溶けこんだ顔でした。ときどき——ただし、きわめて重要なときに——ことばを発しました。夫も含めて、われわれ全員を欺いていたんです。そう考えると、正気と呼ばれる人間のほうが分が悪いのかもしれませんね、先生」

エラリイはもう一度笑い、話の種に冗談を言っただけであることをにおわせたが、居心地はよくなかった。

だが、セリグマンは小さく鼻を鳴らしただけだった。

そのあと、ふたりはふたたび沈黙した。

ついに電話が鳴った。

奇跡かと思うほど、電話の声ははっきりと聞こえた。

「エラリイ！」クイーン警視の叫びは地球の海を物ともしなかった。「無事なのか？ こんなときにウィーンで何をやってるんだ。なぜ連絡しなかった。電報ぐらい打てるだろう」

「お父さん、知らせたいことがあります」

「知らせたいこと？」

「〈猫〉はカザリス夫人です」

エラリイは微笑んだ。つまらない意地悪を楽しむ気分だった。

父の反応はすこぶる満足できるものだった。「カザリス夫人。カザリス夫人だと？」

それでも、警視の口調にはどこか奇妙なところがあった。

「驚くのも当然ですが、いまは説明できません。ただ――」

「エラリイ、わたしからも知らせたいことがある」

「ぼくに？」

「カザリス夫人は死んだよ。けさ毒を飲んだ」

セリグマンに話す自分の声が聞こえる。「カザリス夫人は死にました。毒を飲んだんです。けさです」

「エラリイ、だれに話している」

「ベーラ・セリグマンですよ。本人の家にいます」エラリイは自分を落ち着かせていた。なぜかそのことがショックだった。「それもやむをえないのかもしれない。カザリスとしても、つらい問題が解決するわけで――」

「ああ」警視の声にはなんとも奇妙な響きがあった。

「お父さん、カザリスは無実です。でも、くわしいことは帰ってから話します。それまでに地方検事と事を進めてください。あすの朝の裁判を止められないのはわかってますが――

――」

「エラリイ」

「なんですか」

「カザリスも死んだ。同じくけさ毒を飲んだ」

い、い、い、い、い、い、い、い、カザリスも死んだ。同じくけさ毒を飲んだ。エラリイは頭のなかで復唱しただけのつもりだったが、セリグマンの顔を見て、自分が父のことばを声に出していたとわかって驚いた。

「カザリスが心中を計画し、どこに薬があるか、どうすればいいかを夫人に教えたと思われるふしがある。夫人は最近どこかぼんやりとしていた。独房でふたりきりになって一分かそこらも経たないうちに事が起こった。夫人が毒薬を持ってきていて、致死量をふたり同時に飲んだんだ。即効性のある毒だった。独房が解錠されたときはすでに苦しんでいて、六分後に死んだ。あっという間のことで、そばにいたカザリスの弁護士は……」

父の声がどこへともなく消えた。あるいは消えたように思われた。エラリイは自分がかすかな声を精いっぱい聞きとろうとしているのを感じた。いや、実は何も聞きとろうとはしていない。ただ、おぼろげに中核をなしていた何かを——自分の一部だとは思いもしなかった何かを——とらえようとしていた。そして気づいたときには、それは光の速度でどんどん遠ざかり、つかまえることはできなかった。

「おい、クイーンくん！」

善良なるセリグマン博士。博士は理解している。だからこんなに興奮した声を出している。

「エラリイ、そこにいるのか？　聞こえないのか？　わたしには何がなんだかさっぱり——

——」

声が言った。「すぐに帰ります。じゃあ」そしてだれかが受話器を落とす。すべてが穏やかに乱れていくのがエラリイにはわかった。大きな物音がした。音のしたあたりにバウアー夫人がいて、またいなくなる。すぐそばで男がひとり、愚か者のようにすすり泣いているが、その顔が大型高性能爆弾に吹き飛ばされ、燃える溶岩が食道を引き裂いていく。

そこでエラリイは目をあけ、自分が黒革のソファーに横たわっているのに気づいた。セリグマン博士が先祖の霊のごとく見おろしながら、片手にコニャックの瓶を持ち、反対の手でやさしくエラリイの顔をハンカチでぬぐっている。

「だいじょうぶ、だいじょうぶだ」不思議なほど癒やされる声でセリグマンは話しかけていた。「長旅で疲れているのにろくに眠っていない。わたしと話して神経が高ぶったところへ、父上からの知らせで衝撃を受けた。楽にしたまえ、クイーンくん。仰向けになって。何も考えるな。目を閉じるんだ」

エラリイは仰向けになって、何も考えずに目を閉じた。しかしそのあとで目をあけて言った。「できません」

「まだあるのかね。何か言い足りないようだな」

この老人は、驚くほど力強くて安心できる声を持っていた。

「またしても手遅れだった」エラリイはばかばかしいほど感情に溺れた声で話しているのが自分でもわかった。「ぼくはカザリスに対しても、ハワード・ヴァン・ホーンのときと同じようにしてしまったんです。ちっぽけな栄誉を授かって悠々と構えている暇があったら、さっさと九件の事件全部についてカザリスのアリバイを調べればよかった。そうすれば、いまもカザリスは生きていたんです。死なずにすんでたんですよ、セリグマン先生。おわかりですか。またしても手遅れだったんです」

祖父のような声が聞こえた。「いま神経症になっているのはだれだろうな、きみ《マイン・ヘル》」こんどはやさしくない、法律家を思わせる声だ。それでも信頼できる声だった。

「ヴァン・ホーン事件のあと、二度と人の命で賭けをしないとぼくは誓った。それなのに、その誓いを破った。そんなことをしたのは、真底傲慢だったからでしょう。この傲慢さは生まれつきなんです。ぼくは誓いを破ってここにいる。二番目の犠牲者の墓の上に。墓のなかの男はどう思っているでしょう。ほかにも、ぼくのどうしようもない傲慢さのせいで、どれほど多くの無実の人々が行きすぎた償いを強いられたことか。ぼくは長らく名誉ある立場に居すわりながら、自分の妄想の世界にひたりきってきました。まさに誇大妄想だ！ぼくは法律家に対して法を蹂躙し、化学者に対して化学を蹂躙し、弾道の専門家に対して弾道学を蹂躙し、指紋研究に生涯をかけた人々に対して指紋を蹂躙してきました。勤続三十年の老練な警察官たちに、わが帝国が定めた捜査方法を押しつけ、正規の精神科医たちに代わって精神分析の最終診断をくだしてきました。ぼくの尊大さと比べたら、ナポレオンでさえトイレの清掃人に見えるほどです。そしてこれまでずっと、ぼくは酔っぱらった天使ガブリエルよろしく、罪もない人々のなかを暴れまわってきました」

「それこそが」声が聞こえた。「いまきみが言ったことこそが妄想だよ」

「やはりそうでしょう？」自分が癪にさわるような声で笑っているのがわかった。「ぼくの思考原理はアリスの世界にいる女王《クィーン》と同じくらい柔軟かつ合理的なんですよ。アリスをご存じですね、先生。あなたかほかのだれだったか、あの作品について精神分析をしたはずだ。人が自分を笑い飛ばす術を覚えて以来の、知恵のすべてを内包する偉大な作品です。あのなかにはすべてがあり、ぼくもあそこにいる。女王《クイーン》はいかなる揉め事をおさめるときにも、たったひとつの手を使うのを覚えているでしょう。〝首をはねよ！〟です」

そして、その男は立っていた。セリグマンに足を炙《あぶ》られたかのようにソファーから跳びのいたあとで、高名な博士に向かって脅しつけるように腕を振りまわしている。

「わかりました！　わかりましたよ。こんどということはもうたくさんです。ぼくはこの傲慢さを、あまり人を殺さずにすむ道で生かしましょう。もう終わりにしますよ、セリグマン先生。正確かつ全能な科学に見せかけた輝かしい業績という自堕落《シュランペライ》の仮面を、たったいま防虫剤なしで永久にしまいこみました。おわかりですか？　これではっきり伝わったでしょうか」

視線が自分をとらえて釘づけにするのを、エラリイは感じとった。

「すわりたまえ、きみ《マイン・ヘル》。こんなふうに見あげていると背中にこたえる」

そこにいる男が口ごもって詫びを言うのが聞こえ、そのつぎに、椅子にすわって無数のコーヒーカップの残骸を見つめているのがわかった。

「わたしはきみの言うヴァン・ホーンとやらは知らないがね、クィーンくん。きみはその男の末路にひどく動揺したせいで、事件の成り行きが招いたにすぎないカザリスの死にたやすく適応できないらしい。

自分に具わった明晰な頭で考えていないんだよ、きみ《マイン・ヘル》。

カザリスの自殺を知ってからのきみの過剰反応に関して言えば」噛んで含めるようにことばがつづく。「理詰めで正当化することなどできない。きみが何をしようと事の成り行きは防げなかっただろう。こうした問題についてはきみよりくわしいから言うんだ」

エラリイの前にひとつの顔が像を結びはじめた。安心できる顔なので、エラリイはおとなしくすわっていた。

「もし、捜査をはじめて十分以内に真相を見つけたとしても、カザリスの行く末は残念ながら同じだっただろう。たとえば、カザリス夫人が罪もない多くの人々を殺した精神疾患者だと、きみがたちどころに見抜いたとしよう。夫人は逮捕されて裁判にかけられ、有罪判決を受ける。そして――しばしばばかげた判断となるが――法的に精神障碍者と見なされるか、または責任能力があるかによって処罰を受ける。きみは首尾よく仕事をやりとげ、自分を責める理由は何ひとつない。真実は真実であり、危険人物ははなはだしい被害をみずから与えた社会から排除される。

そこで考えてもらいたい。もし夫人が逮捕されて片がついたら、カザリスは責任を少ししか感じなかっただろうか。罪の意識はあいまいなままだったろうか。

それはちがう。同じように罪悪感に苛まれ、実際のいきさつと変わらず、やがてはみずから命を絶っただろう。自殺は攻撃を表わす最終手段であり、自己憎悪の行き着く先にある。こんな重荷を負ってはいけない。いかなるときもきみに責任はなかったし、どんな状況のもとでもきみひとりの力では防げなかった。きみに物事を変える力があるとしても、現実に起こったことと、起こるかもしれなかったことのちがいは、せいぜい、カザリスが拘置所の独房で死んだか、パーク街の診療所の豪華な絨毯の上で死んだかということぐらいだ」

セリグマン博士はいまや完全に人間の姿となり、近くではっきりと見えた。

「先生、何をどう言われようと、ぼくがカザリスの偽装工作にだまされて遅きに失し、ウィーンであなたと事後分析をするしかなかったという事実に変わりはありません。やはり失敗したんですよ、セリグマン先生」

「その意味では――そうだな、クイーンくん、きみは失敗した」老人は唐突に身を乗り出して、エラリイの片手を握った。その感触で、エラリイは自分が道の終わりにたどり着いたこと、その道を二度と渡る必要がないことを悟った。「きみは以前も失敗していて、これからもまた失敗するだろう。それが人間の本性であり、役割でもある。

きみが選んだ仕事は昇華行為であり、大きな社会的価値を持つ。

つづけなくてはいけない。

もうひとつ言いたいのは、それが社会のためだけでなく、きみ自身にとっても不可欠な仕事だということだ。

　だがクイーンくん、その重要でやりがいのある仕事をしていくなかで、大いなる真の教訓をつねに心に留めていてもらいたい。きみが今回のことで学んだと信じているもの以上に真理を言いあてた教訓だ」

「どんな教訓ですか、セリグマン先生」エラリイはしっかり耳を傾けた。

「それはな、きみ《マイン・ヘル》（mein Herr には「主よ」の意味もある）」老人はエラリイの手をそっと叩いた。「マルコによる福音書のことばだ。〃神は唯一にして、ほかに神なし（第十二章三十二節）〃」

名前に関する注記

小説の役割のひとつが人生を鏡に映すことだとすると、登場人物も場所も、実生活と同様に明確なものでなくてはならない——となると、名前が必要になる。本作に登場する名前の数は際立って多くならざるをえなかった。真実らしさを出すために、珍しい名前だけでなく平凡な名前も使った。どちらも架空のものだ。つまり、作者が知っている実在する人物や場所からとったものではない。それゆえ、もし実在のだれかの名前が作中の人物名と同じか似ていたとしても、実在の場所が作中の場所に似た名前だったとしても、それはまったくの偶然である。

また、本作ではニューヨーク市の官僚や職員たちを登場させる必要があった。登場人物の名前は作者の創作であるから、もし仮に実在の官僚や職員の名前と同じか似ていたとしても、やはり偶然の一致であり、ニューヨーク市の実在の官僚および職員をいっさい模していないことを、作者は明言する。人物名を出さない肩書きだけの場合でも、それは同じである。市長（ジャック）と警察委員長（バーニー）については、特に念を押したい。現在のニューヨーク市長と警察委員長も、歴代の市長と警察委員長も、存命か故人かにかかわらず、いかなる部分においても真似てはいない。
　架空の人物と場所の一覧はつぎのとおりである。一覧にない名前が本文中にあったら、それは疲れた校正者が見落としたせいであり、読者諸氏はその名前を書き加えていただきたい。

アイアンズ、ダレル
アバネシー、アーチボルド・ダドリー
アバネシー夫人、セアラ・アン
アバネシー牧師
イマーソン、フィルバート
イマーソン夫人、ジーン
ウィザッカー、ダギン
ウィザッカー、ハワード
ウィルキンズ、ビアトリス
ウィルキンズ、フレデリック
ヴェリー、バーバラ・アン

ウルバーソン医師、マイロン
エリス、フランシス
オライリー夫人、モーラ・B
オライリー、ライアン
オライリー夫人（ライアンの妻）

カヴェル博士、ジョン・スロービー（イギリス）
カザリス博士、エドワード
カザリス夫人
カストリゾ博士、フルヴィオ（イタリア）
カッツ、ドナルド
カッツ医師、モービン
カッツ夫人、パール
カトラー、ナディーン
クイグリー（刑事）
ケイトン医師、ローレンス
ゲッケル、ウィリアム・ワルデマー

ケリーのバー
コーエン、ゲーリー・G
ゴールドバーグ（刑事）
ゴナシー、パーリー・フィル
コリンズ、バークレイ・M
コロドニー、ジェラルド・エリス

ザヴィンスキー、レバ
サコピー、シルヴァン
サコピー夫人、マーガレット
シェーンツバイク博士、ワルター（ドイツ）
ジャクソン、ラル・ディアナ
ジュラス博士（フランス）
ジョンソン（刑事）
ジョーンズ、エバーツ
ジルギット（刑事）
ストーン、マックス

スミス、ヴァイオレット
スミス夫人、ユーレリー
セボー伯爵、〝スヌーキー〟
セルボラン博士、アンドレ（スペイン）
セリグマン博士、ベーラ（オーストリア）
ソームズ、エレノア
ソームズ、スタンリー
ソームズ、ビリー
ソームズ夫人、エドナ・ラファーティー
ソームズ、フランク・ペルマン
ソームズ、マリリン

チョラムコフスキー、スティーブン
デヴァンダー、ビル
トルードリック、ベンジャミン
ナルドフェスラー博士（デンマーク）

ニューヨーク市警察委員長（バーニー）
ニューヨーク市長（ジャック）
〝ノストラム、ポール〟

パーク・レスター・アパートメント
バウアー夫人、エルザ（オーストリア）
バスカローネ夫人、テレサ
ビール、アーサー・ジャクソン
ピゴット（刑事）
フィリップス、シモーヌ
フィンクルストン、ザーモン
フェリクアンキ、セレスト
フランクバーナー、イニャツィオ
フローリンズ、ジェローム・K
ヘイグストローム、コンスタンス
ヘガーウィット（刑事）、アデレイド

ヘス（刑事）
ペトルッキ神父
ペトルッキ夫妻、ジョージ
ペトルッキ、ステラ
保健局マンハッタン支所人口記録統計課職員
ポンポ、フランク

マーズピアン、ハロルド
〝マーティン、スー〟
マクゲイン（刑事）
マッケル、ジェイムズ（ジミー）・ガイマー
マッケル、モニカ
ミラー、ウィリアム
メトロポル・ホール
メリグルー、ロジャー・ブレアム

ヤング（刑事）

ラークランド医師、ジョン・F
リチャードソン、ザカリー
リチャードソン夫人、デラ
リチャードソン、リーパー&カンパニー
リチャードソン、レノーア
ルータス、ローゼル
〝レギット、ジミー〟
レゴンツ夫人、メイベル

解説

もう一つの傑作

エラリイ・クイーン研究家
飯城勇三

その刊行――往きて帰りし物語

一九四二年の『災厄の町』で新たな境地を開いたクイーンは、同じ地方都市ライツヴィルを舞台に、『フォックス家の殺人』と『十日間の不思議』という優れた長篇を生み出しました。しかし、作者クイーンの充実ぶりとは逆に、探偵クイーンは、この『十日間』の結末で、探偵をやめる決意をします。そして、傷心のエラリイが、ニューヨークに戻って間もなく起こった事件を描いたのが、本作『九尾の猫』なのです。ただし、前作を読んでおく必要はありません。冒頭などで説明してあるので、いきなり本作から読み始めても大丈夫です。また、訳者も未読の人のことを考え、『十日間』に言及している部分をぼかして訳してくれました。

その『九尾の猫』は、クイーンの中期作の中では、『災厄の町』に次ぐ高い評価を得ています。

『災厄の町』〔新訳版〕の解説で紹介した、アメリカのクイーン研究誌が一九七一年に実施した長篇ランキングは、①災厄の町　②Yの悲劇　③Xの悲劇　④**九尾の猫**　⑤エジプト十字架の秘密——なので、中期作としては二位になります。

また、クイーンの片割れであるフレデリック・ダネイが一九七七年に来日した際に、《週刊朝日》誌九月二十三日号のインタビューに答えて挙げた自作のベストは、①チャイナ・オレンジの秘密　②災厄の町　③途中の家　番外・**九尾の猫**——なので、これまた中期作としては二位になります。

ただし、本作が『災厄の町』より劣っているわけではありません。すでに読み終えた人ならわかるはずですが、この二作は、あまりにも作品のタイプが異なるので、比較して優劣をつけることができないのです。地方と都会、殺人が終盤に一つと冒頭から連続、殺人を噂話のネタにする住民と殺人におびえる住民、クイーン警視たちの出番のあるなし、旧弊な愛の物語と最新の精神分析の導入……。したがって、「どちらの作風が好みか」という観点からの評価にならざるを得ないわけですね。実際、『東西ミステリーベスト100』（二〇一二年）では、『災厄の町』より『九尾の猫』が上位に来ていますから。他の作家と異なり、作風の幅が大きいクイーンならではの評価の難しさと言えるでしょう。

『九尾の猫』初版本の表紙

その魅力——鼠たちの沈黙

トマス・ハリスの『羊たちの沈黙』（一九八八年）が火付け役となって一九九〇年代にブームを巻き起こしたサイコキラーもの。本作は、その先駆として評価されています。アガサ・クリスティーの『ABC殺人事件』などとは違い、サイコキラーものの犯人は、（読者の常識外の）異常な動機で連続殺人を実行していますが、本作がこちらのタイプであることは、読んだ人には明らかでしょう。

一方、殺人の動機が金銭や愛憎ではないということは、捜査側はプロファイリングを行い、犯人の思考を推理しなければなりません。まさにこの点こそが、サイコキラーものが本格ミステリにもなり得る理由であり、本作が本格ミステリとして高く評価されている理由でもあります。「なぜ被害者がだんだん若くなるのか？」「なぜ女性の被害者は全員が独身なのか？」「なぜ電話帳に載っている者だけが被害者なのか？」という謎が鮮やかに結びつく真相は、ミッシングリンクものとして見ても、傑作だと言えるでしょう。また、第六と第七の被害者の年齢が大きく開いている理由に感心した本格ファンも、少なくないはずです。

しかし、本作の最大の魅力は、大都市そのものを描いた文学としても読める点でしょう。

『災厄の町』などで地方都市ライツヴィルを主役として見事に描き出した作者が、その筆力をもって、世界最大の都市をパニックにたたき込んだのです。殺戮をくり返す〈猫〉も、それを追う警察も、恐怖に駆られる市民も、それをあおるマスコミも、うろたえるだけの政治家も、まるで本当に存在しているようではありませんか。メトロポル・ホールの暴動などは、サイコキラーものにも本格ミステリにも必要ありませんが、本作には、なくてはならないものなのです。

そして、そのパニックの陰には、第二次世界大戦が潜んでいます。一九九三年の評論「大量死と密室」(『名探偵はなぜ時代から逃れられないのか』収録)の中で、法月綸太郎氏は、本作からニューヨークを戦場にしようとする作者の狙いを読み取りました。特に後半に頻出する戦争関係の言葉を見ると、的を射た指摘だと言えるでしょう。

しかし、二十一世紀の現在から見ると、〈猫〉の脅威は、世界大戦よりはテロに近いのではないでしょうか? 実際、9・11直後のアメリカの狂騒を見て、本作を思い浮かべた人は少なくなかったはずです。また、第7章でプロメテウスが語る権力と民衆と恐怖の関係も、国家間の戦争よりは、テロに合っています。過去を向いていたはずの作品が未来を示してしまう――本作の評価が上がるのは、むしろ、これからかもしれません。

そして、さらに本作の評価を上げるであろう本が、二〇一二年に刊行されました。マンフレッド・リーとフレデリック・ダネイの間で創作時に交わされた書簡を集めた *Blood*

Relations という本です。この本の三割ほどが『九尾の猫』関係の書簡なのですが、その中では二人の創作をめぐる主導権争いが激しくなり、コンビが決裂する寸前まで行ったことがわかります（ダネイが本作を気に入っているのは、完成までに一番苦労したからかもしれませんね）。また、本作の背後に存在する二人の多種多様なディスカッションを読むと、さらに評価が上がるわけです。

では最後に、ファン向けの小ネタを二つ。

〔その1〕本作を「犯人がわかりやすい」と低く評価する日本の本格ミステリ・ファンは少なくありません。おそらくそれは、容疑者が少ないためなのでしょう。主要人物から被害者と捜査関係者を除くと、数名しか残りませんからね。原書の初刊本には登場人物表は存在しないのですが、三種の邦訳書では読者の便宜を優先して入れているため、さらに犯人を当てやすくなっているわけです。これから本書を読む人は、冒頭の人物表は参照しないというのも、いいかもしれません。

〔その2〕前述の書簡集では、ダネイは「（雑誌に連載できるように）かなり注意深く構成を練っておいた。本作は、二回連載、四回連載、六回連載用に分割できるようになっている」と書いています。となると、二回分載の切れ目は、間違いなく第7章の終わりでしょう。つまり、「わが同胞Qよ、おまえはおしまいだ」以降の文は、次号への〝引き〟だったわけです。

そのTV――「エラリイ・クイーン、うしろを見るな」

本作は一九七一年にTVムービー（TV用映画）として映像化されています。題名はEllery Queen:Don't Look Behind You（邦題は「エラリイ・クイーン：青とピンクの紐」）、エラリイ役はピーター・ローフォード、クイーン警視役はハリー・モーガン、監督はバリー・シアー、脚本はテッド・レイトンとレスリー・スティーヴンス。

注目すべきは脚本家のテッド・レイトンで、これは「刑事コロンボ」や「ジェシカおばさんの事件簿」、そしてTV版「エラリー・クイーン」で知られるウィリアム・リンクとリチャード・レヴィンソンの変名なのです。のちにリンクが語ったところによると、熱烈なクイーン・ファンである彼らが完成させた脚本が、許可なく大幅に変えられたため、変名にしたとのこと。

その映像化された作品を観るならば、ミステリ部分の骨格は、きちんと原作に沿っています（終盤にはオリジナルの巧妙な手がかりも出て来ます）が、原作とは異なる肉付けがされているために、まるで別物としか思えませんでした。

最も大きい変更は、エラリイが（『ハートの4』の頃の）プレイボーイ・タイプになっていること。当然のことながら、原作冒頭の苦悩も終盤の救いもカット。さらに、存在自体がカットされたジミーの代わりに、セレストの恋人役もつとめています。

次に大きい変更は、ニューヨークの混乱がほとんどと言っていいほど描かれていないこと。殺人鬼におびえる市民の姿は描かれず、メトロポル・ホールのパニックもカットされています。かろうじて、エラリイたちが夜に出歩いていると自警団に注意されるシーンは入っていますが……。あと、なぜか殺人鬼が〈猫〉から〈ヒドラ〉に変えられています。ひょっとして、愛猫家のクレームを恐れたのでしょうか？

もっとも、このTVムービーはシリーズ化を前提としたパイロット版なので、エラリイの性格を原作通りにしたり、予算をかけて市のパニックを描くことはできなかったのでしょう。ローフォードのミスキャスト以前に、そもそもミス原作だったわけです（ひょっとしたら、最初は単発作品にするつもりだったのかもしれませんね）。それを考えると、脚本の巧さもあり、ファンならば観て損はないでしょう。ただし、日本で放映された版にはミステリ部分のカットがかなりあるので、そこが悩ましいところですが……。

その来日――猫は二つの背を持つ

本作の初訳は一九五四年のポケミス版（村崎敏郎訳）で、その後、一九七八年にハヤカワ・ミステリ文庫版（大庭忠男訳）が出ています。どちらも当時としてはきちんとした訳ですが、現在の目から見ると、不満がないわけではありません。というのも、一九七八年以降に発表された研究や評論や資料が、反映されていないからです。

例えば、クイーン作品における神学的テーマが論じられるようになったのは、一九七六年に『第八の日』が訳されて以降ですし、本作のラストの変奏が描かれる『間違いの悲劇』の邦訳は二〇〇六年でした。本書ではそれを受け、ラストのセリフに出てくる「マイン・ヘル」には、「きみ」だけでなく「わが神」という意味もあることがわかるように訳されたわけです。

また、前述の書簡集の中でダネイは「本にマンハッタンの地図を入れるように、出版社に指示しようと思っている。殺人の現場にXの印をつけたものだよ」と語っています。文庫旧版ではこの地図は抜けていますが、本書では、ダネイの意図をくみ、原書の初刊本の地図を訳載したわけです。

その創作――激論！　リー対ダネイ

※注意‼　ここから先は本篇読了後に読んでください。
最後に、書簡集から、本書を読み終えた読者にとって興味深いと思われる点を紹介しましょう。

①ダネイによると、冒頭の「犯人が理由なき凶行に及ぶのを目撃した者は、ひとりもいなかった」という文は、重要な手がかりになっているとのこと。カザリス博士のセレスト襲撃はエラリイたちに目撃されているので、この文と矛盾します。つまりこの文は、博士が犯人ではないことを示しているわけです。文庫旧版の「殺人の現場を見た者はひとりもいなかった」という訳文では、読者が「未遂だから殺人にカウントされていないのか」と考える可能性があるので、アンフェアになってしまいますね。

②リーの「被害者の女性比率が高すぎるのではないか」という指摘に対して、ダネイは、一人ひとりの性別を決めた理由を述べています。例えば、セレストとジミーの親近感を強めるため、共に「姉を殺された」という設定にした、等々。

③ダネイの初期プロットでは、カザリス博士は意図的に自分の赤ん坊を殺していました。しかし、リーの指摘を受け、完成版の「意図的ではないが罪の意識がある」という設定に改めたようです。

書簡集によって明らかになった、作品の背後に横たわる作者の意図――そこまで考慮して訳した今回の新訳で、クイーンの〝もう一つの傑作〟を、味わってください。

二〇一五年七月

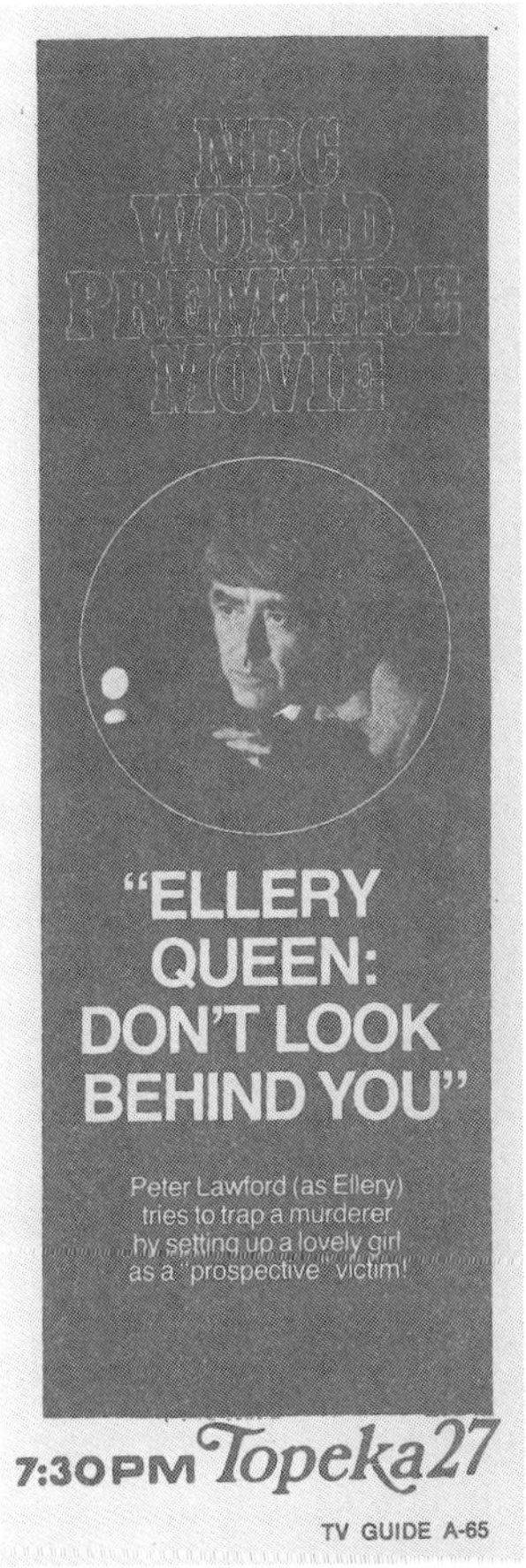

左・右上とも「TV GUIDE」誌 1971 年 11 月 13-19 日号より（資料提供：町田暁雄氏）

背のタイトルが二つあるポケミス版

本書は、一九七八年七月にハヤカワ・ミステリ文庫より刊行された『九尾の猫』の新訳版です。

災厄の町〈新訳版〉

Calamity Town

エラリイ・クイーン

越前敏弥訳

三年前に失踪したジムがライツヴィルの町に戻ってきた。彼の帰りを待っていたノーラと式を挙げ、幸福な日々が始まったかに見えたが、ある日ノーラは夫の持ち物から妻の死を知らせる手紙を見つけた……奇怪な毒殺事件の真相にエラリイが見出した苦い結末とは？　巨匠の最高傑作が、新訳で登場！　解説／飯城勇三

ハヤカワ文庫